Mamammouth

Titre original :
Mammother
Éditeur original :
Featherproof Books, Berkeley

ISBN 978-2-330-14414-2

ZACHARY SCHOMBURG

Mamammouth

roman traduit de l'anglais (États-Unis)
par Nicolas Richard

Chambon

LISTE DES PERSONNAGES

Mano Medium, fils de Sisi Medium, ouvrier d'usine, nouveau barbier et nouveau boucher, créateur des Leçons de Mort.

Pepe Let, fils/apprenti du Boucher, fils de Mitzi Let.

Sisi Medium, mère de Mano Medium. Vit dans sa baignoire.

Le Boucher, père de Pepe Let, mari de Mitzi Let.

Mitzi Let, mère de Pepe Let, femme du Boucher.

Nana Pin, mère d'Enid Pin, travaille dans un champ de fraises.

Enid Pin, fille de Nana Pin, ouvrière en usine, travaille dans le champ de fraises de sa mère, prétendante de Mano Medium.

Inez Rugi, femme du Barbier (l'original), femme du Barbier (le troisième), mère de Zuzu Rugi.

Zuzu Rugi, fille d'Inez Rugi et du Barbier (l'original), surnommée Bebé.

Le Père Mères, fondateur de Tarteure.

Le Père Mères II, fils du Père Mères et père du Père Mères III.

Le Père Mères III, prêtre de Dame-Sang, créateur de Dame-Sa, également connu sous le nom du Père Mères, Mères Roux.

Ti Jorge, jeune assistant du Père Mères.

Le Contremaître, frère de Vera Good, mari de June Good, contremaître de l'Usine Tarteure de bière et de cigarettes.

June Good, femme du Contremaître, amante de Vera Good, le visage de Tarteure, également appelée Mme Good.

Vera Good, sœur du Contremaître, amante de June Good (née* Fair), fondatrice de La Maison Good pour Enfants et les Très Vieux, également appelée Mme Good.

Le Père Felipe, nouveau prêtre du Trou, sous patronage XO.

L'Homme d'Affaires, deux hommes et une femme responsables de XO.

L'Avocat, l'avocat de XO.

Le Propriétaire, le propriétaire de chaque foyer à Tarteure.

Le Maçon, le maçon.

L'Aubergiste, l'aubergiste.

Le Barman, le barman.

Le Boulanger, père de Mary Minutes et Mimi Minutes.

Mary Minutes, amie d'enfance d'Enid Pin, ouvrière en usine, sœur aînée de Mimi Minutes, initialement sa sœur siamoise.

---

* En français dans le texte. *(Toutes les notes sont du traducteur.)*

Mimi Minutes, amie d'enfance d'Enid Pin, ouvrière en usine, petite sœur de Mary Minutes, initialement sa sœur siamoise.

Le Barbier (original), mari d'Inez Rugi, père de Zuzu Rugi, propriétaire initial du Carré Noir.

Le Barbier (troisième du nom), second mari d'Inez Rugi.

Le Fleuriste, le fleuriste de Tarteure, ami de Mano Medium.

Roberto, amour d'enfance du Fleuriste.

Le Boucher (troisième du nom), le boucher de XO Marché, prétendant de Zuzu Rugi.

Le Pelleteur, père d'Ernest et d'Ernesto Corn, mari de Lois Corn, inventeur du cimetière.

Ernesto Corn, fils du Pelleteur et de Lois Corn, frère aîné d'Ernest Corn, premier participant aux Leçons de Mort.

Ernest Corn, fils du Pelleteur et de Lois Corn, petit frère d'Ernesto Corn, premier participant aux Leçons de Mort.

Lois Corn, femme du Pelleteur, mère d'Ernesto et Ernest Corn.

Hera Corn, seconde femme du Pelleteur.

Leda Corn, femme d'Ernesto Corn.

Lois Corn, fille d'Ernesto Corn et de Leda Corn, sœur triplette de Luis Corn et Luis Corn.

Luis Corn, fils d'Ernesto Corn et de Leda Corn, frère triplet de Lois Corn et Luis Corn.

Luis Corn, fils d'Ernesto Corn et de Leda Corn, frère triplet de Lois Corn et Luis Corn.

Beulah Lespiègle, femme du Postier (l'original), propriétaire originale du caniche noir.

Le Postier (l'original), mari de Beulah Lespiègle.

Les Humanitaires, équipe constituée d'un frère et d'une sœur d'Humanitaires de formation XO, originaires de Chapeau-de-Nonne.

Les Vuillemeyer, famille des Humanitaires de Chapeau-de-Nonne.

Rona Nerf, femme de Lana Nerf, mère de Fran Nerf.

Lana Nerf, femme de Rona Nerf, mère de Fran Nerf.

Fran Nerf, fille de Rona Nerf et Lana Nerf.

Irène Boue, sœur de Mira Boue, la doyenne de Tarteure, vit à La Maison Good pour les Enfants et les Très Vieux.

Mira Boue, sœur d'Irène Boue.

Igor, garçon qui habite à La Maison Good pour les Enfants et les Très Vieux.

Une ligne ? Un point ? Pourquoi pas un oiseau ?

YVES KLEIN

Pr.

Si vous vous sentiez prêt à mourir, si vous vouliez vraiment la mort et aviez trop peu de raisons de vivre, Le Grand Ordonnateur exauçait votre souhait et vous tombait dessus. Il écrasait votre squelette en l'enfonçant dans le sol. Personne à Tarteure ne l'entendait tomber et personne ne savait quand il se redresserait pour reprendre sa position initiale. Mais il se redressait toujours pour reprendre sa position initiale. Le sang sur son écorce disparaissait avec la pluie.

Aux heures du petit matin, après le pire jour et la pire nuit de sa vie, Mano se traîna sur le long sentier à travers bois en direction du Grand Ordonnateur, partant de là où il s'était réveillé, près des berges de La Cure. Le Grand Ordonnateur grinçait et craquait comme s'il était sur le point de tomber. Le visage de Mano était dans ses mains. Ses orteils bougeaient dans ses chaussures. Il s'attendait à recevoir tout le poids sur l'arrière du crâne. Son squelette grinçait à l'intérieur de son corps, en attente. Il mit les mains sur ses flancs et leva la tête.

– S'il te plaît, je suis prêt à mourir, moi aussi.

Il savait toutefois qu'il lui faudrait être patient. Parfois, des jours entiers pouvaient s'écouler avant que Le Grand Ordonnateur prenne sa décision. Il s'empara d'un bâton et, comme un cheval, il le mâchonna. Avec la moitié du bâton encore non mâchonnée, il écrivit son nom dans la boue.

Mano Medium.

Mano était enveloppé dans le drap de sa mère. Un demi-nuage noir planait au-dessus de lui, à l'extrémité duquel il manquait un morceau. Le caniche à ses pieds était comme son ombre.

– Mano était un bon gars.

Mano essayait de parler avec la voix de sa mère. Il prit une voix plus aiguë et relâcha un peu les lèvres. Mais ce n'était pas ça. Il n'arrivait plus à se rappeler exactement le son de la voix de sa mère. Il essaya de nouveau.

– Pepe Let était un bon gars.

C'était un peu mieux, en insistant sur le son *onnnn* rond de « bon. »

– Pepe Let était un bon gars, répéta-t-il, en insistant cette fois-ci sur le « était ».

Mano n'était pas prêt à retourner à la ville. Il ferma les yeux et répéta le nom de Pepe à voix haute. Il ralentit nettement son débit, de sorte que sa voix ressemble à un craquement.

PREMIÈRE PARTIE

1.

– Tu es prêt ?

– Prêt pour quoi ?

Sisi Medium tira une bouffée de sa cigarette et souffla la fumée dans le nuage au-dessus de la baignoire.

– Le jour de ton anniversaire, tu deviendras un homme.

– Oui, mère.

Mano avait peur de devenir quoi que ce soit, et encore plus un homme.

– Donc, tu es prêt ?

– Non, mère, je ne suis pas prêt.

Elle regardait à la fenêtre.

– Qu'est-ce que tu veux ?

– Comment ça, qu'est-ce que je veux ?

– Pour ton anniversaire.

Sisi n'avait encore jamais offert de cadeau d'anniversaire à son fils. Elle n'avait pas d'argent. Et elle vivait dans sa baignoire.

Mano ne savait pas comment répondre à la question de sa mère. Il avait si peu de choses qu'il ne savait pas quelles choses on pouvait vouloir.

– Tu veux dire… euh, une *chose* ?

– Ouais, une chose. Tu n'aimes pas les choses ?

– J'adore les choses.

Mano ne savait pas s'il aimait les choses, mais là, pour la première fois, il se disait que c'était bien possible. Il était assis sur les

WC. Les WC étaient une chose. Mais est-ce qu'il les aimait ? Il regarda les WC comme s'il les aimait, et cela devint vrai.

– Comme ces WC, mère. J'adore ces WC.

– Je n'en doute pas. Mais tu connais si peu de WC.

Mano compta les WC qu'il connaissait, mais n'alla pas plus loin que quatre.

– Veux-tu d'autres WC pour ton anniversaire ?

– Non.

– Eh bien alors, c'est quoi, ce que tu veux ?

Mano réfléchit à toutes les choses au monde et se demanda lesquelles parmi ces choses il pourrait vouloir. Sisi attendait, regardant par la fenêtre la cime de l'arbre dépouillé dans le ciel blanc. Elle éteignait toujours sa cigarette en la plongeant dans l'eau de son bain, provoquant un bref grésillement. Ensuite elle déposait le mégot comme un cadavre parmi les autres mégots dans son cendrier en verre.

C'est la Bonne Heure pour une Tarteure.

– Attrape-moi une bière, tant que tu y es.

Mano s'arrangeait pour que le petit réfrigérateur de la salle de bains soit toujours entièrement rempli de Tarteure bien fraîches. Chaque jour il rapportait à la maison un pack de douze et un paquet de cigarettes de l'Usine Tarteure, où son boulot consistait parfois à aider à brasser la bière, et, d'autres fois encore, à aider à rouler les cigarettes.

Il était parfaitement synchronisé pour les deux bières du petit-déjeuner de Sisi. Il allait chercher la première dans son réfrigérateur à elle, même si elle pouvait tout à fait l'atteindre et se servir toute seule, et la lui ouvrait sur le rebord de la baignoire. Il attendait qu'elle lui demande, tel un bon fils. S'il lui apportait trop tôt, elle disait quelque chose du genre : « J'ai pas envie d'une bière si tôt. Tu es fou ? » Mais lorsqu'il attendait qu'elle demande, elle le remerciait, après quoi il se préparait pour partir travailler. Quand il avait fini de se préparer pour le travail, il allait lui chercher sa deuxième bière du petit-déjeuner, sans attendre qu'elle la demande. C'était impératif pour la deuxième bière de Sisi. S'il attendait qu'elle demande la deuxième, elle disait quelque chose du genre : « Qu'est-ce qu'une dame doit faire, par ici, pour avoir une autre bière ? » Mais s'il lui apportait sa deuxième sans demander, elle disait quelque chose du genre : « Quel bon gars tu fais. Tu la connais, ta maman. »

À l'extérieur de la fenêtre de la salle de bains de Sisi, Mano imaginait un oiseau tombant de l'arbre et rebondissant au sol. Les choses qui volent, songeait-il, doivent souvent mourir en tombant. Il plaça ses mains en coupe, comme s'il voulait éprouver la sensation de sauver l'animal.

– Et pourquoi pas un oiseau ?

– Tu ne peux pas avoir un oiseau, dit Sisi sans détourner le regard de la fenêtre.

– Pourquoi ?

– Il n'y a pas d'oiseaux, par ici.

La première chose à laquelle Mano songeait comme cadeau était une chose qui n'existait pas à Tarteure.

– Mais c'est bien une *chose*, non ?

– J'imagine que c'est *effectivement* une chose, se dit sa mère à elle-même, plus doucement, mais ce n'est rien ici.

Sisi leva la chaînette de la bonde de la baignoire en s'aidant de son bon orteil. Puis, toujours avec cet orteil, elle ouvrit le robinet d'eau chaude. Elle avait sa manière à elle de poser le coude sur le rebord de la baignoire, sa canette de bière en l'air, en équilibre entre l'annulaire et le pouce, tout en tenant sa cigarette dans la même main, entre le majeur et l'index.

Ils vivaient tous les deux ensemble, seuls, à la lisière ouest de Tarteure, dans une maison parfaitement carrée, composée de quatre pièces carrées. Chaque pièce avait deux portes si bien qu'on pouvait circuler dans la maison en passant d'une pièce à l'autre, sans avoir à changer de cap. La porte d'entrée s'ouvrait sur le séjour, où le mobilier était vert. En avançant comme l'aiguille d'une montre on arrivait à la pièce suivante, la salle de bains, où sa mère trempait perpétuellement dans la baignoire depuis presque une décennie. Un peu de buée s'échappait vers le plafond du séjour chaque fois qu'on ouvrait cette porte. Dans la salle de bains, le papier peint rouge se gondolait et se détachait des murs en fines lanières qui semblaient dégouliner. Il avait pour motif des renoncules rouges. À la suite de la salle de bains, on trouvait la chambre à coucher, où Mano dormait seul dans un lit à côté d'un siège en bois et d'une lampe en cuivre, toujours sur ses gardes, au cas où sa mère se réveillerait pendant qu'elle trempait et l'appellerait. En passant la porte de la chambre, on arrivait à la cuisine : une cuisinière blanche, un évier blanc dans lequel il se lavait le corps et le visage, et un carrelage blanc froid. L'unique réfrigérateur était dans la salle de bains. Lorsqu'il faisait un tour complet du carré de leur maison, c'était comme s'il traversait les saisons d'une année entière – le printemps vert de la salle de séjour, le rouge été chaud de la salle de bains, l'automne doré où il dormait, et le blanc hiver froid de la cuisine. Être dans une pièce c'était être quelque part dans l'année. Comme une montre, le seul choix était d'avancer, jamais de reculer, dans le temps.

Donc Mano avançait toujours dans le temps à travers la maison. Pour se rendre de sa chambre à la baignoire de sa mère, il passait par la cuisine, puis par la salle de séjour, dont le plancher grinçait. Chaque pas émettait un son qui ressemblait au mot *croque. Croooooque, croooque, croooooque, croooque*. En traversant la salle de séjour, Mano avait l'impression d'être incroyablement lourd, en dépit de sa petite taille. Le fait de se sentir lourd avait pour effet de faire paraître la maison plus petite, plus artificielle, comme s'il marchait à l'intérieur d'une fausse maison.

Mano avait très peu de souvenirs de l'époque précédant l'entrée de sa mère dans la baignoire. Pour l'essentiel, il ne se souvenait d'elle que *dans* la baignoire, à fumer des cigarettes Tarteure, à boire des bières Tarteure, relevant à peu près quatre fois par jour la chaînette en métal de la bonde à l'aide de son bon orteil pour vider l'eau, faisant pivoter le robinet avec ce même orteil pour remplacer l'ancienne eau par de l'eau nouvelle. La baignoire était son corps. Elle était rouge comme les renoncules du papier peint, le même genre de rouge que les organes. La baignoire était le poumon de sa mère.

Il avait dû y avoir une première mise à l'eau de sa mère quand il était tout petit, comme une offrande initiale, un largage de quelque chose de dur et de sucré dans l'eau chaude et limpide du bain, pour se dissoudre par la suite dans ce qui était maintenant un corps saturé et spongieux. La peau de sa mère était gorgée comme une pulpe, des bouts de chair flottaient sous la paisible surface grise comme du porc bouilli. Avait-elle su, lors de cette première mise à l'eau, qu'elle tremperait aussi longtemps ? Si elle l'avait su à l'époque, songeait-il, alors il se sentirait encore plus abandonné, le fardeau d'être devenu orphelin était d'une certaine manière plus pesant que le fardeau de devoir nourrir une mère malade et s'occuper d'elle. Toutes ces journées qu'il aurait pu avoir avec une mère vivant en dehors de sa baignoire.

Un des rares premiers souvenirs de Mano, avant que sa mère ne s'installe dans la baignoire, était une promenade qu'ils avaient faite ensemble sur la berge de La Cure jusqu'à arriver à un embarcadère pour mettre les morts à l'eau. Il la revoyait s'asseoir pour tremper ses pieds dans l'eau et lui parler de son père. Elle était mal à l'aise lorsqu'elle parla du père de Mano, on aurait dit qu'elle s'y sentait obligée.

– Ton père était un chasseur, dit-elle.

– Comment tu le sais ? demanda le jeune Mano.

– Il portait toujours une casquette de chasseur en tissu écossais rouge, même à l'intérieur, même quand il dormait.

Mano fut satisfait de la réponse de Sisi.

– Il ne l'enlevait jamais, ajouta-t-elle.

– Qu'est-ce qu'il chassait ? demanda Mano.

– Des mammouths. Il se faisait appeler Mamammouth.

Mano aima ce terme.

– Mais je croyais que tu avais dit que les mammouths n'existaient pas.

– Les mammouths *n'existent pas*, tu as raison.

– Comme les oiseaux ?

– Oui, comme les oiseaux. Mais les oiseaux existent quelque part. Simplement il n'y en a pas ici. Ici, personne ne sait rien des oiseaux, mais ça ne veut pas dire que les oiseaux n'existent pas. Les mammouths, en revanche, n'existent nulle part.

– Alors pourquoi mon père ne chassait-il pas juste des oiseaux ?

Sisi avait ri à la question de Mano, mais en réalité elle riait à ce qu'elle savait être la réponse du père de Mano à cette question.

– Eh bien, parce que tous les grands chasseurs peuvent trouver des oiseaux. Mais seul le plus grand chasseur peut trouver quelque chose qui n'existe pas. Pourquoi s'embêter à passer son temps à chercher quelque chose que l'on peut trouver ? Que reste-t-il une fois qu'on l'a trouvé ? En plus, ce qu'il voulait trouver, c'était un mammouth, pas un oiseau.

Sisi tira une bouffée de sa cigarette, tenant sa canette de Tarteure qui se réchauffait dans la même main. Elle remuait les jambes dans l'eau de l'embarcadère. Elle cherchait un moyen de donner plus d'ampleur à un concept somme toute très bête.

– Ton père se fichait de ce qu'il *pouvait* trouver, la seule chose qui l'intéressait c'est ce qu'il *voulait* trouver.

Mano hocha la tête, comme s'il comprenait.

– Les mammouths n'existent pas. Mais mon père *a existé*, lui. Le Mamammouth.

– Oui, le Mamammouth a existé, avait répété Sisi dans un soupir.

À l'extérieur de la baignoire de Sisi, sa radio était posée sur la cuvette des WC. Toutes les heures, c'était le bulletin d'informations et elle s'allumait une autre Tarteure. Si Mano était là, bien sûr, en bon fils, il la lui allumait. Elle aimait que cela soit parfaitement synchronisé, que la cigarette soit allumée juste au moment où le présentateur disait : *C'est la Bonne Heure pour une Tarteure*. Et cela les faisait rire tous les deux. Elle ouvrait une autre canette ornée de l'image d'une femme très belle, qui s'appelait June Good, tenant une tarte qui avait été cuite dans une couronne dorée à l'envers. Mano avait l'impression que la radio était vivante parce que de la musique sortait de sa bouche-haut-parleur argentée et de ses yeux-boutons argentés. En regardant à la fenêtre par-dessus sa baignoire, Sisi restait toujours si calme, même lorsqu'il y avait de la musique. Mano songeait parfois à pousser la radio dans l'eau, non pas parce qu'il voulait que sa mère meure, mais parce qu'il était la seule chose en ce monde qui se déplaçait réellement.

Malgré la menace de la virilité qui s'approchait tout près, Mano aimait encore mettre des robes chaque jour pour aller au travail. Il aimait être une fille à la maison aussi. Lui et sa mère aimaient jouer ensemble à un jeu appelé Mère et Fille. Mano avait toujours de longs cheveux et lorsqu'ils jouaient à Mère et Fille, il s'asseyait sur les WC et Sisi lui faisait des nattes. Il aimait aller au travail avec des nattes, comme ça ses cheveux ne trempaient pas dans le tabac.

– Comment va ma fille ce matin ? demandait-elle certains matins.

Quand il allait lui chercher sa bière, elle le remerciait en disant :

– Quelle bonne fille tu fais.

– Merci, disait-il en inclinant la tête.

– Tu es contente de voir ton petit copain aujourd'hui ?

Mais d'autres matins, comme aujourd'hui, lorsqu'il lui demandait de jouer à Mère et Fille, elle était trop fatiguée et disait :

– Qu'est-ce que tu es, aujourd'hui ?

Elle détourna la tête de la fenêtre pour le regarder comme elle aurait regardé quelqu'un venu réclamer le loyer en retard. Le nuage de fumée était bas, ce n'était pas de la buée, alors il savait que le bulletin d'informations venait juste de se terminer. Ils savaient l'un et l'autre qu'il serait en retard au travail.

– Écoute, petite fille, tu vas être en retard au travail.

Elle ouvrait une autre bière, une bière qui l'obligeait à se pencher pour la prendre elle-même dans le réfrigérateur. Il regardait sa mâchoire s'activer pendant qu'elle buvait.

– Désolé, s'excusa-t-il depuis le séjour, se dirigeant vers la salle de bains.

– Ce n'est pas grave. Je veux juste que tu ne sois pas en retard au travail.

Il attendit quelques minutes avant de dire au revoir, pour que ses excuses paraissent suffisamment sincères.

– Au revoir ! s'écria-t-il en sortant par la porte d'entrée, pénétrant dans un monde dont elle ne savait presque rien.

– Attends ! s'écria-t-elle.

Il fit le tour en courant jusqu'à l'arrière de la maison. Sisi ouvrit la fenêtre au-dessus de sa baignoire. Mano passa la tête par la fenêtre.

– As-tu réfléchi à la chose que tu voudrais ?
– Oui, mère.
– Alors, qu'est-ce que c'est ?
– Un oiseau.

2.

Des années avant de mourir de manière étrange et horrible dans son sommeil, Le Père Mères construisit Notre-Dame-du-Sang de ses propres mains. C'était une église que bientôt tout le monde à Tarteure désigna par Dame-Sang tout simplement. Il la construisit dans un champ où il fut accueilli par un ours sans pattes. L'animal lui grogna dessus, féroce et bruyant comme tous les ours, mais bien sûr resta immobile. C'était un vrai ours, dans tous les sens du terme, capable de tuer Le Père Mères s'il avait pu d'une manière ou d'une autre attraper sa jambe dans sa gueule. Mais Le Père Mères ne le craignait pas. Il construisit l'église littéralement sur lui, pendant qu'il grondait, donnait des coups de crocs dans le vide et pleurait la nuit. Il finit par cesser de faire le moindre bruit et se contenta de regarder Le Père Mères bâtir l'église autour de lui. C'était un ours dans une église. Il s'habitua aux premières personnes de Tarteure. Ils aimaient le caresser et lui donner à manger, mais ensuite il mourut.

Un ours sans pattes avait été un présage pour Le Père Mères, ce terrain serait tout à fait indiqué pour construire son église et pour construire la ville de Tarteure tout autour. Tarteure serait particulièrement à l'abri de ses ennemis si le premier de ses ennemis naturels les plus craints, un ours, n'avait aucune de ses quatre pattes.

Dame-Sang fut la première structure à être bâtie à Tarteure et il la construisit en ayant à l'esprit quelques douzaines seulement de paroissiens. Au début, Tarteure n'était qu'un tout petit village avec Dame-Sang en son centre, sur les berges de La Cure, la rivière qui contournait le village. Les bois étaient à l'ouest, sur l'autre rive de La Cure, et la vallée était à l'est. Au loin, au-delà de la vallée, il y avait les montagnes d'où Le Père Mères était venu.

Le Père Mères était loin d'être un architecte ou un charpentier. Dame-Sang était le seul bâtiment qu'il eût jamais bâti et, au bout de quelques mois de construction, il devint clair que l'église ne ressemblait à aucune autre église que l'on aurait pu voir. Elle ne ressemblait à rien d'autre qu'à une grange blanche de guingois, exposée aux quatre vents. Mais pas vraiment une grange non plus. Un peu comme le chapeau du pape, si le chapeau du pape avait été plat, avec une crête pointue en plein milieu. Ou un avion en papier. C'était étrange de voir quelque chose de si nouveau paraître si vieux. Aucun de ses premiers paroissiens n'eut le cœur de se plaindre.

Dame-Sang fut construite à l'époque antérieure à celle où le fléau connu sous le nom de Doigt de Dieu pénétra dans la ville, porteuse d'angoisse et de peur, la plongeant dans une terrible spirale de chagrin et de déprime. La croix à la pointe de Dame-Sang était une croix bien trop modeste face au Doigt de Dieu. Elle était juste de la taille d'un homme.

C'est pourquoi le fils du Père Mères, Le Père Mères II, grimpa sur son toit et travailla dur jusqu'au soir à la fin du printemps avec un marteau, des clous et deux planches d'un bois vermoulu récupéré dans la forêt des collines à l'ouest de la ville. Cette époque moderne où régnait le péché avait fort besoin de la nouvelle croix. Il prévoyait une croix qui serait deux fois plus grande que la croix originale construite par son défunt père, ainsi, davantage de pécheurs pourraient la voir de plus loin.

Mères II, à califourchon sur le toit de Dame-Sang, déroula les plans qu'il avait faits, avec les mesures exactes de la nouvelle croix, et il cloua les plans à l'ancienne croix, qui devait rester en place jusqu'à ce que la nouvelle soit construite. En étudiant ses plans, il eut soudain l'idée de clouer d'abord la planche horizontale de la nouvelle croix, de la clouer dans le vide, avant d'ériger la planche verticale. Il devint obsédé par l'idée – convaincu qu'elle lui était assénée directement par son Seigneur. Aussi envisagea-t-il, d'un point de vue logistique, de simplement construire la croix à l'envers.

Dame-Sang était la structure la plus haute de la vallée. De là où se tenait Mères II, il voyait tout Tarteure, chaque maison, et tous les champs. Il pouvait être sûr que personne ne le regardait, à part peut-être certains moutons. Tenant la lourde planche horizontale dans son ample main gauche et le marteau dans la droite, il grimpa sur l'ancienne croix que son père avait construite. Avec toute la force que son vieux bras gauche pouvait rassembler, il souleva la planche horizontale au-dessus de sa tête et, à coups de marteau, planta ses clous dans le vide. Il joua du marteau tant et plus, tout en tenant la planche, jusqu'à ce que le clou traverse le bois. Et là, à son grand étonnement, il sentit le clou s'accrocher au vide derrière la planche. Il sentit la lourde planche commencer à devenir plus légère.

– Ce n'est pas possible !

La planche paraissait tellement légère dans sa main qu'il la lâcha entièrement, et elle resta ainsi, dans le vide.

– *Mais si* pourtant ! Un miracle s'est produit. Oh, Seigneur, il faut que je le dise aux autres.

Mères II était tellement pressé de descendre pour montrer aux autres la planche horizontale de la nouvelle croix clouée toute seule dans le vide – son cœur battait deux fois plus vite que d'habitude – qu'il se retourna trop vite sur l'ancienne croix et son col s'accrocha à un vieux clou tordu.

Son pied glissa.

Les moutons bêêêêêlaient au loin.

De petites fleurs jaunes fleurissaient dans toute la vallée.

3.

Dans sa hâte de penser à une chose, à une chose précise parmi toutes les choses, et de partir à temps de la maison pour son travail à l'Usine Tarteure, Mano avait oublié ses lunettes. Ses lunettes étaient une chose, avec une fissure horizontale en haut et dont l'ordonnance n'était plus à jour. C'étaient aussi des lunettes de petite fille, et Mano commençait juste à se sentir prêt pour une paire de lunettes d'adulte, sans trop savoir exactement ce que cela signifiait. Une chose sérieuse à travers laquelle regarder. Le genre de lunettes grâce auxquelles il pourrait prendre des décisions d'adulte. Il n'empêche, il lui fallait quelque chose, du moins pour l'instant. Le monde devant lui était le même que d'habitude, mais les contours de toutes ses formes étaient flous. Ces formes floues faisaient des lunettes une chose qu'il voulait.

La plupart des matins, en allant à l'usine, Mano passait devant la boucherie où Pepe Let travaillait comme apprenti pour son père, Le Boucher. Ils s'asseyaient quelques minutes sur les marches derrière la boucherie et discutaient. Parfois leurs mains se touchaient pendant qu'ils parlaient et c'était le moment que Mano préférait. Mais ce jour-là Pepe n'était pas sorti derrière la boucherie. Mano se dit qu'il était trop en retard, et que Pepe devait déjà être pris par ses occupations du matin à la boucherie. Et pourtant, Mano attendit quand même un moment derrière la boucherie, au cas où. Il n'était pas encore tout à fait prêt à affronter le monde avec ses formes floues. L'idée de louper la moindre occasion de parler avec Pepe donnait à Mano une sensation de vide dans le ventre.

Tandis qu'il se tenait là, derrière la boucherie, paralysé un instant par son indécision, il aperçut Inez Rugi, quelques maisons plus loin, de l'autre côté de la Dernière Rue, sur la pelouse devant chez elle, sous un arbre, tenant son bébé Zuzu dans ses bras. Inez pleurait, mais pas son bébé. Bébé Zuzu était venue au monde presque un mois plus tôt, mais n'avait pas encore pleuré, même pas le jour de sa naissance. Elle s'était glissée hors du corps d'Inez et avait cligné plusieurs fois des yeux à la lumière et à son père, Le Barbier. Parfois, Inez et Le Barbier lui piquaient la jambe avec une aiguille, ou lui grattaient la plante du pied, parce qu'ils voulaient l'entendre pleurer et entendre le son de sa voix. Mais lorsqu'ils faisaient cela, elle se contentait de grimacer ou de grogner, voire de gronder.

Mano plissa les yeux pour être sûr de savoir vers qui il marchait, puis il s'avança vers elles.

– Tout va bien ? demanda-t-il à la forme verte floue qui était Inez.

– Non, non, pas du tout, s'écria la forme verte floue. C'est affreux.

– Qu'est-ce qui est affreux ?

– Mon mari, dit-elle. Il est mort.

Inez était deux fois plus grande que Mano. Pour Mano, elle ressemblait à un gâteau de mariage. Sa chevelure était ample, bouclée comme du glaçage, et lui tombait en cascade sur les épaules. Ses jambes étaient longues et, en haut, épaisses comme la tête de Mano. Sa voix était enfumée et chaque fois qu'elle parlait on avait l'impression qu'elle faisait une annonce.

– Oh non, mais c'est *vraiment* affreux, en effet, dit Mano.

– Il est allé… se coucher, dit-elle, en essayant de reprendre son souffle enfumé, et il ne s'est pas réveillé… il avait… un trou… c'était…

– Il avait un *trou* ? répéta Mano.

– Je crois que c'était le Doigt de Dieu.

– Le Doigt de Dieu ? C'est quoi, le Doigt de Dieu ?

– Mères dit que le Doigt de Dieu commence à descendre pour transpercer les vivants qui ne suivent pas le droit chemin.

Mano savait que ce n'était pas le moment de rire.

– Ah bon ? Vous y croyez ? Vous pensez que c'est ce qui s'est passé ?

– Ma foi, je ne sais pas. Mais je ne vois pas en quoi il ne suivait pas le droit chemin.

Inez semblait épuisée. Elle ne voulait pas en dire davantage.

Quelques semaines plus tôt, Inez avait épousé Le Barbier lors d'une cérémonie privée à laquelle seulement quatre personnes avaient assisté – eux-mêmes, Bébé Zuzu et Mères II, qui préférait que personne d'autre ne soit invité dans la mesure où Bébé Zuzu était née avant le mariage, ce qui n'était pas le bon ordre pour un mariage en bonne et due forme.

Le Barbier n'était pas un causeur, juste un fumeur. Mano rendait visite au Barbier pour lui livrer une cartouche de Tarteure chaque semaine, et pour dire bonjour, mais jamais pour se faire couper les cheveux. En fait, Mano ne s'était jamais fait couper les cheveux. Le Barbier avait toutes les raisons de penser que Mano était une fille – il avait les cheveux longs et portait une robe. Un jour, Le Barbier lui avait proposé une coupe au carré, quelque chose de parfait pour les filles. Mano avait refusé. Il ne voyait pas trop l'intérêt de les couper plus court. Mais la véritable raison était que, comme pour tout le reste, il avait peur de ce qu'il n'avait encore jamais fait. Lors de sa dernière visite, Le Barbier, persuadé que Mano ne se couperait jamais les cheveux, se résigna à lui dire : « Quand tu seras grande, il faudra au moins que tu te tailles les poils pubiens. » Ce fut troublant pour Mano, qui n'avait pas encore véritablement de poils pubiens, donc n'avait pas encore envisagé d'avoir à les tailler. Il imaginait les poils pubiens se mettre à pousser dans tous les sens, envahissant tout son corps. Il serait obligé de constamment se balader en se taillant les poils, pour ne pas être confondu avec un gros mammifère.

Mano plissa les yeux sur la forme jaune floue qu'était Bébé Zuzu, puis il fixa de nouveau Inez. Mano n'était pas bon dans ce type de situations. Il ne savait quoi demander, où regarder, ni s'il pouvait la toucher. Il lui toucha le haut du bras de toute sa paume, et ensuite juste du bout des doigts, puis il la lâcha. Il pensa aux longs cheveux qu'il avait et se demanda si elle les avait remarqués, si elle se demandait pourquoi son mari mort ne les lui avait jamais coupés. Mais surtout, il voulait en entendre davantage à propos du trou laissé dans son mari, sans avoir à insister pour obtenir les détails.

– Inez, il venait d'où le trou ?

– Je ne sais pas, dit-elle.

Bébé Zuzu sourit et tapa une fois dans ses mains.

– Il était juste là, reprit Inez, dans sa poitrine, comme un trou. Il le traversait de part en part. Je pouvais voir le lit, dessous, à travers le trou.

– Il était gros comment ?

Elle cala Bébé Zuzu au creux de son coude et, tout en pleurant, joignit ses deux index et ses deux pouces, formant un cercle.

– Est-ce que vous avez vu quelque chose dedans ?

Mano pensait aux organes du mari, à son cœur, ce genre de choses. Le bouton du haut du corsage d'Inez semblait sur le point d'exploser. Mano voulait voir comment le corps d'Inez se tiendrait, une fois à découvert, si cela se produisait.

– Oh ! fit-elle, soudain de nouveau éveillée au monde. Il y avait *ça* dedans.

Elle tenait une paire de lunettes pour hommes.

Mano les fixa en plissant les yeux, et c'est alors qu'il se rendit compte qu'elle tenait des lunettes. Elles étaient en plastique, et noires sur toute la partie supérieure, exactement le genre de lunettes que Mano avait toujours voulues.

– Elles étaient *dedans* ?

– Oui, dit-elle entre deux respirations entrecoupées, réajustant Bébé Zuzu dans ses bras.

– À l'intérieur ?

– Oui, dans le trou.

– Ce sont les siennes ?

– Le Barbier ne porte même pas de lunettes, dit-elle.

– Comment...

– Je ne...

– Je peux voir ? demanda Mano en tendant la main.

Inez tendit les lunettes à Mano, et il les essaya. Elle le regarda les essayer, et pencha la tête de côté pour voir si elles lui allaient bien.

– Ce sont des lunettes pour hommes, dit-elle.

– Je *suis* un homme, dit-il, soudain très sûr de lui.

Cela faisait bizarre, dans sa bouche, et Inez se fendit d'un curieux sourire.

Les verres des lunettes correspondaient parfaitement à la vue de Mano. Les formes du monde avaient à nouveau des bords jaunes et verts parfaits. Mano observa le visage rouge d'Inez, fendu d'un demi-sourire. La regardant par en dessous, il compta tous ses cils. Ils étaient si longs, songea-t-il. Il eut envie de souffler dessus pour voir s'ils bougeraient.

– Vous avez un bébé magnifique, dit-il.

4.

Dès que Mano eut refermé derrière lui la lourde porte d'entrée en fer de l'Usine Tarteure, il lui apparut que ce n'était manifestement pas un bon jour pour être si en retard au travail. Il envisagea un instant d'éviter toute situation compliquée, de s'enfuir en courant de l'usine et de retourner auprès d'Inez. S'il revenait la voir, il pourrait tenir Zuzu dans ses bras pendant qu'Inez se débarbouillerait. Elle aurait besoin de prendre une douche, se disait-il. Il était désormais un homme, se disait-il, quelqu'un qui pourrait se rendre utile pendant qu'Inez se consacrerait à la tâche pénible consistant à préparer le cadavre du Barbier pour sa descente de La Cure. Mais à l'usine, il avait encore l'impression d'être une fille.

Avec ses nouvelles lunettes, l'humeur exécrable du Contremaître devint visible. Le Contremaître était dans la salle de vaporisation du tabac, en train de s'étirer. C'était un homme imposant et austère, avec une personnalité aussi gris foncé que la chemise et la cravate dans lesquelles son corps était engoncé. Le beuglement de sa voix retentit à travers les machines à vaporiser et pénétra dans la salle où Mano hésitait, le bras à demi enfilé dans une chemise de travail. La voix du Contremaître était comme une locomotive forant son propre tunnel à travers une montagne. Il était trop tard pour que Mano rebrousse chemin.

– Mano, tu es en retard !

– J'étais… quelqu'un est mort, j'ai laissé mes lunettes…, répondit Mano en bégayant, sachant, avant même de terminer sa phrase, qu'il aurait mieux fait de ne pas la commencer.

Le Contremaître n'en entendit pas un seul mot. Sa voix tonna dans le silence de toutes les autres filles qui venaient juste de cesser de bavarder.

– Approche donc.

Mano traversa la salle à rouler les cigarettes, entra dans la salle de vaporisation du tabac, passa devant toutes les machines. Deux douzaines de filles environ se levèrent de leurs tables où elles roulaient des cigarettes, et formèrent une rangée pour regarder. C'était l'un des avantages annexes, quand on travaillait dans cette usine, de pouvoir fumer cigarette sur cigarette, et toutes en profitaient, y compris la plus jeune d'entre elles qui avait huit ans. Mary, la plus grande de la bande, s'avança le long de la rangée, allumant les cigarettes de ses collègues, qui pendaient à leurs lèvres. Le Contremaître attendait au coin de la salle avec la cuiller géante en bois utilisée pour écoper le tabac mouillé chaud des machines à vaporiser. Des brins de tabac apparaissaient encore au bout.

– Bien.

Le Contremaître fit tomber un peu de tabac en tapotant la cuiller sur le sol de l'usine.

Une paroi en fer géante séparait la salle à rouler de la brasserie, et les filles des garçons. Le rôle du Contremaître consistait à superviser les deux salles, et à faire en sorte que filles et garçons restent séparés. Il était persuadé que la paroi séparant les filles des garçons était la structure la plus importante de l'usine. L'absence de toute fraternisation entre sexes était la garantie que les choses continuent de bien se passer. Bien entendu, ce matin précisément, Le Contremaître n'était pas du tout allé voir du côté des cuves à bière en cuivre, et les garçons pouvaient se déplacer sans être surveillés. Les garçons pressentaient ce qui allait se produire de l'autre côté de la paroi de fer, et ils savaient que Le Contremaître ne reviendrait pas de sitôt – c'était trop calme de l'autre côté. Le genre de silence qui ne pouvait que signifier que Le Contremaître était en train de donner une leçon à l'une des filles. Pendant quelques instants, ils interrompirent ce qu'ils étaient en train de faire – verser, mélanger, chauffer – pour placer leurs oreilles dans les entonnoirs en métal qui servaient à verser de grandes quantités de grains dans les cuves. Ils placèrent les entonnoirs contre la paroi et tendirent l'oreille. Il n'y avait que trois entonnoirs, si bien que seuls les trois garçons les plus âgés pouvaient écouter. À grands gestes, ils informèrent les autres garçons de ce qui était en train de se passer de l'autre côté, et ces derniers se contentèrent d'attendre d'autres gestes.

– Baisse ton pantalon, aboya Le Contremaître.

Il avait parlé assez fort pour que tous les garçons de l'autre côté de la paroi entendent sans que les plus âgés aient à leur dire quoi que ce soit.

Mano défit sa ceinture et laissa son pantalon tomber sur ses chevilles. Son slip gris flottait sur ses hanches maigres. Il mit les mains sur sa tête, sachant déjà ce qui allait se passer ensuite.

– Mains sur la tête, dit Le Contremaître dans un soupir, comme s'il passait juste en revue des choses sur une liste avant de pouvoir en arriver à la fessée. Puis il leva la cuiller.

La première claque du Contremaître fut violente, assénée avec plus de force que d'habitude, afin de montrer à la rangée de filles qu'il n'avait encore jamais été d'une telle humeur. Les filles se penchèrent en avant pour entendre le deuxième claquement de la cuiller sur le cul de Mano et imaginèrent cette douleur sur leur propre cul. Certaines filles ne purent s'empêcher de pouffer, mais pas parce qu'il y avait quoi que ce soit de drôle. Parfois, on rit uniquement parce qu'on ne sait pas quoi ressentir d'autre, quand on n'a pas encore appris l'horreur, ou comment se comporter quand on est horrifié. Certaines filles qui connaissaient déjà l'horreur se contentèrent de pleurer.

Les garçons plus âgés, eux aussi, se penchèrent un peu plus, les oreilles contre les entonnoirs, pour les mêmes raisons. Ils n'avaient jamais reçu de fessée du Contremaître, même quand ils étaient plus jeunes et plus petits. Ils n'avaient pas peur du Contremaître, et donc, à chaque claquement, même s'ils savaient que ce n'était pas vrai, ils étaient capables d'imaginer que c'était Mano qui fessait Le Contremaître.

– Fends-le en deux, Mano, se dit un des garçons à lui-même.

Les garçons avec les entonnoirs n'étaient pas les seuls à imaginer la cuiller dans d'autres mains. Cette fessée-là ne ressemblait pas aux autres, estimait Mano. Il n'avait plus peur du Contremaître et il ne guettait pas chaque fois la douleur cuisante, ou la honte, comme ç'avait été le cas d'autres mauvais jours. Au lieu de cela, il laissait une minuscule rage monter en lui. À l'intérieur de sa propre douleur, il s'imaginait que c'était la douleur du Contremaître. Il imaginait fendre le corps du Contremaître en deux d'un millier de coups assénés avec la lourde cuiller sur sa colonne vertébrale. Mano était deux fois plus petit que Le Contremaître, mais dans sa tête, à cet instant, il était deux fois plus costaud que lui. Et cette pensée fit rire Mano haut et fort.

Le Contremaître releva la tête après le deuxième coup.

– Ça suffit, la rigolade !

Puis il se tourna vers la rangée des filles :

– Ça suffit, les pleurnicheries !

Il y eut des traînements de pieds, et ensuite uniquement l'écho de la troisième fessée.

Il n'y avait habituellement que cinq coups, mais après le douzième, les os de Mano étaient douloureux, et il avait une poussée de chaleur au visage à cause de la douleur cuisante qui remontait le long de son dos. Néanmoins, son sourire, qui cachait encore son rire, demeurait figé sur ses lèvres.

– Encore combien ? demanda Mano effrontément.

Cela ne se faisait pas d'interrompre la fessée, et Mano le savait.

– Silence !

Le treizième coup du Contremaître fut très dur.

La rage véritable de Mano se logeait très profond, quelque part dans sa poitrine, mais pas extérieurement, où demeurait son sourire.

– Encore combien ? J'aimerais compter en même temps.

Du quatorzième au vingtième, Le Contremaître frappa de toutes ses forces. La douleur était si cuisante que le corps de Mano était brûlant dans chacune de ses cellules. Il sentait que son corps était fait de douleur. Et il avait la sensation que c'était un corps d'homme. Mais dans sa gorge, il sentait des cellules faites d'amour. Il songea tout d'abord à parler à Pepe de ses nouvelles cellules. Et il songea à en parler aussi à sa mère. Et le simple fait de savoir qu'il avait ces deux-là à qui en parler provoqua la multiplication de ces cellules faites d'amour.

Le Contremaître était essoufflé, et il prit momentanément appui sur l'énorme cuiller en bois, comme si c'était sa canne. En cet instant de silence, Mano pencha la tête complètement en arrière et hurla au plafond de l'usine :

– Je suis un homme !

La rangée de filles éclata de rire. Mano savait que c'était vrai maintenant qu'il avait entendu sa propre voix le crier.

Le Contremaître se redressa et brandit la cuiller en guise de menace à l'intention de toutes celles qui continuaient à rire. Puis ce fut son tour de rire.

– Un homme ? fit-il, et il se pencha en avant pour pouvoir rire davantage. Tu n'es qu'une fillette. Regarde-toi.

Mano regarda Le Contremaître droit dans les yeux et répéta ce qu'il avait dit, juste pour Le Contremaître cette fois-ci.

– Je suis un homme maintenant.

Il se tint droit, malgré la foudre dans ses jambes. Il avait de petites épaules. Ses jambes étaient claires, toutes roses, plus celles d'un enfant que d'un homme ou d'une femme. Le Contremaître se tint devant lui pour examiner son visage rouge de fillette. Il tira légèrement sur les longs cheveux noirs de Mano, pendant que Mano le fixait.

– Tu n'es qu'une fillette, pas vrai ?

Mano envisagea de lui cracher à la figure. Il sentait une force nouvelle dans ses os et derrière ses yeux. Il songea à cette sorte de force que son père avait dû ressentir en chassant des choses qui n'existaient pas.

– Non, répondit Mano.

Le Contremaître s'agenouilla et regarda le corps de Mano dans son ensemble. Il tâta sa taille à travers la chemise, puis regarda son slip.

– Baisse ta petite culotte. Montre-nous.

Sans hésitation, Mano défit ses mains qui étaient jointes sur le dessus de sa tête et fit descendre son slip jusqu'aux chevilles. Il était désormais un homme. Il le savait. Et maintenant tous les autres aussi le savaient. Il se redressa et regarda toutes les filles dans les yeux. Avec ses nouvelles lunettes, il voyait leurs pupilles parfaitement rondes se réduire en minuscules points noirs.

Mano se sentait déployé, libre.

Le Contremaître se sentait furieux. Il se sentait floué. Il fessa Mano plus sauvagement que jamais auparavant.

Les filles se serraient les mains entre elles, se donnaient de petits coups de coudes dans les côtes, comme pour se rappeler qu'il ne faudrait rien oublier de tout cela, tout enregistrer avec les yeux pour pouvoir en discuter éternellement. Elles avaient les yeux braqués sur les organes génitaux exposés de Mano tandis que les coups étaient sauvagement assénés. Pour la plupart des filles, c'étaient les seuls organes génitaux qu'elles aient vus pour de vrai. La bite de Mano clapotait dans l'air froid et humide de l'usine comme un drapeau étincelant brandi pour signifier qu'on refuse de se rendre.

Le Contremaître était plus qu'essoufflé, il posa un genou à terre pour reprendre sa respiration.

Enid Pin en avait assez vu. Mano avait beau avoir un an de plus qu'elle, elle avait toujours eu le sentiment qu'il avait besoin d'être protégé. Elle le défendait quand les autres filles se moquaient de lui, et jusqu'à maintenant elle était la seule à avoir soupçonné que Mano n'était pas l'une d'entre elles, qu'il n'était pas une fille. Prenant le gros risque d'être elle-même punie, elle s'approcha de Mano et ramassa ses lunettes. Elle les étudia de près pour voir si elles étaient cassées, non, elles ne l'étaient pas. Elle remit les lunettes sur le nez de Mano.

– Merci, dit-il dans un petit sourire narquois, comme si ce qui venait de lui arriver était parfaitement habituel.

En raison de la douleur, Mano était incapable de se pencher jusqu'en bas pour remonter son slip et son pantalon.

– Est-ce que tu voudrais bien…

– Ouais.

Elle se pencha devant lui en posant un genou à terre et lui remonta le pantalon aux mollets, qui étaient mouillés de sang et de sueur, et jusqu'aux cuisses, qui étaient encore plus humides. Elle lui laça aussi ses chaussures.

Les filles ne pouvaient contenir leur excitation. Leur rangée ressemblait davantage à un cercle désormais. Une fois qu'Enid eut lacé les chaussures de Mano, elle regagna le cercle, et le cercle l'avala vite, avant de recracher Mano.

5.

La cigarette d'Enid Pin était collée à ses lèvres préadolescentes comme une minuscule queue de souris morte sortant de la bouche d'un chat.

– Je savais que c'était un garçon, chuchota-t-elle pour toute la table.

– Chut. Mais non, tu ne le savais pas, rétorqua Mary Minutes en chuchotant elle aussi.

– Si.

– Alors pourquoi tu n'as rien dit ? demanda Mimi Minutes.

Mimi était assise à la droite de Mary, tout près, comme toujours. C'étaient des sœurs qui avaient été siamoises jusqu'à l'âge de six ans. Maintenant qu'elles étaient séparées, Mimi était deux fois plus petite que Mary et avait une moitié de bras sans main à son extrémité, qu'elle enfouissait dans sa manche. Elle était taillée comme une bouilloire. Et elle roulait une cigarette d'une seule main mieux que toutes les filles à la table avec leurs deux mains.

– Tu le trouves mignon ? demanda Enid.

– Non ! s'écria Mimi dans un chuchotement un peu trop fort.

Le Contremaître fit taire l'éclat chuchoté de Mimi. Il avait le corps raide, il était coincé sur un genou. Il ne pouvait pas bouger. Il avait les yeux mi-clos. Il paraissait petit et désespéré aux yeux de toutes les filles.

Mimi cherchait Mano, mais il n'était nulle part. Elle voulait le regarder de nouveau pour décider s'il était, ou pas, réellement mignon, surtout maintenant qu'il était un garçon.

– Et toi ? demanda-t-elle.

– Eh bien, je ne sais pas. Enfin, peut-être. Non ?

Maintenant qu'Enid savait que Mano était un garçon, elle était amoureuse. Elle l'avait toujours trouvé différent de toutes les autres filles, mais il lui plaisait quand même. Et maintenant elle savait que cette différence venait du fait qu'il était un garçon. Et ça, ça lui plaisait. Elle fouilla du regard toute l'usine mais ne put le trouver.

– Enid ! Va chercher Mme Good.

Le Contremaître avait juste le doigt braqué sur Enid. Il parla à voix basse, entre deux respirations.

– Dis-lui que je me suis de nouveau coincé le dos.

Enid était aux anges d'avoir l'occasion de jouer un rôle officiel dans les événements de la matinée, elle gravit l'escalier par petits bonds et frappa à la porte de la mystérieuse arrière-salle. Normalement, aucune ouvrière n'était autorisée à entrer. Ce qui se passait dans cette salle était l'objet d'heures entières de conversations, chaque jour, pendant que les filles roulaient les cigarettes. Personne ne connaissait la véritable réponse à cette question, hormis Le Contremaître, Mme Good et Mlle Good.

June Good (née Fair) était le contraire de son mari, Le Contremaître : extravagante et généreuse. Son rire tonitruant dans l'arrière-salle retentissait par-dessus les bruits de vaporisation de l'usine. C'était June qui figurait dans les publicités du magazine, portant un manteau de fourrure et des perles, et qui disait : *C'est la Bonne Heure pour une Tarteure*. Le manteau de fourrure et les perles étaient moins son style que son costume. Elle était plus ou moins devenue la mascotte de Tarteure, l'image d'une femme raffinée ayant le goût de la sophistication. Dans la plupart des publicités du magazine, elle fumait et buvait en descendant un escalier de marbre. Personne d'autre à Tarteure n'était véritablement raffiné, donc la bière et les cigarettes étaient en fait pour les non-raffinés. Mais les non-raffinés voulaient les choses les plus raffinées. Et l'une de ces choses raffinées, d'après les publicités du magazine, était une bouteille de Tarteure et une cigarette Tarteure, qu'elle tenait dans la même main.

Le plus souvent, quand elle riait, c'était de son mari, dont la personnalité rigide lui paraissait maintenant ridicule. La seule autre personne qui pouvait impunément se moquer de la façon dont il s'habillait, et des manières infantiles qu'il avait de gérer sa colère et sa jalousie, était sa sœur, Vera Good. Et tout le monde savait que June était en réalité amoureuse de Vera, et que son mariage avec Le Contremaître n'avait rien à voir avec l'amour.

Ensemble, June et Vera étaient identifiées comme Les Good. Comme June, Vera n'avait plus la moindre affection pour son frère, si tant est qu'elle en ait jamais eu. Elle et son frère avaient beau être jumeaux, ils ne se ressemblaient en rien. Le Contremaître avait des cheveux noirs courts et une moustache broussailleuse alors que Vera avait de longs cheveux roux coiffés en nattes la plupart du temps. Le Contremaître était trapu alors que Vera avait de longues jambes. La seule chose qu'ils avaient en commun c'est qu'ils aimaient tous les deux June Good de tout cœur, mais des deux, une seule pouvait savoir ce que cela faisait d'être aimée d'elle en retour.

Enid frappa à la porte de derrière où le bois encadrait le verre dépoli. Elle attendit quelques secondes et frappa de nouveau, plus fort.

– Frappe plus fort ! cria Le Contremaître, passant en position étendue face contre le sol.

Enid frappa plus fort, mais pas de toutes ses forces. Elle distinguait deux silhouettes dans la salle, qui bougeaient dans la lumière. Elle eut beau frapper, elles ne faisaient pas mine de s'approcher de la porte.

– Je... Elles sont...

– Frappe de toutes tes forces, Enid ! Sur la partie en verre.

Enid redoutait de casser le verre dépoli. Elle frappa fort dessus, tout en tâchant de faire preuve de délicatesse.

– Brise le verre, Enid.

Le Contremaître semblait au bord des larmes. Les filles se regardaient toutes entre elles. Elles voulaient toutes voir Enid briser le verre et elles voulaient toutes le voir pleurer.

Enid s'enveloppa le poing dans son mouchoir et frappa le verre. Il ne se cassa pas. Les silhouettes sombres continuaient de bouger. Elle entendait les Good gémir.

– Je ne crois pas…
– Casse-la !
Le Contremaître pleurait à présent. Les filles ricanaient toutes dans leurs mains, sauf Mary qui laissa tomber ses mains pour libérer son rire, lequel quitta son corps comme un oiseau échappé de sa cage et vola dans la salle jusqu'à être au-dessus du Contremaître.
Enid donna un coup de plus et le verre explosa autour d'elle. Des éclats se répandirent sur ses épaules et sur le devant de sa chemise. Le rire des filles se transforma en une explosion de hourras. Les gémissements des Good se faisaient de plus en plus bruyants, les deux étaient nues, jambes emmêlées, roulant sur une longue table en bois dans l'arrière-salle. Enid fit signe aux autres filles de se dépêcher de monter l'escalier. Elles s'agglutinèrent autour de la vitre cassée et regardèrent à l'intérieur. Elles s'émerveillèrent autant de la taille de la salle – sa forme, ses couleurs et son mobilier – que de ce que les Good y faisaient. Toutes ces années à travailler à côté d'une salle, à imaginer ce qu'il y avait à l'intérieur, et finir par le découvrir.
– Qu'est-ce que vous regardez ? Qu'est-ce que vous voyez ?
La voix du Contremaître avait changé. Elle était à la limite de l'hystérie. Mais personne ne pouvait l'entendre.
Dehors, les cloches de Dame-Sang retentirent.

6.

– Maintenant, je suis le seul à ne pas avoir encore vu ta bite ?

Pepe décapsula une Tarteure sur les marches derrière la boucherie.

Mano rit pour la première fois depuis qu'il était sorti clopin-clopant de l'usine. Ça faisait du bien de raconter à Pepe toute l'histoire. Il n'était pas encore tout à fait prêt à s'inquiéter de la façon dont il se ferait le peu d'argent dont il avait besoin pour que l'eau du bain de sa mère reste chaude et sa bière fraîche. Il décapsula sa propre Tarteure et en engloutit la moitié jusqu'à en avoir les larmes aux yeux.

– Ouaip. Tu es le seul maintenant.

– Il va peut-être falloir qu'on y remédie.

Les deux garçons se retournèrent et regardèrent à l'intérieur de la boucherie par la porte de derrière ouverte.

Le Boucher cria de l'intérieur.

– Tu as encore cinq minutes, Pepe. Ces moutons ne vont pas s'égorger tout seuls.

– Oui, père, répondit Pepe en criant. Cinq minutes, ça va suffire, hein ?

– Tu pourras la voir deux fois, dit Mano.

Pepe rit.

– Si seulement.

Pepe avait un an de plus que Mano et était presque deux fois plus costaud que lui. Il était plus costaud que la plupart des hommes, plus grand et plus fort, cependant il ne savait toujours pas exactement comment bouger dans son propre corps. Il trébuchait souvent et renversait des objets. Il glissait constamment dans le sang de mouton au sol et se coupait le bout des doigts avec les couteaux affûtés. Et, contrairement à n'importe quel autre garçon de son âge, il se rasait déjà. Il avait la même barbe de quelques jours que son père, Le Boucher, comme s'il se rasait déjà depuis une décennie. Il aimait se toucher le visage, glisser sa main à cet endroit. Ce matin-là, son père lui avait donné son propre rasoir, et lui avait dit de bien l'affûter. Il s'était coupé le menton et les lèvres. Mano n'arrivait pas à imaginer ce que ça pouvait faire de se raser le visage, mais ce qu'il voulait vraiment savoir c'était ce que ça ferait de raser celui de Pepe.

Mano voyait les petites coupures.

– Je parie que je peux te raser la barbe mieux que toi, dit-il.

– Qu'est-ce que tu racontes ? Tu n'as même pas encore de poils pubiens.

– Tu voudras bien me laisser faire ? demanda Mano.

– Je viens de me raser. Pour l'instant, je n'ai pas besoin d'être rasé, dit Pepe en passant la main qui tenait la bière fraîche sur sa barbe de quelques jours et ses coupures. Tu sais comment faire ?

Mano se rappela alors que Le Barbier était mort, ce qui voulait dire que son salon de coiffure serait vide.

– Je suis Le Barbier maintenant, dit-il sans réfléchir.

– Et Le Barbier alors ? Tu ne peux pas être Le Barbier si Le Barbier est Le Barbier.

– Le Barbier est mort. Mort ce matin.

– Ouais ?

– Ouais. Gros trou dans la poitrine. J'ai vu Bébé Zuzu et Inez Rugi en pleurs sur la pelouse devant leur maison. C'était vraiment moche.

– Un gros trou ?

– Ouais, elle a dit que Mères avait parlé du Doigt de Dieu. C'était peut-être ça.

– Faut croire. Ma mère a beaucoup parlé du Doigt de Dieu ces derniers temps. Elle a arrêté de boire à cause de ça en tout cas. Elle a aussi obligé mon père à arrêter. Je sais pas, dit Pepe sans cesser de caresser sa barbe naissante, comme s'il était en train d'élucider un mystère. Il est arrivé la même chose au Postier la semaine dernière. Un gros trou dans la poitrine. Qui le traversait de part en part. C'est Beulah maintenant qui fait la distribution à sa place.

– La femme sourde ?

– Ouais. Je crois qu'un petit caniche noir est sorti du trou du Postier.

– Il venait d'où ?

Mano replaça ses nouvelles lunettes sur son nez.

– Personne ne sait, dit Pepe qui tenta sa meilleure imitation du Père Mères II : « Le Doigt de Dieu a donné et a pris. Il a pris sa vie mais a donné au monde un caniche. »

– Il est allé où ?

– Le caniche ?

Pepe se contenta de hausser les épaules.

Le Boucher appela son fils pour qu'il reprenne le travail.

– C'est l'heure, Pepe.

– Oui, père, répondit Pepe. Hé, réfléchis-y. Un jour, tu pourras être Le Barbier et moi je serai Le Boucher.

Les éclairs de douleur dans le dos et les jambes de Mano se dissipèrent pendant quelques secondes à cette pensée.

– On sera chaque jour l'un à côté de l'autre.

– On pourra prendre des pauses cigarettes ensemble quand on voudra.

– Aussi longtemps qu'on voudra.

7.

En vingt années d'histoire, Dame-Sang n'avait jamais été aussi remplie qu'en ce dimanche, aussi était-il particulièrement fâcheux que ce matin-là Le Père Mères II soit en retard. La plupart des nouveaux visages étaient assis par deux sur les bancs du fond, certains étaient seuls. Certaines personnes étaient debout, appuyées contre le mur à côté d'un tableau de Jésus-Christ que Le Père Mères originel avait peint quelques années avant sa mort. Jésus semblait y faire une reprise de dribble au basket, alors qu'il était censé y transformer l'eau en vin. Deux des nouveaux visages regardaient à travers les portes du narthex, à moitié convaincus par l'idée d'assister à une messe. Après un trop long silence dans l'assemblée, il commença à y avoir des bavardages.

Le Boulanger demanda à sa fille, Mary Minutes, si elle avait donné à manger au chat avant de partir. Elle ne l'avait pas fait parce qu'elle pensait que c'était au tour de sa sœur Mimi. Le Boulanger avait oublié que c'était parfois au tour de Mimi. Mais Mimi ne lui avait pas non plus donné à manger. June Good se pencha devant Le Contremaître pour chuchoter quelque chose à Vera Good, à qui Le Contremaître adressa un raclement de gorge désapprobateur. Le Contremaître ne s'asseyait entre les deux femmes chaque dimanche que pour sauver les apparences. Lois Corn, assise dans le fond, parlait à ses deux jeunes fils, Ernesto Corn et Ernest Corn. Elle laçait les chaussures d'Ernesto d'une main, et Ernesto aidait Ernest à rentrer sa chemise dans son pantalon. Mimi écrivait un message à propos de Mano en se servant de son unique main pendant que Mary tenait le papier en place pour elle, puis Mary en fit une boule qu'elle lança à Enid Pin, mais elle manqua sa cible et la boule roula sur le sol. Nana Pin, la mère d'Enid, se retourna et jeta un regard désapprobateur aux jumelles. Inez Rugi retira la couverture qui masquait le visage de Zuzu juste pour la regarder, s'assurer qu'elle était encore là. C'était le premier dimanche qu'Inez venait à l'église sans son mari, Le Barbier.

– Est-ce qu'il te reste des pendules en réserve dans ton atelier ? demanda à voix basse Le Boucher à sa femme Mitzi Let qui aimait réparer les pendules cassées. Il va peut-être m'en falloir une autre pour la boutique.

– Oui. J'en ai une, avec une vache dessus.

– Parfait.

Ils se tenaient la main. Pepe était habituellement assis entre eux, mais ce matin, il avait prétendu être trop malade pour se lever, aussi était-il resté à la maison.

Beulah Lespiègle était assise au fond, toute seule, pour la première fois sans son mari, Le Postier. Cela ne changeait pas grand-chose pour elle que Mères II ne soit pas encore arrivé. Elle vivait dans un monde de silence, et il semblait encore plus silencieux sans la main du Postier sur sa jambe.

Cela ne ressemblait pas du tout à Mères II d'être en retard. Lui qui prêchait sans arrêt les vertus de la ponctualité. Parfois il aimait arriver du fond de l'église, par l'entrée des fidèles, c'était une façon d'amplifier la pompe, après quoi il insistait sur le fait que nous entrons et sortons tous par les mêmes portes, ou quelque chose dans ce goût. Mais ils avaient attendu assez longtemps, et maintenant les têtes se tournaient et regardaient vers toutes les entrées possibles que Mères II pouvait faire.

– Est-ce que tout va bien ? demanda Nana Pin à Mères Roux qui était assis dans un fauteuil géant sur le côté du chœur, devant le sanctuaire.

Roux était le fils unique de Mères II. Tout le monde l'appelait Roux en raison de son teint, de ses cheveux d'un roux vif et de ses yeux tirant sur le roux. Même sa peau, dans la lumière vitreuse de l'église, avait des nuances de roux, comme un terrible coup de soleil permanent. Son père, Mères II, en revanche, ressemblait à un baudet jaune et brun, avec de gigantesques sourcils bruns et de grandes oreilles jaunes. Personne, pas même son père, ne se rappelait le véritable prénom de Roux. Comme son père avant lui, et le père de son père avant lui, il était chaste.

Mères Roux était trop vieux pour être le fils de qui que ce soit. Nombreux étaient ceux qui émettaient même l'hypothèse qu'il était plus vieux que son propre père, lequel était à présent inacceptablement en retard pour la messe.

La question de Nana Pin déclencha d'autres questions de la part de tous les autres. Roux demeurait la tête inclinée, comme en prière.

– Est-ce que Mères dort encore ? Ne faudrait-il pas que quelqu'un aille le réveiller ? demanda Le Maçon.

– Mères ne ferait pas la grasse matinée un dimanche, dit Le Boulanger.

June Good se leva et demanda :

– On va attendre encore combien de temps ?

– Assieds-toi, June, dit Le Contremaître en empoignant l'arrière de sa robe, la tirant en arrière.

– Ne lui dis pas de s'asseoir, dit Vera Good.

Elle se pencha devant Le Contremaître et demanda à June si ça allait.

Le Contremaître mit sa tête dans ses mains.

Inez se leva, sans cesser de bercer Bébé Zuzu dans ses bras, et s'écria :

– Pourquoi mon mari est-il mort ? Pourquoi a-t-il un trou dans la poitrine ?

Roux regardait derrière les rideaux. Il était important qu'il fasse au moins semblant de chercher son père. Il ne savait comment répondre au pied levé à ce feu nourri de questions, qui augmentait en intensité.

Après la question d'Inez, il y eut comme un grand soupir, puis tous intervinrent :

– Oui, pourquoi mourons-nous ? fit Le Banquier.

– Le Postier, et maintenant Le Barbier…

– Pourquoi ont-ils des trous ?

– C'est le Doigt de Dieu ! s'écria Le Boucher. Il faut qu'on...

– Je pense que Dieu nous touche ! Mais c'est juste qu'il touche trop fort ! hurla Le Boulanger. Il nous aime trop.

– Oui ! Il essaye juste de nous bénir, mais il ne se rend pas compte de sa force, ajouta Le Contremaître à la frénésie ambiante.

Roux se leva de son siège et s'avança jusqu'à la chaire de son père pour s'adresser à contrecœur à l'assemblée. Il ignorait où était son père, et ne savait que dire. Depuis tout petit, il avait toujours rêvé de se tenir en chaire et de prononcer une homélie, mais il avait passé sa longue vie à se contenter de regarder, sans jamais passer à l'action. Lorsqu'il s'imaginait tenir ce rôle, il se voyait crier et faire de grands gestes, disant des choses comme *vous êtes tous mauvais et il faut que vous soyez bons*. Bien qu'il n'eût encore jamais parlé devant une assemblée à l'église, surtout en ce dimanche plus rempli qu'aucun autre, il en savait assez pour comprendre que l'heure n'était pas aux sermons sévères.

Les premiers mots du règne du Père Mères III furent plutôt fébriles.

– Je ne sais pas où est mon père, dit-il. Je suis désolé.

Paumes en l'air, il haussa les épaules et renversa un cierge. Pris de panique, il écrasa la flamme de ses chaussures en peau de serpent.

– C'est éteint, c'est éteint, annonça-t-il.

Puis sa deuxième annonce d'une longue série devint :

– Du calme. L'église ne va pas brûler.

L'assemblée poussa un soupir collectif, et certains commencèrent à enfiler leur veste pour s'en aller.

Mary et Mimi furent parmi les premiers à sortir. Elles allèrent derrière l'église fumer deux cigarettes Tarteure volées, loin de la foule qui se dispersait. En allumant la cigarette de Mimi, rituel auquel elles s'étaient maintes fois livrées, Mary entendit le son du sermon de Mères II qui flottait au loin. Les flammes de leurs cigarettes s'éteignirent.

– Ça vient des arbres ?

– Non. De là-haut, sur le toit.

Elles laissèrent tomber leurs cigarettes, et Mary aida Mimi à se hisser sur son dos. Le bras de Mimi accroché au cou de Mary, elles grimpèrent à l'échelle qui était appuyée sur le mur derrière l'église. Ensemble, elles grimpèrent comme un escargot.

De plus en plus de gens quittaient maintenant l'église, déconcertés.

Une fois parvenues au sommet de l'échelle, Mary et Mimi regardèrent au-dessus du faîte du toit et aperçurent Mères II suspendu à sa croix, le clair soleil du matin encadrait son corps mou, le son de son sermon plus fort qu'auparavant. Sans échanger un mot, Mary grimpa sur le toit et se mit à califourchon sur son sommet pendant que Mimi se plaçait sur le dernier barreau de l'échelle. Mary s'approcha encore du cadavre tandis que Mimi retenait son souffle.

Mary s'approcha si près du cadavre que son épaule heurta le pied de l'homme. Mères II se balança. En relevant la tête, elle vit son visage mort et violet. Il avait les yeux ouverts et un demi-sourire, comme s'il était toujours vivant. Ses habits étaient encore mouillés de la pluie de la veille. Elle se rendit compte alors que le sermon qu'elle entendait ne venait pas de Mères II, qu'il n'était pas le sien, mais qu'il s'agissait du sermon d'un autre prêtre, peut-être dans une autre ville.

– Qu'est-ce que c'est ? ! demanda Mimi perchée sur son échelle.

– C'est Mères.

– Il est vivant ?

– Non ! Tu trouves qu'il a l'air vivant ? On dirait une girouette accrochée à la croix.

– Bah, je ne sais pas ! Je ne vois rien d'ici.

Mimi commençait à lâcher prise sur le barreau, et elle plaça ses jambes de manière à être assise plus confortablement sur le barreau du dessous. Mais de là, elle voyait encore moins bien.

– Pourquoi parle-t-il ? demanda-t-elle.

– Ce n'est pas lui.

– Comment ça, ce n'est pas lui ? Qui est-ce ?

– Je veux dire, c'est lui, mais ce n'est pas lui qui parle. C'est une radio ou je ne sais quoi.

– Je ne vois pas de radio.

Mary regarda autour du corps et ne vit rien sur la partie plate de ce toit étrangement construit, hormis deux lourdes planches de bois vermoulu, un marteau et quelques clous éparpillés. Du toit, elle voyait les gens s'éloigner de l'église dans des directions différentes.

– Ouais, moi non plus.

Avec d'infimes précautions, Mary se mit en équilibre sur le toit et commença à se redresser en s'aidant de la croix avec ses mains. Elle tâta le corps de Mères à la recherche de la source du sermon qu'elles entendaient. Elle tâta ses jambes, qui semblaient être juste des jambes dures. Puis elle se releva davantage et tâta ses cuisses, qui semblaient être juste des cuisses dures. Puis elle lui toucha le ventre, qui était dur lui aussi.

– Pourquoi tu le touches comme ça ? lança Mimi. On devrait prévenir quelqu'un.

– Non, surtout pas ! Attends.

Mary tâta le torse de Mères. Il semblait creux sous sa chemise. Elle regarda ses yeux gonflés et globuleux et, en silence, sans qu'un son ne sorte de sa bouche, elle lui présenta des excuses. Puis, de la main gauche, elle déboutonna lentement sa chemise. Il avait un gros trou à la poitrine, qui le traversait de part en part, et une petite radio rouge à l'intérieur.

– Vos cœurs sont trop petits, disait la voix à l'intérieur de la radio à l'intérieur du trou.

8.

Avec ses nouvelles lunettes, Mano distinguait toutes les plus petites choses à travers la vitrine. Il voyait la poussière des cheveux sur les tabliers, qui étaient accrochés à un portemanteau au fond de la salle. Des peignes flottaient dans un bocal de liquide bleu clair, sur le comptoir devant la glace, et les ciseaux étaient suspendus à leur place le long du mur. Il voyait les rasoirs aussi. Puis il crut voir un homme debout dans la pénombre, dans le fond, mais c'était son propre reflet dans une autre glace tandis qu'il regardait à travers la vitrine. La vacuité du salon de coiffure devait paraître bien différente pour Inez. Pour elle, les salles vides signifiaient que le monde se terminait, mais pour Mano, des salles vides comme celle-ci lui donnaient l'impression que le monde en était à sa première page. Mano connaissait l'amour maintenant. C'était juste l'espoir rendu visible. Maintenant, le monde paraissait un brin plus vaste, et de la meilleure des façons, assez vaste pour qu'on y entre complètement. Le salon de coiffure semblait prêt pour un client.

Soudain, un petit caniche noir lécha les chevilles de Mano, à l'endroit où il restait encore du sang séché, à la suite de la punition que lui avait infligée plus tôt Le Contremaître. La langue froide et humide du caniche le fit sursauter.

– Ça va, tu n'es pas obligé de faire ça.

Mano resta immobile alors que pourtant ça le chatouillait. Le caniche voulait le nettoyer et Mano voulait le laisser faire. Il caressa les poils noirs pelucheux du caniche, puis il le prit dans ses bras pour lui dire merci, les yeux dans les yeux.

– Es-tu le caniche sorti du trou dans Le Postier ?

Le caniche s'agitait dans les bras de Mano. Il n'avait pas de plaque pour l'identifier. Il n'avait même pas de collier.

– Comment t'appelles-tu ?

Le caniche n'avait pas de nom.

Peu après avoir été reposé au sol, le caniche renversa la poubelle pour renifler et lécher ce qu'il y avait dedans.

– Hé, comment as-tu fait pour entrer ? demanda Mano au caniche.

La porte, que Mano avait crue fermée à clé, était à présent entrebâillée. Mano entra et alluma la lampe. Il retourna le recto *Fermé* de la petite pancarte sur la porte pour qu'apparaisse le verso *Ouvert*. Il remit la poubelle debout, puis ramassa certains des papiers qui s'en étaient déversés et les remit dedans. Avec ses cheveux longs rentrés dans son col, Mano s'assit dans le siège du Barbier et attendit son premier client. Il attendit tant et plus et personne ne vint. Personne ne passa même devant la vitrine. Il trouva le journal de la veille sur le présentoir à journaux près de la porte. Il avait maintes fois observé Le Barbier lire le journal dans le siège en attendant un client, aussi songea-t-il à maintenir la tradition. Cela paraissait normal. C'était le moins qu'il puisse faire.

Le journal avait officiellement baptisé Doigt de Dieu le fléau qui s'abattait sur Tarteure. Selon l'article, trois habitants de Tarteure étaient morts. Chacun avec un trou dans la poitrine, et chacun avait quelque chose qui était sorti du trou à sa mort. Personne ne savait d'où venaient les trous, ni pourquoi. Certains suggéraient qu'ils étaient causés par un cauchemar contagieux, car chaque mort s'était produite pendant le sommeil de la victime. La plupart suggéraient que c'était Dieu qui enfonçait son doigt très fort dans la poitrine des pécheurs pour les punir de leurs péchés. D'autres suggéraient que c'était Dieu qui essayait de bénir les vivants avec son doigt pour avoir fait le bien, mais qu'il les bénissait trop fort. Ce que Pepe avait dit à propos du Postier était vrai. C'était écrit noir sur blanc dans le journal. Beulah Lespiègle était interviewée. « Un caniche en est sorti », c'est tout ce qu'elle disait.

– Comment es-tu entré dans Le Postier ? demanda Mano au caniche, qui était à présent assis au soleil, dans la vitrine.

Cela ne semblait pas être la bonne question.

– Comment es-tu sorti du Postier ?

Aucune question ne semblait être la bonne et il était clair que le caniche ne comprenait pas d'où il venait.

– Qu'est-ce qui arrive au monde ?

En disant ça, Mano se sentit davantage dans la peau du Barbier. Voilà quelque chose qu'un Barbier dirait.

– Qu'est-ce qui cloche dans le monde aujourd'hui ? Monte, monte, dit Mano au caniche en tapotant sur le dossier du siège du Barbier. Allez.

Mano décida qu'il aurait besoin de s'exercer avec le tablier, les ciseaux, les peignes, les rasoirs et les shampoings avant que ses clients arrivent. Ce temps était précieux.

Le caniche le fixait.

– Tu es mon cobaye.

Avec ses nouvelles lunettes, Mano voyait parfaitement les contours du corps du caniche, il voyait les plus petits poils qui dépassaient des recoins et il distinguait suffisamment les grains de beauté dans les plis de la peau pour ne pas les raser. Il coupa et rasa, fit mousser et lissa. Le caniche paraissait plus petit, comme un animal d'un genre complètement différent, peut-être de la famille des rongeurs. Mais il sentait le propre. On voyait ses yeux maintenant et ils brillaient dans la lumière du soleil. Pour quelqu'un qui n'avait encore jamais officié en tant que Barbier, la première coupe de Mano était remarquable.

Si Mano devait devenir Le Barbier, il faudrait que sa deuxième coupe soit sur lui-même. Personne ne voudrait se faire couper les cheveux par un Barbier aux cheveux longs. Il s'installa dans le siège et se plaça face à la glace. Il resserra le col en papier blanc autour de son cou avant de passer le tablier autour de ses épaules.

– Tu ressembles à un prêtre, se dit-il à lui-même. Tu ressembles à Mères avec des cheveux longs, ajouta-t-il, ce qui le fit rire. Bon, ça va faire mal.

Il se fit rire à nouveau, puis il tint ses cheveux longs au-dessus de sa tête et les coupa avec les ciseaux. Ses cheveux courts lui arrivaient aux oreilles tandis que ses cheveux longs restaient dans son poing au-dessus de sa tête, tel un bouquet de fleurs. Il demeura ainsi un moment, regardant fixement sa figure. On aurait dit un inconnu, et, pour la première fois, son corps n'était pas le sien. Il avait l'impression d'être à l'intérieur d'un corps d'un très beau jeune homme. Il ressentait la douleur cuisante qui subsistait à l'arrière de ses jambes, et cette douleur cuisante semblait aussi appartenir à un autre. Rien n'était à lui. Hormis le caniche qui était à présent sur ses genoux. Uniquement les lunettes. Il avait le sentiment que ces choses-là étaient à lui parce qu'il avait sur lui ces choses-là. Et comme il avait sur lui ces choses-là, il devenait plus ample.

– Bonjour ? dit-il à la glace.

Il se leva pour se regarder dans les yeux de plus près. Debout, il se coupa les cheveux encore plus court, plus follement à présent, farouchement, comme s'il taillait une haie, jusqu'à ce qu'il puisse voir son cuir chevelu. Il n'avait encore jamais vu son cuir chevelu. Il pouvait voir la forme de son crâne, et il pouvait voir à quoi il ressemblerait en tant que squelette.

– Bonjour, squelette.

Avec le rasoir, il se rasa sur les côtés, et, s'aidant du peigne, il fit une raie sur le dessus avec ce qui lui restait de cheveux.

Il se pencha encore plus en avant par-dessus le comptoir, s'approcha du miroir jusqu'à ce que sa respiration embue le visage d'homme qui s'y reflétait.

– Comment t'appelles-tu, chuchota-t-il. Dis-moi ton nom.

Sa bouche ouverte s'appuya contre la respiration sur la glace et elle s'approcha de la buée chaude de son reflet. Sa langue sortit, glissa le long des bords et lécha sa propre langue.

Le salon de coiffure était minuscule, avec juste assez de place pour un siège de barbier, mais il y avait une porte à l'arrière de la boutique qui donnait sur deux pièces encore plus petites. Celle de gauche c'étaient les WC, et celle de droite c'était complètement autre chose. Les murs étaient blancs et il n'y avait pas de fenêtre. La seule chose dans la pièce était un carré noir. Cela ne ressemblait à rien d'autre – ni à de l'obscurité ni à de la lumière, ni à de la joie ni à de la tristesse, ni à de l'air ni à du manque d'air. C'était quelque chose mais c'était aussi rien. On avait l'impression que c'était une chose, bien sûr, mais l'impression d'une chose qui manquait. Si cela ressemblait à quelque chose, peut-être était-ce au passé. L'air dans la pièce semblait incroyablement personnel, comme s'il ne pouvait exister que pour une seule personne. Et quand Mano se tint au milieu de la pièce, il eut l'impression d'être exactement la personne pour laquelle elle était conçue.

Mano s'avança de quelques pas dans la pièce afin de pouvoir toucher le carré noir. Il se disait qu'il saurait ce que c'était s'il le touchait. Au lieu de toucher quoi que ce soit, il regarda son doigt s'enfoncer dedans, puis en ressortir. Il s'était enfoncé profond, presque jusqu'à l'articulation. Ensuite il enfonça toute la main et sentit une sorte d'attraction – non pas comme si une autre main le tirait, mais comme de la gravité oblique. Il enfonça le bras jusqu'au coude. C'était tellement agréable d'être *à l'intérieur* du carré noir comme ça.

– Tu me dis si quelqu'un entre, d'accord ?

Le caniche ressemblait à une souris dans l'encadrement de la porte de l'arrière-salle.

Mano hésita quelques fois, mais ensuite ne put s'empêcher de céder à l'attraction du carré noir sur tout son corps. Quand l'air fut au plus calme dans l'arrière-salle, et qu'il fut sûr que personne n'arrivait, Mano pénétra dans le carré noir. Il y entra de tout son corps.

Une fois à l'intérieur du carré noir, Mano vit qu'il était sous l'eau, assis dans de la boue froide au fond d'un étang vaseux. Au-dessus de lui, à la surface, deux personnes nageaient sur place, tout habillées. Elles ne faisaient pas d'éclaboussures, ne paniquaient pas, elles flottaient simplement, bougeant leurs jambes lentement, comme si elles étaient en train de marcher. Leurs jambes étaient éclairées dans la lumière aqueuse. La longue jupe de la femme se gonflait et se dégonflait lentement comme une méduse, et quand sa jupe remontait, il voyait ses jambes, et le haut de sa jarretière. L'homme était en pantalon, chaussé de richelieus, ses chaussettes noires dépassaient dans la lumière. Mano fut excité par la vision de l'espace entre le bas du pantalon de l'homme et le haut de ses chaussures, où les fines chaussettes avaient glissé, et l'espace entre l'ourlet de la doublure de la jupe de la femme et le rebord supérieur de ses chaussures, la façon dont la peau se plissait de manière impossible. Les jambes de l'homme et de la femme bougeaient comme des pattes de grenouilles.

L'homme s'enfonça juste un peu sous la surface pour défaire sa ceinture, et la femme s'enfonça juste sous la surface pour ôter sa jupe. Mano n'avait encore jamais vu autant de peau, comme des bandes dans le silence aqueux, floues et tourbillonnantes, se fondant dans les mouvements qu'elles faisaient ou venaient juste de faire. Le pantalon et la jupe, et les deux paires de chaussures, une ceinture et des chaussettes flottaient lentement sous la surface.

Sous les deux personnes dans la boue froide, Mano cherchait sa mère. Tandis qu'il l'appelait, le mot s'éleva au-dessus de ses lèvres et fit une ombre sur son visage :

– *Maman ? Mama ? Mamoute ?*

Les mots étaient tout ce que quiconque pouvait vouloir en matière de mots. Trois syllabes magnifiques : *ma*, *ma*, *mouth*, rapprochées les unes des autres dans la lumière jusqu'à s'allumer dans la lumière, formant un mot vivement éclairé sur son visage. La bouche de Mano bougeait d'elle-même maintenant, *Mama*, *Mammouth*, devant lui, et il la suivait. Mais il se rendit compte pour la première fois que ce qu'il cherchait n'était pas un son mais la *sensation* d'un son. Puis cela vint, avec autant d'aisance des ténèbres, ou de la femme ou de l'homme, que de l'obscurité feuillue, qui *donnait l'impression* de se balancer directement en face de lui dans la ténébreuse absence d'air du fond de l'étang. Ce son de balancement qu'il entendait venait des nageurs maintenant nus au-dessus de lui. C'était le sang qui pulsait à l'intérieur de son propre cœur.

On aurait dit que les nageurs se divisaient maintenant en morceaux, leurs bras et leurs jambes se séparaient de leurs corps et flottaient à la surface de l'étang. Pour Mano, ça ressemblait aux fonds de nombreux bateaux. De plus en plus de formes flottaient à la surface, et elles commençaient à bloquer la lumière qui pénétrait dans l'eau. Au bout d'un moment, les deux nageurs ne furent plus visibles du tout, et à la place il y avait tellement de formes qui flottaient au-dessus de Mano que Mano se retrouva complètement dans le noir.

Émergeant du milieu de la pénombre, le visage de Pepe, qui s'avançait rapidement vers Mano, était net et clair. Il y avait cette impression que quelque chose était sur le point de commencer, ou venait juste de s'achever. Et puis il n'y eut plus d'obscurité. Et puis il n'y eut plus d'étang.

9.

– Qu'est-ce qui est arrivé à tes cheveux ? demanda Sisi.

Mano se pencha en avant sur les WC. Il avait oublié ce qu'il avait fait à ses cheveux. Il se toucha la nuque et sentit tout l'air qu'il y avait. En sourdine, il y avait de la polka à la radio.

– C'est moi Le Barbier maintenant.

– Ah bon ? fit Sisi comme si elle était impressionnée. Et ça n'embête pas Le Contremaître que tu sois maintenant Le Barbier ? Je doute que tu sois très productif pour rouler des cigarettes si tu coupes et balayes toute la journée dans ton salon de coiffure.

Mano grinça des dents.

– Je ne travaille plus à l'usine.

Il s'inquiéta que sa mère lui demande pourquoi. Il se mit à réfléchir à des raisons de quitter l'usine qui ne soient pas aussi humiliantes que la vérité.

– Ma foi, l'usine ne serait sûrement pas le bon endroit où travailler pour Le Barbier, je dirais, fit Sisi en souriant à son fils d'un air entendu.

Mano expira et laissa lui aussi un sourire s'épanouir sur son visage.

– J'imagine que tu as raison, dit-il, sentant que quelque chose avait changé entre eux, et du coup, Mano se sentit plus vieux et plus courageux. Alors, elle te plaît ? demanda Mano, qui d'habitude ne posait pas trop de questions à sa mère.

– Qu'est-ce qui me plaît ?

– Ma coupe de cheveux ?

Sisi regarda par-dessus son épaule savonneuse pour mieux voir la coupe de cheveux de Mano. Mano se releva des WC sur lesquels il était assis et fit un tour complet sur lui-même pour elle.

– Non, dit-elle.

Ils rirent tous les deux.

– Pourquoi ?

– Ça te fait ressembler à un homme.

La polka s'arrêta. La radio annonça :

– C'est la Bonne Heure pour une Tarteure.

– Dis-moi, comment Le Barbier va-t-il se débrouiller pour voler chaque jour un paquet de cigarettes Tarteure et un pack de douze bien fraîches, si tout ce qu'il fait c'est couper des cheveux et les balayer, couper des cheveux, balayer, couper, balayer, couperbalayer, couperbalayercouperbalayercouperbalayer ?

Mano paniqua tandis que sa mère ne cessait de faire des sons de coupe et de balayage. Il mit ses mains dans ses poches et constata au toucher qu'il n'y avait pas de pièces de monnaie, et le seul paquet restant de Tarteure de sa mère était posé solitaire sur l'étagère au-dessus de la baignoire.

– Je t'achèterai ta bière et tes cigarettes.

– Ça fait beaucoup d'argent, Mano. Tu n'as pas encore de clients.

– Je vais en trouver, des clients.

– Je parie que tu auras aussi des tranches de viande gratuites du Boucher, hein ?

Mano sentait que sa mère tâtait le terrain.

– Oui, maman. Je pense que oui.

Du regard, Mano demanda à sa mère ce qu'elle savait.

– Une mère sait, sourit-elle.

Mano ne savait pas du tout comment sa mère pouvait savoir quoi que ce soit de ce qui se passait en dehors de sa baignoire. Il la soupçonnait de sentir la vérité sur lui.

– Ça ne t'embête pas ?

– Pepe est trop gros pour toi. Tu es trop petit. Il ressemble à un type costaud et toi tu ressembles à une fillette toute petite avec une vilaine coupe de cheveux.

– On a le même âge, dit Mano, sachant que ce n'était pas tout à fait la vérité. Je deviens chaque jour de plus en plus costaud.

– Je te demande juste de ne pas tomber amoureux d'un chasseur.

– Pepe n'est pas un chasseur, maman. C'est un boucher.

– Il y a toutes sortes de chasseurs.

10.

Le Boulanger s'installa dans le siège du Barbier, et Mano le fit tourner pour qu'il se retrouve face à la glace.

– Ma Mary me dit que t'en as fini avec l'usine. Tu es Le Barbier maintenant.

– C'est exact.

Il n'était jamais venu à l'esprit de Mano que ce qu'il faisait puisse intéresser Mary ou Mimi.

– Ma Mary me dit que tu manques drôlement à Enid Pin, à l'usine.

Son clin d'œil prit Mano par surprise. Enid était une des rares filles que Mano appréciait. Comme Mano, elle n'avait pour toute famille qu'une mère et personne d'autre, et elle l'aidait parfois à voler des cigarettes à l'usine. Et, bien sûr, elle avait été incroyablement gentille avec lui le dernier jour.

Mano fit basculer Le Boulanger en arrière dans le siège et lui frictionna le visage avec de l'huile chaude. Il trempa une serviette de bain dans l'eau chaude. Au cours de sa première semaine en tant que Barbier, il avait appris à ne pas demander au client ce qu'il voulait, mais toujours à tout simplement commencer.

– Comment va la jeune Enid ? demanda Mano.

– Oh, bien. Bien. Elle passe à la maison de temps en temps pour jouer avec Mary. Oh, et avec Mimi aussi. La mère d'Enid c'est une autre histoire, bien sûr.

– Nana ? Ah, comment ça ?

– Tu sais comment est le monde, ces temps-ci, avec le Doigt de Dieu qui pointe de tous les côtés. Elle se montre très protectrice avec Enid. Il faut toujours qu'elle soit à la maison à une certaine heure, ce genre de choses.

– Ah ouais ? C'est dommage. À quoi bon vivre si…

Le Boulanger l'interrompit d'un soupir suffisamment bruyant pour faire sursauter Mano.

– Nana a peur d'à peu près tout. Elle a peur du Doigt de Dieu, comme nous tous…

Mano tenta de l'interrompre pour faire remarquer que lui, de fait, n'avait pas peur du Doigt de Dieu. Mais Le Boulanger continua de parler, de plus en plus fort.

– … et elle a peur qu'Enid tombe amoureuse, comme elle était tombée amoureuse elle-même. L'amour laisse une sorte de trou aussi. Tu sais ?

– Oui, oui. J'imagine que je sais, oui.

Mano n'était pas sûr de savoir ce que Le Boulanger essayait de lui dire. Il essora la serviette de bain chaude et l'entortilla en un ovale sur le visage du Boulanger.

– Demande à ta mère ce qu'elle en pense.

Les mots du Boulanger étaient étouffés sous la serviette mouillée chaude. À la place, Mano entendit Le Boulanger dire quelque chose du genre : Demande à Mères ce qu'il en pense.

– Je ne vais pas à l'église, avoua Mano.

Le Boulanger fut un instant décontenancé par la réponse de Mano.

– C'est vraiment dommage. J'aurais peur pour toi. J'aurais peur que tu sois le prochain. Le Doigt de Dieu peut emporter n'importe qui. Même le prêtre.

– C'est votre hypothèse ? demanda Mano.

– C'est une hypothèse comme une autre. Donc tu n'es pas au courant, pour Mères ? fit Le Boulanger, qui ôta la serviette qu'il avait sur la figure et la lança sur le comptoir. Le Doigt de Dieu a emporté un des enfants de Dieu. Qui sait ce que Mères fomentait. Il a été frappé sur place alors qu'il se tenait debout sur la croix au sommet de Dame-Sang. Il a été frappé alors qu'il était en train de construire une croix plus grande ! On peut difficilement faire plus saint.

– Sur la croix ? demanda Mano, n'ayant pourtant nul besoin d'éclaircissement.

– Sur la croix ! Dieu l'a eu en pleine poitrine. Il l'a tué en le faisant tomber de la croix, et il a fini suspendu, retenu par un clou accroché à son col. Il avait le trou et tout. En revanche, on n'a rien trouvé à l'intérieur.

– Quel dommage.

– Si le Doigt de Dieu s'abat sur notre famille, il n'emportera pas Mary. Ça je le sais. Ni Mimi. C'est moi qu'il emportera. Et je suis capable de faire face.

– N'empêche, c'est un monde effrayant.

Mano tâta le rasoir à main qu'il avait dans la poche de poitrine de son tablier.

Pendant une semaine, le salon du Barbier gagna régulièrement de la clientèle jusqu'à redevenir un commerce florissant. Quand les clients entraient, soit ils demandaient à Mano de présenter leurs condoléances à Inez et Bébé Zuzu, soit ils ignoraient que l'ancien Barbier était mort. Quoi qu'il en soit, il incombait à Mano d'éclaircir l'humeur inévitablement sombre lorsqu'il rencontrait chacun de ses nouveaux clients. Il rasait tout le monde de la même manière et faisait la même coupe à chacun, celle qu'il s'était faite une semaine plus tôt – courte avec la raie sur le côté, les cheveux lissés à l'huile. Tous semblaient satisfaits sans même se regarder de trop près dans la glace.

Il gagnait assez d'argent chaque jour pour acheter un paquet de Tarteure et un pack de douze canettes de bière Tarteure pour sa mère en rentrant à la maison. Et à la fin de chaque journée de travail, Pepe passait après sa longue journée en tant qu'apprenti du Boucher. Il s'asseyait dans le siège et tournait sur lui-même. Ensemble ils se moquaient des histoires sur les uns et les autres en ville.

– Garde ça pour toi, fils, dit Le Boulanger en donnant à Mano une pièce en plus, que celui-ci glissa dans la poche de son tablier.

Et je t'en prie, ne dis pas à Enid que je suis venu ici. Elle sera jalouse et elle n'arrêtera pas d'en parler toute la nuit.

Mano ne comprenait pas. Il ne voyait pas quand il aurait l'occasion de reparler à Enid. Toutefois, il sourit au Boulanger et le remercia.

Quelques minutes plus tard, tandis que Mano mettait à tremper son rasoir et ses ciseaux dans un bocal de liquide antiseptique chaud et balayait les cheveux du Boulanger pour en faire un nid bien net sur un des carreaux blancs, Pepe entra. La gorge de Mano se serra et il sentit ses jambes devenir creuses. C'était la sensation de son sang qui affluait et refluait en même temps de toutes les parties de son corps. Mano essuya ses lunettes avec un bout de tissu blanc, c'était quelque chose qu'il faisait environ toutes les demi-heures.

– Hé, Mano, je pensais à une chose qui manque à ton salon de coiffure.

Pepe se pencha et caressa le caniche noir.

– Ah bon ?

Mano se tenait si près de Pepe qu'il pouvait sentir le sang sur son tablier. Regarder ce jeune homme costaud sur le seuil du salon de coiffure c'était comme regarder un reflet de la manière exacte dont Mano voulait apparaître au monde. Ses yeux se brouillèrent et il vit les parties les plus brillantes de Pepe – ses cheveux et ses chaussures – puis son regard redevint clair et Mano vit la bouche de Pepe arrêter de bouger après avoir prononcé une phrase.

– Ouais, regarde.

Pepe sortit une boîte rouge qu'il cachait dans son dos et la tendit à Mano.

– Qu'est-ce que c'est ?

– Comment ça, "qu'est-ce que c'est" ? C'est une radio. Il en faut une dans ton salon de coiffure, tu ne crois pas ?

Mano ne savait même pas qu'il lui fallait une radio. Il n'avait jamais pensé à la possibilité d'une radio existant en dehors de celle derrière les WC, dans la salle de bains de sa mère, mais maintenant qu'il tenait entre ses mains une radio lui appartenant, il sentait qu'effectivement il en avait besoin. Il chercha dans le salon un endroit où la poser. Il essaya de serrer Pepe dans ses bras pour le remercier, mais il avait toujours la radio à la main, alors il se pencha juste sur lui.

Pepe chassa avec modestie ses remerciements d'un geste de la main.

– Vas-y, pose-la. Tu ne vas pas y croire. Je l'ai trouvée dans les poubelles derrière Dame-Sang. Qui donc irait se débarrasser d'une radio qui marche parfaitement bien comme celle-ci ?

– Tu l'as *trouvée* ? demanda Mano.

– Ouais, et c'est ça le truc. Je l'ai trouvée parce que j'ai entendu de la musique d'église qui sortait d'un tas d'ordures. Elle n'était même pas branchée !

– Comment ça, elle n'était même pas branchée ?

Mano trouva l'endroit idéal, sur le comptoir, derrière les peignes de rechange.

– C'est ce que je veux dire. Allume-la. Je vais te montrer.

Mano tourna le bouton. Un prêtre était en train de dire des choses. Il tourna le bouton pour changer de fréquence, et un autre prêtre disait des choses similaires. Les garçons regardèrent l'aiguille se déplacer le long de la ligne comme un cochon cherchant le bon passage pour éviter l'abattoir. Un autre prêtre, en train de dire d'autres choses.

– Comment elle peut faire ça ?

– Qui sait ? Mais elle le fait. C'est le plus important.

Mano reprit la radio et regarda derrière. Il ne trouva même pas de fil électrique qui en sortait. C'était le meilleur cadeau que Mano avait jamais reçu. Il avait envie de la retenir dans ses bras. Avec la radio, il avait l'impression d'occuper plus d'espace dans la salle.

– Merci, Pepe.

– Ouais. Continue à jouer avec. Tu trouveras de la polka, je parie.

Pepe s'assit dans le siège et Mano l'inclina complètement en arrière.

– Tu aimes la polka, hein ? demanda Mano.

– Ouais, tu en as déjà entendu ?

– Ouais. Ma mère en écoute parfois.

– Je monterai mon propre orchestre de polka, un jour, et je jouerai dans d'autres villes.

Mano éteignit la radio et prit un rasoir propre sur le comptoir. Il fit délicatement glisser le rasoir le long de la gorge nue de Pepe.

– Comment c'était, à la boucherie, aujourd'hui, Pepe ?

Pepe rigola.

– Ça chatouille.

Mano rit et dit à Pepe de se détendre.

– Il ne faut pas que tu bouges, sinon je vais te couper la gorge.

– Ne me tue pas ! Je ne suis pas prêt à mourir ! fit Pepe en plaisantant. Il respira par le nez et essaya de se détendre : D'accord, vas-y, réessaye.

– Comment était-ce, à la boutique, aujourd'hui, monsieur Let ? demanda Mano en parlant à voix basse pour être drôle, et il se mit à raser les poils sur la mâchoire de Pepe avec le rasoir.

Pepe prit une voix bizarre.

– J'ai sorti des choses du congélateur et j'en ai mis d'autres dedans. J'ai haché des choses au hachoir. J'ai pris l'argent. J'ai aiguisé les couteaux. J'ai fait couler le sang.

Mano sentait l'odeur du sang dans les cheveux de Pepe. Il passa le peigne dedans. Il lui dégagea le front avec le peigne. Il fit une raie bien nette. Il lui releva le col. Il dégagea davantage le front de Pepe en s'aidant de ses doigts.

11.

– Nous sommes en train de mourir.

Père Mères III se racla la gorge avec angoisse devant ce qui était devenu sa congrégation, et recommença :

– Nous sommes en train de mourir, l'un après l'autre, dans les mares de notre propre sang souillé, chaque matin, parce qu'aux yeux de Dieu nous ne nous comportons pas autrement que comme des souris. Nous sommes les souris de la terre. Et comme des souris, nous détalons sous les pieds de nos ennemis parce que nous supplions qu'on nous piétine. Et ensuite, parce que nous avons supplié de nous faire piétiner, chaque jour, nous nous faisons piétiner. Nous ne sommes au service que de nous-mêmes. Nous prenons, prenons, prenons et tout ce que nous touchons nous le transformons, transformons, transformons en quelque chose d'infect. Êtes-vous une souris infecte ?

Le regard de Mères tomba sur Enid Pin, qui se trouvait assise au premier rang à côté de Nana Pin. Enid n'était pas certaine de devoir répondre à la question. Comme elle ne répondait pas, Mères haussa le ton :

– Êtes-vous une infecte petite souris ? !

– Non… ? dit Enid, à peine audible.

Les yeux aux reflets roux de Mères s'agrandirent, puis il posa la même question à toute la congrégation. Personne ne répondit. Il posa la question une quatrième fois, demanda si oui ou non vous étiez une souris infecte, tout en regardant Le Boucher.

– Voulez-vous *mourir* comme une souris infecte ? Voulez-vous mourir sous le pied vengeur et justifié du Seigneur ?

Le Boucher se leva pour donner sa réponse :

– C'est le Doigt de Dieu, Mères, pas son pied !

– C'est un doigt qui s'enfonce, pas un pied qui nous écrase, ajouta Le Boulanger.

– Euh, ah oui, bien sûr ! s'excusa Mères. Voulez-vous que votre poitrine soit transpercée comme une souris infecte ?

Mères avait répété sa première homélie toute la semaine devant une glace, mais à présent sa métaphore de la souris s'effondrait rapidement devant lui. Il avait développé une façon de parler à travers ses dents énormes avec beaucoup de crépitements et des tonalités parfois explosives, pour dissimuler son discret zézaiement. Il avait une voix qui grésillait lorsqu'il parlait plus fort. Il avait des cheveux coupés très court qui ressemblaient à un gâteau plat et rouge dont la texture rappelait celle du velours. Sa soutane était celle de son père, aussi ne lui allait-elle pas vraiment. Elle le serrait à la poitrine et aux hanches quand il marchait.

La plupart des fidèles de Tarteure étaient impressionnés par la confiance et la ténacité du nouveau Père Mères. On s'était attendu à ce qu'il commette quelques erreurs pour sa première homélie. Ils s'attendaient à voir le nouveau prêtre enchaîner les faux pas pendant tout le service. Ce que les habitants de Tarteure admiraient le plus c'était qu'en dépit de son âge avancé, Mères avait l'énergie d'un jeune prêtre. Ils paniquaient à cause de toutes les morts aux mains du Doigt de Dieu, et ils avaient besoin des homélies intensifiées d'un prêtre pour contenir leur anxiété croissante.

Les questions de savoir si oui ou non quiconque était une souris infecte, ou souhaitait mourir comme une souris, flottaient dans l'air tandis que Mères bataillait pour remonter ses manches trop serrées.

– Votre père n'est-il pas mort du Doigt de Dieu pas plus tard que la semaine dernière ? lui lança Le Boulanger. Ma Mary l'a trouvé sur le...

Mères l'interrompit.

– Très bien ! Et maintenant, passons aux cérémonies de baptême.

Mères fit un geste à son nouvel assistant, Ti Jorge, exactement comme ils l'avaient répété. Ti Jorge était un gaillard très gros qui ressemblait à un adolescent à cause de toute sa graisse, mais n'avait en fait probablement pas plus de huit ans. Personne ne connaissait véritablement l'âge de Ti Jorge, tant il était potelé, mais il est vrai qu'il ne savait pas compter au-delà du chiffre huit, donc il était très improbable que quelqu'un ne soit pas capable de compter au moins jusqu'au chiffre correspondant à son âge. Si bien que tout le monde considérait qu'il avait huit ans. Ses bras et ses jambes étaient gros comme des troncs d'arbres, mais ils étaient aussi courtauds. Ti Jorge traîna sur la scène un bassin en plastique rempli d'eau bénite laiteuse. Il se dandina en le traînant.

Inez Rugi, qui portait une robe blanche en coton, et tenait Bébé Zuzu tout nu dans ses bras, suivit Ti Jorge et le bassin jusqu'au-devant du sanctuaire. Elle abaissa la partie supérieure de son corps jusqu'à la plonger dans l'eau, tenant son bébé contre sa poitrine comme un petit cochon. Elle redoutait que le bébé glissant gigote et échappe à son étreinte mouillée tandis que Mères, qui était juste à l'extérieur du bassin, retenait Inez au-dessus du rebord en plastique bleu. Le bassin était décoré d'images d'une vingtaine de sirènes jaunes nageant de-ci de-là.

– Les sirènes n'existent pas, murmura gravement Ti Jorge à l'intention de Mères.

– Merci, Ti Jorge, dit Mères en repoussant Ti Jorge poliment sur le côté de la cérémonie, afin que ses rondeurs n'obstruent pas la vue de tous.

Mères fléchit les genoux à côté du bassin.

C'est à ce moment-là que tout le monde dans l'église entendit le cri horrible de Mano. Il provenait de quelque part en dehors de l'église. Quelques têtes se tournèrent pour essayer de voir à travers les vitraux qui transformaient le ciel blanc lumineux en un puzzle carré et coloré, de Jésus-Christ à genoux lavant les pieds de quelqu'un, et en un autre puzzle carré coloré, qui ressemblait peut-être à Jésus-Christ avec un bâton de berger. En réalité, ça ressemblait plus à quelqu'un marchant sur trois échasses.

– Qu'est-ce que c'était ? s'écria une June Good inquiète.

– Peut-être une bête blessée ? fit Le Banquier.

– Non. Aucune bête ne peut faire un bruit comme ça, dit Vera Good.

– C'était une personne ! hurla Nana Pin.

– De qui pouvait-il s'agir ?

Hormis Pepe, tout le monde regardait à travers les vitraux, tentant d'en déduire de qui avait pu provenir ce cri, mais Pepe savait exactement de qui était sorti ce cri.

– Reprenons notre baptême, implora Mères.

Chacun regagna son siège en traînant les pieds, essayant de se concentrer, mais même Mères n'y parvenait pas. Il regarda par les vitraux en abaissant Inez qui lui faisait face dans le bassin. Songeant au cri, il maintint Inez sous l'eau plus longtemps que de coutume, suffisamment longtemps pour qu'elle ait peur et lutte contre la main du prêtre qui la retenait par l'épaule. Elle ressortit en toussant, tâchant de reprendre sa respiration, et ce faisant, elle laissa Bébé Zuzu lui échapper.

Le bébé dériva sous l'eau bénite trouble, entre les jambes de sa maman qui s'agitaient.

– Mon bébé !

Mères, à genoux, s'immergea complètement, sa tête et ses épaules sous la surface comme s'il jouait à attraper avec les dents des pommes flottant sur l'eau.

– Mon pauvre bébé est au fond ! hurla-t-elle.

Les mains de Mères fouillaient entre les jambes d'Inez. En cet instant, tout le monde oublia le cri de Mano, pour se concentrer sur celui d'Inez. Ils se relevèrent pour mieux voir dans le bassin. Les bras d'Inez étaient en l'air comme si d'une certaine manière elle comptait retrouver son bébé en train de se noyer au-dessus d'elle.

Le torse du prêtre détrempé finit par émerger, il empoignait un bébé, il avait des yeux d'aigle affolé. Il se releva, glorieusement, et brandit le bébé secouru bien haut au-dessus de sa tête.

Ce qui est remarquable, comme l'est devenue la légende de Bébé Zuzu, c'est que la petite ne pleurait pas.

Toute l'église soupira puis poussa un cri de respect mêlé d'admiration. Ceux qui ne s'étaient pas encore relevés se relevèrent. Tous applaudirent.

– Je vous présente Zuzu Rugi, désormais enfant de Dieu !

Mères était à bout de souffle. C'était son premier triomphe en tant que nouveau prêtre. Inez était encore à genoux, elle pleurait, cramponnée à la jambe gauche de Mères. Elle regardait vers le haut, sa robe de coton détrempée comme une fine peau rose épousant tout son corps. La congrégation applaudit énergiquement, poussa des cris et des hourras. Ils regardaient les parties roses les plus foncées du corps d'Inez, entre les plis de ses cuisses humides. Ils regardaient fixement la sombre et fertile vallée qu'il y avait là, et ils fixaient ses tétons marron durs.

Ils continuèrent à applaudir et à pousser des hourras.

Seul Pepe n'applaudissait pas ni ne poussait de hourras. Il se glissa sous les applaudissements et les hourras pour échapper à la liesse.

– Tu vas où ? s'écria Le Boucher.

Il avait détaché son regard du corps mouillé d'Inez, mais continuait d'applaudir. Pepe n'était déjà plus visible.

Avant que les derniers applaudissements ne s'estompent, Mères fit son ultime annonce du jour. Près de la porte d'entrée de Dame-Sang, dans un cercueil ouvert, gisait le corps mort de son père, Le Père Mères II, sans chemise, tenant encore un marteau dans sa poigne.

– Je vous remercie, merci. S'il vous plaît, asseyez-vous. Prenez place, fit Mères, savourant cet instant. Comme beaucoup d'entre vous le savent peut-être, mon père est décédé la semaine dernière. Il a été emporté trop tôt.

Mères baissa la tête et marqua un instant de silence pour créer un effet théâtral, espérant que son silence ne serait pas interrompu par des cris de « Doigt de Dieu » émanant de la congrégation. Mais tout le monde l'imita, chacun baissa le regard.

Puis Mères releva la tête d'un coup et poursuivit :

– Nous essayons de récolter suffisamment d'argent pour construire une croix plus grande au sommet de Dame-Sang. C'était le souhait de mon père à sa mort. Comme vous le savez, aucune croix ne pourra être construite si nous n'avons pas suffisamment d'argent pour la construire. En sortant, tandis que mon père gît devant vous, merci d'avoir la gentillesse de mettre toutes les pièces que vous auriez en trop dans le trou de mort de mon père. Notre but est de le remplir jusqu'aux tétons.

Et pour le remplir, ils le remplirent.

12.

Le dernier matin où Mano livrerait une bière fraîche à sa mère, il était au lit quand son lit commença à flotter. Il ne le remarqua pas tout de suite parce qu'il avait trop de pensées en tête. Il pensait à l'amour, puis à l'argent, à la coupe des cheveux, et de nouveau à l'amour. Ses pensées s'entassaient tellement haut à l'intérieur de sa tête que la pensée suivante fut de savoir comment il pourrait les gravir, tel un escalier, qu'on monte et qu'on descend. Un abat-jour entra en flottant dans son lit. Le caniche noir barbotait.

– Maman ?

Sisi Medium mourut dans sa baignoire avant le lever du soleil, entre le moment où elle avait ouvert le robinet et celui où elle l'avait refermé. Mano sortit de son lit et marcha dans l'eau jusqu'à la cuisine avec l'abat-jour à la main. *Plouf, plouf.* Il posa l'abat-jour sur le plan de travail. Il secourut le caniche en le hissant sur son épaule.

– M'man ! lança-t-il sur un ton pressant, se disant que s'il criait assez fort, elle lui répondrait certainement quelque chose en criant elle aussi.

Il traversa plouf plouf la cuisine pour se rendre dans la salle de séjour. Une lampe flottante sans abat-jour, et une chaise flottante. Le canapé vert flottait comme un petit bateau, un jouet. La photo de sa mère le tenant dans ses bras quand il était tout bébé était maintenant accrochée au mur, au milieu, au-dessus de rien. Il envisagea de la mettre quelque part à l'abri, mais ne le fit pas. L'eau était suffisamment haute pour rendre la marche difficile, mais pas suffisamment haute pour qu'il se baisse et se mette à nager. Il poussa le canapé pour le remettre à sa place contre le mur.

Mano appuya le front contre la porte fermée de la salle de bains.

– Tu veux une autre cigarette ? Tu n'en as plus ? Si tu n'en as plus, je peux aller en chercher, dit-il, entendant le jet qui sortait du robinet et éclaboussait encore de l'autre côté de la porte. Dis-moi juste que ça va.

Il savait que sa vie changerait s'il ouvrait la porte, or il ne voulait pas que sa vie change.

– Il faut que tu fermes le robinet, dit Mano, puis il attendit quelques secondes une réponse. D'accord ?

Mano frappa. Rien. Puis il prit une inspiration et actionna la poignée de porte. La poignée était blanche et lui donnait l'impression d'être la lune dans ses mains. Il poussa la porte qui résista à cause du poids de l'eau.

Le corps de Sisi Medium flottait juste sous le rebord de la baignoire. Sa tête était penchée en arrière, la longue chevelure noire étalée sur la porcelaine rouge. Un de ses bras flottait comme une souche coincée par des broussailles dans un torrent. L'eau du bain à proximité de son corps était plutôt dans les teintes roses.

– M'man.

Cette fois-ci, quand Mano prononça ce mot, ce n'était pas une question. Ce n'était même pas un mot. Ça ressemblait plus à un coup de poing en pleine gorge qu'à un mot.

Au lieu de patauger jusqu'à la baignoire pour fermer le robinet, Mano tourna la tête et émit un tout petit son qu'il ne reconnut pas. Une nouvelle espèce de mammifère essayait de crier en lui. Il enfonça son visage dans le papier peint rouge de la salle de bains, exactement comme il l'avait fait plus tôt avec le carré noir. Il y enfonça complètement le visage, à l'intérieur du champ de renoncules rouges. Mano était gigantesque dans le champ, il écrasait toutes les fleurs, renversait les arbres. Son visage était le ciel entier dans ce champ.

Le robinet de Sisi essayait de dire quelque chose, et Mano quitta le champ pour entrer de nouveau dans la salle de bains et l'écouter à contrecœur. Les rideaux de la salle de bains étaient ouverts et la froide lumière blanche projetait les ombres des arbres vides sur les murs et l'arrière de la tête de Mano. Tout était incroyablement rouge. Comment se faisait-il que tout soit devenu si rouge ? La salle de bains de sa mère était-elle si rouge, avant ? Avait-elle d'ailleurs un jour été rouge ? Peut-être était-elle jaune. Sans savoir pourquoi, il se souvenait de la salle de bains de sa mère jaune. Ou bleue. Bleu clair. Mais les serviettes, le carrelage, tout rouge. Les renoncules rouges. Il éprouva le besoin pressant de compter chaque fleur rouge sur le papier peint, il se mit donc à compter. Ce comptage devint sa nouvelle mission. Il fallait que ce soit fait. Il compta les renoncules les plus près de la base de l'embrasure de la porte et remonta. Arrivé à mi-chemin, il avait déjà compté jusqu'à 14, qui était, il s'en souvint alors, son nouvel âge précisément aujourd'hui. Il ne se souvenait pas que c'était son anniversaire. L'anniversaire d'un fils, songea-t-il, c'était à la mère de s'en souvenir. Après avoir effectué un rapide calcul, il imagina qu'il devait y avoir 500 fleurs rouges dans la salle de bains. Cela semblait inimaginable pour Mano que sa mère se soit baignée toutes ces années au milieu de 500 fleurs rouges. Était-ce tout ce rouge qui l'avait broyée, ou était-ce tout ce rouge qui l'avait maintenue tandis que lentement elle se dissolvait ?

Il fit le décompte dans toute la salle, en s'approchant de la baignoire, s'assurant qu'il ne manquait aucune fleur, comptant jusqu'à arriver à sa mère. 109. Ses yeux lui faisaient mal et ils se posèrent sur la chevelure noire éclatante de sa mère. Il ne pouvait pas la regarder droit dans les yeux, mais il voyait qu'ils étaient ouverts et posés sur lui. Il ne pouvait pas non plus regarder le corps nu de sa mère, mais il pouvait fixer sa chevelure. Du coin de l'œil, il apercevait le trou qu'elle avait dans sa poitrine. Il voyait à travers le trou le fond de la baignoire. Les yeux toujours braqués sur ses cheveux, il les caressa pour ramener quelques mèches sur le côté de son front, comme elle aimait. C'est alors, en cet instant, qu'il vit combien elle avait dû être seule.

– Je suis désolé de ne pas avoir été plus présent.

Il lui toucha les cheveux.

Mano s'agenouilla près de la baignoire, devant sa mère, la moitié du corps enfoncé dans l'eau de la baignoire. Il décida de ne pas fermer le robinet tout de suite. Le fermer amènerait du silence et il n'était pas encore prêt pour cela. Le robinet faisait comme un chuintement et cela était réconfortant. Il tendit l'oreille pour guetter la respiration de sa mère, et il y eut une seconde où il crut l'entendre respirer, mais en écoutant plus attentivement il se rendit compte que c'était juste sa respiration à lui.

– Tu ressens quoi, maman ? C'est agréable ?

Il prit une cigarette et envisagea de lui en allumer une, mais les allumettes flottaient. Le nuage de fumée de cigarettes et la vapeur de sa mère étaient encore en suspension au plafond, comme une lanterne géante en papier. Sauf que maintenant ce n'était plus un nuage blanc, mais un nuage noir.

– Ça allait, ce que tu as ressenti ? Tu te sentais prête ?

Il la laissa s'amollir dans la baignoire. C'était intime et calme, loin des badauds et des marchands de panique.

Le caniche noir était échoué sur une chaise dans la salle de séjour – une petite île verte rembourrée. Dans le couloir, la lampe tremblotait et jetait des étincelles. Puis elle s'éteignit. Mano n'avait pas souvenir de l'avoir allumée. Il débrancha le réfrigérateur dans la salle de bains avant que le niveau de l'eau ne monte jusqu'à la prise. Il ouvrit la porte du réfrigérateur et laissa l'eau se précipiter à l'intérieur. Quelques canettes fraîches de Tarteure flottaient ici et là à l'intérieur du réfrigérateur. Il en repêcha une et l'ouvrit pour elle, la posa sur le rebord de la fenêtre. Il alluma une cigarette Tarteure et la plaça délicatement entre les lèvres de sa mère, de manière qu'elle y reste quelques secondes. Il crut voir la cigarette dégager de la fumée, mais non. Lorsqu'elle tomba dans l'eau, elle s'éteignit dans un grésillement.

Il ouvrit toutes les fenêtres, c'était la chose à faire, avait-il entendu dire, quand quelqu'un était mort, mais il ne savait pas trop pourquoi. Il se tint sur le rebord de la baignoire et hurla. Il hurla aussi fort et aussi longtemps qu'il put. Il eut l'impression d'être une bête.

À l'extérieur de la maison, c'était dimanche. Il entendit son cri se réverbérer sur l'église. Presque tout le monde était à l'intérieur de l'église. Il voyait l'église respirer. Elle semblait vivante. Aux oreilles de Mano, les prières des gens à l'intérieur ressemblaient à des applaudissements.

13.

Pepe était debout sur le seuil de la salle de bains de Sisi Medium. Son pantalon du dimanche et le caniche noir qu'il avait dans les bras étaient trempés.

Mano lui lança un coup d'œil depuis les WC, puis se retourna pour contempler le visage mort de sa mère. Il lâcha la main de Sisi. Sa main à lui tremblait dans l'eau froide du bain. Il avait le corps presque gelé. La main de sa mère retomba dans l'eau.

– Tout le monde à l'église a entendu ton cri ! Inez a fait tomber…

– J'ai crié ? Je ne me souviens pas d'avoir crié.

– Ouais, on aurait dit… Pepe s'interrompit lorsqu'il remarqua qu'une femme flottait au-dessus de la baignoire derrière Mano : Qui est-ce ? demanda-t-il.

– Pepe, c'est ma maman, Sisi.

– Ravi de faire votre connaissance, Sisi.

Pepe ouvrit un peu plus la porte en la poussant. Une vague poussa en avant le corps avachi de Mano.

– Elle est morte.

Pepe ferma le robinet. La salle de bains parut extraordinairement silencieuse, comme si tous ceux qui s'y trouvaient étaient morts. Pepe se tint à côté des WC où Mano était assis. Ils regardèrent tous deux le corps mort de Sisi pendant un moment.

– Que s'est-il passé ?

– Elle a un trou dans la poitrine, expliqua Mano. C'est cette histoire de doigt, j'imagine. Je ne sais pas. Elle a été morte toute la journée. Elle ne reviendra pas, Pepe.

Pepe posa sa robuste main chaude sur la nuque de Pepe.

Mano prit le bras de sa mère et le bougea un peu dans le vide pour montrer à Pepe.

– Je ne veux pas qu'on la voie comme ça. D'accord ?

– D'accord.

– Ils parleront de son trou dans le journal. Comme ils ont fait pour Le Postier et Le Barbier. Ils diront qu'elle a été vilaine alors qu'ils ne savent strictement rien d'elle.

– Et Le Père Mères, maintenant, aussi, ajouta Pepe.

– Ils vont vouloir juste parler de son trou. Et de rien d'autre, dit Mano. Ils ne sauront pas quoi dire d'autre. Ce n'est pas ce qu'elle aurait voulu. Je ne peux pas, c'est tout.

– Entendu, je vais t'aider.

– Tu veux bien m'aider à l'emmener…

– Je ferai tout ce que tu veux, dit Pepe en essayant d'étudier le trou dans la poitrine de Sisi sans que Mano le voie faire.

– Attendons qu'il fasse nuit.

– D'accord, mais elle a l'air trop amollie, comme du papier mouillé.

– Elle est restée longtemps dans la baignoire.

Pepe et Mano se mirent d'accord, ils sortiraient son corps de la baignoire pour l'amener de nuit à La Cure, ils le confieraient aux courants de la rivière pendant que tout le monde en ville dormirait. Laisser partir les morts sur La Cure, attachés à un radeau de bois flotté, était un rituel traditionnel pour les habitants de Tarteure. Généralement, Le Père Mères prononçait quelques mots, puis la famille et les proches plaçaient quelques fleurs sur le corps. Un des proches détachait la corde et tous regardaient le corps être emporté en direction de la mer. La plupart des gens voulaient que leur chagrin soit montré, tenu comme un bébé par leur entourage. Ils voulaient que leur chagrin se reflète. Mais Mano ne supportait pas l'idée que n'importe quel prêtre dise des choses sur sa mère. Aucun prêtre ne connaissait sa mère. La mort, songea Mano, n'était pas le bon moment pour faire les présentations.

Mano tira la bonde de la baignoire de sa mère et laissa l'eau s'écouler. Le corps de Sisi prit conscience de sa propre gravité pour la première fois au fond de sa baignoire vide.

– Elle a besoin d'un moment seule, expliqua Mano. La mort c'est tout nouveau pour elle.

Dans la salle de séjour, où l'eau déjà s'était lentement écoulée par les fissures du parquet, Pepe aida Mano à retirer ses vêtements mouillés. Pepe s'agenouilla devant lui et lui retira ses lourdes chaussures mouillées, l'une après l'autre. Sa chaussette gauche détrempée. Sa chaussette droite détrempée.

– Il faut que tu enlèves ton pantalon. Tu es gelé.

Mano défit lentement sa ceinture. Il frissonnait. Pepe l'aida à faire descendre son pantalon mouillé froid le long de ses jambes tremblantes. Une fois passé les genoux, Pepe le roula comme un sac à patates. Les marques que Le Contremaître avait laissées à l'arrière des jambes de Mano étaient d'une couleur différente de ce à quoi Pepe s'attendait.

– Ça fait encore mal ?

Pepe toucha la marque la plus foncée et la plus profonde.

– Non, j'avais oublié qu'elles étaient là.

Pepe se releva et défit la ceinture de son pantalon à lui, qui était aussi mouillé. Il le fit descendre sous ses cuisses et Mano l'aida à le faire rouler jusqu'aux chevilles. Les marques de Pepe étaient bien plus profondes, plus récentes, plus rouges.

– Qu'est-ce que c'est ? demanda Mano en touchant les marques comme si elles allaient lui parler.

– C'est rien.

– Pourquoi tu ne m'as pas dit ?

– C'est juste quelques fois. Juste des petites choses. Tu n'as pas à t'en faire pour moi.

Mano voyait bien que les marques de Pepe remontaient aussi dans tout le dos.

– Fais-moi voir complètement.

Pepe dénoua sa cravate et déboutonna sa chemise. Il était maintenant debout juste en sous-vêtements, son pantalon roulé en boule autour de ses chaussures. Mano suivait du bout des doigts les traces que Pepe avait dans le dos.

Le Boucher frappa à la fenêtre de la chambre à coucher.

– Pepe ? ! Tu es là ?

Les deux garçons s'empressèrent de remonter leur pantalon à la ceinture et rebouclèrent leur ceinture.

– Pepe ?

– Oui, père ! s'écria Pepe en reboutonnant sa chemise.

Mano retenait sa respiration.

Le Boucher frappa à la fenêtre de la cuisine.

– Pepe ? Qu'est-ce qui t'arrive ?

Les deux garçons se regardèrent avec des yeux écarquillés et hochèrent la tête d'un accord tacite. Pepe ouvrit délicatement la porte d'entrée du séjour et sortit la tête dans le monde.

– On est là.

– Je vois, fit Le Boucher, qui enleva son chapeau en entrant.

– Qu'est-ce qui se passe ici ? Pourquoi tu t'es enfui si vite de l'église ?

Pepe regarda Mano pour qu'il vienne à son secours. Il ne savait pas ce qu'il pouvait dire et ce qu'il ne pouvait pas dire.

– J'ai eu un petit problème de fuite d'eau, c'est tout, monsieur, expliqua Mano.

En guise de bonjour, Le Boucher examina la pièce. Tout était mouillé. Les murs étaient mouillés. Le tapis était mouillé. Le caniche s'ébroua violemment sur la chaise, aspergeant la main du Boucher. La lampe gisait sur le flanc sans son abat-jour. Le canapé était à un mètre du mur.

– Je vois. C'est toi qui as crié ?

– Oui, répondit Pepe à la place de Mano. Je me suis précipité à son secours.

Pepe était aussi grand que son père, mais semblait deux fois plus petit que lui présentement.

Le Boucher se tourna de nouveau vers Mano.

– T'étais pas une fille, toi, avant ?

– Je me suis fait couper les cheveux, monsieur. Je suis un homme, maintenant. Enfin, j'en ai toujours été un. Enfin, pas un homme mais un garçon, mais…

– Mano est Le Barbier maintenant, fit Pepe, mettant un terme aux bafouillages de Mano.

– Ah, oui, bien sûr, fit Le Boucher dont l'expression changea, il reconnaissait maintenant Mano. C'est sacrément dommage, pour Le Barbier.

– Vraiment dommage, oui, monsieur.

– Pauvre Inez. Pauvre pauvre Bébé Zuzu.

– C'est un monde effrayant, ajouta Mano. On ne peut jamais savoir qui sera le prochain.

Mano venait juste de se rappeler que sa mère était morte.

– Il faut juste qu'on continue à aller à l'église. Pas vrai, Pepe ? dit Le Boucher en empoignant la nuque de Pepe, le secouant à moitié avec tendresse, tandis que le visage de Pepe faisait tout son possible pour déguiser sa frayeur. Je ne peux pas me permettre... Le Boucher s'arrêta au milieu de sa phrase pour reporter son attention sur Mano : Tu vas à l'église, Mano, hein ?

– Bien sûr, bien sûr. Je ne peux pas me permettre de ne pas y aller.

– Bah oui. Tu peux pas, fit Le Boucher qui parut un instant satisfait. Je ne t'y vois pas.

– Je m'assois dans le fond. C'était probablement les cheveux longs. Enfin bref, comment vont les affaires ?

– Les gens voudront toujours manger de la viande, répondit Le Boucher, satisfait de sa réponse. Toi ?

– Coupes de cheveux toute la journée. Ça s'enchaîne. Les cheveux, ça pousse, ça ne sait pas faire autre chose. Coupes de cheveux, coupes de cheveux, coupes de cheveux.

Le Boucher avisa la photographie au mur.

– Tu as une mère ?

– Non, monsieur.

– Ah ? Elle est morte ?

Le cœur de Mano se fit lourd. Sa mère était morte et elle serait morte pour toujours.

– Elle vit avec les oiseaux.

– Ah ! C'est quoi, les oiseaux ?

– Je veux dire, elle vit avec des nonnes.

– Elle a l'air formidable.

– Je ne peux pas dire, vu qu'elle habite avec des nonnes.

– C'est une nonne ?

– Non, elle fait juste leur vaisselle.

Mano savait que sa mère aurait aimé vivre avec des nonnes, mais aussi qu'elle n'aurait jamais voulu en être une.

Mano voyait à la manière dont Le Boucher se tenait, face à la porte de la salle de bains, qu'il avait à présent bien d'autres questions. Il allait lui poser d'autres questions sur sa mère, sur la cuisine au couvent peut-être, ou peut-être s'il avait un père, et si oui, il voudrait savoir ce que son père faisait comme métier. Malheureusement, ce sur quoi Mano en savait le moins, c'était les origines les plus basiques de sa propre existence et les cuisines dans les couvents. Mano s'empressa de changer de sujet :

– Et *vous*, vous avez une mère, monsieur ?

Le Boucher fut tellement surpris par la question que manifestement il fut obligé d'y réfléchir. Il regarda Pepe en répondant :

– Oui, je crois bien. Mais elle est morte.

– Je suis navré de l'apprendre. Quand est-elle morte ?

– Comme tout le monde, j'imagine. À la fin.

Le Boucher jeta un dernier coup d'œil à la pièce, puis mit son chapeau.

– Pepe, dit Le Boucher, et Pepe sut qu'il fallait qu'il fasse de même.

Comme ils sortaient tous deux, Le Boucher se retourna sur le seuil.

– Ta pendule est cassée, dit-il en montrant du doigt la pendule de la salle de bains de Sisi, posée à un nouvel endroit, par terre, au milieu de la salle de séjour. Il n'est plus minuit.

– Ah, vous avez raison. Regardez-moi ça, fit Mano en se demandant si sa mère était morte à minuit la nuit dernière.

– Mitzi répare les pendules.

Le Boucher tendit la main.

– Je peux ?

Mano mit la pendule dans la main du Boucher.

Ils se dirent au revoir, et Pepe referma la porte derrière eux. Ses sourcils bougèrent de telle manière qu'ils semblaient exprimer une espèce de promesse.

Nouvellement seul dans la maison pour la première fois de sa vie, Mano se tenait dans la salle de séjour et regardait la porte de la salle de bains. Jusqu'à aujourd'hui, il savait toujours avec certitude où était sa mère, et maintenant il n'en était pas si sûr. La chose qui faisait que le visage de sa mère bougeait et que sa bouche parlait avait fini par se dissoudre complètement dans l'air. Il était seul au monde. Il se sentait tout seul dans sa propre coquille vide. Les sensations qu'il avait, s'il en avait, étaient celles d'une balle. Une balle emplie d'air froid. Aussi s'effondra-t-il pour devenir la plus petite balle possible, pour regarder à l'intérieur de son propre corps, qui était maintenant juste une minuscule balle vide. Mais il ne trouvait rien là-dedans, à l'intérieur. Il ne trouvait pas sa mère là-dedans. Il ne se trouvait pas lui-même là-dedans. Tout ce qu'il trouvait c'était un noyau encore plus petit, le noyau qui avait jadis fabriqué la balle autour de lui. Et le noyau ressemblait à une minuscule graine noire.

Il coinça son visage entre ses genoux, regarda la graine et sanglota.

14.

Le nuage noir était encore en suspension au-dessus du corps mort de Sisi quand Pepe revint à la maison de Mano plus tard ce soir-là. Il n'était pas constitué de vapeur d'eau chaude ou de la fumée de ses cigarettes, comme Mano l'avait pensé, mais de pure tristesse. Même après que Mano et Pepe eurent enveloppé ce qui restait du corps de Sisi dans ses anciens draps, le nuage noir restait encore en suspension. Ils empoignèrent les draps pour la sortir de la baignoire, et le nuage noir suivit. Mano tenait un nœud de drap à hauteur de sa tête, tandis que Pepe tenait un nœud de drap à hauteur de ses pieds. Mano voulait la ramener dans le passé, lui faire traverser toutes les pièces de la maison qu'ils avaient partagées, pour qu'elle puisse voir sa propre maison une dernière fois avant de descendre La Cure et flotter jusqu'à la mer.

Comme ils se déplaçaient d'une pièce à l'autre, Mano dit à Pepe et à sa mère des choses qu'il voulait qu'ils sachent l'un et l'autre, comme une sorte de visite intime. Dans la chambre à coucher, Mano dit : « C'est là que j'ai mes livres. » Dans la cuisine, il dit : « Là, c'est la porte du placard où j'ai marqué chaque année combien je mesurais avec un crayon. » Dans la salle de séjour, il dit : « Ça c'est le tabouret où je m'asseyais pour lacer mes chaussures. »

Quand ils furent dehors, les lumières aux fenêtres des maisons alentour étaient éteintes. Les garçons parlèrent tout doucement en marchant dans la Dernière Rue, passant devant chaque maison. Le caniche noir les suivait de près. Quand ils passèrent devant chez Pepe, ils se sentirent soulagés en remarquant que les lumières étaient éteintes ici aussi. Mitzi et Le Boucher dormaient.

– Tu t'es fait gronder ?

– Il a dit que je n'avais plus le droit de te voir.

– Pourquoi ?

– Église.

Tandis que les garçons s'acheminaient laborieusement vers la rivière, sous le clair de lune qui baignait le drap retenant le corps de Sisi, Mano connut l'amour. Il sentit le poids de l'amour peser sur ses bras et son dos, et il le vit aussi peser sur les bras et le dos de Pepe, et dans la façon dont ses jambes se déplaçaient. Il mesurait la démarche de Pepe avec ses yeux, et ensuite il essayait de marcher de la même manière, lui aussi. Une fois sur les berges de La Cure, il raconterait tout à Pepe à propos de sa mère avant de lui dire au revoir. Mano se demandait si ce serait trop étrange qu'ils échangent leur premier baiser après ça.

– De toute façon, ça n'a pas d'importance, dit Pepe. Je préfère être puni chaque soir plutôt que ne pas te voir.

– Et s'il t'enferme pour de bon ?

– Ça n'existe pas, pour de bon.

La barbe de plusieurs jours de Pepe luisait au clair de lune.

En gravissant la côte de la petite colline, sur les derniers pas qui conduisaient à La Cure, ils entendirent le bruissement de l'eau, mais ce bruissement de l'eau se mêlait à des rires.

Pepe se hissa sur la pointe des pieds pour contempler la rivière, puis se retourna pour faire face à Mano.

– Retourne-toi. Faisons demi-tour.

– Quoi ? Pourquoi ?

Pepe voyait ce que Mano n'avait pas encore vu – Enid Pin et Mary et Mimi Minutes en train de fumer des cigarettes sous les arbres sur la berge.

– Hé, regardez ce petit nuage ! s'écria Mary par-dessus le grondement de la rivière.

Non, non. Pepe et Mano firent tous deux volte-face et tâchèrent de s'en aller discrètement dans le noir.

– Maintenant il s'éloigne, dit Enid. Il a l'air tellement triste.

– Et tellement lumineux, ajouta Mimi.

Pepe et Mano trouvèrent une rangée de buissons plus loin sur la berge de La Cure. Ils se cachèrent derrière les buissons et déposèrent le corps de Sisi par terre. Tandis que les trois filles s'approchaient du nuage noir, Mano et Pepe s'assirent sur le corps de Sisi et essayèrent de se faire tout petits.

– Il s'est arrêté, dit Enid.

– Il est tellement beau. J'ai envie de le toucher. On n'a qu'à soulever Mimi et voir si elle peut le toucher, dit Mary.

Elle et Enid se précipitèrent vers les buissons où Mano et Pepe se cachaient. Mimi était derrière à la traîne, se déplaçant comme un *j* minuscule.

– Mano ?

La voix d'Enid surprit tout le monde, et le nom de Mano fut prononcé avec allégresse, d'une façon qu'il n'avait encore jamais entendue. Sa voix était une annonce, comme s'il était à présent censé monter sur une scène éclairée.

Mano se déplaça d'un air penaud derrière les buissons, sans se relever.

– Salut Enid.

Le son de la voix de Mano était le contraire du son de celle d'Enid. Il resta tête baissée et demeura assis secrètement sur le cadavre de sa mère.

– C'est ton nuage ? s'enquit Mary.

– Non, répondit Mano, mais il se ravisa : Enfin, je veux dire, oui. C'est le mien.

– Il est tellement triste, dit Enid.

– C'est juste un nuage, intervint Pepe.

– Qui c'est, ça ?

– C'est moi, Pepe, répondit Pepe.

– Qu'est-ce que vous faites ici ? demanda Mary.

– Pas besoin de vous en faire, répondit Pepe.

– On peut le toucher ? demanda Enid, bien plus intéressée par Mano et son nuage noir. Elle s'agenouilla pour être proche de Mano.

– Ouais, Enid veut le *toucher*, gloussa Mary.

Mano interrompit les gloussements de Mary.

– Tu ne peux pas le toucher.

– Pourquoi ? Qu'est-ce qui se passe si on le touche ? demanda Mary.

Mary n'aimait jamais la première réponse à n'importe quelle question.

– Ce n'est pas une chose. On ne peut pas le toucher comme ça.

– Mais c'est un nuage, soutint Mary.

– C'est un nuage, mais un nuage ce n'est pas une chose. C'est rien. On ne peut pas le toucher, expliqua Mano.

Mimi rejoignit finalement le groupe.

– Sûr que ça nous manque de ne plus avoir de garçon à l'usine.

Elle fit en sorte de bien insister sur le mot « garçon » à l'intention de Mano et ajouta :

– Chouette coupe de cheveux de garçon.

– Boucle-la, Mimi. Arrête d'essayer de jouer les dures comme ta sœur.

Mano savait exactement comment tacler Mimi là où ça faisait mal. Pepe rit sous cape.

Mary se sentait fière que Mano l'ait considérée comme une dure.

– Pourquoi tu t'es coupé les cheveux ?

– Je suis Le Barbier maintenant, répondit Mano. Le Barbier doit avoir les cheveux courts. Tout le monde sait ça.

– Je peux ? demanda Enid.

Elle tenait à distinguer sa sincérité de celle de Mary.

Il était du devoir de Mary de mettre Mimi au fait de la conversation.

– Mano est maintenant Le Barbier. Enid veut toucher le nuage du Barbier. Le Barbier dit que ce n'est pas une chose.

– Oho, Enid veut le *toucher*, gloussa Mimi à son tour.

– On a déjà fait cette blague, dit Mary.

Mimi laissa traîner son rire en un soupir gêné.

Mano et Pepe restèrent immobiles sur le corps de Sisi pendant qu'Enid hissait Mimi et la plaçait sur le dos de Mary, comme un sac à dos. Toutes trois commencèrent à faire des plans pour constituer une sorte de pyramide avec leurs corps afin d'atteindre le nuage noir.

– S'il vous plaît, arrêtez, dit Mano qui se leva pour ramasser un bâton. Tenez, vous pouvez toucher un petit coin du nuage, mais c'est tout.

Avec son bâton, il se tint sur la pointe des pieds et détacha un petit coin du nuage noir. Finalement, après quelques manœuvres et quelques sauts, un morceau de noirceur duveteuse tomba au sol devant Mary. Il rebondit au sol plusieurs fois, puis roula. Il paraissait vivant.

Mary le ramassa et le tripota.

– Il a l'air tellement triste, ça se sent. On le sent lourd et mouillé.

– Laisse-moi le toucher, dit Mimi en attrapant de son unique main le morceau de noirceur que tenait sa sœur. Je veux le manger. Je veux l'avoir à l'intérieur de moi.

– Tu ne peux pas le manger ! répondit sèchement Mano.

– Pourquoi ?

– D'accord, vas-y, mange-le, dit-il, résigné.

– Non, attends, je veux être la première à en manger, dit Mary qui prit le morceau de nuage de la poigne faible de sa sœur et le toucha du bout de la langue.

– Vas-y, mange-le.

De son unique main, Mimi poussa le coude de Mary de sorte que la noirceur lui barbouilla le nez.

– Dégage !

Mary s'essuya le barbouillage sur l'extrémité de sa manche. L'extrémité de la manche se mit à rayonner, mais seuls Mano et Pepe s'en rendirent compte.

– Je vais le manger. Donnez-moi juste une seconde, dit Mary, se préparant en tendant le cou.

Mimi s'impatientait, elle prit un morceau de la noirceur pour elle et en mit immédiatement la moitié dans sa bouche.

– Hé, qu'est-ce que tu fais ? C'est à moi ! s'écria Mary.

– Ce n'est à personne ! rappela Pepe à tout le monde.

– Ça a quel goût ? demanda Enid à Mimi.

Mary et Enid se penchèrent toutes deux, guettant une réponse.

Mimi avala sa bouchée de nuage, et son humeur changea du tout au tout. Les coins de ses yeux s'adoucirent. Elle regarda de nouveau la rivière et dit :

– Ça a goût de rien.

– Comment ça, de rien ? demanda Mimi, qui tenait toujours un morceau de son morceau de noirceur dans ses mains.

– Ouais, ça a quel goût, rien ? enchérit Enid.

– Goût de rien. Je ne sais pas. Ça a le goût du passé.

Mano s'approcha du triangle des filles. Il les intégra à un carré constitué de trois filles et d'un garçon.

– Rendez-le-moi, s'il vous plaît.

Il tendait la main.

Mary, sans autre procès, rendit à Mano ce qui lui restait, car ses yeux s'étaient à présent posés sur quelque chose d'autre qui n'avait rien à voir. Elle s'intéressa soudain bien plus à la chose enveloppée dans un drap sur laquelle Pepe était assis.

– Attendez ! Qu'est-ce que c'est que ça ? ! s'enquit Mary.

– Est-ce que c'est un cadavre ! ? s'écria Mimi.

Pepe se releva et hurla :

– Ce n'est rien. Foutez le camp d'ici ! Il montra du doigt la direction de l'usine et ajouta : Je dirai au Contremaître que vous êtes sorties en pleine nuit, et à vos parents aussi.

Mary devint un animal différent après la menace de Pepe.

– Le Contremaître en a rien à foutre de tout ce que tu peux avoir à lui dire. Le visage de Mary se tordit et elle poursuivit : J'ai aussi l'impression que Le Boucher serait assez intéressé d'apprendre que tu es sorti de chez toi pendant qu'il dormait, que tu accompagnais ton *petit ami* et son caniche idiot jusqu'à la rivière en pleine nuit, en transportant un cadavre enroulé dans un drap. Ça ne me paraît pas si glorieux, si ? Je parie qu'il croit que tu es à la maison, en train de dormir. Non ?

– Tu ne sais rien de moi, répondit Pepe en baissant d'un ton.

– Hmm, peut-être que j'irai demain avec ma mère chez Le Boucher, je lui raconterai tout ça pendant qu'il découpera une patte d'agneau avec le couperet que tu auras aiguisé. Tout en regardant le cadavre, Mary fit : Maintenant, dis-moi, Pepe, qu'avons-nous là exactement ?

Mano implora :

– S'il te plaît, non.

– Mary, rentrons à la maison. Laisse-le tranquille, dit Enid, se rangeant du côté de Mano.

– C'est quoi, votre problème, à tous, là ? insista Mary. On va juste jeter un bref coup d'œil. C'est un cadavre ! On ne va pas lui faire de mal. Comment pourrait-on lui faire du mal ?

Les doigts de pieds de Sisi dépassaient du drap et ressemblaient à des fleurs blanches au clair de lune.

– Qui est-ce ? demanda Mary.

Mano se sentit défaillir, il tomba dans les buissons. Il ne voyait plus rien, hormis une tache violette à la périphérie de sa vision. Pepe s'avança d'un pas incertain jusqu'à Mano et le retint. Il essuya la sueur du visage de Mano tout en répondant à la question pressante de Mary :

– C'est personne ! hurla Pepe.

– Vous l'avez tuée ? rétorqua Mary en hurlant elle aussi.

– Ouais, vous l'avez tuée ? fit Mimi en écho.

Enid tira Mary par le coude :

– Rentrons à la maison.

Mano luttait pour ne pas perdre connaissance.

– S'il vous plaît, je vous demande juste de partir et de nous laisser tranquilles.

– Oh mon Dieu, vous avez tué quelqu'un ? Vous avez tué qui ? demanda Mary.

– Regardons, suggéra Mimi.

– Ce n'est pas bien, Mary.

Enid passa ses deux bras autour de la taille de Mary et essaya de faire en sorte qu'elle se retourne. Mais il était trop tard. Mary avait soulevé le drap, elle voyait un bras, elle était devenue quelque chose qui ressemblait plus à un loup qu'à une fille. En prenant le bras, elle tira dessus légèrement, juste pour montrer aux autres. Mais le bras entier céda. Le corps de Sisi était tellement imbibé après avoir trempé pendant une décennie dans la baignoire qu'il partait en morceaux au moindre coup, comme du papier mouillé.

Mary tenait le bras entier de Sisi dans ses bras.

– Son bras s'est arraché.

C'est la dernière chose que Mano entendit avant de s'évanouir.

– Fichez le camp ! Laissez-la tranquille ! s'écria Pepe en déposant le corps de Mano délicatement au sol.

Enid accourut jusqu'à Pepe et Mano pour les aider.

– J'ai aussi toute sa jambe, maintenant. Elle est tombée quand je l'ai touchée, fit Mary dans un rire furieux.

Tout se passait trop vite pour être stoppé. Mary s'empressa de tirer sur le drap pour découvrir la tête de Sisi, afin de voir son visage. À son grand étonnement, elle ne reconnut pas le corps. Elle déplaça la tête de Sisi pour qu'elle regarde droit vers le haut, de façon à mieux voir, mais la tête de Sisi lui resta entre les mains.

– Sa tête s'est détachée.

Pepe laissa Enid tenir Mano. Elle lui tint la tête et essaya de lui éventer le visage en se servant de sa main libre.

Pepe essaya d'écarter Mary du corps, mais c'était comme essayer de repousser un loup d'un demi-mouton en sang. Mary grognait, grondait et montrait les crocs.

Mimi dit :

– Regardez, j'ai deux bras, maintenant.

Elle agitait en l'air l'autre bras de Sisi à hauteur de son épaule déformée, qui ressemblait à une citrouille écrasée recouverte d'un sweat-shirt sale.

Le remue-ménage s'acheva aussi promptement qu'il avait commencé. Les deux filles s'étaient déjà dispersées, comme les loups qu'elles étaient devenues, chacune avec des morceaux entiers de Sisi dans ses bras. Mary avait la tête de Sisi, une jambe et un bras, et Mimi sur son dos. Dans le bras de Mimi, il y avait un bras.

Ce qui restait ne ressemblait en rien à un cadavre. Son corps ressemblait aux restes d'une truite fumée ayant été mangée. Pepe et Enid ne voyaient même plus véritablement la colonne vertébrale. C'était une autre espèce de restes mortels. La mort d'une mort. Une bonne mort qui était morte affreusement.

Enid et Pepe eurent en commun le réflexe de réassembler Sisi avant que Mano ne revienne à lui, de réunir les morceaux dans le drap, et de porter ce qu'il restait à la rivière. Mais il ne restait plus de bons morceaux reconnaissables. Il n'y avait pas de milieu. Juste des traînées de chair. Une chose sans milieu ne peut pas être tenue ou soulevée. Il ne restait pas assez de Sisi pour être une chose.

Enid s'assit en silence à côté de Mano pendant que Pepe roulait en boule le drap. Il tenait le drap devant lui comme un bébé.

– Rentre chez toi, Enid.

– Est-ce que je peux... Je veux...

Enid voulait d'une façon ou d'une autre se rendre utile, voulait faire oublier son implication personnelle dans ce qui s'était passé au cours des dix dernières minutes. Elle fit mine de ramasser ce qui restait du morceau de nuage noir au sol.

– Rentre chez toi ! lui cria cette fois-ci Pepe.

Enid essaya de ne pas pleurer.

Mano était à peine éveillé. Il crut qu'il était peut-être en train de rêver les deux voix qui à présent sanglotaient et hurlaient de l'autre côté de ses yeux clos. Il songea à ces mots : *Rentrer chez soi.* Son chez-lui, désormais, était partout, éparpillé dans chaque coin sombre.

– Mais, et le..., commença à demander Enid.

– Enid, s'il te plaît.

Enid embrassa Mano sur le front. Mano se demanda si c'était Pepe qui l'avait embrassé, mais il sentit bien que ce n'étaient pas les lèvres de Pepe qui avaient donné le baiser. Mano pinça un peu les lèvres. Un baiser à cet endroit-là résoudrait quelque chose, se dit-il, mais il ne savait pas trop quoi.

Tandis qu'Enid s'éloignait, le nuage noir de Sisi se sépara en deux, une sorte de transfert de tristesse. Une moitié suivit Enid jusqu'au bas de la colline, à quelques centimètres au-dessus de sa tête. Elle leva les yeux et cela lui plut. Elle avait l'impression d'être près de Mano. L'autre moitié était en suspension au-dessus de Mano, alors qu'il envisageait d'ouvrir les yeux pour voir Pepe, ou de les garder fermer pour ne pas être obligé de voir ce qui restait de sa mère.

Il ferait noir encore quelques heures. Aucun des deux garçons ne prononça un mot. Il n'y avait pas grand-chose à dire ou à faire. Il n'y avait nul endroit où revenir. La seule chose que l'un et l'autre pouvaient faire c'était s'allonger sur le dos et fermer les yeux. Écouter la rivière. Attendre que le soleil se lève derrière les arbres.

Pepe plaça le drap à côté de Mano, puis s'allongea près de lui. Pepe voulait dire à Mano qu'il l'aimait, mais quelque chose au fond de sa gorge l'en empêchait. Ce n'était pas le moment, peut-être. Il songea à se contenter d'être silencieux, et à lui tenir la main. C'était tout ce qu'il y avait à faire. Au lieu de cela, il dit :

– Mano, je suis navré.

À l'intérieur de la main de Pepe, la main de Mano était comme un cœur neuf qui battait à l'extérieur. Un cœur neuf pour remplacer l'ancien, qui était mort.

– Merci, Pepe.

Et là, Pepe mourut.

FIN DE LA PREMIÈRE PARTIE

DEUXIÈME PARTIE

15.

– Pehhh… payyy.

Les yeux de Mano étaient restés fermés pendant si longtemps que tout parut plus lumineux lorsqu'il finit par les rouvrir. Tout était si lumineux que Mano se crut mort. Le caniche noir était assis sur un rocher. Le nuage noir avait disparu. Le Grand Ordonnateur avait dû déjà se redresser, et son sang avait déjà dû être lavé par la pluie.

La pointe d'une fougère remuait et grinçait. Mano s'approcha avec précaution de la fougère, prêt à se battre, et vit là le drap de sa mère. Il avait dû l'emporter avec lui dans les bois au cours des heures ayant précédé le lever du soleil. Une douleur aiguë explosa en un éclair derrière les globes oculaires de Mano lorsqu'il vit le drap de sa mère. Mieux valait, à présent, être mort, songea Mano. La mort n'est rien, et rien, c'était tout ce qu'il pouvait affronter pour le moment.

Mano écarta délicatement la fougère avec son pied. Deux oiseaux noirs donnaient des coups de bec dans le drap, essayant de s'échapper. Dans les plis, ils lissaient les plumes de leurs ailes. Avec leurs becs, ils avaient percé deux trous parfaitement ronds au milieu du drap. Il déploya le drap de sa mère pour observer les oiseaux. Ils étaient exactement comme il l'avait toujours imaginé. Une fois libres, ils fendirent l'air en trois cercles géants puis atterrirent sur les branches du Grand Ordonnateur. C'étaient les animaux les plus beaux qu'il avait jamais vus.

– Comment êtes-vous entrés là-dedans ?

Mano enleva ses lunettes et se mit le drap sur la tête. Il s'arrangea pour que ses yeux soient dans l'axe des deux trous, et mit ses lunettes devant ses yeux, à l'extérieur du drap. Tout s'alignait à la perfection. Il se sentait chez lui à l'intérieur du drap de sa mère. Les oiseaux noirs vinrent se percher sur le dessus de sa tête de fantôme. Leurs griffes vinrent lui gratter tendrement la tête.

– Merci, mère. C'est exactement ce que je voulais.

Puis il quitta les bois en flottant, de la même manière qu'il imaginait y être entré.

Revenu en ville, dans la pièce du fond de Dame-Sang, Le Père Mères III se préparait pour la prochaine homélie enflammée du week-end à venir à propos du contrat avec l'Enfer que les non-croyants signaient. Sous le regard de Ti Jorge qui l'observait de son tabouret, dans le coin, Mères s'entraînait à faire de grands gestes frénétiques devant une glace. Il enfonçait son doigt dans son poing, d'avant en arrière, pour illustrer ce que le Doigt de Dieu faisait à ceux qui péchaient. Ti Jorge essaya de reproduire le geste avec ses doigts à lui, mais on aurait juste dit qu'il astiquait une pomme.

– Non, comme ceci, dit Mères en tenant le poignet de Ti Jorge d'une main, et tirant sur son index de l'autre. Nous nous faisons tuer comme ça parce que nous sommes des pécheurs.

Ti Jorge opina du chef et sourit.

Les dents de Mères dépassaient comme celles d'un castor tandis qu'il s'entraînait à dire quelques répliques à propos des oiseaux noirs de l'Enfer.

– Si vous voyez un oiseau noir, il est là uniquement parce qu'il s'est égaré dans les forêts de l'Enfer.

– C'est quoi, un oiseau ? demanda Ti Jorge, s'entraînant comme il pouvait à faire tout seul le geste du Doigt de Dieu.

– Ils viennent de l'Enfer. Ils sont mauvais. Ils avalent les garçons et les filles qui ne sont pas allés à l'église, et ils ramènent leurs corps dans leur ventre jusqu'en Enfer. Ils vomissent les corps des garçons et des filles en Enfer, et les garçons et les filles seront obligés d'y vivre pour l'éternité, en Enfer.

– J'y arrive bien, là ?

Ti Jorge y arrivait parfaitement.

Mano descendit la colline à travers bois, reprenant la direction de La Cure. Une petite foule était déjà rassemblée au bord de la rivière où il avait laissé le corps de Pepe. Maintenant qu'il était un fantôme avec deux oiseaux noirs sur sa tête, Mano se sentait plus vivant que jamais. Il se sentait bien, avait les idées claires, et il voulait briller comme un oracle pour tout le monde en ville. Il savait que ce serait l'occasion idéale pour lui d'annoncer ses premières révélations, se disait-il, de leur dire deux ou trois choses qu'il avait récemment apprises à propos de la mort.

Mano pensait qu'il pouvait sauver les habitants de Tarteure de leurs peurs irrationnelles du Doigt de Dieu. Il pensait que son nouveau métier pouvait consister à faire des révélations, et les habitants de Tarteure écriraient à propos de ses révélations au lieu d'écrire sur le Doigt de Dieu. Il n'y a pas d'Enfer dans la mort – cela, Mano pouvait le prouver. La parole allait se propager. Tout le monde serait libéré de la nécessité de l'église, libéré de sa peur de la mort, de sa peur de la peur. Et c'est Mano qu'ils remercieraient pour cela.

Au cours de sa marche vers la foule, Mano réfléchit à sa première révélation. Il décida qu'il commencerait en s'adressant à tous en les appelant Mes amis. « Mes amis, approchez. Je suis un nouveau fantôme. Je suis réel et ne suis nullement une menace pour vous. Je ne suis qu'une chose, pas maléfique, mais juste une chose comme vous, qui n'êtes que des choses. J'aime être mort. Et bientôt vous aussi vous aimerez cela », il commencerait de la sorte. Pour la première fois, il embrasserait Pepe mort, et tout un chacun verrait leur baiser. Mano sourit.

– Pepe ! hurla Mitzi Let.

Ce fut un son qui transperça l'incessant bruit bouillonnant de La Cure, venu de l'intérieur de la foule qui s'était réunie.

Le corps de Pepe était mort, par terre, au milieu d'une douzaine de personnes. Tous les gens présents examinaient le corps mort de Pepe et la chose étrange qu'il était devenu. Enid Pin pleurait, et elle semblait répondre aux questions de tous.

– Pepe ! Mon bébé ! hurlait Mitzi.

Mano, le fantôme avec ses lunettes par-dessus les trous dans le drap, debout à l'intérieur du drap de sa mère défunte, se tenait en silence sur la rive opposée de La Cure, près de la passerelle, il observait. Il était trop loin pour entendre les cris de Mitzi, sur l'autre berge. Cependant, il considérait que tout le monde serait en mesure de l'écouter, de là où il se trouvait. Tout le monde lui tournait le dos quand il commença.

– Mes amis ! Mes amis ! hurla Mano en faisant des gestes des mains pour que la foule emprunte la passerelle et s'approche de lui.

Mais personne n'entendait Mano.

– Mes amis ! Rassemblez-vous ! essaya-t-il à nouveau.

Au lieu de cela, Mitzi hurla au ciel.

Mano insista :

– Mes amis ! Je suis mort, mais... commença-t-il.

Personne ne se retourna.

Mano regarda de plus près le rassemblement et sentit son cœur devenir creux. Il vit à travers quelques jambes et bras que quelqu'un tenait Mitzi tandis qu'elle se penchait en avant sur ses mains et genoux.

– Je ne sais pas. Je ne sais pas.

C'est tout ce qu'Enid semblait dire.

Mano se parla doucement à lui-même, à l'intérieur du drap devant sa bouche.

– Je ne suis qu'une chose, marmonna-t-il. Je ne suis pas le mal – exactement comme vous... vous et moi ne sommes que des choses. Sa respiration se fit plus hachée et il ajouta : J'aime... J'aime...

Il n'arriva pas tout à fait à le dire.

Quelques minutes plus tôt, Mary et Mimi Minutes avaient interrompu l'homélie d'entraînement de Mères dans la pièce du fond de Dame-Sang, pour lui annoncer la mort la plus récente.

Mères s'approcha de la foule, suivi de Ti Jorge. Il ajustait son col blanc, car on venait juste de l'appeler, et s'habillait en marchant.

– J'aime Pepe, poursuivit Mano en regardant à présent de loin la foule qui engloutissait Mères et Ti Jorge. Il parla presque en silence, uniquement pour lui-même.

Le brouhaha de la foule devint aussi fort que le grondement de la rivière jusqu'à ce que, quelques minutes plus tard, Mères s'élève en son milieu, sur les épaules du Maçon et du Boulanger.

– Mes amis, s'écria-t-il, rassemblez-vous.

Le corps fantôme de Mano était réticent à traverser la passerelle pour se mêler au rassemblement.

– ... nous sommes tous en présence du Mal... poursuivit Mères.

Mano tâcha de l'interrompre en faisant le plus de bruit possible depuis l'autre berge de la rivière.

– Non, non, en fait, justement, non ! fit-il, ne sentant plus la moindre chaleur dans sa poitrine. C'est ce que j'essayais de vous dire...

Mères continua sans s'interrompre :

– ... Nous sommes punis pour nos péchés..., fit-il en exécutant son geste avec l'index et le poing, braquant son doigt sur tout le monde. Son doigt montre le Mal !

– Non, non, voyez, regardez-moi ! hurla Mano.

Mais personne ne regardait Mano. Chacun se signait en regardant Mères.

– Qu'est-ce qu'il y avait dedans ? chuchota Nana Pin.

Le Banquier lui répondit en lui montrant du doigt un accordéon cassé. Quelques minutes plus tôt, Le Boucher avait jeté l'accordéon par terre dans un accès de rage que les habitants de Tarteure n'avaient pas vu publiquement depuis de nombreuses années.

Le Boucher vociférait contre Pepe. Ses cris se métamorphosèrent en un long et lent gémissement.

– Mon fils, le pécheur, fit-il en donnant des coups de pied dans l'accordéon jusqu'à ce qu'il ressemble à un petit sac de bûchettes.

– Qu'est-ce que c'est ? lui demanda Nana.

Le Banquier haussa les épaules.

Personne, hormis Mano, ne semblait savoir ce qu'était un accordéon.

– Votre fils adorait la polka, dit Mano sous son drap, mais de nouveau personne ne l'entendit. Et personne ne remarquait son corps fantôme debout sur l'autre rive de La Cure. Mano avait l'impression de ne pas pouvoir bouger. Il ne pouvait que regarder de loin le corps de Pepe que l'on enveloppait dans une couverture. Il regarda tous les gens qui finirent par partir. Mano n'avait nulle part où aller.

– Pepe ? Où es-tu ? On peut s'embrasser maintenant. On est morts ensemble.

Une fois que le soleil se fut couché, Mano finit par traverser La Cure en empruntant la passerelle. Il tendit les bras de sous le drap de sa mère et ramassa l'accordéon. Il lui parut plus lourd que ce à quoi il s'attendait. Il apprécia le poids sur ses bras. Il le huma, le serra dans ses bras, et en le serrant contre sa poitrine, à sa grande surprise, il s'entendit jouer de l'instrument magnifiquement. Il ignorait qu'il savait jouer de l'accordéon, pourtant il savait en jouer. Il découvrit qu'il savait déjà jouer trois chants funèbres. Alors il joua les trois. Et lorsqu'il tenta d'en jouer un quatrième, il remarqua qu'il rejouait juste le premier, alors il rejoua le premier chant funèbre dans sa totalité. Et ensuite à nouveau les deux autres, aussi. Toute la nuit, ses bras se rapprochèrent et s'écartèrent, se rapprochèrent et s'écartèrent, et en sortirent les chants funèbres.

16.

Pendant trois jours et trois nuits, à l'intérieur du drap de sa mère, avec les lunettes par-dessus les trous pour les yeux, deux oiseaux noirs perchés sur la tête, un accordéon sanglé dans son dos et un caniche noir qui le suivait, Mano hanta Tarteure. En ce premier matin, il partit de son salon de coiffure, où il prit la radio que Pepe avait trouvée à la benne à ordures. Il la tint sous son bras, sous son drap. Si les gens qu'il aimait devaient mourir, se dit-il, alors il allait apprendre à aimer les *choses*. S'il devait aimer les choses, et seulement les choses, alors il allait falloir qu'il les porte. La seule façon de mourir pour les choses c'est de les perdre. La seule façon de perdre les choses, c'est de les poser. Il eut bien du mal à sortir par la porte du salon de coiffure, avec toutes les choses qu'il traînait derrière lui.

Tel un chariot commençant à ramasser et traîner des choses en début de journée, Mano flotta jusqu'à l'usine pour la hanter. Il entra par les portes en flottant, puis passa devant la salle où, quand il était plus jeune et vivant, il avait coutume de pointer et de se changer pour enfiler ses habits de travail, puis il passa devant les machines à vaporiser. Il se planta à l'endroit précis où Le Contremaître aimait lui faire baisser son pantalon pour le fesser devant tout le monde, toutes les filles de l'usine, et parfois aussi les deux Good. Aucune des filles travaillant à l'usine ne vit ce fantôme qui flottait là. C'était la première fois, à cet endroit, que Mano ne se sentait pas observé. À la place, c'est lui qui les observait. Enid Pin glissa deux cigarettes dans ses chaussettes et regarda autour d'elle à la recherche du Contremaître, qui était derrière elle, endormi sur une chaise. Mary alluma une cigarette pour Mimi.

Mano passa en flottant devant les filles, devant Le Contremaître, et entra dans la salle de derrière où les Good passaient souvent leurs après-midi ensemble pendant que Le Contremaître surveillait bien piètrement les doigts de voleuses des filles. L'arrière-salle était bien plus grande qu'il ne l'avait imaginée – vraiment bien plus grande. Elle faisait presque la moitié de la taille de l'usine proprement dite. D'où venait donc tout cet espace, se demandait Mano, et comment était-il possible qu'il tienne à l'intérieur des murs de l'usine ? Ce qu'il imaginait être une petite pièce avec des murs en béton couverts d'étagères en métal et de classeurs, quelque chose sentant le papier, le métal et la fumée de cigarette, ressemblait davantage au contraire de ce qu'il avait imaginé. L'arrière-salle ressemblait plus à une salle de banquet ou à la salle de réception d'un manoir. Il n'y avait pas d'étagères en métal et pas de tas de papier. Il y avait, toutefois, de la fumée de cigarette, qui emplissait l'air dans la pièce.

Sur le mur du fond, le plus éloigné de la porte par laquelle Mano était entré, se trouvaient trois grands portraits peints. Celui du milieu représentait une femme coiffée d'un chapeau qui ressemblait à une bouillotte. Les deux autres étaient des portraits d'hommes, l'un tenait des trophées dans ses mains et l'autre coupait une part géante de gâteau à l'aide d'un couteau géant. Derrière Mano se trouvait une cheminée qui crépitait car une bûche y avait récemment été mise.

Au milieu de la salle se trouvait une longue table brillante en bois noir. Les Good étaient assises ensemble sur les deux derniers sièges, d'un côté, tout au bout de la table. Deux hommes et une femme étaient assis face à elles. Les trois se ressemblaient à l'identique. Ils étaient même habillés exactement pareil, en costume noir et cravate noire. Mano n'était pas capable de dire lesquels étaient les deux hommes et laquelle était la femme, et il ne les reconnaissait pas non plus. Tout chez eux était gris, y compris leurs cheveux et leurs oreilles. En fait, plus Mano regardait attentivement, moins il était sûr qu'il s'agissait effectivement de trois personnes différentes.

Tout au bout de la table se trouvait Le Banquier qui, compte tenu de sa petite taille, était assis sur un rehausseur fait de boîtes d'expédition Tarteure en bois. Le siège était tellement massif qu'il devint la personne la plus grande à la table. Sur le flanc de la caisse, on pouvait lire *C'est la Bonne Heure pour une Tarteure*.

– Continuez, insista Le Banquier, baissant ses demi-lunettes.

À un mètre derrière lui était assis L'Avocat, qui était presque entièrement dans l'ombre, et qui ne disait rien. Il inscrivait des choses dans son carnet avec un stylo en argent.

– Ce sont comme des exosquelettes, disaient L'Homme d'Affaires, qui était en fait trois personnes.

Leur voix était semblable à celle d'un chat. Les Good et L'Homme d'Affaires fumaient tous des Tarteure. June était parée de perles et d'un manteau de fourrure.

– Elles sont lourdes ? demanda Vera.

– Non, pas du tout. Elles sont faites dans une matière similaire au fer. Elles sont suffisamment légères pour être portées toute la journée, et pour dormir dedans, mais suffisamment robustes...

– Donc elles sont en fer ? demanda Vera, pour être bien sûre.

– C'est comme du fer, mais plus léger.

– Comme du fer... ?

– C'est cela.

– Donc, ce n'est pas du fer.

– Ça y ressemble beaucoup.

June en avait assez de cette discussion sur la matérialité.

– Mais est-ce que, esthétiquement, elles sont *belles* ? demanda-t-elle.

L'Homme d'Affaires ouvrirent un dossier sur la table dans lequel se trouvaient plusieurs croquis. Les Good et Le Banquier se penchèrent pour les regarder. Ils se firent passer quelques croquis, puis échangèrent un regard et sourirent.

– On peut les avoir dans différents coloris ?

– N'importe quelle couleur sous le soleil, répondirent L'Homme d'Affaires.

– De quelle fourchette de prix parlons-nous ? demanda Le Banquier.

– Elles seront chères… au début…

June les interrompit de nouveau. Elle avait l'art d'entendre ce qu'elle avait envie d'entendre dans le non-dit des phrases d'autrui.

– Peu importe. Ils l'achèteront. Ils vont adorer.

June était excitée à l'idée que son usine fabrique autre chose que des bières et des cigarettes, quelque chose qui sauverait des vies.

Vera était bien plus sceptique.

– Elles sont sans danger ?

L'Avocat gigota sur sa chaise, dans l'ombre, et écrivit quelque chose avec son stylo en argent.

– Est-ce que vivre sous le Doigt de Dieu est sans danger ? firent valoir L'Homme d'Affaires. Oui, elles sont moins dangereuses que de vivre en s'exposant à ce risque.

Mano sentit que la salle s'élargissait, très lentement. Les trois portraits s'éloignaient de lui, et la cheminée derrière lui s'écartait au loin. Mais les gens à la table ne s'en rendaient pas compte. Ils continuaient à discuter.

– Vous proposez qu'on les appelle comment ? demanda Vera.

– On pense à XO, suggérèrent L'Homme d'Affaires.

– Oui, parfait, XO.

– Oui, XO.

– Les XO Squelettes.

– Non, ça leur rappellera la mort. Que diriez-vous de Cages XO ?

– Cages XO…, June essaya ce terme en bouche. Cages X… O…, fit-elle en contemplant le plafond.

Pour Mano, au fur et à mesure que la salle s'agrandissait, les voix commençaient à se réverbérer dans l'étendue.

– Hmm… Cages XO… ça fait penser à un piège, comme si vous étiez piégé dans la chose, dit Vera.

– Et que diriez-vous de Cages *de Vie* XO ?

– Oui ! Cages de Vie. Des Cages pour la Vie.

Tout le monde semblait relativement satisfait. La salle était maintenant tellement grande, plus grande que l'usine elle-même, et grande peut-être comme la moitié de Tarteure. Mano distinguait à peine les portraits et la chaleur de la cheminée avait depuis longtemps disparu. Il se sentait même à présent loin des gens à la table, qu'il voyait maintenant en train de signer des papiers. Certains fumaient. D'autres riaient. Certains se serraient la main.

Puis, dans le noir sur sa droite, il entendit la voix d'Enid Pin, comme une araignée enchevêtrée dans sa propre longue toile. Sa voix était si claire qu'il voyait sa toile scintiller, et il la suivit, du coin du plafond où il flottait maintenant, jusqu'à une cuisine aux murs jaunes. Un évier en porcelaine plein de monticules de fraises fraîches. Nana Pin venait juste de les cueillir dans son carré et les préparait pour les vendre au marché. Carrelage noir et blanc. Flottant juste au-dessus des deux Mano voyait le dessus de la tête d'Enid, et le dessus de la tête de la mère d'Enid. Un petit bol de fraises sur la table de la cuisine. Nana était à la table, calée contre le dossier d'une chaise, bras croisés.

– Tu as une dernière chance, Enid. Dis-moi d'où il venait.

– ... Il était juste *là*, dans l'arbre, sur le chemin du retour de l'usine, jura Enid.

– Je sais que tu n'as pas trouvé ce doigt dans l'arbre.

Nana se releva et brandit le doigt bleuâtre, le tenant par l'articulation du haut, comme elle aurait tenu un tout petit poulet plumé par le cou. Elle l'agitait devant le visage d'Enid.

– Mais si, c'est vrai, dit Enid en pleurs.

– Et pourquoi donc as-tu ramené un doigt dans cette maison ? Un doigt, Enid !

– Je voulais le garder.

– Mais bon sang, qu'est-ce que tu voulais *faire* avec un doigt ?

– Je le trouve beau.

– Il est à qui ? Regarde-moi et dis-moi la vérité, dit Nana, attendant que sa fille lève la tête et la regarde dans les yeux. *À qui*... est... *ce doigt* ?

Enid marqua un temps de silence, puis répondit en reprenant la cadence de sa mère :

– *Je*... ne sais... *pas*.

– C'est Mary qui t'a dit de faire ça ?

– Dit de faire quoi ? On n'a rien fait *de mal.*

Enid commençait à être fatiguée de cet interrogatoire, alors elle baissa les épaules, comme pour faire une confession.

– C'est à Pepe.

– Pepe Let ?

De son point d'observation en hauteur au-dessus d'elles, Mano sentit la colère monter. Il avait des réflexes protecteurs vis-à-vis de Pepe.

Enid se lança dans une histoire pour satisfaire l'insistance de sa mère.

– Pepe traînait un corps à la rivière, et on était sorties tard le soir…

– Qui ?

Nana avait peur qu'Enid cesse de lui livrer des renseignements si elle cessait de la regarder dans les yeux.

– Moi et Mary. Et Mimi aussi. Une fois que tu es allée te coucher. Je suis désolée. Je suis désolée ! Mais il n'y avait que nous, les filles. Et on fumait des Tarteure à La Cure, et Pepe est arrivé avec le corps. Il rigolait et il nous en a donné à toutes un morceau. Moi il m'a donné un doigt, et il a donné à Mimi un bras, il trouvait ça assez rigolo, et puis il a donné à Mary la tête. On aurait dit qu'il distribuait des parts de gâteaux. Moi je n'en voulais pas, mais il m'a obligée à le prendre.

Enid parvint à pleurer pour de bon, alors pourtant qu'elle ne disait pas la vérité vraie. Elle ne supportait pas son implication dans la vérité vraie, vis-à-vis de Mano. Elle ne supportait pas de s'avouer à elle-même cette vérité.

– Je n'en sais pas plus, dit-elle. Je n'aurais pas dû le prendre. Je suis désolée, je…

Nana apaisa sa fille en posant une main sur sa cuisse.

– Enid, c'est bon, c'est bon. Ce qui est important c'est que tu me dises la vérité.

Comme l'univers, la pièce dans laquelle était Mano poursuivait son expansion. Le plafond de la cuisine au-dessus de là où flottait Mano se déversait dans le noir. Enid et sa mère n'étaient plus tout à fait nettes, elles commençaient à devenir floues.

– C'est la vérité, dit Enid.

Le doigt de Sisi était posé sur une planche à découper sur la table.

Mano se sentit très blessé par la demi-vérité d'Enid, par le fait que sa mère à lui soit écartée de l'histoire. Il se souvenait aussi combien elle lui manquait. Il voulait la retrouver quelque part dans ce nouveau système de mort en constante expansion, en orbite dans la noirceur et la chaleur autour de quelque nouvelle étoile. Tandis que Mano dégringolait dans le vide, il entendit la voix d'Inez Rugi qui gémissait au loin derrière lui.

Mano se retrouva debout derrière une lampe dans l'obscurité. Il pouvait toucher la lampe de la main et il toucha la chaîne. Il tira sur la chaîne et lorsque la lampe éclaira la pièce, Inez était au milieu de son propre lit très grand, totalement nue. Elle était sur le dos, en appui sur les deux coudes. Sa tête était en arrière, et son menton, pointé vers le haut tandis qu'elle gémissait, était le point culminant de la chaîne montagneuse de son corps. Ses épaules carrées constituaient le deuxième point culminant. Et ses seins – pleins, ronds et rouges d'avoir allaité Bébé Zuzu – étaient le troisième. Ses tétons étaient durs. Ses genoux penchés vers Mano.

– Je sais que c'est toi.

Inez se baissa jusqu'à poser le dos et se passa les mains à l'arrière des cuisses.

– Moi ?

Mano se cachait derrière la lumière de la lampe, la seule lumière de la pièce.

– Mano, viens.

– Vous pouvez me voir ? demanda-t-il.

Mano baissa la tête pour regarder son corps sous le drap, et les choses qu'il tenait, et remit en question sa mort pour la première fois.

– Oui, bien sûr. Et je sais que toi aussi tu peux me voir, parce que c'est moi qui t'ai donné ces lunettes que tu portes.

Mano mit la main à ses lunettes, qu'il portait à l'extérieur du drap. Il les enleva juste une seconde et les nettoya à l'aide de son drap de fantôme. Puis il les remit. Il voulait voir le corps d'Inez, en entier, tout en même temps. Hormis celui de sa mère, Mano n'avait encore jamais vu un corps nu de femme. Mais le corps d'Inez était différent. Le simple fait de le voir – de voir ses genoux faire leur mouvement d'aller-retour, en sueur, attendant qu'il dise quelque chose – emplissait Mano d'une douleur, d'un insatiable nouveau désir.

– Quelles sont ces choses sur ta tête ?

– Ah, fit-il, sa propre visibilité était encore une surprise pour lui. Des oiseaux.

– C'est quoi, des oiseaux ?

– Ils volent.

Mano secoua la tête pour qu'ils s'envolent, mais les oiseaux restèrent où ils étaient.

– Donc vous pouvez aussi les voir ? Vous pouvez tout voir ?

– Mano, tu n'es pas un fantôme, tu sais ? Tu n'es pas mort.

– Ah bon ?

– Non, tu n'es pas mort. Et moi non plus je ne suis pas morte. Personne n'est mort à part les morts. Maintenant approche et touche-moi où tu as envie de me toucher. Tu verras à quel point tu n'es pas mort.

Mano n'était pas prêt à réintégrer le monde des vivants si rapidement. Il ne bougea pas. Il se contenta de regarder. Il voyait tout le corps d'Inez. Et il sentit qu'elle aussi le regardait. L'univers perpétuellement en expansion dans lequel Mano flottait s'était soudain contracté pour devenir juste une pièce. La chambre d'Inez.

Mano remarqua un berceau en osier dans la pénombre, de l'autre côté du lit.

– C'est Zuzu ?

– En effet. Elle dort.

– Elle ne va pas entendre ?

– Entendre quoi ?

– Inez, je vous en prie…

– Entendre quoi, Mano ? M'entendre gémir ? T'entendre enlever toutes tes choses et venir me rejoindre dans le lit ?

– Je… elle…

Mano se sentait empêtré dans ce nouveau désir.

– C'est un bébé, Mano. Ce n'est pas grave. Elle n'a jamais pleuré.

– Mais...

– Mano, enlève ce lourd accordéon cassé, et donne-le-moi.

Jusqu'alors, Mano avait oublié qu'il avait l'accordéon sur le dos. Il ne voulait pas s'en séparer, mais il ne supportait pas l'idée de froisser Inez, vu l'état dans lequel elle était. Inez se tourna sur le flanc, le dos tourné au berceau de Zuzu, et se retrouva entièrement face à Mano. Ses seins tombèrent sur le côté et son genou gauche devint le nouveau pic. Mano imagina sa main remontant la cuisse droite d'Inez, remontant, remontant, là où tout devient plus doux que ça ne l'était déjà, plus chaud, plus humide, plus sombre.

Tout en gardant la radio coincée sous son bras, Mano enleva l'accordéon qu'il avait dans le dos et l'apporta à Inez. Inez le plaça comme elle put sur le lit à côté d'elle, puis posa la main sur le dessus, comme s'il s'agissait d'une personne, comme si elle lui caressait les cheveux. L'accordéon émit un son quand elle toucha une de ses touches, mais le son ne la surprit pas du tout.

– C'est l'accordéon de Pepe. Il voulait être dans un groupe de polka.

– Mano... chut.

Mano eut l'impression d'être dans la mouise, mais c'était le genre de mouise qu'il pouvait apprendre à apprécier.

– Je suis désolé.

– Tu devrais. Pepe n'est pas là en ce moment. Alors enlève ton drap et donne-le-moi.

– Non, fit Mano en pensant à ce qui restait de sa mère dans le drap. Je ne peux pas.

– Mano, donne-moi ce drap. Tu n'es pas un fantôme. Tu ne peux pas te balader sous un drap si tu n'es pas un fantôme.

Mano voulait lui expliquer, mais il savait qu'Inez se contenterait de lui dire chut à nouveau. Il ne pouvait donner d'autre réponse à Inez que : d'accord.

– D'accord, dit-il en faisant passer le drap par-dessus sa tête.

Les deux oiseaux s'envolèrent au-dessus de sa tête, puis se reposèrent sur sa tête. Leurs griffes lui grattèrent les cheveux jusqu'à faire apparaître un épi entre eux. Mano tendit le drap roulé en boule à Inez. Il redoutait qu'elle puisse sentir l'odeur de la mort de sa mère à l'intérieur. Mano n'était plus un fantôme. Il était maintenant de nouveau vivant dans le monde. Un homme dans le monde. Un homme. Une radio sous le bras. Le caniche noir silencieux près de ses pieds. Il sentait son propre poids d'homme dans ses chaussures.

– Fais comme si c'était toi, dit Inez en fixant Mano, sans détourner le regard.

Elle enveloppa l'accordéon cassé avec le drap de lit, puis elle se roula dessus. Son corps était maintenant face au lit, et elle était bien plus haut en l'air car elle chevauchait l'accordéon.

Mano observa le corps d'Inez qui bougeait tandis qu'elle l'observait en train de l'observer. Il observa son cul qui se serrait puis se détendait comme si elle avait voulu enfoncer au milieu du lit l'accordéon recouvert du drap. Ses mouvements se firent de plus en plus énergiques. Les muscles de ses jambes se bandèrent.

Bébé Zuzu se réveilla dans son berceau.

– Lait !

Inez poursuivit ses mouvements frénétiques.

– Zuzu veut du lait, dit Mano, intervenant comme si Inez n'avait pas entendu l'appel de Zuzu.

Mano voyait les poils noirs entre les jambes d'Inez exécuter un mouvement de va-et-vient sur le drap de sa mère, elle frottait et le brossait comme une cochonne.

– Zuzu n'aura pas ce lait. Il est pour toi.

En bougeant, Inez faisait une chanson avec l'accordéon. Elle appuyait sur l'accordéon et le laissait se déplier, appuyer, déplier, et Mano reconnut la mélodie de Noi noi noir mouton, une chanson que lui et sa mère avaient coutume de chanter quand il était tout petit. Dans sa tête, il la chanta pendant qu'Inez baisait avec l'accordéon.

Noi noi noir mouton as-tu de la laine ? Oui, m'sieu, oui, m'sieu, trois pleins sacs, quelle aubaine.

Mano sentait son corps durcir et s'attrister, tandis que la mélodie de l'accordéon accélérait. Elle accéléra jusqu'à ce que la chanson devienne méconnaissable pour lui. Cela devint juste un unique long soupir, un gémissement ou une plainte, qui se mêla au son de Bébé Zuzu dans son berceau.

– Lait !

Mano était si dur, si triste, seul au monde, pas de mère, pas de Pepe, à regarder le drap, à regarder l'accordéon craquer et jouer Noi noi noir mouton. Le corps d'Inez soudain se dégonfla. Il semblait à présent aussi cassé que l'accordéon.

– Lait, lait ! hurlait Zuzu.

Inez emplit d'air ses poumons et tourna la tête pour regarder Mano. Après trois ou quatre longues respirations, elle parvint à dire :

– Mon mari me manque.

Ensemble ils repoussèrent de toutes leurs forces le chagrin, le repoussèrent tout au fond, à l'intérieur.

17.

Mano avait mal. Il reposait sur le dos, au sol, à côté du carré noir dans l'arrière-salle de son salon de coiffure. Il cligna des yeux, se les frotta, et remonta son pantalon. Toutes les choses qu'il aimait, à l'exception du drap de sa mère, étaient encore avec lui, attachées à des parties de son corps, sous son bras, sur sa tête et derrière lui, comme une ombre. L'accordéon, plus cassé qu'auparavant, avec une couche vivante d'Inez Rugi lustrée dessus, émit une longue note lente de protestation tandis que Mano roulait sur son coude.

Mano entendait de nombreuses voix d'hommes dans son salon de coiffure.

– C'est vrai. Je l'ai vu de mes propres yeux. C'était tragique, vraiment, dirent L'Homme d'Affaires.

Lorsque Mano ouvrit la porte et sortit de l'arrière-salle pour réapparaître dans la salle principale du salon de coiffure, il vit presque une demi-douzaine d'hommes assemblés, faisant la queue à partir de la porte d'entrée. Le Maçon, Le Barman et Le Réparateur étaient debout contre le mur, juste à l'intérieur, près de la porte d'entrée de la boutique, et L'Avocat, L'Aubergiste et Le Chef Cuisinier étaient assis sur les trois chaises le long du mur. L'Homme d'Affaires, qui étaient trois personnes en tout, étaient entassés dans l'unique siège de coiffeur devant la glace. L'Homme d'Affaires avaient trois buissons de cheveux gris sur leurs têtes.

– Qu'est-ce que c'est que ces choses sur votre tête ? demandèrent L'Homme d'Affaires.

– On appelle ça des oiseaux, répondit Mano.

– Des oiseaux ? Et que font les *oiseaux* ?

– Ils volent. Mais ceux-là se contentent de s'asseoir sur ma tête.

L'Homme d'Affaires regardèrent L'Avocat, qui anticipa leur question et fit non de la tête.

Le Chef Cuisinier changea de sujet.

– Il vous faut un salon de coiffure plus grand. Les affaires sont bonnes, hein ? fit-il avant de répondre à sa propre question : Les affaires sont bonnes.

– J'imagine, oui, dit Mano, un peu ébahi par son retour soudain dans le monde des vivants, qui était plein de gens ayant besoin de se faire couper les cheveux.

– Chacun son tour. Chacun son tour. C'est tout ce que je peux faire, dit Mano en souriant au Chef Cuisinier à travers le brouillard dans lequel il était encore depuis son réveil. Pour vous aussi elles sont bonnes ?

– Pourraient pas être mieux, répondit Le Chef Cuisinier. Tous les nouveaux arrivants en ville viennent commander un menu de mouton pas cher. C'est *bêêêêé*licieux, je leur dis. Absolument *bêêêêé*licieux. Et ils rigolent tous.

Personne dans le salon de coiffure ne rigola vraiment.

– Je peux confirmer, dirent L'Homme d'Affaires. Ce n'est pas mauvais et ce n'est pas cher.

– Les affaires sont bonnes à l'auberge aussi, dit L'Aubergiste, et d'expliquer que quelques voyageurs avaient entendu parler du Doigt de Dieu et, par pure curiosité, voulaient visiter Tarteure.

– Et ceux que le Doigt de Dieu a épargnés ont besoin de boire, ajouta Le Barman.

L'attention que chacun accordait à Mano s'était tarie et tous reportèrent leur attention sur L'Homme d'Affaires, afin qu'ils terminent l'histoire qu'ils avaient commencée.

– Juste un rasage et on rafraîchit un peu sur les côtés, s'il vous plaît, monsieur, et merci, dirent L'Homme d'Affaires à Mano.

Mano aiguisa la lame de son rasoir à l'aide d'un cuir à aiguiser. Puis L'Homme d'Affaires poursuivirent :

– Donc, quand on est tous revenus dans la salle, elle était là, sous la table.

– Elle était *sous* la table ? s'étonna Le Chef Cuisinier.

– Ouais, comment s'est-elle retrouvée là-dessous ? demanda L'Aubergiste.

– Fichtre, nous ignorons *comment* elle s'est retrouvée là, et pourquoi. Nous sommes tous partis faire le tour du reste de l'usine, et elle n'était pas dans le groupe, dirent L'Homme d'Affaires.

L'Avocat opina du chef pour signifier son assentiment.

– Donc Mme Good est retournée en courant dans la pièce pour aller la chercher, et elle a hurlé. Nous sommes tous revenus en courant pour voir ce qui se passait, et elle était là, morte, sous la table.

– C'était le Doigt de Dieu, conclut Le Chef Cuisinier.

– Quel dommage, ajouta Le Maçon.

L'Avocat ouvrit la bouche pour dire quelque chose, mais, à la place, se contenta d'écrire dans son calepin. Mano poussa L'Homme d'Affaires en arrière, pendant qu'ils discutaient, pour qu'ils aient le dos appuyé contre le dossier du siège, et enduisit d'huile leur visage gris.

L'Homme d'Affaires poursuivirent, presque allongés sur le dos.

– C'était la première fois qu'on voyait de près un trou de mort. Il était exactement comme les autres, si on comprend bien.

Tous les autres poussèrent un soupir à l'unisson, d'un air entendu. Ils se regardèrent en hochant la tête pendant que L'Homme d'Affaires, qui n'étaient à Tarteure que depuis quelques jours, s'en remettaient à nouveau aux mains de Mano, regardant les taches d'eau sur le plafond bas de la boutique.

– Qu'est-ce qu'il y avait dedans ? demanda Mano.

Les autres prirent un air dégoûté en entendant la question.

– *Dedans ?* Vous voulez dire dans le *trou* ?

– Ouais, dit Mano... Dans le trou.

– Ma foi, puisque vous posez la question, il y avait une bouillotte à l'intérieur.

– Une bouillotte ? Nan, vraiment ? fit Le Maçon. Je me demande pourquoi Dieu oublierait une bouillotte.

– En fait, elle est ici, dirent L'Homme d'Affaires en montrant leur mallette. On l'a mise dans notre mallette pour ne plus qu'elle nous gêne.

– Ça ne vous ennuie pas ? demanda Mano.

L'Homme d'Affaires levèrent la tête et regardèrent tout le monde dans la pièce, pour finir par L'Avocat. L'Avocat fit oui d'un hochement de tête.

– Non, ça ne nous ennuie pas.

L'Avocat fouilla dans la très grande mallette de L'Homme d'Affaires et trouva la bouillotte. Elle était rouge et en caoutchouc. Elle ressemblait à celle du tableau représentant un portrait que Mano avait vu dans l'arrière-salle de l'usine. L'Avocat la tendit à Mano, qui posa son rasoir sur le comptoir. Mano remplit la bouillotte d'eau chaude puis releva sa chemise. Il réajusta l'accordéon qu'il avait dans le dos et cala la radio plus haut sous son aisselle. Il appuya la bouillotte contre le bas de son dos.

– Ah, c'est exactement ce qu'il me fallait, fit-il en expirant.

Mano cala ensuite la bouillotte contre le bas de son dos en l'enveloppant avec du papier qu'il utilisait pour empêcher que les cheveux ne se déposent sur le col des clients, qu'il fit passer sur son ventre. Mano ajouta encore une chose à son corps qui, à force, était maintenant plus imposant. Il remit sa chemise autour de la bouillotte et reprit son rasoir.

– Elle ne faisait que prendre de la place dans notre mallette. Vous pouvez la garder si vous voulez.

Mano remercia L'Homme d'Affaires tandis que se détendaient les muscles dans son dos.

– Pourquoi tenez-vous toutes ces choses ? demanda Le Boulanger.

– Je les aime, dit Mano.

Le Maçon reposa la tête contre le mur et ramena la conversation sur le sujet de départ.

– Quelle tragédie, June Good, elle était good. Grâce à elle la ville turbinait, ça c'est sûr. Avant elle et Le Contremaître, Tarteure n'était qu'une traînée sur la carte. Tout simplement tragique.

Tout le monde hocha la tête, signifiant son accord solennel avec ce qui venait d'être dit. Le Chef Cuisinier mit sa tête dans ses mains et ajouta :

– Elle était la classe de Tarteure. Tragique, en effet !

– La véritable tragédie dans l'histoire c'est quand il a fallu qu'on annonce sa mort au Contremaître, dirent L'Homme d'Affaires entre leurs dents. Ils ne voulaient pas bouger les mâchoires pendant que Mano les rasait avec une lame tranchante. Il ne l'a pas bien pris, ajoutèrent-ils. Pas bien du tout.

– Et Vera ? Comment l'a-t-elle pris, *elle* ? demanda Mano.

– Mme Good ? firent préciser L'Homme d'Affaires.

Mano fit oui d'un simple hochement de tête.

Tous regardèrent Mano, décontenancés.

– Que veux-tu dire, fils ? Je suis sûr que Mme Good a été aussi triste que tout le monde, mais Le Contremaître, il a *tant* perdu. Il a perdu sa femme sous cette table. Il était dans un sale état.

– Oh, bien sûr, oui, effectivement, dit Mano, faisant marche arrière, s'éloignant des bonnes intentions de sa question.

Le Réparateur fulminait, la bulle finit par éclater.

– Il va *falloir* que ça cesse ! Il faut qu'on mette le holà à tout ça ! Si ça continue comme ça, on mourra tous bientôt. On est liés à cette mort, maintenant, le Doigt de Dieu. On attend juste notre heure jusqu'à ce que ça nous arrive. Mais qu'est-ce qu'on peut y faire ? Voilà ce que je dis. Que peut-on *faire*. Il est temps qu'on fasse quelque chose avant de se retrouver tous avec un trou de mort dans la poitrine, comme les sales petites souris pécheresses qu'on est, comme dit Mères.

Mano fit en sorte que L'Homme d'Affaires se redressent dans le siège de coiffeur, du même mouvement que les cadavres allongés se mettent sur leur séant dans leur cercueil. Ils faisaient à présent face aux hommes alignés qui étaient tous électrisés par le discours du Réparateur. Mano se fit tout petit derrière eux, leur coupant les cheveux avec ses grands ciseaux.

– Avez-vous pensé à vous protéger ? s'enquirent L'Homme d'Affaires, comme s'ils faisaient une enquête.

L'Avocat regarda sévèrement L'Homme d'Affaires et toussa de manière forcée.

Le Chef Cuisinier prit la parole, comme si la question de L'Homme d'Affaires l'offensait.

– Comment ça, est-ce qu'on a pensé à se protéger ? On est face au Doigt de Dieu ! On se fait transpercer, l'un après l'autre ! Alors si vous croyez qu'on n'a pas songé à se protéger, eh bien...

– C'est juste qu'on se fait bénir trop brutalement, argumenta Le Chef Cuisinier, comme pour rappeler à chacun la complexité de la situation. Il faut qu'on se protège des grâces de Dieu.

– Dans ce cas, pourquoi ne l'avez-vous pas encore fait ? insistèrent L'Homme d'Affaires. Il est clair que Tarteure doit faire face à un nouveau type de mort. C'est indiscutable. Alors pourquoi ne vous protégez-vous pas du Doigt de Dieu, de manière à ne pas mourir comme des sales souris ?

– Bien sûr, mais je ne vois pas…

– Il faut juste qu'on fasse preuve de plus de bonté…

L'Homme d'Affaires intervinrent. Leurs yeux s'éclairaient. Leur chance se présentait.

– Non, non. Vous pouvez certes faire preuve de plus de bonté, mais cela ne signifie pas que vous ne pouvez pas aussi vous protéger. Maintenant, vous seriez prêts à mettre *combien* ? Pour être protégés contre de futurs coups de doigts ?

L'Avocat regarda autour de lui les résultats de l'enquête sans bouger la tête.

– N'importe quelle somme, j'imagine.

– Je paierais n'importe quelle somme.

– Bien sûr, n'importe quelle somme.

Les cheveux gris libérés de L'Homme d'Affaires étaient comme des confettis autour de leurs têtes à présent. Leurs cheveux gris s'illuminaient dans le soleil levant qui pénétrait par la vitrine du salon de coiffure, et leurs têtes nouvellement coiffées donnaient l'impression d'être dans une boule à neige lumineuse.

– Eh bien dans ce cas, nous y voilà ! Je vous crois. Elle arrive, les amis. Votre nouvelle vie sans peur approche ! Faites-*moi* confiance.

L'Homme d'Affaires se levèrent alors comme un seul homme et chacun enleva lui-même la cape de coiffeur, défit lui-même son col. Ils demandèrent au Maçon s'il souhaitait boire un verre avec eux ce soir-là au bar du Barman. Tout le monde semblait d'accord.

Il y avait des problèmes. L'Homme d'Affaires les sentaient. Et il s'agissait de problèmes que l'on pourrait résoudre par les affaires.

18.

En très peu de temps, le règne du Père Mères III en tant que prêtre était devenu le règne le plus productif de la brève histoire de Tarteure. Avec l'argent qu'il avait récolté à la suite de la mort de son père, Mères construisit une croix plus grande et plus belle au sommet de Dame-Sang. Il utilisa les plans de son père, qui avaient été retrouvés cloués à la croix originale plus petite, mais il fit faire une croix deux fois plus grande que celle que son père avait eu l'intention d'ériger, usant de l'expertise du Maçon et de la force inhabituelle de Ti Jorge. La croix était désormais grande comme cinq hommes, et l'on pouvait facilement la voir de n'importe où à Tarteure, et peut-être de n'importe où dans toute la vallée.

Le Maçon grimpa sur la nouvelle croix pour en tester la solidité, et pour planter le dernier clou.

– Comme Dieu l'a voulu, dit Mères au Maçon. Tarteure sera désormais à l'abri du danger.

En raison de la ferveur récente qui poussait les fidèles de Tarteure à fréquenter l'église, Mères avait récolté bien plus d'argent que nécessaire pour construire la croix. Aussi fit-il construire pour la congrégation de plus en plus nombreuse de nouveaux bancs en bois taillé dans des arbres coupés à l'ouest de Tarteure, ainsi qu'un nouveau tronc pour les donations dans le crâne de son propre père, Le Père Mères II. Il s'agissait, en gros, d'une boîte en pin, mais le couvercle de la boîte était le crâne du prêtre décédé. Les gens pouvaient ouvrir la bouche du crâne et tout simplement glisser l'argent à l'intérieur. Mères savait combien les enfants, en particulier, aimaient pousser des billets roulés directement entre les dents de leur dernier prêtre.

Quoi qu'il en soit, la nouveauté créée par Mères dont on parlait le plus était le nouveau confessionnal. Il était construit de telle manière que Mères pouvait s'asseoir derrière un écran conçu pour être directement devant la personne confessée, et seul le prêtre pouvait voir à travers l'écran, l'inverse n'était pas possible. Ainsi, le prêtre pouvait voir la personne qui se confessait de face, dans le plus simple appareil, mais la personne confessée ne pouvait pas voir le prêtre.

Mères s'intéressait depuis peu à la photographie et il aimait prendre des photos de nus. Il commença à dire dans ses homélies des choses telles que « Un corps nu est dans son état le plus pur, libéré du péché, vulnérable au Seigneur. » Il avait alors dans l'idée de photographier les corps nus des personnes qui venaient se confesser au moment précis où elles se confessaient, lorsqu'elles évoquaient leurs confessions les plus authentiques, pour créer des conditions de vulnérabilité et d'exposition face à une pureté nouvelle, afin de se laver des péchés. Et, tel qu'il le voyait, les gens mouraient rapidement entre les mains du Doigt de Dieu, aussi ses photos étaient-elles prises pour la postérité. Ses documents montrant des pécheurs libérés de leurs péchés étaient épinglés au mur nord de Dame-Sang afin que tout le monde puisse les voir. Bien vite, l'on put savoir clairement qui exactement parmi les croyants de Tarteure s'était confessé, et qui ne s'était pas confessé.

La première personne à pénétrer dans le confessionnal le premier matin où il fut mis en usage fut Vera Good. Elle portait un voile noir et le manteau de fourrure et les perles de June Good. Jusqu'à ce qu'elle relève son voile, Mères crut se trouver face au fantôme de Mme Good.

– Bonjour Vera.

Mères prit place au fond du confessionnal derrière l'écran. Vera ouvrit la porte et examina la nouvelle petite pièce avec scepticisme.

– Qu'est-ce que c'est que ça ? demanda-t-elle, cherchant un siège autre que celui placé juste devant l'écran.

– C'est le nouveau confessionnal. Il vous plaît ?

Vera ne répondit pas. Elle accrocha son voile à la patère à l'arrière de la porte. Elle vit une autre pièce sur le côté, derrière un rideau, et fit un pas dans cette direction.

– Il y a une autre pièce ? Qu'est-ce qu'il y a là-dedans ?

– C'est la cabine de déshabillage.

– À quoi sert-elle ?

– Il va falloir que vous enleviez vos vêtements avant de vous confesser, Vera. La vérité ne peut émaner que de la nudité. Il y a des patères pour accrocher vos habits, pour ne pas qu'ils se salissent au sol.

– Mais...

Vera envisagea de refuser, mais elle ne savait pas véritablement où commencer.

– ... et il y a une glace à l'intérieur également, et une lumière. Oh, et un lavabo. Prenez votre temps.

Affolée et perplexe, Vera entra dans la cabine de déshabillage du confessionnal comme si elle entrait dans la nouvelle pièce d'un rêve. Elle enleva le manteau de fourrure et les perles de June et les accrocha à une patère, elle enleva ensuite la longue robe noire de June, qu'elle suspendit à une autre patère. Le soutien-gorge de June, les collants de June et la culotte de June furent accrochés à la troisième patère. Vera se tint nue devant tous ces habits suspendus et pleura.

– Vera, est-ce que tout va bien, là-dedans ? s'enquit Mères.

Vera ne répondit pas. Elle se tourna pour contempler son corps nu dans le miroir, mais n'y vit que le corps nu de June. Elle vit les longs bras de June et le long cou de June. Elle voulait le toucher mais il ne restait plus rien de June à toucher. À la place, elle toucha l'inox froid du robinet du lavabo. Elle s'aspergea le visage d'eau froide. Puis elle tira les rideaux, rentra dans la cabine principale du confessionnal, complètement nue, et se mit face à l'écran.

– Pardonnez-moi, mon Père, car j'ai péché.

– Oui, continuez.

– J'aimais June Good. Et June Good m'aimait.

Au moment précis où Vera se confessait, le flash aveuglant de ce qui semblait être un éclair illumina la cabine. Vera tomba violemment en arrière contre la porte.

– Qu'est-ce que c'était que *ça* ? ! demanda-t-elle.

Le bois était froid et dur au contact de ses épaules nues.

– Oh non, non. Ce n'était rien, expliqua Mères. Tout va bien. Je vous ai prise en photo juste au moment où vous vous confessiez.

– Je n'aurais pas dû venir ici, dit Vera sur un ton de défaite, le dos contre la porte.

Elle se retira dans la cabine de déshabillage et remit les habits de June. Il était agréable d'enfiler ses bras et ses jambes à l'intérieur du tissu de la personne qu'elle avait le plus aimée.

Mères resta derrière l'écran.

– Ressortez, Vera. Il faut que je vous donne votre pénitence maintenant.

– Allez-y, dites-moi, fit Vera en remettant le voile devant son visage, puis elle se regarda dans la glace. Je vous entends bien d'ici.

– Cinquante Notre Père.

– Cinquante ? se plaignit Vera.

– Oui, cinquante. On ne peut être trop prudent ces temps-ci. C'est votre amour qui l'a peut-être tuée.

19.

Il y avait tellement de cheveux sur le sol du salon de coiffure plus tard cet après-midi-là que, l'espace d'un instant, Mano crut avoir perdu le caniche noir. Il l'appela, mais le chien n'aboyait jamais. Le caniche n'émettait jamais le moindre son. Donc Mano balaya tous les cheveux bruns, gris, noirs et roux des hommes de Tarteure pour en faire une chaîne montagneuse de cheveux, et au bout de cette vallée apparut le caniche noir.

– Allons dire au revoir à Pepe dit Mano au caniche et aux oiseaux sur sa tête. Mano retourna la pancarte *Ouvert* pour que s'affiche la mention *Fermé* et referma la porte derrière lui. Dans la Dernière Rue il y avait plus de monde que d'habitude. Il y avait déjà des clients derrière les vitres du bar du Barman et dans le restaurant du Chef Cuisinier. Mano n'en reconnaissait aucun. Les poches pleines de pièces accumulées pendant toute la journée à couper des cheveux, il se rendit au magasin de fleurs du Fleuriste pour acheter une poignée de renoncules jaunes.

– Un bouquet de renoncules jaunes, s'il vous plaît.

Le Fleuriste choisit quelques renoncules jaunes et en coupa l'extrémité avant de les tendre à Mano.

– Un bouquet de renoncules pour le monsieur avec des choses sur la tête. Où est-ce que vous allez faire tenir tout ça ? demanda Le Fleuriste qui parlait rarement car il était gêné par son fort accent.

Mano poussa du doigt ses lunettes et déplaça son accordéon, sa radio et la bouillotte afin de dégager une main.

– Ces choses, qu'est-ce que c'est ? Ces choses, d'où viennent-elles ? demanda Le Fleuriste.

Mano coinça le bouquet entre les boutons de sa chemise, et le bouquet ne bougea pas.

– Je ne comprends pas.

– Ces choses… répéta Le Fleuriste en montrant les oiseaux sur la tête de Mano et l'accordéon qu'il avait dans le dos… est-ce que ce sont…

Mano termina la phrase pour lui :

– … ces choses-là, je les aime. Ces choses-là, ce sont des choses que j'aime.

– Alors, vous…

– … ce sont ces choses, ces choses-là que j'aime.

Le Fleuriste commençait à être frustré et tenta un autre type de question :

– Pour qui sont ces belles fleurs ? Elles sont si belles. Ces fleurs, elles doivent être pour une belle personne.

– Ces fleurs sont pour les belles personnes, oui, répondit Mano tâchant de ne pas prendre l'accent du Fleuriste. Et ces fleurs sont si belles parce que ces fleurs sont en train de mourir.

– Oui ! s'exclama Le Fleuriste qui avait l'impression que Mano le comprenait. Mon commerce, c'est faire de la beauté à partir de la mort.

– On est tous les deux dans le même cas, ajouta Mano.

Le Fleuriste opina.

– Ces fleurs, elles sont pour ton pauvre Pepe ?

Mano se sentit soulagé de ce qu'il avait jusqu'alors caché à l'intérieur.

– Oui, ces fleurs sont pour Pepe. Comment est-ce que…

– Je le regarde venir à ton salon de coiffure. Je vous regarde tous les deux à l'intérieur. Il est très beau. Et il est encore plus beau maintenant. Nous ne devrions pas avoir peur du Doigt de Dieu.

Le Fleuriste était la seule personne qui reconnaissait cet amour à l'intérieur de Mano. Le Fleuriste brandit les mains en l'air et dit :

– À la mort !

– Oui, à la mort ! accepta Mano sur un ton taquin, en levant en l'air une de ses mains.

– Est-ce que tu vas aller maintenant à la rivière pour Pepe ?

– Oui, monsieur.

– Tiens, prends un autre bouquet.

Le Fleuriste coupa d'autres renoncules, les arrangea vivement, puis tendit un autre bouquet à Mano, qui n'eut pas à tendre la main, car Le Fleuriste introduisit le deuxième bouquet dans la boutonnière de la chemise de Mano, juste sous le premier bouquet.

– Emporte ces fleurs à la rivière pour moi. Et envoie-les à leur mort.

– Et au nom de qui vais-je les envoyer à leur belle mort ? demanda Mano.

– Roberto.

– Roberto, répéta Mano pour montrer au Fleuriste qu'il retiendrait le nom.

– Roberto est un très beau nom.

– Il me faisait rire, quand on était petits.

– Il devait être drôle.

– Oui, très.

Le Fleuriste et Mano se dirent au revoir comme deux nouveaux amis.

Il se mit à pleuvoir sur la passerelle de La Cure. Mano s'assit sur le bord, au milieu du pont, se préparant à envoyer des fleurs à leur mort, à la fois au nom de Roberto et de Pepe. Ses pieds pendaient au-dessus du courant bruyant. Ça lui était égal de se mouiller. Il pensa à la dernière fois qu'il s'était lavé le corps. Habituellement, il se lavait debout devant le grand évier de la cuisine dans la maison où il ne retournerait jamais. Mais le temps de ce genre de grand nettoyage était révolu. Il se demandait ce que ça ferait de simplement se laisser glisser dans La Cure avec ces fleurs, de se laver enfin complètement, une bonne fois pour toutes, chuter et mourir noyé. Il observait le fort courant sous le pont, sous ses pieds – la rivière savait exactement où elle allait.

– Pour Roberto.

Mano tint le premier bouquet de renoncules jaunes au-dessus de sa tête, une offrande à la pluie, afin qu'elle le prépare pour la rivière. Chacune des fleurs connut une ample éclosion juste avant qu'il ne les jette toutes entre ses genoux dans La Cure.

– Tu as été aimé !

Le bouquet tomba et s'enfonça sous la surface, puis remonta et se trouva coincé sur un rocher. Quelques secondes plus tard, il se libérait et était emporté dans le courant.

Mano fit passer l'accordéon cassé de son dos à sa poitrine et joua ses trois chants funèbres par-dessus le brouhaha de la rivière. Les arbres se penchèrent, les buissons aussi. Les nuages s'ouvrirent, et la pluie cessa. Mano replaça l'accordéon dans son dos, satisfait de l'attention que le monde accordait à son au revoir. Il prit le deuxième bouquet accroché au bouton du bas de sa chemise et le tendit devant lui. Il ne dit rien. Il se contenta de fermer les yeux. Derrière ses yeux il y avait une image de Pepe, coiffé avec la raie sur le côté, coupant une pomme en deux pour qu'ils se la partagent. Il tint le bouquet devant lui aussi longtemps que les muscles de ses bras le purent.

– Pour Pepe, dit-il.

Puis il le laissa tomber entre ses genoux dans La Cure.

Au moment précis où Mano ouvrit les yeux pour regarder le bouquet tomber dans la rivière, le cadavre de Pepe, placé sur le dos à bord d'un radeau funéraire en rondins de bois, passa sous le pont. Le bouquet que Mano lui avait acheté atterrit sur un bouquet identique de renoncules jaunes tenu entre les mains de Pepe, placé spécialement à cet effet. Pepe était en costume-cravate, les cheveux avec la raie exactement comme Mano l'imaginait un instant plus tôt. Deux bouquets identiques sur sa poitrine de cadavre.

– Oh, cher Pepe ! s'écria Mano.

– Pepe ! cria Le Boucher au loin, en amont.

Mano fit volte-face sur le pont et vit Le Boucher et Mitzi Let en amont, derrière lui, sur la berge. Il ne les avait jusqu'alors pas remarqués. Leurs bras bougeaient au-dessus de leur tête.

– Tu as lâché trop tôt ! hurlait Le Boucher à l'intention de Mitzi.

– C'est *toi* qui as lâché, pas moi ! répondit Mitzi au Boucher en hurlant.

– Je croyais que c'est *toi* qui allais allumer le brasier !

– Tu as dit que c'est *toi* qui t'en occupais.

– Je n'étais pas prêt ! Lui n'était pas prêt ! s'écria Le Boucher en pleurant.

C'est à ce moment-là qu'il se jeta en plein courant, tout en hurlant après son fils chaque fois que sa tête arrivait à sortir de l'eau pour reprendre sa respiration. Mitzi se retrouva seule sur la berge, la tête dans les mains, le visage pétrifié.

Le Boucher s'approchait du pont trop rapidement pour que Mano puisse faire quoi que ce soit pour lui porter secours. Mano était à plat ventre sur la passerelle, il tendit la main le plus loin possible sous lui, écartant les jambes pour contrebalancer le poids et l'élan potentiel du Boucher. Mais le temps que Mano se positionne, Le Boucher était déjà passé sous le pont. Un instant, le corps du Boucher se trouva coincé sur le même rocher que les fleurs de Roberto, et c'est à cet instant qu'il regarda Mano droit dans les yeux, comme s'il le reconnaissait. Le Boucher tendit le bras en direction de Mano juste avant que la rivière ne le libère du rocher et l'emporte, le culbutant dans le courant.

Puis ce fut au tour de Mitzi Let de sombrer dans la rivière. Elle ne cria même pas. Elle ne tendit même pas la main. Elle rebondit juste sur tous les rochers qu'il y avait sur son passage, suivant son mari et son fils jusqu'à la mer.

20.

Nana Pin avait quatre pleins paniers de fraises lorsqu'elle mourut debout dans le carré de fraises. Enid en avait deux. C'était une récolte particulièrement bonne. Nana était immobile depuis déjà un certain temps. Enid se disait que Nana réfléchissait, ou peut-être comptait. Quoi qu'elle fasse, en tout cas, elle laissait Enid la rattraper. Toutes deux jouaient toujours au même jeu dans le carré de fraises. Enid gagnait si elle ramassait au moins moitié moins de paniers que Nana. Il était inhabituel que Nana laisse passer tout ce temps sans ramasser de fraises. Il était inhabituel de sa part de permettre à Enid de la rattraper.

– Nana, je commence le troisième panier !

Le soleil tombait et l'ombre de Nana s'allongeait. Elle arrivait presque jusqu'à Enid. Pour ramasser les fraises, Nana portait toujours la même robe, en toile blanche avec un motif de toutes petites fraises rouges. Elle ondulait dans le vent du soir, mais son corps demeurait immobile.

– Tu en es à quel panier ?

Enid connaissait la réponse à cette question parce qu'elle l'avait sous les yeux. Elle lança par-derrière, sur la tête de Nana, une fraise mûre qui rebondit et atterrit sur un buisson.

– Nana ? Oh non.

Elle traversa les buissons de fraises épineux pour se retrouver debout face au corps de Nana. Les yeux de Nana regardaient fixement le soleil, et elle tenait une unique fraise de ses deux mains, devant elle, comme une offrande. Plus qu'à un cadavre, c'est à une statue qu'elle ressemblait.

– Non, non, non, *non* !

Enid prit la fraise que Nana offrait et la jeta à la figure morte de Nana, en partie pour la réveiller, en partie pour la punir d'être morte à un moment comme ça.

Nana ne se réveilla pas.

Enid n'était pas prête à se retrouver toute seule. Elle pensa à tous les jours de son futur proche sans mère, sans père, sans frères, sans sœurs. Juste l'usine, et seulement Mary et Mimi, qu'elle s'était récemment mise à détester. Elle regarda autour d'elle les carrés de fraises avec des yeux neufs – ce n'était plus un jeu auquel elle jouait avec sa mère, mais le fardeau de faire pousser, de cueillir et de vendre.

Comme pour les autres, il y avait un trou profond dans la poitrine de Nana. C'était le Doigt de Dieu, même si Enid ne croyait pas vraiment en une chose pareille. Dans le trou de mort de Nana se trouvait un téléphone noir. Nana n'avait encore jamais personnellement vu un téléphone, mais elle en avait entendu parler. Elle savait instinctivement comment s'en servir.

Enid retint son souffle et abaissa les bras de Nana le long de ses flancs. Ils étaient rigides. Ils bougeaient comme des bras de poupée en plastique. Enid prit le combiné du téléphone noir et se mit à l'écoute d'une hypothétique voix. Elle savait que c'était ce qu'il fallait faire.

– Toutes mes condoléances, dit la voix à l'intérieur du combiné d'un noir brillant. Enid lâcha le combiné et son cordon en spirale resta suspendu au torse de Nana, comme un intestin noir étalé.

Elle s'empressa de le reprendre pour écouter ce que la voix avait d'autre à dire.

– Nous sommes navrés pour la perte de votre chère grand-mère. Nous serons bientôt là pour vous aider.

– C'est ma *mère*, rectifia Enid dans le téléphone.

– Nous serons là d'ici peu.

Lorsque Les Humanitaires arrivèrent dans le champ de fraises, Enid était encore debout dans la même position, et donc, bien sûr, Nana aussi. Elle avait encore le téléphone à l'oreille, attendant peut-être d'autres instructions, mais aussi parce qu'elle n'avait pas la moindre idée de ce qu'elle pouvait faire d'autre. Elle désirait tellement des instructions qu'elle passerait nombre des jours qui lui restaient à être silencieuse, de manière à les entendre.

Les Humanitaires étaient nouveaux à Tarteure. Tout d'abord, ils louèrent une chambre à l'auberge de L'Aubergiste. Ils étaient toujours tous les deux. Ils portaient tous deux une combinaison avec un écusson ovale blanc sur la poche de poitrine. Sur l'écusson était cousu un XO rouge. Les Humanitaires semblaient avoir une mission très claire et louable. Leur travail était effectué proprement et efficacement et ils étaient hautement qualifiés dans leurs méthodes. Leurs interactions avec le public en deuil étaient respectueuses et professionnelles.

L'Humanitaire-femme s'approcha d'Enid avec deux chaises pliantes. Elle en déplia une pour Enid et lui demanda de s'asseoir.

– Votre grand-mère était quelqu'un de très spécial, dit-elle.

Enid s'assit sur le siège au milieu du champ des carrés de fraises.

– Mais c'était ma mère.

L'Humanitaire-femme déplia sa propre chaise et s'assit dessus. Elle vérifia ses notes.

– Dans un cas comme dans l'autre, elle était très spéciale. Tout le monde appréciait ses fraises. Et elle vous aimait énormément, même si elle semblait parfois être très stricte.

– Qui êtes-vous ? demanda Enid.

– Je suis une Humanitaire.

L'Humanitaire-homme entama le processus consistant à se débarrasser du corps de Nana. Il fit basculer son corps raide en arrière sur un des carrés de fraises, puis l'amena au niveau d'une longue boîte en bois. Il inclina la boîte vers le corps de Nana qu'il fit rouler à l'intérieur. Il remit la boîte à plat, puis ferma le couvercle. Sur le couvercle se trouvait un gros XO rouge.

– Qu'est-ce que vous faites d'elle ? demanda Enid.

– Nous emmenons votre grand-mère dans une jolie prairie avec d'autres grands-mères. Elle se fera des amies là-bas. Il y aura des biches et des papillons.

– C'est ma mère.

– Votre mère, je veux dire.

– Et elle déteste les biches. Les biches mangent les fraises.

– Peut-être n'y aura-t-il pas de biches là-bas.

– Elle est morte, dit Enid. Je pense qu'on devrait l'emmener à la rivière. Vous pouvez peut-être m'aider à l'amener à la rivière ?

– Vous n'aurez plus jamais à vous soucier d'elle. Nous allons nous occuper de tout.

L'Humanitaire essaya de serrer Enid dans ses bras, et Enid, ne voulant pas contrarier L'Humanitaire, se laissa faire.

Quelques jours plus tard, le nouveau postier, qui était lui aussi nouveau à Tarteure, apporta une facture pour services rendus adressée à Enid Pin avec un gros XO rouge sur l'enveloppe. Rédigée à la main au bas de la facture figurait la phrase suivante : *Navrés pour la perte de votre grand-mère. XO, Les Humanitaires.*

21.

– Je vais prendre deux pattes, dit Le Fleuriste.

Mano était content de revoir Le Fleuriste, mais aussi très crispé à l'idée de se servir du couperet devant lui, de manipuler la croupe du mouton mort sur le billot.

– Deux pattes. C'est parti.

– Comment ça s'est passé, avec les fleurs pour Roberto, et pour Pepe ?

Mano, crispé, fit tomber le couperet au sol. Il était plus lourd que prévu. Il déplaça l'accordéon qu'il avait dans le dos, enfonça la radio plus profond au creux de son aisselle, puis se baissa pour ramasser le couperet. Il le rinça dans l'énorme évier, puis se mit à couper une patte de mouton.

– Ça s'est bien passé. Très bien. Roberto m'a dit de vous dire qu'il voulait des pâquerettes, et non pas des renoncules, fit Mano en lui adressant un clin d'œil.

Le Fleuriste éclata de rire.

– Ma foi, Roberto a toujours été quelqu'un de très spécial.

Mano renonça à découper proprement la première patte et manipula, à la place, la deuxième.

– Tu ne t'y prends pas du tout comme il faut, fils, dit Le Fleuriste. Tiens, laisse-moi te montrer.

Il passa derrière le comptoir et se tint à côté de Mano, à côté du billot. Il empoigna le poignet de Mano et lui indiqua le mouvement correct pour utiliser le couperet.

– D'abord, tu tiens trop de choses, dit Le Fleuriste.

– J'ai les mains libres, expliqua Mano.

– D'accord, oui, eh bien ensuite il faut que tu coupes ici, à l'articulation, dur et vite. Dis-toi que c'est un cheveu, ou une tige de fleur. Ce n'est rien d'autre. La mort. C'est déjà mort, exactement comme tout le reste.

Mano le remercia et donna un bon coup à la deuxième patte. La patte du mouton mort se détacha proprement d'un unique coup sec.

– Parfait !

Le Fleuriste ramassa la patte et se mit à l'envelopper dans du papier brun de boucher. C'est ainsi que Mano apprit où se trouvait le papier de boucher du Boucher.

Mano remercia Le Fleuriste, puis lui fournit une excuse convenable :

– Premier jour.

– Eh bien, demain ce sera ton deuxième, dit Le Fleuriste.

– Très vrai.

– … Et le troisième, tu en sauras autant que Le Boucher en a jamais su.

Le Fleuriste avait maintenant les deux pattes enveloppées dans du papier et il retourna de l'autre côté du comptoir, le côté clients.

Mano joua du couperet sur quelques autres parties du mouton, même s'il ne savait pas exactement de quelles choses il s'agissait. Il enveloppa ces morceaux saignants dans du papier brun de boucher, et les tendit par-dessus le comptoir au Fleuriste.

– C'est trop.

– C'est moi qui vous l'offre, dit Mano.

Dans les jours après que les corps des Let eurent vogué sur La Cure jusqu'à la mer, Mano devint le nouveau boucher de Tarteure, en plus de conserver son poste de barbier de la ville. À de nombreux égards, c'était bon pour Mano. Il ne voulait pas retourner à la maison où il avait vécu avec sa mère, et il voulait plus que tout éviter l'oisiveté. Et puis aussi, le fait d'être boucher lui donnait l'impression d'être un Let, comme s'il était entré dans la famille par mariage via son métier. Il était désormais Le Boucher, comme tous les hommes Let l'avaient été avant lui.

Malgré la patience et la générosité de son tout premier client, Le Fleuriste, le fait d'être Le Boucher fut au début très difficile pour Mano. Découper les pattes de tous les moutons morts ne faisait que lui rappeler l'arrachage des bras et des jambes de sa mère. C'était un souvenir dont il n'avait pas besoin, cependant le fait d'être Le Boucher signifiait que ce souvenir lui serait constamment rappelé, quotidiennement.

Lors des premiers jours à être à la fois Le Boucher et Le Barbier, Mano fut très fatigué. Il travaillait toute la nuit au fond de la boucherie, à couper toute la viande, à nettoyer et aiguiser les couteaux, à vider tout le sang et préparer tout ce qu'il y aurait à vendre le lendemain, puis il fermait à clé et se rendait à pied au salon de coiffure, où il tenait la boutique jusqu'en milieu d'après-midi, à couper les cheveux, puis à les balayer pour en faire des tas. Il se révéla si bon pour ce qui était de balayer les cheveux morts qu'il n'avait même pas besoin de les toucher avec le balai. Il utilisait uniquement le vent créé par le mouvement du balai pour faire une petite montagne. Mais il n'avait pas le temps de dormir. Après avoir fermé le salon de coiffure, il retournait à la boucherie juste à temps pour vendre la viande aux clients qui rentraient chez eux après le travail. Il ne fermait la boucherie qu'à huit heures du soir, pour s'assurer que chacun ait sa viande du dîner, puis il fermait la boutique afin de commencer à découper la viande pour le lendemain. C'était un horaire que ses clients apprirent vite, et comprirent. Ils faisaient la queue quand le salon de coiffure était ouvert et ils faisaient la queue quand la boucherie était ouverte.

Au premier jour sans sommeil, Mano fut incroyablement fatigué. Il se reposa les yeux quelques minutes devant le carré noir, dans l'arrière-salle du salon de coiffure. Il se mit de nouveau à dériver au fond du lac. Il laissa son corps allongé là, au fond du lac, l'homme et la femme enlevant leurs vêtements dans la trouble lumière du soleil au-dessus de lui, à la surface du lac. Mais ensuite, un client faisait retentir la clochette de la porte d'entrée. Au bout de quelques jours à ce rythme, Mano s'habitua à l'absence de sommeil. Son corps s'adapta. Il devint plus efficace. Il se fit plus agile, en dépit du poids supplémentaire. Les choses qu'il avait sur lui firent de plus en plus partie de son corps. Il avait les mains libres pour couper les cheveux et la viande. Son corps apprit à connaître ses propres rythmes et ses propres répétitions, et il les connaissait bien. Son corps travaillait sans même qu'il ait à y réfléchir. Parfois, tandis que ses bras bougeaient comme une machine, il se disait qu'il n'était rien d'autre qu'un corps. Non pas une personne mais un corps ; qui ne dormait pas mais se déplaçait, coupait, tenait, prenait, grandissait sans cesse.

Quand il était à la boucherie, une de ses prérogatives consistait à s'occuper d'une demi-douzaine de moutons qui étaient dans un enclos, derrière.

– Viens par ici, Bouclettes. C'est ton tour.

Mano donnait des noms à tous les moutons, mais ils avaient tous le même nom. *Bouclettes*. Avant de les égorger et de les découper, il les tondait avec le même genre de ciseaux qu'il utilisait au salon de coiffure au lieu des tondeuses électriques que le père de Pepe avait utilisées. Mano était bien plus à l'aise avec les ciseaux, et les tondeuses électriques lui rappelaient les machines à vaporiser de l'Usine Tarteure. En s'en servant, il aurait eu le sentiment de régresser. Au début, Mano mettait à peu près une heure pour tondre un mouton. Mais au bout de quelques jours de pratique, cela ne lui prenait plus que quinze minutes.

Il retint Bouclettes par la taille et lui parla gentiment.

– Je vais te tondre complètement, ensuite t'assommer avec un marteau d'un coup entre les deux yeux pour que tu ne sentes rien quand tu seras pendue tête en bas par les pattes et que je te trancherai la gorge. Tout ton sang s'écoulera dans une cuvette. Ensuite je te découperai en morceaux pour que les gens puissent te manger.

Il disait cela à chaque mouton chaque fois avant de passer à l'acte, et chaque fois il avait l'impression de mourir lui aussi. Ça l'attristait beaucoup. Mais il savait que la bête était prête car chaque fois il la regardait dans ses yeux de mouton et lui demandait : « Tu es prête ? » Et il attendait que Bouclettes le regarde dans les yeux. Et avant de l'assommer avec son marteau, il lui demandait pardon à voix haute.

Mano pensait que la mort n'était pas une chose à combattre, mais une chose à laquelle se préparer. Il estimait que si nous pouvions tous nous y préparer, ce pourrait être très beau. Il était important que tout le monde à Tarteure sache cela. Si ses clients devaient manger du mouton, il voulait qu'ils sachent qu'il avait d'abord fallu qu'il tue le mouton. Les pattes qu'ils mangeaient, la chose qui leur donnait vie, étaient la mort. Et donc le lundi matin, jour de fermeture du salon de coiffure, Mano commença un programme d'éducation pour tous dans l'enclos des moutons, derrière la boucherie, intitulé Les Leçons de Mort.

Les Leçons de Mort étaient destinées aux enfants. Le premier lundi matin, les premiers enfants à assister aux Leçons de Mort furent Ernesto et son jeune frère Ernest. Leur mère, Lois Corn, ramassait les mauvaises herbes dans les jardins des gens, et leur père, Le Pelleteur, pelletait quand les gens voulaient qu'on y aille à la pelle. Le Pelleteur pouvait tout faire avec sa pelle, mais surtout il pelletait la neige. Cela faisait bien longtemps qu'il n'avait pas neigé à Tarteure.

– J'ai entendu dire que vous donniez gratuitement de la viande, dit Le Pelleteur en poussant la porte de la boucherie pour laisser passer Lois et leurs deux fils.

– C'est vrai, c'est vrai, confirma Mano. Mais il faut d'abord que les enfants assistent à leur Leçon de Mort.

Le Pelleteur prit Ernest dans ses bras. Ernest mit les bras autour du cou de son père et regarda Mano.

En entendant parler de mort, Lois voulut s'en aller.

– Désolé, on ne…

– Ce sera amusant. Tenez…

Mano fit signe à la famille de faire le tour du comptoir avec lui et il les conduisit à l'enclos des moutons, à l'arrière.

– Des moutons ! s'écria Ernest, se tortillant pour essayer d'échapper à l'étreinte de son père.

– Oui, ce sont des animaux si beaux, l'encouragea Mano. Allez-y, vous pouvez leur dire bonjour.

Le Pelleteur posa Ernest par terre, et Ernest s'approcha de l'un des moutons pour le regarder de plus près. Mais il avait trop peur de le toucher.

– Ils s'appellent tous Bouclettes, expliqua Mano.

– Salut, Bouclettes, dit Ernesto à un mouton différent de celui que son jeune frère regardait.

Ernesto posa la main sur le dos de Bouclettes et le caressa doucement.

– J'ai besoin de votre aide, dit Mano en replaçant la bouillotte dans son dos, puis il s'accroupit pour pouvoir parler directement aux enfants. J'ai besoin, les garçons, que vous choisissiez pour moi un mouton.

– Celui-ci ! s'exclama Ernest soudain très excité.

– Non, celui-là, protesta Ernesto, en continuant de caresser délicatement Bouclettes.

– Vous pouvez prendre votre temps. On va leur mettre une selle et vous pourrez les chevaucher dans l'enclos, et…

Le Pelleteur intervint :

– Ça va coûter combien ?

– Les Leçons de Mort sont gratuites, expliqua Mano. Il continua de s'adresser à Ernesto et Ernest : Vous pouvez monter dessus, les caresser, leur parler, leur dire vos secrets, dit-il en attachant une selle au dos de Bouclettes. Et ensuite, une fois que vous en aurez choisi un, vous pourrez lui dire au revoir. Vous pourrez lui dire ce que vous voulez, et vous pourrez prendre tout le temps que vous voulez. Et vous pourrez lui demander s'il est prêt. Et ensuite, quand *vous* vous serez prêts, je l'emmènerai à l'intérieur et le tuerai pour que vous et votre famille puissiez le manger.

– Chouette ! s'écria Ernest.

Et c'est ainsi que cela se passa. Lois aida Ernesto à se jucher sur la selle de son mouton, et Le Pelleteur aida Ernest à monter sur la sienne. Ils chevauchèrent tous deux dans l'enclos, rebondirent sur la barrière, tombèrent dans l'herbe. Ernesto s'arrangea pour que sa bête se couche sur le flanc avec lui, et ils discutèrent tout en se serrant l'un contre l'autre. La famille opta finalement pour le mouton d'Ernesto. Bouclettes.

– Dites-lui au revoir, fit Mano.

Toute la famille pleura, y compris Le Pelleteur, et tout particulièrement Ernesto, qui n'était pas tout à fait prêt. Après quoi, après avoir été raisonné et consolé, il le fut. Mano emmena Bouclettes dans la boucherie, et un peu plus tard retrouva la famille sur le seuil de la boucherie, avec le mouton entièrement découpé, plusieurs douzaines de morceaux enveloppés dans du papier brun de boucher. Le Pelleteur et sa femme, Lois, lui furent très reconnaissants, tandis que leurs fils frottaient encore leurs yeux rougis.

– La viande vient de là où va la mort.

C'est ce que disait Mano chaque fois qu'il tendait les nombreux paquets de viande aux familles ayant participé aux Leçons de Mort. La viande vient de là où va la mort.

Le Pelleteur tint Ernest dans ses bras et le secoua de haut en bas.

– Dites merci, les garçons.

– Merci, pleurèrent Ernest et Ernesto en chœur.

Les Leçons de Mort devinrent populaires auprès des gens les plus pauvres de Tarteure. Si cette popularité représentait un peu de pression pour Mano, qui était surmené, il continua de rester fidèle aux valeurs originales des Leçons de Mort. Il refusait toujours de se faire payer pour le mouton tué et découpé le lundi matin. Toutefois, il devint important qu'il reçoive *quelque chose* en retour.

Tandis que le Doigt de Dieu continuait de s'abattre sur Tarteure à un rythme quasiment quotidien et que le nombre de victimes augmentait, Mano savait que les morts laissaient des choses derrière eux dans leur trou de mort. Les habitants de Tarteure étaient dans un état de panique constant. Mano fit un écriteau qu'il suspendit aux murs à la fois de la boucherie et du salon de coiffure.

Apportez-moi vos choses de mort.
Apportez-moi les choses que vos morts ont laissées.

Ceux qui étaient en deuil ne voulaient pas garder les choses nées dans les trous de leurs proches récemment décédés. D'un autre côté, ils ne voulaient pas non plus jeter ces choses à la poubelle.

Ils savaient où ils pouvaient aller s'ils voulaient un jour récupérer la chose. Entretemps, Mano tenait leurs choses et il aimait leurs choses. Très vite, Mano devint une sorte de tas vivant du chagrin de la ville – un musée ambulant et parlant de la perte et de la peine, un réceptacle volontaire pour le chagrin des autres, caché à leur vue s'ils le souhaitaient, et cependant accessible, car c'est ainsi qu'opère au mieux ce type de chagrin.

Au cours du premier mois des Leçons de Mort, Mano reçut de nombreuses choses des personnes en deuil les plus pauvres de Tarteure, à conserver en échange de morceaux gratuits de mouton. On lui donna un parapluie noir, un grille-pain électrique, une plante d'intérieur, une hachette, une paire de béquilles, une pipe, un frisbee, un gâteau d'anniversaire avec quatorze bougies allumées, une collection complète d'encyclopédies et un ventilateur orientable. Il devint un splendide porteur de choses. Il apprit à arranger avec minutie les choses sur son corps, de manière qu'elles puissent devenir son corps. Cela devint un véritable talent, mais pour les autres, cela relevait plus du tour de magie. Certaines parmi les personnes en deuil les plus riches lui offraient une chose de la mort, non pas en échange de tranches gratuites de mouton, mais juste pour voir comment et où il la ferait tenir sur son corps, comment il pourrait la faire disparaître dans les plis, les couches et les rebords des autres choses qu'il avait sur lui. Pour certaines personnes en deuil, c'était comme jeter une pièce dans une fontaine : un rituel. Le corps de Mano devenait énorme. Il devenait mammouth. Au bout d'un mois à tenir de plus en plus de choses, sur sa tête, ses jambes et son dos, Mano était plus grand que ne l'avait été Pepe, et bien plus lourd que Pepe ne le serait jamais devenu. Mano était la personne la plus mammouth de Tarteure, et il devenait chaque jour plus mammouth.

Un matin très tôt, après une nuit entière à découper un mouton à la boucherie, Mano manœuvra son corps gigantesque par la porte pour se rendre à pied au salon de coiffure, afin de préparer les ciseaux et les rasoirs pour une journée de coupes de cheveux. Cela devenait de plus en plus difficile pour lui de manœuvrer son corps pour passer les portes de ses boutiques. Cela, aussi, devint une sorte de tour de magie. Faire sortir en dernier une lourde jambe gauche par la porte de la boucherie, faire entrer en premier une lourde jambe droite par la porte du salon de coiffure.

La porte du salon de coiffure tinta quand il coinça ses hanches au-delà du bouton de la porte. Inez Rugi était déjà là, elle l'attendait dans le fauteuil. Bébé Zuzu était endormie dans un panier sur le comptoir, sous les rasoirs.

Elle ne dit pas bonjour.

– Je ne t'ai pas parlé du carré noir dans l'arrière-salle, dit-elle.

Mano était crispé de voir Inez, et il avait plutôt envie de commencer la conversation au début.

– Bonjour, Inez.

– Le carré noir, insista-t-elle. Viens le regarder avec moi.

Elle se leva et trouva la main de Mano, qui était au bout d'un bras chargé d'un parapluie, d'une paire de béquilles et d'un beurrier, entre autres choses. Ensemble ils entrèrent dans l'arrière-salle de son défunt mari et se tinrent au milieu.

– C'est une peinture de moi, expliqua Inez.

– C'est vous ?

Mano ne voyait pas de quoi parlait Inez.

– Oui, regarde ici. Regarde de plus près.

Elle fit remonter les lunettes de son mari mort sur le nez de Mano afin que les détails du carré noir soient plus nets pour lui.

– Qu'est-ce que je regarde, exactement ? demanda Mano.

– Ceux-là, là, c'est ça, dit Inez, tenant ses seins dans ses mains.

– Je ne les vois pas.

– Non, non. D'accord, regarde. Regarde ici, fit Inez en montrant un point au milieu du carré noir. Là ce sont mes jambes.

– Là, c'est le soleil qui brille à travers les arbres à travers la surface de l'étang, fit valoir Mano.

– Non. Ce n'est pas ça, je vais te montrer... dit Inez en relevant sa robe noire. Vas-y, mets-toi à genoux si tu peux.

Mano voulut spontanément s'enfouir dans la noirceur sous la robe d'Inez. Il déplaça gauchement son corps pour s'agenouiller. Les verres du service à champagne qu'il tenait entre ses cuisses se mirent à tinter entre eux. Inez l'aida à descendre son corps gigantesque sur un genou, puis elle releva lentement sa robe par-dessus les oiseaux noirs et le bocal de boutons sur sa tête. Elle grimpa au sommet de tout le tas qu'était le corps de Mano.

Une fois à l'intérieur de la robe, Mano trouva les jambes d'Inez, et finit par trouver ses seins. Maintenant qu'il commençait juste à sentir la fatigue due au manque de sommeil, et parce qu'il avait sur lui tant de choses, il éprouva du soulagement à l'intérieur de la robe d'Inez. C'était un espace sombre qui, pendant un moment, le *fit tenir*.

Une fois que Mano fut complètement sous la robe d'Inez, une Enid Pin triste et solitaire entra par la porte ouverte du salon de coiffure. Elle marcha sur le caniche noir qui ne bougea pas. Elle regarda Bébé Zuzu qui dormait à poings fermés sous deux épaisseurs de couvertures dans son panier. Le soleil était rose et neuf à la vitre derrière elle. Enid tenait le téléphone noir qu'elle avait trouvé à l'intérieur du trou de mort de Nana. Elle n'avait plus besoin de se servir du téléphone. Elle venait au salon de coiffure de Mano parce qu'elle voulait le voir, et elle voulait voir où il mettrait le téléphone sur son corps en expansion. Mais surtout, elle voulait voir Mano. À la place, ce qu'elle vit, lorsqu'elle regarda dans l'arrière-salle du salon de coiffure, ce fut seulement Inez, dont la robe noire bougeait sous son corps, comme les rouages bien huilés d'un moteur à combustion géant, qui gémissait frénétiquement, tel un chat sauvage dans un carré noir qui ressemblait, aux yeux d'Enid, à une peinture d'un carré de fraises infini.

Enid posa le téléphone à l'intérieur du panier de Bébé Zuzu avant de courir jusqu'à la porte. Le combiné du téléphone tomba et resta en équilibre sur le front de Zuzu.

– Toutes mes condoléances, disait la voix au téléphone.

22.

Ernesto et Ernest Corn étaient en train de jouer aux cow-boys quand ils retrouvèrent leur mère, Lois Corn, morte, dans les buissons derrière leur maison. Elle ramassait les mauvaises herbes le matin. C'est l'après-midi qu'ils la retrouvèrent. Ils crurent tout d'abord qu'elle jouait peut-être au cow-boy mort, mais ce n'était pas le cas. Elle était morte du Doigt de Dieu. Deux jouets en plastique, des pistolets, se trouvaient dans son trou de mort, mais ses fils n'en voulaient pas. Ils les donnèrent à Mano un lundi matin durant une Leçon de Mort. Mais tout ce qu'Ernesto et Ernest avaient pu apprendre au cours des Leçons de Mort n'aurait pu les préparer à la mort de leur mère.

Le lendemain de la mort de Lois, son mari, Le Pelleteur, eut une idée de génie qui allait transformer en un éclair sa petite famille pauvre en une petite famille aisée. Ernesto et Ernest n'auraient plus jamais à chevaucher un mouton aux Leçons de Mort pour que leur famille puisse manger gratuitement. Au lieu de traîner le corps de Lois à La Cure, de construire un radeau avec des bûches et de mettre le feu au corps avant de le laisser voguer sur la rivière jusqu'à la mer, ce qui avait toujours été la tradition à Tarteure, Le Pelleteur décida d'utiliser son unique talent pour prendre congé du corps de sa femme. En pelletant. Ainsi, il économisa du temps et il économisa de l'argent. Le Pelleteur refusa catégoriquement le zèle forcé des Humanitaires, refus qui lui prit des heures d'efforts. Au lieu de cela, derrière sa modeste cabane, dans les faubourgs de la ville, avec l'aide de ses fils, Le Pelleteur creusa un trou de deux mètres de profondeur, deux mètres de long et soixante-dix centimètres de large. À eux trois, ils firent descendre le corps de Lois à l'aide de cordes au fond du trou. Au cours d'une cérémonie intime, ils lui firent leurs adieux en se tenant au-dessus d'elle et lui souhaitèrent plein de bonnes choses en rebouchant le trou à coups de pelletées de terre. Son corps revint à la terre à l'intérieur de laquelle elle fut enterrée et, bientôt, des renoncules blanches poussèrent à cet endroit.

Le coup de chance et de bonne fortune, cependant, vint du fait que cette cérémonie à la pelle fut vue par un petit groupe de gens qui se rendaient à l'auberge de L'Aubergiste et passaient devant la cabane du Pelleteur après l'église un dimanche. Parmi ce groupe se trouvaient en particulier L'Homme d'Affaires et L'Avocat.

– Qu'est-ce que tu es en train de faire, là ? Un nouveau mode de jardinage ? lancèrent L'Homme d'Affaires du bout du champ, suffisamment fort pour que Le Pelleteur les entende.

Le Pelleteur s'approcha du petit groupe, suivi de ses fils.

– Oh, non, non. Ma bourgeoise est morte. Doigt de Dieu. On l'enterre, c'est tout, on dit un dernier mot, on lui dit au revoir.

– *Enterrée !* On n'a jamais entendu parler d'une chose pareille. Quel problème y a-t-il à dire au revoir sur les bords de La Cure ? demandèrent L'Homme d'Affaires.

– Aucun problème avec La Cure. On veut juste l'avoir avec nous. On peut lui dire au revoir quand on veut. On sait exactement où elle est.

– La mort c'est de là que vient la vie.

Ernesto répétait un bout de ce qu'il avait appris aux Leçons de Mort.

– On va faire un jardin, ajouta Ernest.

– C'est ça que Le Boucher vous a appris ?

La question de L'Homme d'Affaires était adressée à Ernesto.

Ernesto et Ernest firent tous deux oui de la tête.

L'Homme d'Affaires, L'Avocat et quelques autres personnes au sein du petit groupe se moquèrent des jeunes garçons. C'est ce rire moqueur qui fit jaillir l'idée lucrative dans l'esprit du Pelleteur. Plus tard dans l'après-midi, avec les maigres économies que lui et sa femme avaient pu accumuler entre les matelas de leur lit marital, il acheta un lopin de terre fort peu désirable de cinq arpents sur les berges orientales de La Cure. Il l'acheta directement au Bûcheron qui n'avait plus besoin de ce terrain maintenant qu'il en avait coupé tous les arbres. Ce n'était plus guère qu'un terrain parsemé de souches d'arbres. Ensuite, avec l'argent qui lui restait, Le Pelleteur acheta au Tailleur un costume noir respectable et une cravate assortie. En l'espace d'une semaine, avec l'aide de ses fils, il creusa à la pelle dans le lopin une douzaine de trous 6 × 6 × 2, chacun au pied d'une souche d'arbre.

Après que Le Pelleteur et ses fils eurent creusé les trous, Vera Good fut la première de Tarteure à enterrer sa morte dans le nouveau Cimetière du Pelleteur. Au cours du mois qui suivit la mort de June Good, sous la table, à l'usine, Vera n'était pas tout à fait prête à dire au revoir. Son deuil public était particulièrement perturbant pour la productivité à l'usine et pour Le Contremaître. Elle porta une robe noire et un voile noir chaque jour du mois et sanglota perpétuellement dans le micro utilisé pour faire des annonces. Normalement, quand les filles de l'usine entendaient le déclic du micro, elles s'attendaient à ce qu'on leur dise que c'était l'heure de la pause cigarette, ou de la pause déjeuner, ou qu'elles roulaient leurs cigarettes trop lentement par rapport aux quotas quotidiens. Mais après la mort de Mme Good, chaque fois que retentissait le déclic du micro, les filles n'entendaient que les sanglots prolongés de Mme Good.

Pendant ce temps, le corps de June était conservé dans un congélateur profond au sous-sol de l'usine où l'on entassait habituellement les surplus de cigarettes Tarteure. Le corps de June reposa là un mois, congelé, par-dessus des centaines de cartouches de cigarettes arborant le visage de June. *C'est la Bonne Heure pour une Tarteure.* Le Contremaître était tellement ennuyé par le chagrin de sa sœur – un chagrin qui était censé être le sien – qu'il évitait à tout prix d'en parler. La productivité avait chuté en dépit de la demande croissante de Tarteure. Et le moral, à cause du deuil de sa sœur, était encore plus bas. Aussi Le Contremaître prenait-il soin de ne jamais suggérer à sa sœur qu'il était temps que le corps de

June soit emporté à La Cure pour être envoyé à la mer. Il se disait que ça ne ferait de mal à personne que son corps reste au congélateur jusqu'au moment où Vera serait prête à lui dire au revoir.

Et donc, lorsque Vera entendit parler du Cimetière du Pelleteur, un champ de souches dans lequel enterrer les morts, sans avoir vraiment à leur dire au revoir, dans lequel les laisser fleurir à la surface de la terre, et où l'on pouvait rendre visite aux fleurs qu'ils étaient devenus, elle sentit que les défis du chagrin étaient résolus.

Vera choisit le trou le plus à l'écart, tout au fond du nouveau cimetière, et décida de procéder à une cérémonie tout à fait intime, à laquelle ne participeraient qu'elle et la défunte, Le Pelleteur et ses deux fils. Sans que Le Contremaître en soit informé ni ne donne sa permission, Vera paya Le Pelleteur et ses fils pour qu'ils l'aident à sortir le corps de June du congélateur de l'usine, qu'ils le transportent dans une brouette jusqu'au cimetière, puis le descendent dans la tombe, où il décongèlerait et fleurirait.

– J'aimais June Good et June Good m'aimait, commença Vera, mains jointes devant elle.

Elle portait le manteau de fourrure et les perles de June. Elle les porterait chaque jour jusqu'à la fin de sa vie.

Le Pelleteur et Ernesto avaient la tête baissée et les yeux clos, mais ils s'échangèrent un regard lorsque Vera commença. Ernest jouait dans le tas de terre fraîche.

Elle continua, les yeux maintenant ouverts :

– C'est tout ce que je sais. C'est tout ce que j'ai envie de savoir.

– Magnifique, dit Le Pelleteur.

À l'aide de son couteau, Le Pelleteur sculpta soigneusement ces mots sur la partie plate de la souche d'arbre, à la tête de la tombe : « June Good est morte / Ici. » Avec cette inscription, la souche d'arbre ressemblait à un gâteau d'anniversaire.

– Mettons des bougies dessus, proposa Ernest.

Cela semblait être le bon moment pour lancer des traditions, aussi Vera fut-elle d'accord.

– C'est une bonne idée, fils, dit Le Pelleteur. Cours à la maison nous chercher quelques bougies dans la cuisine.

Le Pelleteur, arborant son costume-cravate tout neuf, commença à reboucher le trou sur le corps congelé de June. La première pelletée de terre boucha le trou de mort de June au milieu de sa poitrine.

– Puisse la morte être heureuse ici, dit-il.

Il pensa à sa femme, Lois, en disant cela.

La tombe était rebouchée quand Ernest revint avec une poignée de bougies d'anniversaire en cire. Il creusa deux trous dans la souche et y planta les bougies. Vera alluma une des bougies avec une allumette et insista pour que l'autre ne soit pas allumée. Elle avait l'impression que ça pouvait faire une bonne idée de tradition pour tout le monde – de laisser l'autre bougie éteinte.

Puis June prit quatre cigarettes Tarteure dans son sac à main, qui était en fait le sac à main de June, et en tendit trois au Pelleteur, à Ernesto et à Ernest. Ernesto et Ernest regardèrent tous deux leur père, comme pour lui demander la permission, et la permission leur fut accordée. Chacun alluma sa cigarette à la flamme de la bougie d'anniversaire de Mme Good.

– À June, dit Vera en tirant une bouffée.

– À June, répéta Le Pelleteur, qui tira une bouffée.

– Et à ma mère aussi, ajouta Ernesto.

Il tira pour la première fois sur une cigarette, et toussa.

– Eh bien, eh bien ! l'encouragea Le Pelleteur.

Vera se moqua d'Ernesto.

– Première cigarette ? lui demanda-t-elle.

– Oui, madame, dit-il en continuant de tousser.

Ernest se contenta de mâcher sa cigarette comme si c'était un morceau de chewing-gum jusqu'à ce que le feu à son bout s'éteigne.

23.

Enid Pin était endormie dans le vestiaire du nouveau confessionnal de Dame-Sang lorsque Ti Jorge entra. Il était le gardien principal de la cabine et sa mission consistait à y passer le balai et essuyer la poussière pour la journée.

Le confessionnal avait beaucoup servi depuis sa construction. Beaucoup de gens y avaient fait leur première confession, et le mur nord de l'église arborait déjà plus de cent photos de confessions nues. Plus de cent personnes avaient été lavées en acceptant de devenir vulnérables, et par conséquent pures, face à leurs propres péchés. Et puis aussi Mères était rapidement en train de passer maître dans l'art photographique, avec un œil exceptionnel pour les contours du corps humain nu. Il ajouta une autre lampe dans la cabine et arrangea l'éclairage pour que le corps soit éclairé de manière flatteuse. Il pouvait reconnaître les défauts sur le corps nu d'une personne et les plonger dans l'ombre en adaptant simplement la lumière, et il comprenait quelles parties du corps de chacun devaient être mises en valeur avec davantage de lumière. Il ajouta également une fenêtre au confessionnal. Il y avait des rideaux à la fenêtre, si bien que la lumière naturelle qui y pénétrait pouvait être contrôlée.

Chaque semaine, de plus en plus de gens venaient à l'église le dimanche, ce qui était en partie dû au succès des magnifiques photos de confessions nues. Chaque dimanche, il fallait même refuser des fidèles en raison de la capacité d'accueil limitée de l'église – le signe, clamait Mères, que cette église était bénie. Malgré ses homélies enflammées, ses propos accablants et ses accusations, Mères était devenu le plus réputé des trois prêtres de l'histoire de Tarteure.

La feuille d'inscription sur la porte d'entrée du confessionnal était gérée par Ti Jorge. Il n'autorisait pas plus de douze personnes par jour dans la cabine. Le nom d'Enid ne figurait pas sur la liste, et la cabine ne serait pas ouverte au public avant dix minutes. Ti Jorge n'avait aucun moyen de savoir qu'Enid, qui s'était faufilée de nuit dans la cabine parce qu'elle ne supportait pas l'idée d'une autre nuit seule chez elle, était déjà dans le vestiaire, en train de se réveiller.

Ti Jorge passa derrière l'écran où était assis Le Père Mères pendant les confessions pour dépoussiérer le siège en le tapotant.

Tap, tap, tap.

Du vestiaire, Enid entendit le tapotement sur le coussin et sut que le temps était venu de sa première confession dans le nouveau confessionnal. Quelques jours plus tôt, Enid avait surpris une conversation entre Mary et Mimi Minutes à propos de la nouvelle cabine. Elle avait cessé de leur adresser la parole depuis qu'elles avaient écartelé comme des louves la mère morte de Mano, mais elle ne pouvait échapper à leurs conversations toute la journée à l'usine. Le sujet préféré de Mary et Mimi était la manière dont on devait se déshabiller une fois entrée dans la cabine.

Enid entendit Mères s'asseoir. Elle l'imagina faisant craquer ses articulations des doigts et mettant une pellicule neuve dans son appareil photo. Elle ôta son chemisier rouge en le faisant passer par-dessus sa tête et remonta les genoux pour se débarrasser de sa jupe rouge. Elle quitta ses escarpins d'un coup de pied sec, puis défit son soutien-gorge blanc. Sa petite culotte blanche était à motif de fraises. Lorsqu'elle l'enleva et la plaça sur son tas de vêtements, elle songea un instant que ce tas ressemblait à un panier rempli de fraises.

Quand Enid entra dans la pièce principale du confessionnal, elle devint la première personne nue que Ti Jorge ait vue en vrai, en dehors des photographies de Mères, à l'extérieur. La vue de son corps nu le choqua parce qu'il était vivant et mouvant et dégageait une chaleur qui emplissait la cabine. C'était la première fois de sa vie qu'il trouvait une personne magnifique.

Le réflexe d'Enid était de se faire toute petite quand elle était nue. Ses épaules tombaient en avant pour cacher sa poitrine et son menton tombait pour cacher son visage. Sa frange était coupée bien trop court pour lui cacher les yeux, mais le reste de ses cheveux tombaient comme un rideau pour cacher ce qu'ils pouvaient. Elle n'avait pas l'impression que son corps lui appartenait. Elle avait l'impression que c'était le corps d'une autre femme, peut-être de sa mère, ou de Mary, voire d'Inez, mais pas le sien. Elle ne savait même pas vraiment comment le bouger. Elle essaya de rentrer son ventre, mais à la place ses genoux fléchirent. Ses hanches neuves lui donnaient l'impression d'être un panier vide qu'elle était obligée de porter, mais elle ne savait pas avec quoi le remplir.

– Pardonnez-moi, mon Père, dit-elle, se préparant à se prendre un coup de flash aveuglant. Je suis pleine de jalousie.

Ti Jorge était paralysé, tout d'abord par le corps en mouvement d'Enid et ensuite par sa voix. Il était debout sur le siège de Mères, et se penchait en avant pour observer Enid à travers l'objectif de son appareil photo. Le corps d'Enid, pour lui, était son propre flash de lumière. Et il en était subjugué.

Enid poursuivit, se préparant toujours à être soudain aveuglée.

– Mon Père, aussi, j'ai des pensées impures.

Ti Jorge mit ses mains sur l'appareil photo pour qu'il capte de plus près les courbes du corps d'Enid, les parties de son corps que la lumière retenait.

– Est-ce qu'il faut que je continue ? Enid s'interrompit puis demanda : Mon Père ?

Elle supposa que le silence de Mères signifiait qu'elle ne s'était pas suffisamment confessée, ou peut-être pas de manière suffisamment précise. Elle se dit que sa confession n'était pas assez valable pour mériter qu'une photo soit prise. Aussi poursuivit-elle plus intimement sa confession.

– Mon Père, depuis que ma mère est morte, je ne pense plus qu'à cette impression nouvelle de vide. Un vide. Un désir ardent d'emplir le vide. Il y a un trou profond en moi que j'ai besoin de combler.

Toujours pas de photo. Enid prit une profonde inspiration et alla encore plus loin : Il ne peut être comblé que par un certain garçon, un garçon qui aime une femme. Je veux dire, une autre femme. Pas moi. Enfin, je ne crois pas. Un garçon qui… qui, qui… Mon Père, je suis prête, prête à devenir une femme.

Les petites mains grassouillettes de Ti Jorge glissèrent exactement à cet instant, déclenchant le flash de l'appareil photo. La photo d'Enid fut enfin prise. Son corps projeta une ombre derrière elle sur la paroi du confessionnal, et elle recula d'un pas mal assuré jusqu'à heurter la porte. Puis elle tomba à genoux au milieu de la cabine. Elle avait les yeux écarquillés quand le flash se déclencha, et elle fut brièvement aveuglée.

À ce moment-là, pensant que le coup sur la porte était une sorte de signal, L'Homme d'Affaires, qui attendaient patiemment leur confession devant la cabine, ouvrirent la porte d'entrée du confessionnal. Leur nom était le premier sur la liste du jour. C'est alors que Mères entra par la porte de derrière dans son espace du confessionnal, et il remercia Ti Jorge d'avoir préparé la cabine pour la journée, d'avoir passé le balai, fait la poussière et tapoté le siège.

– Tu peux t'en aller, maintenant, Jorge, dit Mères.

Ti Jorge sauta du siège et sortit de la cabine en courant.

L'Homme d'Affaires faillirent marcher sur Enid, qui était encore agenouillée au sol.

– Mères, il semblerait que vous ayez une fille nue au sol.

Mères regarda à travers l'écran pour la première fois et fut choqué par ce qu'il vit.

– Enid, c'est toi ? Cela fait des années que je ne t'ai pas vue. Qu'est-ce qui te prend ? Il faut que tu attendes ton tour. D'ailleurs, ton nom est-il seulement sur la liste ?

L'Homme d'Affaires s'assirent sur le tabouret pendant qu'Enid se retirait, déconcertée et gênée, dans le vestiaire. Elle tira le rideau. Elle entreprit la tâche consistant à piocher dans ce qui ressemblait à un panier de fraises pour reconstituer sa garde-robe.

Pendant qu'Enid se rhabillait, L'Homme d'Affaires, de l'autre côté du rideau, lui posèrent des questions.

– Jeune fille, que sais-tu de la mort ?

Tout en posant à Enid leur question, ils ouvrirent une mallette. La mallette était pleine de projets et de propositions, de contrats et de croquis. Ils n'avaient pas prévu d'utiliser leurs temps avec Mères pour se confesser, et certainement pas pour se dévêtir. Ils posèrent leur mallette au sol, à côté du tabouret, afin de sortir un carnet et un stylo de leur poche de poitrine.

– Petite fille, as-tu peur du Doigt ? À quoi cela te sert-il de te battre contre la mort ?

L'Homme d'Affaires firent cliqueter le stylo.

Enid était encore silencieuse dans la cabine. L'Homme d'Affaires se levèrent de leur tabouret pour tirer un peu le rideau du bout des doigts.

– Tu as un corps qui a besoin d'être protégé. Personne ne voudrait qu'il se prenne un coup de Doigt… dirent L'Homme d'Affaires.

Enid mordit un de leurs doigts qui se trouvait de son côté du rideau. L'Homme d'Affaires hurlèrent de douleur et retombèrent en arrière sur leur tabouret pour, incrédules, s'occuper de leur morsure.

– Calmez-vous, s'il vous plaît. C'est un lieu de culte, ici, intervint Mères.

Enid sortit du vestiaire et pénétra dans la pièce principale du confessionnal. Elle était, d'une certaine manière, encore plus nue qu'elle ne l'avait été avant de se retirer.

– Je ne suis pas une petite fille, dit-elle. Et je n'ai pas peur de la mort, enculés.

Elle braquait le doigt sur les trois visages. L'Homme d'Affaires ne savaient où donner de l'œil. Ils étaient encore en train de serrer leur doigt qui leur faisait terriblement mal.

– Je ne me battrai pas contre la mort ! s'écria Enid. Et je ne me battrai certainement pas contre la vôtre. Puisse-t-elle venir prématurément.

– Enid, ta colère ! intervint Mères, tâchant d'apaiser Enid.

– Mon péché n'est pas la colère, dit Enid.

24.

Sans lui présenter la moindre excuse et sans avoir approché au préalable Mano, Le Propriétaire, avec l'aide de L'Avocat, décréta que Mano n'était légalement plus propriétaire de la maison qu'il avait partagée toute sa vie avec sa mère. D'après les lois de Tarteure, toute maison abandonnée pendant plus de trente jours pouvait être rachetée par toute partie intéressée. Et la partie intéressée était toujours Le Propriétaire. La maison où, chaque matin, Mano avait apporté à sa mère une Tarteure fraîche et un paquet de Tarteure, et où, assis sur les WC, il lui avait parlé, était désormais la propriété de quelqu'un qui n'y avait jamais mis les pieds. La valeur qu'avait maintenant la maison pour Le Propriétaire était une fraction de l'amour qu'elle avait inspiré à Mano.

– C'est un foyer formidable, vraiment.

– Merci.

Mano adressait au Propriétaire un remerciement vide pour son compliment vide. Il coupait les longs poils sortant des sombres et profondes narines du propriétaire.

– Vous savez, Mano, c'est une décision commerciale. Vous comprenez.

– Je comprends, je comprends, dit Mano.

Et il comprenait, oui, il comprenait. D'une certaine manière, Mano était content d'y renoncer. Il n'était plus retourné dans la maison depuis la nuit où sa mère avait été écartelée sur le rivage de La Cure, et le fait de posséder la maison était un fardeau. Il ne voulait pas y retourner. Il ne voulait pas y dormir. Il ne voulait même pas dormir tout court. Et il ne voulait pas regarder dans la salle de bains où avait vécu sa mère. Cependant, il ne savait pas quoi faire d'autre hormis la laisser en l'état, la laisser s'habituer à la situation. Comme un souvenir. La maison n'était là que pour lui rappeler qu'il était né dans le présent, ce qui lui rappelait aussi qu'il mourrait dans le présent, que le passé et l'avenir ne pouvaient jamais être des endroits où stocker son amour et sa douleur.

Le Propriétaire vendit la maison aux Humanitaires, un homme et une femme qui étaient venus à Tarteure d'une ville voisine appelée Chapeau-de-Nonne. Chapeau-de-Nonne se nichait dans un coude de La Cure, bien plus près de la mer. Assis au bord de La Cause – c'est ainsi qu'ils appelaient La Cure à hauteur de Chapeau-de-Nonne –, les habitants de Chapeau-de-Nonne regardaient les corps morts passer en flottant devant eux jusqu'à la mer. Ils aimaient compter les corps. Parfois ils comptaient deux ou trois cadavres dans la journée, chacun brûlé et chacun avec un trou dans la poitrine. Les habitants de Chapeau-de-Nonne finirent par construire un filet qu'ils tendirent en travers de La Cause pour attraper tous les cadavres carbonisés, à la poitrine trouée. Pour chaque cadavre, ils inscrivaient un trait sur un tableau géant installé dans leur salle de cinéma où, durant la période où le nombre de morts croissait très rapidement, ce tableau géant avait été construit pour remplacer l'écran. Tout le monde à Chapeau-de-Nonne venait au cinéma pour voir les traits sur le tableau géant au lieu de voir un film à l'écran. Voir les traits s'additionner devint le nouveau divertissement à Chapeau-de-Nonne, qui, contrairement à Tarteure, était une ville pleine d'artistes, de poètes, d'architectes et de psychothérapeutes.

Avec l'aide de leurs meilleurs architectes et artistes, les habitants de Chapeau-de-Nonne empilèrent les corps carbonisés qu'ils avaient repêchés dans La Cause en une pyramide géante, et ils creusèrent un tombeau au centre de la pyramide. La pyramide des corps morts n'avait d'autre but que d'être un monument aux morts, concept que les habitants de Tarteure auraient eu du mal à saisir pleinement.

La pyramide des morts était un monument d'une grande importance culturelle pour les habitants de Chapeau-de-Nonne. Les poètes passaient souvent leurs jours et leurs nuits dans le tombeau, au milieu de ces corps carbonisés, à la poitrine trouée, qui, pour autant qu'on sache, ne venaient de nulle part, et ils écrivaient des poèmes. Ils écrivaient essentiellement des poèmes sur les origines de ces morts mystérieux, et sur l'endroit d'où venait cette mort, qui arrivait en flottant à Chapeau-de-Nonne, ce qui naturellement conduisait à de la poésie sur les origines de leurs propres morts, et à la question de la destination de leurs morts.

Certains parmi les premiers habitants de Chapeau-de-Nonne à oser répondre à cette question furent Les Humanitaires qui achetèrent la maison de Mano à Tarteure. Au lieu d'aider à attraper les corps dans un filet, de tracer des traits ou d'empiler des corps dans une pyramide, l'homme et la femme voulaient savoir d'où venaient les corps calcinés aux poitrines trouées qui arrivaient en flottant sur la rivière. Aussi remontèrent-ils tout simplement la rive de La Cause.

Les Humanitaires finirent par être tellement occupés par les affaires du Doigt de Dieu à Tarteure que nombre des résidents de souche de Tarteure crurent qu'ils avaient toujours vécu ici. À chaque mort, et il y en avait au quotidien, Les Humanitaires étaient au cœur de l'activité. Ils se débrouillaient pour être les premiers à arriver sur place. Comment étaient-ils informés si rapidement des morts, personne ne le savait réellement. Ils en étaient informés, voilà tout. Ils étaient aux aguets ; ils ouvraient grand leurs oreilles. Ils tenaient immédiatement la main de la personne qui avait le plus de chagrin, et lui présentaient leurs condoléances. Ils demandaient à la personne en deuil ce dont elle avait besoin. Et ils lui disaient que ce n'était pas grave de se laisser aller à pleurer. C'était la chose la plus importante. Les personnes en deuil avaient parfois besoin que quelqu'un leur dise à voix haute qu'ils avaient la permission, et ils avaient besoin que quelqu'un les prenne dans ses bras quand ils pleuraient. Ils avaient besoin d'un mur doux sur lequel s'appuyer pour pleurer, quelque chose qui pourrait attraper tout le chagrin pour qu'il ne se répande pas partout sur terre et n'imbibe pas le sol. Les personnes en deuil veulent voir leur chagrin et elles veulent l'aimer. Elles veulent le tenir comme un bébé quand il n'y a personne alentour.

Les Humanitaires étaient persuadés qu'il fallait *quelqu'un* pour pleurer le corps, que tout corps mort mérite que le chagrin se déverse sur lui, et que le corps se souciait peu de l'identité de la personne qui le pleurait. Ce n'était pas la *personne en deuil* qui comptait, mais le *deuil*. Le deuil des Humanitaires était réel. C'était cela la chose la plus impressionnante chez eux. Ils savaient parfois exactement comment s'y prendre pour fabriquer de la sincérité.

Les Humanitaires ne disaient rien de ce qu'il advenait vraiment des corps morts de Tarteure, en aval, à Chapeau-de-Nonne. La pyramide de mort de Chapeau-de-Nonne stimulait l'esprit et l'économie de cette ville, et Les Humanitaires ne voulaient pas qu'à cause d'eux les habitants de Tarteure cessent d'envoyer leurs morts descendre La Cure.

Les Humanitaires toujours, respectueusement, envoyaient une facture pour service rendu aux personnes en deuil. Ce qu'ils fournissaient était effectivement un *service* – personne ne le contestait – et tout service méritait salaire. C'était avec cet argent que Les Humanitaires achetèrent la maison de Mano au Propriétaire, et c'était avec ce qui restait de cet argent qu'ils l'avaient complètement redécorée d'une manière qui leur rappelait davantage ce qu'ils connaissaient – des murs blancs. Les quatre pièces de la maison de Mano avaient été repeintes en blanc.

L'ancienne maison de Mano devint pour lui méconnaissable, et elle ne ressemblait à aucune autre maison à Tarteure. Les Humanitaires avaient même disposé des sculptures abstraites sur la pelouse devant la maison. Une sculpture ressemblait au soleil en train de manger un bébé ou d'accoucher d'un bébé. Une autre ressemblait à un oiseau avec une aile cassée, même si personne à Tarteure ne savait exactement ce qu'était un oiseau.

Mano était en train d'épousseter les cheveux que Le Propriétaire avait dans la nuque et de les faire tomber par terre.

– Je vous ai apporté quelque chose à tenir, annonça Le Propriétaire.

– Merci, dit Mano d'une voix fatiguée.

– Ça ne vous ennuie pas de grossir encore, si ?

– Ce n'est pas vraiment à moi de décider, expliqua Mano, impassible. De quoi s'agit-il ?

– C'est une scie, dit Le Propriétaire en sortant une scie de sa mallette. Les Humanitaires l'ont trouvée dans votre maison. Je veux dire, *leur* maison. Aussi, assis, ils ont vu la scie, si, si.

Le Propriétaire était content, à la fois de sa blague et de son cadeau.

– Qu'est-ce que faisait une scie dans la maison ? demanda Mano.

– Beaucoup de choses y ont été laissées, en fait. Apparemment, des squatteurs y ont habité à partir du moment où vous avez déménagé. L'un d'eux est mort du Doigt de Dieu. Une scie est sortie de son trou.

Mano accepta la scie à contrecœur, et il la poussa quelque part dans le bazar gonflé et tourbillonnant qu'était la partie inférieure de son corps. Il déplaça des choses, et elles émirent des tintements en bougeant. Accepter la scie lui donnait le sentiment de trahison, d'une certaine manière. C'était la première chose qu'il prenait sur son corps gigantesque et lourd sans être sûr de l'aimer. Elle ne ressemblait même pas vraiment à une scie, c'était un triangle de métal coupant tenu par une pièce de bois rectangulaire. Elle était née du corps de quelqu'un habitant là où lui était encore censé habiter.

Maintenant qu'il y avait ajouté la scie, le corps de Mano devenait trop gros pour Tarteure. Au cours des dernières semaines, on lui avait donné une bicyclette, une fourche, un métronome, un carnet de timbres, un ensemble de clubs de golf, un coupe-papier, une pompe à vélo, un escabeau et maintenant une scie. Certaines de ces choses lui avaient été données en échange de morceaux de mouton gratuits, dans le cadre des Leçons de Mort, et certaines lui avaient été données parce qu'il s'était taillé la réputation à Tarteure d'être un réceptacle à chagrin, de même qu'il avait la réputation d'en être le boucher et le barbier. Les choses que Mano tenait et aimait s'installaient dans sa chair. Tout ce chagrin. Comme un mastic transpirant. Les choses que Mano tenait et le corps de Mano étaient désormais presque indiscernables. Mano était plus mammouth que jamais, on aurait dit une mamammouth. Les enfants commençaient à le montrer du doigt.

– Pourquoi il est si gros ? demandaient certains enfants.

– Tu te souviens ce que je t'ai dit à propos de Mano, répondaient leurs parents.

Et donc, avec cette scie, Mano coupa les portes en deux de ses deux boutiques pour en faire des portes à doubles battants. Les portes à doubles battants du salon de coiffure et de la boucherie furent les toutes premières portes à deux battants de Tarteure. Mano n'aurait plus à se glisser tant bien que mal par les portes. Il n'aurait désormais qu'à pousser les deux battants et entrer avec plus de grâce, comme tout le monde, sans attirer l'attention sur son corps énorme et les nombreuses choses qui y étaient accrochées.

Un après-midi, alors que Mano fermait la porte à doubles battants de son salon de coiffure pour la journée, deux enfants que Mano ne connaissait pas collèrent une affiche sur la vitrine. En grosses lettres noires sur papier blanc : GUERRE À LA MORT.

Et tout en bas de l'affiche, en lettres noires : XO.

– Excusez-moi, dit Mano, mais les deux enfants l'ignorèrent et continuèrent à coller l'affiche. Excusez-moi, je suis désolé. Vous ne pouvez pas coller cette affiche n'importe où, comme ça. C'est *mon* salon de coiffure. C'est ma vitrine.

– Bah alors, retirez-la, monsieur. C'est votre boutique, dit l'un des enfants.

L'autre ricana en regardant Mano.

– Ouais, enlevez-la, si vous arrivez à trouver vos bras dans toute cette graisse.

Sur ce, ils détalèrent dans la ruelle derrière le salon de coiffure, ayant déjà collé leurs affiches sur toutes les vitrines de la Dernière Rue. Et ils agrafèrent les affiches sur tous les poteaux.

– Ce n'est pas de la graisse. C'est des choses, dit Mano, ne s'adressant à personne.

Mano baissa la tête et contempla le bazar de son corps, puis il releva la tête et regarda toutes les affiches blanches, toutes les lettres noires, Les Humanitaires sur le trottoir de l'autre côté de la rue serraient la main des habitants de Tarteure, stop à la mort, stop à la mort, épargnez-nous d'autres morts, et tous les hommes avec un casque de chantier jaune en train de construire de nouveaux bâtiments à l'autre bout de la Dernière Rue, tous leurs marteaux qui se levaient, tous leurs marteaux qui s'abattaient.

Mano se replia dans son salon de coiffure en poussant les deux battants de sa porte, qu'il referma à clé derrière lui. Il se rendit directement dans l'arrière-salle.

Guerre à la Mort. Xo.

25.

Mitzi Let et Le Boucher sont chacun à une extrémité de la table. Pepe est assis face à Mano. Le Boucher passe une miche de pain à Mano.

– Tu veux que je la coupe ? demande Le Boucher.

– Non, merci. Je peux la couper.

– Tu veux un couteau pour la couper ?

– Oui, merci. J'aurai besoin d'un couteau pour ça.

Mitzi tend à Mano un couteau pour se couper une tranche. Mano se coupe une tranche.

– Tu veux du beurre ? demande Mitzi.

– Oui, s'il vous plaît.

Le Boucher passe le beurre à Mano.

– Tu veux que je te la beurre ?

– Non, merci. Je vais la beurrer.

– Est-ce que tu veux un couteau spécial pour la beurrer ?

– Oui, je vais avoir besoin d'un couteau spécial.

Mitzi tend à Mano un couteau pour beurrer la tranche de pain. Mano beurre la tranche.

Mitzi se sert de son couteau pour se trancher la main.

– Voudrais-tu manger ma main ?

– Non, ça ne me plairait pas. Je n'aimerais pas manger votre main, dit Mano.

Le Boucher s'enfonce son couteau dans la bouche et se tranche la langue. Avec ses yeux, il demande à Mano si Mano voudrait manger sa langue. Le Boucher lui tend sa langue.

– Non merci. Je n'aimerais pas manger votre langue. Mais merci.

Mitzi a l'air triste que Mano ne veuille pas manger sa main ou la langue du Boucher.

– Qu'est-ce qu'on peut faire de plus pour toi ? demande-t-elle.

Un nuage noir se déverse du poignet de Mitzi, comme de l'encre sous l'eau, et il se déverse aussi de la bouche du Boucher.

Pepe ne remarque pas. Au lieu de cela, il regarde en l'air.

– Tes parents, chuchote Mano à Pepe afin de capter son attention.

– C'est quoi, des *parents* ? rétorque Pepe en chuchotant.

Au-dessus d'eux, il y a les sabots d'un troupeau de bêtes. Chacun regarde les bêtes se déplacer. Leurs sabots se déplacent en de grands cercles. Mano demande à Pepe de quel genre de bêtes se compose le troupeau au sein duquel les sabots se déplacent, mais Pepe ne sait pas de quel genre de bêtes se compose le troupeau au sein duquel les sabots se déplacent.

– Tu es mort ?

Inez poussa la jambe de Mano pour s'assurer qu'il n'était pas mort. Il n'était pas mort.

Mano avait dormi sous le carré noir, à même le sol, dans l'arrière-salle du salon de coiffure, pendant trois jours et trois nuits sans se réveiller. L'énorme masse de son corps occupait presque toute la surface du sol. Personne, à part Inez, n'avait vraiment compris pourquoi le salon de coiffure et la boucherie étaient restés fermés pendant trois jours, et elle savait qu'il était préférable pour Mano de dormir enfin. Comme elle avait une clé du salon de coiffure, elle rendit visite à Mano chacune des trois nuits, et pourtant elle était sûre qu'il ne s'en souviendrait pas. La première nuit, elle l'avait trouvé à l'intérieur du carré noir, à demi nu dans la boue d'un enclos pour moutons. La deuxième nuit, elle était entrée dans le carré noir et n'avait pas du tout pu le trouver. La troisième nuit du sommeil de Mano, Inez s'inquiéta à l'idée qu'il ne réintègre jamais le monde. Elle resta chez elle, mais ne put trouver le sommeil. Comme elle se sentait seule, elle essaya de dormir avec Zuzu, recroquevillée dans le berceau. Elle eut mal à la nuque et au dos. Elle utilisa sa clé du salon de coiffure pour y pénétrer.

– Est-ce que je suis... ? commença Mano dont les paupières se mirent à bouger. Est-ce que je suis mort ?

– Non, tu n'es pas mort, répondit Inez en faisant rebondir Bébé Zuzu dans ses bras tout en se tenant au-dessus de Mano. Il n'est pas mort, hein, Bebé ?

Inez avait commencé à prendre l'habitude d'appeler Bébé Zuzu « Bebé ».

Comme Mano venait de dormir pour la première fois depuis presque deux mois, il s'agissait moins de sommeil que d'une correction du temps dans les cellules de Mano. À un moment il se rappelait peut-être avoir vu une plante d'intérieur à une fenêtre, mais il ne reconnaissait pas la plante. Il se rappelait avoir été de nouveau au fond de l'étang, mais aussi avoir été assis à table avec Pepe et ses parents.

Inez nettoyait avec un bout de tissu les lunettes de Mano. Elle essaya d'imaginer son mari les ayant sur le nez avant de mourir. Il aurait été assez beau, avec ces lunettes, songea-t-elle. Moustache, lunettes et une calvitie naissante. Une mâchoire rigide et de grandes oreilles. En regardant Mano, en dépit de sa nouvelle taille très imposante, elle ne vit qu'un petit garçon effrayé. Les lunettes de feu son mari étaient encore trop grandes pour le visage de Mano. Et pourtant, elle avait envie de pomponner Mano, pour l'instant étendu au sol. Elle voulait alléger son fardeau et lécher ses plaies. C'était un sentiment agréable d'avoir Mano dans ses journées.

– Que s'est-il passé ? Comment... ?

– On était nus dans la boue dans l'enclos des moutons. Il pleuvait.

– Est-ce qu'on a... ?

– Non.

– Tu étais sur moi... et on a presque... mais tu t'es endormi.

– Ah, oui, oui, l'enclos des moutons et la boue. Je me souviens. C'était la nuit dernière ? demanda Mano en se frottant les yeux.

– Non, ça remonte à quelques nuits. Aujourd'hui on est jeudi.

– Aujourd'hui on est jeudi ? Vraiment ?

– Vraiment, répondit Inez, contente de le voir se réveiller et désireuse qu'il se rappelle ce qu'ils avaient fait à l'intérieur du carré noir, quelques nuits plus tôt. On s'enfonçait dans la boue, alors je n'arrivais pas vraiment à trouver ton corps. Il m'a fallu des heures pour te prendre en entier dans mes bras. Il a fallu que ce soit moi qui t'enlève toutes tes choses idiotes.

– Non, vous auriez dû... paniqua Mano.

– Mano, je ne pouvais rien faire d'autre.

Mano baissa la tête pour contempler son corps et il se rendit compte qu'il retenait encore plein de choses.

– Mes choses ne sont pas idiotes.

– Je suis désolée, tu as raison. Je ne voulais pas dire ça comme ça. Tes choses ne sont pas idiotes.

Mano réfléchit intensément à tout ce qu'il avait dû manquer en dormant.

– Et les Leçons de Mort ? J'ai manqué les Leçons de Mort.

– Les enfants sont venus et je les ai laissés monter sur les moutons.

– Est-ce que vous avez tué les moutons pour eux ?

– Non. Ce n'est pas grave. La Leçon de Mort de cette semaine c'est que parfois les moutons ne meurent pas. C'est ce que je leur ai dit. Je leur ai dit que parfois on fait un tour de mouton et on rentre à la maison.

Mano réfléchit intensément à cette leçon précise. Cela semblait être une bonne Leçon de Mort. Certains jours, les moutons ne meurent pas.

– Et le salon de coiffure... ?

– J'ai mis le panneau *Fermé*. Il fallait que tu te reposes.

Mano grogna.

– À propos, ne me remercie pas, lui dit Inez.

Mano ne lui présenta pas ses excuses pour avoir parlé sur ce ton et continua de grogner. Son corps lui semblait un peu plus léger. Il baissa la tête à nouveau pour contempler son corps. Certaines choses avaient manifestement été nettoyées pendant son sommeil, dépoussiérées, frottées, peut-être même léchées.

– Qu'est-ce que vous avez fait ?

– Mano, tu ne sentais pas bon. Tu avais besoin d'être nettoyé. Je n'ai rien jeté, plaida Inez. J'ai tout remis en place comme c'était.

Mano se tâta le corps, identifiant les choses qu'il se souvenait d'avoir eues sur lui. Il toucha certaines des choses les plus grosses, dont l'accordéon. Il alluma la radio, puis l'éteignit. Le prêtre à la radio disait quelque chose à propos du pardon.

– Tout y est, hein ? Donc tout est encore là ? demanda Mano.

– Eh bien, non. J'ai *tout de même* jeté certaines choses. Mano, le gâteau d'anniversaire était en train de pourrir.

– Ce n'était pas votre gâteau. Vous n'auriez pas dû le jeter. J'aimais ce gâteau.

– Tu *aimais* ce gâteau ?

– Oui, je *l'aimais*.

– Je ne sais pas si tu sais ce qu'est *l'amour*, Mano.

– Si, je *sais* ce que c'est, et j'aimais ce gâteau.

– Mano, il était pourri.

Mano n'avait pas envie de continuer à parler du gâteau, alors il chercha à voir s'il manquait autre chose.

– Où est le caniche noir ?

– Je lui ai donné un bain.

Inez tapa dans ses mains et le caniche noir entra en se dandinant dans l'arrière-salle. Mano trouva qu'il avait l'air plus gros, plus duveteux.

– D'accord, merci de l'avoir lavé. Il ressemble un peu à Bouclettes, maintenant.

Mano essayait de se calmer. Il se dit que ce n'était pas grave qu'elle ait jeté à la poubelle le gâteau d'anniversaire. Et peut-être quelques autres choses. Il se sentait un peu plus léger, un peu plus propre. Il inspira par le nez.

C'est alors que Mano tapota le dessus de sa tête.

– Inez, où sont les oiseaux ? demanda-t-il, commençant de nouveau à paniquer.

– Les bêtes que tu avais sur la tête ?

– Oui, les *oiseaux*.

– Des oiseaux ! Oh, j'ai essayé de les laver, et devine ce qui s'est passé. Ils se sont envolés par la fenêtre. *Envolés*. Tu savais qu'ils pouvaient voler ? Cela a été très magique ! Ils se sont juste...

– Ils se sont envolés, ils sont partis ? ! Par la fenêtre ? Ils sont partis où ?

– Je ne sais pas où ils sont partis. Ils se sont envolés, c'est tout.

– Et tu les as laissés faire ?

Inez faisait sauter Bébé Zuzu plus haut et plus fort dans ses bras, et Bébé Zuzu commença à grimper sur les épaules d'Inez.

– Mano, à la façon dont ils volent, je me dis que ces oiseaux appartiennent peut-être au monde, et non pas à toi. Est-ce que tu sais...

Mano s'assit sur son séant et se mit à rassembler certaines des choses nettoyées qui étaient tombées par terre pendant son sommeil. Il les rassembla dans ses bras et entre ses jambes, sur son dos et autour de sa nuque. Il redevint tout de suite plus costaud, là, sous les yeux d'Inez et de Bébé Zuzu.

– Si tu me donnes certaines des choses, suggéra Inez, je peux les garder pour toi. Je peux les nettoyer. Ou je peux...

– Non ! Je ne peux pas. Je ne peux pas les perdre.

– Je les garderai pour toi.

– Ça ne marche pas comme ça.

Mano soudain aurait voulu être n'importe où sauf dans son salon de coiffure avec Inez. Il voulait s'en aller, sans trop savoir où il irait. La dernière chose qu'il lui fallait trouver c'étaient ses bottes en cuir, et il les trouva.

– Vous ne pourriez pas comprendre...

Inez parla en même temps :

– Je ne pourrais pas comprendre ? !

Mano poursuivit sans la moindre hésitation. :

– Ces choses ne sont pas à vous. Je les *aime*. C'est tout ce qu'il me reste.

Inez regarda Mano d'un air absent tandis que Bébé Zuzu se cambrait afin d'échapper aux bras d'Inez. Inez posa Bébé Zuzu au sol. Elle resta assise là en silence pendant que les deux continuaient à hausser le ton.

– Ces *choses*, Mano. Ces choses, c'est *tout* ce qu'il te reste ?

– Oui.

Inez lâcha un *pffff* sarcastique. Elle réfléchit à chaque mot avant de prendre la parole.

– Ma douleur est invisible pour toi, fit-elle, puis elle prit une inspiration et se rapprocha de Mano. Mais tu *aimes* un gâteau pourri.

– Inez, pas de…

– Mano, j'ai trouvé un téléphone noir sur la figure de Bebé alors qu'elle dormait dans le salon de coiffure, l'autre nuit. Il était sur sa figure ! Des choses sortent des corps morts des gens et se retrouvent je ne sais comment sur la figure de ma fille !

– Pourquoi ne me l'as-tu pas donné ? Tu sais que…

– Mano !

Inez fouilla dans l'énorme corps de Mano pendant quelques secondes avant de mettre la main sur le téléphone noir qui avait été retrouvé dans le trou de mort de Nana Pin et qu'Enid Pin avait posé sur Bébé Zuzu dans le salon de coiffure. C'était devenu un des jouets préférés de Bébé Zuzu jusqu'à ce qu'Inez le lui retire pour le mettre sur le corps de Mano. Une fois qu'Inez l'eut localisé derrière le genou droit de Mano, elle lança sur lui le téléphone noir.

– C'est moi qui te l'ai *donné* ! Et toi tu ne t'en es même pas rendu compte !

Le téléphone noir rebondit sur la tête de Mano et le combiné tomba au sol. Mano décrocha.

– Toutes mes condoléances, dit le téléphone.

Mano se frotta la tête à l'endroit où commençait à apparaître un bleu, à l'endroit exact d'où les oiseaux s'étaient envolés.

Alors Inez dit ceci :

– Mano, rends-moi les lunettes de mon mari.

Mano voyait sur le visage d'Inez l'erreur qu'il avait commise. Il changea de taille, se recroquevilla. Inez, d'un mouvement du bras, reprit Bébé Zuzu au sol. Bébé Zuzu n'émit pas le moindre gémissement. Inez tendit la main pour récupérer les lunettes, et Mano hésita.

– Je ne peux pas voir, Inez.

Inez ne dit rien. Elle ne pouvait pas regarder Mano dans les yeux.

Mano retira les lunettes qu'il avait sur le nez et les déposa au creux de la paume d'Inez. Il s'échappa lentement par la porte d'entrée du salon de coiffure.

Inez envisagea de le prévenir à propos de ce qu'il trouverait dans la Dernière Rue, une fois le seuil de cette porte franchi. Tarteure avait énormément changé au cours de ces trois jours où Mano avait dormi. Mais elle décida de ne pas en parler. Elle voulait juste le laisser voler de ses propres ailes, comme lorsqu'on lâche dans la nature un cochon domestique, à la vue basse et tout, dans les bois où retentissent des claquements et des grognements.

26.

Le soleil brillait. Mano trouvait que Tarteure avait changé parce qu'il ne voyait plus les contours nets de toutes ses formes sans ses lunettes, mais aussi parce qu'il y avait beaucoup de formes méconnaissables qu'il n'avait encore jamais vues. Il s'approchait de chaque nouvelle forme en plissant les yeux jusqu'à faire le point.

Pendant que Mano dormait, Tarteure avait changé.

En face du salon de coiffure de Mano se trouvait un nouveau salon de coiffure baptisé XO Coiffure. On y trouvait une rangée de cinq sièges de coiffeur et au moins trois barbiers coupaient les cheveux simultanément, comme une usine de la coupe de cheveux. Chaque coupe de cheveux XO était exécutée rapidement, et il y avait très peu d'attente. XO Coiffure prenait les réservations pour les coupes et on demandait aux clients de se présenter à l'heure. Si les clients arrivaient en avance, on leur offrait un café, car il y avait toujours du café prêt dans la cafetière. Et les barbiers XO étaient formés pour connaître plus qu'un seul type de coupe de cheveux. Ils étaient formés par le barbier principal de XO Coiffure pour demander aux clients quel genre de coupe ils désiraient, et ensuite les barbiers étaient formés pour exécuter exactement cette coupe. Déjà, Mano reconnut quelques-uns de ses clients se promenant avec des coupes de cheveux différentes, qu'il n'avait encore jamais vues. Certains des plus jeunes garçons, par exemple, commençaient à arborer la coupe que Mano appelait dessus-de-table. Mano ne savait pas vraiment comment couper les cheveux en dessus-de-table.

Ti Jorge, par exemple, avait une dessus-de-table. Il passa devant Mano avec sa nouvelle coupe.

– S'il vous plaît, ne me mangez pas, s'écria Ti Jorge.

– Pourquoi te mangerais-je ? demanda calmement Mano.

Comme le salon de coiffure et la boucherie de Mano, toutes les nouvelles boutiques XO avaient aussi des portes à deux battants. Elles devinrent les seuls autres endroits à Tarteure où Mano, avec son corps énorme, pouvait encore entrer. Cependant, toutes les portes à deux battants XO étaient bien plus spéciales que les portes à deux battants de Mano. Elles étaient électriques. C'étaient les premières portes à deux battants électriques à Tarteure. Tous les gens, pas seulement les enfants, aimaient se tenir devant l'œil électrique de la porte à deux battants XO et se déplacer latéralement afin que les portes s'ouvrent automatiquement pour eux. Mano avait l'impression d'être de la nourriture et de s'engouffrer dans la bouche d'une bête géante qui s'ouvrait et se fermait. Mano se tint devant la porte électrique à doubles battants de XO Viandes pendant deux minutes tandis que la bouche électrique floue s'ouvrait et se fermait. La bête voulait le manger, se dit-il. Elle était plus grosse que lui. Et Mano laissa finalement la bête le manger.

Il faisait froid à l'intérieur de XO Viandes. Il y avait une salle séparée, derrière, où était effectuée toute la découpe de la viande, si bien qu'aucun des clients ne pouvait voir ce qui arrivait véritablement aux bêtes. La viande arrivait juste sous différentes formes. Elle était présentée derrière une vitrine pour que toutes les familles ayant faim puissent les montrer du doigt. Ils disaient : « Je vais prendre celle-ci, la viande de forme ovale », ou : « Je vais prendre celle-là, la viande de forme ovale », ou : « Non, non, je veux cette viande de forme tubulaire. » Ils disaient des choses de ce genre, ne sachant même pas de quelle espèce animale cette forme provenait. Ces formes provenaient de toutes sortes de bêtes différentes. Des moutons, bien sûr, mais aussi des loups, des cerfs, des vaches, des cochons et des chevaux. À l'intérieur de XO Viandes, ça ne sentait pas le sang – pas la moindre odeur de mort. C'était propre et lumineux, comme une salle construite en un temps postérieur à celui où la mort n'était qu'un problème à résoudre, et à l'intérieur de XO Viandes, il avait été résolu.

Il y avait aussi deux nouveaux endroits construits sur la Dernière Rue, de part et d'autre du restaurant du Chef Cuisinier. L'un s'appelait XO Café, et servait du café et des biscuits secs toute la journée et toute la nuit. Il était tout le temps ouvert. L'autre s'appelait XO Resto, qui était également ouvert non-stop. En face de l'auberge de L'Aubergiste se trouvait une nouvelle auberge qui s'appelait XO Auberge. Dans chaque chambre il y avait une radio et une baignoire propre. En face du bar du Barman il y avait un nouveau bar qui s'appelait XO Bar. Comme le bar du Barman, le XO Bar n'avait qu'une seule bière à la pression, sauf que ce n'était pas de la Tarteure. C'était de la Bière XO.

L'Usine Tarteure était désormais fermée et vidée de nombre de ses machines et de ses cuves. Au cours des trois derniers jours, la construction avait déjà commencé sur le site de la nouvelle Usine XO, qui était trois fois plus grande que l'Usine Tarteure. L'aile chargée uniquement de la fabrication des Cages de Vie XO était presque achevée, et les fondations en béton de l'aile des cigarettes XO avaient déjà été coulées. Les silos à bière étaient déjà en construction également. Les grands panneaux sur les flancs de l'Usine Tarteure avec les mots *C'est la Bonne Heure pour une Tarteure* et une photo de June Good fumant une cigarette dans son manteau de fourrure et ses perles commençaient à perdre de leurs couleurs au soleil. Sur les énormes murs extérieurs de la nouvelle Usine XO il y avait juste un panneau blanc avec de grosses lettres noires : *Guerre à la Mort. XO.*

Et en lettres plus petites, sous le XO, on pouvait lire : *Des Bières pour la Vie. Des Clopes pour la Vie. Des Cages pour la Vie.*

Mano cherchait les oiseaux noirs qu'il avait perdus dans ce monde nouveau, mais il ne trouvait point d'oiseaux. Il avait mal aux yeux à force de les plisser pour essayer d'identifier toutes les formes nouvelles. Peut-être avait-il l'impression d'avoir débarqué sur le premier champ de bataille d'une guerre et que ses oiseaux avaient été avalés par cette guerre.

– Oiseaux ! lança Mano en mettant ses mains en porte-voix, marchant dans la Dernière Rue. Oiseaux !

Il ne savait pas comment les appeler autrement qu'en criant le mot qui servait à les désigner. Il plissa les yeux en regardant les arbres derrière les formes nouvelles, mais les formes semblaient dénuées d'oiseaux. Et donc, à la place, Mano se pencha en avant, paumes vers le sol, et le caniche noir accourut pour se faire caresser.

Des gens que Mano ne reconnaissait pas vraiment marchaient à côté de lui sur le trottoir. Quelques-uns portaient de grandes cages noires autour de leur torse. Les gens qui portaient des cages paraissaient très imposants dans leurs cages, mais pas tout à fait aussi imposants que Mano, aussi se sentit-il immédiatement réconforté par leur taille, comme s'il n'était désormais plus seul. Mais lorsqu'il plissait les yeux, leur taille et leur forme étaient transparentes, contrairement aux siennes. Ces gens ressemblaient à des ampoules, mais pas dans le sens où ils auraient pu s'allumer. Des ampoules, oui, mais pas des ampoules électriques. Des ampoules avec une tête et des jambes qui dépassaient. Et ils n'étaient pas en verre comme l'est une ampoule électrique. Mano avait envie d'en renverser un pour voir s'il se casserait, ou roulerait.

– Qu'est-ce que vous appelez, là ? demanda un homme grand avec une cage noire autour du torse.

– Des oiseaux.

– Des oiseaux ?

– Vous les avez vus ?

– C'est quoi, des oiseaux ?

– Rien, dit Mano, abattu. Laissez tomber.

Sur l'un des barreaux au-dessus du visage de cet homme se trouvait un rectangle blanc, et dans le rectangle blanc se trouvaient des lettres noires. Mano plissa les yeux pour les lire. *Guerre à la Mort. XO.*

Cette Guerre à la Mort, songea Mano, n'était pas du tout une guerre, mais une entourloupe. C'était le moyen de rentabiliser la mort plutôt que de l'aimer pour ce qu'elle devait être. Dans l'esprit de Mano, la mort n'était pas une chose *contre laquelle* se battre, mais une chose *pour laquelle* se battre. Et pour une petite part, si cette guerre à la mort était une guerre, se dit-il, c'était une guerre contre Les Leçons de Mort.

– Tu vois que XO fait des cages assez grandes pour *ce type*, là ? demanda une femme qui portait une cage noire, debout derrière l'homme de grande taille dans la cage.

Elle montrait Mano du doigt.

Mano l'entendit.

– Je ne veux pas de votre connerie de cage idiote, s'écria Mano par-dessus l'épaule de l'homme de grande taille.

L'homme de grande taille se retourna et essaya de mettre les bras à l'intérieur de la cage de la femme pour la protéger du vitriol étonnant qui s'échappait de la bouche de Mano. L'homme de grande taille se servit de ses bras par la réconforter, mais ses bras ne purent qu'émettre un bruit de métal, sa propre cage claquant contre celle de la femme.

– Je ferai tomber l'Arbre Grand Ordonnateur sur votre putain de cage.

L'homme de grande taille fit un effort supplémentaire pour franchement toucher le corps de la femme à l'intérieur de sa cage.

– C'est quoi, l'Arbre Grand Ordonnateur ? demanda-t-il à Mano.

– Laissez tomber, dit Mano, résigné.

– C'est un monstre ! s'écria-t-elle.

L'homme de grande taille et la femme se retournèrent et s'éloignèrent de Mano.

Mano se sentait particulièrement lourd. Il repéra quelques autres personnes floues dans des cages. Tous les gens dans des cages regardaient Mano comme s'il était un monstre géant – comme s'il était quelque chose soudain hors cage.

Il était temps que Mano aille découper quelques moutons pour les enfants.

27.

Tarteure était envahie de touristes de mort. XO répandait la parole du Doigt de Dieu dans les villes alentour, et les touristes espéraient avoir la chance de voir un résident de Tarteure foudroyé par la mort avec un gros trou étrange dans la poitrine. Pour l'instant, seuls les résidents de Tarteure mouraient, donc les touristes se sentaient hors de danger. Jusqu'à très récemment, à l'exception des Humanitaires, personne à Chapeau-de-Nonne n'avait eu vent du Doigt de Dieu à Tarteure.

Les Humanitaires entrèrent dans la boucherie de Mano portant des Cages de Vie XO. L'homme et la femme avaient le même genre de beauté que June Good, le genre appartenant aux publicités pour les cigarettes. Leur peau était si parfaite et leurs dents si blanches et droites qu'il était facile d'oublier qu'un crâne se cachait derrière elles. Leurs corps semblaient indestructibles, imperméables à n'importe quelle sorte de mort. Ils semblaient robustes et géants dans leurs cages. Ils ressemblaient à une chose sur laquelle un enfant aurait eu envie de jouer.

– Je pense que vous cherchez XO Viandes, dit Mano. C'est en face.

Hormis tous les nouveaux commerces XO, la boucherie et le salon de coiffure de Mano, avec leurs portes battantes, étaient les seuls autres endroits dans lesquels les gens portant des cages noires étaient physiquement capables d'entrer. C'étaient les seules portes suffisamment larges pour que les gens avec cages puissent entrer.

Bientôt, les gens qui pourraient s'offrir des Cages de Vie XO pour leurs corps pourraient aussi s'offrir de découper des portes plus larges pour leurs maisons.

Lorsque Les Humanitaires entrèrent dans la boucherie de Mano, Le Pelleteur, Ernesto et Ernest étaient déjà debout sur le seuil des portes à doubles battants. Le Pelleteur attendait les tranches de mouton qu'il avait achetées. Ses fils, Ernesto et Ernest, étaient derrière le comptoir et aidaient Mano à hacher le mouton. Ils connaissaient maintenant très bien la boucherie de Mano et ils étaient rapidement en train de devenir des spécialistes du matériel. Ernesto fit le tour du comptoir en courant et sauta sur le barreau le plus bas de la cage noire de la femme. Il cala ses pieds autour de l'avant-dernier barreau de la cage puis se pendit tête en bas, accroché par les genoux.

– Ernesto ! Descends ! ordonna Le Pelleteur.

– Ce n'est pas grave. Il s'amuse, c'est tout, dit la femme.

Les Humanitaires avaient été formés pour être calmes et polis en toutes circonstances.

Ernesto grimpa plus haut jusqu'à être à l'intérieur de la cage noire avec la femme. La femme serra Ernesto dans ses bras.

– Tu es hors de danger, là-dedans, avec moi, Ernesto. Tu vois, grâce à XO, ici on est à l'abri du Doigt de Dieu, lui expliqua-t-elle, mais en réalité elle expliquait cela à Mano et au Pelleteur.

Comme pour XO, il était dans l'intérêt commercial des Humanitaires que les gens continuent à mourir. Le Doigt de Dieu créait autant de demande que de panique. Les Cages de Vie XO ne se louaient qu'au mois, on ne pouvait pas en devenir propriétaire, si bien que la demande ne diminuerait pas, même si le Doigt de Dieu semblait éradiqué.

L'homme passa la main à l'intérieur de sa cage noire pour effleurer le bord de sa casquette.

– Cher monsieur, désolé de vous ennuyer, mais nous ne cherchons pas du tout XO Viandes. En fait, nous sommes ici pour vous dire comment vous pouvez louer votre propre cage.

– On est déjà au courant, trou du cul. Merci, dit Mano sur un ton sans appel, de ce même ton en colère qu'il utilisait avec tous ceux qui portaient des cages. Voulez-vous du mouton ? J'en ai abattu un la nuit dernière.

– Hé, je ne voulais pas vous contrarier, plaida l'homme.

– Vous voulez du mouton ? Ou pas ? demanda Mano, tenant dans sa main une patte sanguinolente de mouton.

Ernest posa la tranche de mouton qu'il avait lui-même à la main pour s'approcher des Humanitaires. Il passa le doigt le long d'un des barreaux en fer de la femme.

– Ça ne vous ennuie pas ? demanda Le Pelleteur en secouant un peu la cage de l'homme.

– Non, bien sûr que non. Avez-vous des questions à ce sujet ? demanda l'homme.

– Elle est en quelle matière ? demanda Ernesto.

– C'est comme du fer, mais plus léger, répondit la femme.

– Comme du fer, vous dites, mais plus léger... dit Le Pelleteur.

– C'est exactement ça.

– Donc, c'est du fer ?

– Ça y ressemble beaucoup, dit l'homme.

Les Humanitaires s'efforçaient d'avoir l'air naturel pendant que leurs cages étaient étudiées par tout le monde sauf Mano, qui affichait son manque d'intérêt de manière très ostentatoire. Les Humanitaires faisaient comme si ce qu'ils portaient était aussi banal qu'un cardigan avec un pantalon pour un homme ou une robe d'été pour une femme.

– Écoutez, si vous restez ici, il va falloir que vous achetiez de la viande, exigea Mano.

Il coupa une autre patte de mouton d'un geste si sec qu'elle fut projetée au sol.

– J'essaye de faire tourner un putain de commerce ici ! ajouta Mano en ramassant la patte pour la reposer sur le billot.

– Nous comprenons, dit la femme.

Les Humanitaires luttaient contre le ton cassant de Mano par l'amabilité, la grâce et les convenances, ce qui ne fit que frustrer encore plus Mano.

– Nous allons prendre deux tranches de la viande du jour.

– Je n'ai pas de viande du jour. Vous voulez une patte ?

– Oui, s'il vous plaît, une patte. Ça a l'air formidable.

Mano enveloppa la patte qui venait de tomber par terre dans du papier brun. Tout en l'enveloppant, il souffla dessus sans grande conviction. Il posa le paquet sur le comptoir.

– On vous doit combien ? demanda l'homme.

– C'est gratuit, dit Mano.

– Gratuit ? fit l'homme, étonné. Mais vous venez de dire que c'était un commerce. Comment faites-vous pour rester ouvert ?

– C'est gratuit pour les gens qui participent aux Leçons de Mort. Maintenant il va vous falloir une Leçon de Mort, insista Mano.

– Qu'est-ce que c'est, une Leçon de Mort ? demanda la femme.

– Je vous montrerai exactement ce que c'est si vous en suivez une.

L'homme et la femme échangèrent un regard nerveux tandis qu'Ernest rejoignait son frère en grimpant aux cages. Ernest s'était hissé sur la cage de la femme, et s'apprêtait à sauter de la cage de la femme sur le dessus de la cage de l'homme où Ernesto était en train de manœuvrer.

– Eh bien pourquoi pas ? dit la femme, multipliant les efforts pour rester bien droite afin qu'Ernest ne tombe pas de sa cage.

– Oui, bien sûr, donnez-nous une Leçon de Mort !

L'homme redressa sa cage avec le poids en mouvement d'Ernesto au-dessus de lui.

– Excellente nouvelle ! s'exclama Mano. Bien, tout d'abord, il va falloir que vous ôtiez ces vilaines cages.

Sans hésiter, l'homme expliqua qu'ôter la cage était la seule chose qu'ils ne feraient pas.

– Si la mort ne peut pas entrer à l'intérieur de votre cage, alors une Leçon de Mort ne pourra pas non plus, expliqua Mano, soudain fier de lui. Donc ôtez-les tout de suite !

L'homme et la femme de Chapeau-de-Nonne avaient vécu à Tarteure de nombreuses semaines avant d'investir dans les Cages de Vie XO, et ils n'étaient pas encore morts. Il leur semblait raisonnable de considérer qu'enlever leurs cages quelques instants avec Mano dans l'enclos des moutons ne serait probablement pas problématique. En outre, ils savaient qu'ils devraient les enlever à certains moments au cours de leur vie pour de simples raisons d'entretien.

– Allons-y, dit l'homme.
– Si tu le dis, dit la femme.
Ils ôtèrent leurs cages tels des plongeurs sous-marins ôtant leur équipement de plongée. Un corps ayant été dans une cage destinée à le protéger paraît horriblement petit et vulnérable, une fois sorti de cette cage. Comme une tortue. L'homme et la femme, bien que toujours très beaux, semblaient petits et mous.
En cet instant, Mano parut encore plus gros.
Chacun, y compris Le Pelleteur et ses deux garçons, traversa la boucherie de Mano, passa devant son billot ensanglanté et sortit par la porte battante du fond. Tout le monde se tint en rang à la lisière de l'enclos.
– Vous pouvez monter dessus, dit Ernest.
– Vous montez dessus ? s'étonna l'homme. Vous ne croyez pas que je serai trop gros et trop lourd pour monter à dos de mouton ?
– Ils sont robustes. Et ils *ont envie* de vous porter.
– Je vois.
Ernesto ajouta également quelques informations de base avant que Mano en ait le loisir.
– Ils s'appellent tous Bouclettes.
– Vous pouvez en choisir un ! lança Ernest.
Le Pelleteur essaya de faire taire Ernest, qui commençait à être très excité à la perspective d'être le professeur associé à la Leçon de Mort. Le Pelleteur prit son fils dans ses bras. Mais Ernest gigota pour se libérer.
– En choisir un pour quoi ? demanda la femme à Ernest tandis qu'il échappait à l'étreinte paternelle.
– Pour mourir ! répondit Ernesto.
Mano répondit à certaines questions des Humanitaires restées sans réponses, puis il installa sur Bouclettes la plus grosse selle à mouton qu'il avait. L'homme, à contrecœur, commença à peser sur Bouclettes, qui était le plus gros de tous les moutons de l'enclos. Il hésitait à peser de tout son poids, craignant de blesser le mouton, mais Ernesto l'encouragea.
– Vous pouvez y aller, dit-il. Relevez vos pieds, c'est tout. Ils sont costauds.

Et c'est ce que fit l'homme de Chapeau-de-Nonne. Et la femme aussi. En chevauchant à dos de mouton dans l'enclos, ils rirent plus qu'ils n'avaient ri depuis bien longtemps. Ils se sentirent libres, et emplis de joie. Ils se sentirent plus légers et vivants. Ils avaient l'impression de faire partie du monde.

Quand la femme tomba de Bouclettes, elle décida de rester dans la boue au lieu de se relever immédiatement. Bouclettes s'approcha d'elle et lui lécha le visage. La langue pointue de Bouclettes essaya de lui déboucher les narines. Ça la fit tant rire qu'elle en pleura. Elle se roula dans la boue jusqu'à ce que tout son corps en soit recouvert. L'homme, la voyant se rouler dans la boue, tomba de Bouclettes et se roula dans la boue avec elle. Ensemble ils rirent et pleurèrent sous les yeux de Mano, du Pelleteur, d'Ernesto et d'Ernest.

– Maintenant je vais avoir besoin de votre aide, dit Mano, interrompant leurs roulades.

Les Humanitaires se mirent sur leur séant en prenant appui sur leurs coudes et écoutèrent.

– Il faut que vous choisissiez un mouton, dit Mano.

Contrairement aux enfants avant eux quand Mano leur avait posé la même question, l'homme et la femme refusèrent de choisir un mouton. Ils connaissaient les intentions de Mano.

Ils chuchotèrent entre eux, puis se tournèrent vers Mano.

– Nous ne voulons pas en choisir un.

– Ce n'est pas bien. Il faut que vous en choisissiez un, insista Mano. Pour conclure votre leçon, vous devez choisir un mouton.

De nouveau ils chuchotèrent entre eux. La femme fut la plus convaincante dans ses chuchotements et l'homme se résigna dans un soupir.

– Si nous devons choisir un mouton, nous choisirons le plus petit.

Il y avait pour eux une certaine logique dans le fait que si un mouton devait mourir, ce devrait être celui qui avait le moins de viande, celui qui aurait le moins à perdre de la mort, celui qui prendrait le moins d'espace à l'intérieur de leur culpabilité. Ils choisirent celui qui était, à leurs yeux, le moins mouton.

Ils montrèrent du doigt le caniche noir dans le coin le plus éloigné de l'enclos.

– Lequel ?

Mano ne comprenait pas très bien quel mouton Les Humanitaires montraient du doigt. Il essaya de clarifier la situation.

– Le plus petit, le noir, dit la femme. Celui juste là.

– Je suis désolé, ce n'est pas un mouton, dit Mano.

– C'est le caniche de Mano, dit Ernest.

– Il ressemble à un mouton. Regardez, il est tout duveteux ! dit l'homme.

– Il a l'air duveteux comme un mouton, vous avez raison. Mais ce n'est pas un mouton, expliqua Mano.

– Mais c'est ce que nous avons choisi, dit la femme. Nous avons suivi toutes les règles de vos Leçons de Mort, vous nous avez demandé de choisir et c'est ce que nous avons choisi.

Et c'était le cas. C'était *effectivement* ce qu'ils avaient choisi.

La Leçon de Mort ce jour-là était rapidement devenue celle de Mano. Il s'avança laborieusement et un peu n'importe comment dans la boue jusqu'à venir s'asseoir lourdement à côté du caniche noir. Il le caressa et lui dit qu'il l'aimait. C'était sa première véritable occasion de dire à un être qu'il l'aimait avant qu'il ne meure. Et il l'aimait vraiment. Il ne l'aimait pas comme il avait aimé Pepe, et il ne l'aimait pas comme il avait aimé sa mère. Mais c'était *effectivement* de l'amour. C'était la sorte d'amour qu'il avait, un amour né de la compréhension, car ils avaient pendant si longtemps partagé un même espace. Ils avaient pendant si longtemps fait les mêmes pas. Ils avaient survécu ensemble.

– Je t'aime, lui dit-il.

Et comme par enchantement, cet amour était vrai.

– Vous n'êtes pas obligé de tuer le caniche, dit Le Pelleteur en posant la main à l'arrière de l'épaule de Mano en s'asseyant dans la boue.

Il essaya de s'avancer pour donner une accolade à Mano, mais il avait mal au dos à force d'avoir creusé toutes ces tombes, dernièrement.

– Ah bon ?

– Non, vous n'êtes pas obligé.

Mais Le Pelleteur avait tort. Mano était bel et bien obligé, et il le savait. Apprendre à laisser partir l'être qu'on aime une fois qu'il a été choisi c'était le sujet même des Leçons de Mort. Sans cet acte central, les Leçons de Mort devenaient un abattage absurde. Aussi prit-il le caniche noir et l'emporta-t-il à l'intérieur. Il songea un moment à Beulah Lespiègle et à son mari mort, Le Postier. C'était du trou de mort du Postier que venait le caniche. Tuer le caniche noir serait tuer le chagrin de Beulah autant que tuer l'amour de Mano.

Le Pelleteur et ses deux garçons suivirent Mano à l'intérieur, puis dirent au revoir au caniche noir. Ils sortirent de la boucherie de Mano parce qu'ils comprenaient que Mano avait besoin d'être seul. L'homme et la femme restèrent sur le dos dans l'enclos des moutons, leurs corps reposant complètement dans la boue. Mano les entendait encore glousser. Lorsqu'il les regarda de nouveau, ils avaient l'air heureux. Ils fixaient le ciel. Lorsqu'ils fermèrent les yeux, deux oiseaux noirs passèrent au-dessus d'eux.

Mano sanglota en annonçant au caniche noir ce qu'il allait lui faire. Il le regarda dans les yeux et lui expliqua tout.

– Je vais t'assommer avec ce marteau, fut la première chose qu'il lui dit.

Il montra au caniche le marteau qui allait l'assommer. Il soupesa le marteau. Il paraissait tellement lourd. Il avait l'impression qu'il était peut-être aussi lourd que le caniche. Le caniche regarda le marteau comme s'il ignorait à quoi servait un marteau. Mano prit le caniche et l'allongea sur le flanc. Il le maintint d'une main, pour ne pas qu'il se relève. Il souleva le marteau au-dessus du caniche.

Mano n'était pas tout à fait prêt, alors il ajouta autre chose :

– Je n'aurais pas dû te laisser jouer dans la boue aujourd'hui, dit-il, après qu'Inez t'a donné un bain. Regarde dans quel état tu es. Tu es plein de boue.

Le simple fait de penser à Inez fit paraître le marteau encore plus lourd dans la main de Mano. Il ne pouvait pas le maintenir en l'air plus longtemps, et il ne pourrait regarder le caniche lorsque le marteau s'abattrait, aussi regarda-t-il la porte.

C'est à ce moment-là que Mitzi Let revint d'entre les morts pour frapper à la vitrine de la boucherie.

28.

Mitzi Let poussa lentement les portes à doubles battants de la boucherie. Elle n'avait encore jamais vu de portes à doubles battants. Elle écarquillait les yeux.

– Nos corps morts ne vont pas à la mer !

Mitzi était hors d'haleine. Elle était vivante, mais paraissait complètement morte. Son visage était couvert de coupures et d'égratignures, et une entaille lui traversait toute l'arête du nez et la joue jusqu'à l'oreille. Ses vêtements étaient déchirés et imbibés d'eau de la rivière. Elle n'avait pas de chaussures aux pieds. Ses cheveux étaient collés par le sang. Elle dégageait une odeur de bête en putréfaction. Son bras gauche avait été brisé en de nombreux endroits, il pendait à son épaule. Il se balançait le long de son flanc quand elle marchait. Dans sa main droite elle tenait la pendule de la salle de bains de Sisi Medium.

Mano crut voir les morts. Voir les morts entrer à l'instant précis où l'on est sur le point de tuer son caniche était un présage assez explicite pour que Mano épargne le caniche. Il posa le marteau à côté du caniche, sur le billot.

– Mitzi ?

Mano n'avait jamais vraiment rencontré Mitzi en personne jusqu'alors, sauf quand son corps était passé en flottant sous le pont après son mari et Pepe. Aussi n'était-il même pas tout à fait certain que ce soit Mitzi. Le caniche léchait la cheville de Mano. Il avait à présent l'impression que les morts étaient vivants autour de lui.

– Je suis ravi de faire votre connaissance. Je m'appelle Mano, Pepe était mon…

Mitzi interrompit Mano alors qu'il cherchait le mot juste.

– Ce n'est pas le moment de discuter, là. Je suis venue te dire quelque chose. Ils attrapent nos corps en aval de la rivière, à Chapeau-de-Nonne. Mais ils n'en ont pas assez. Il faut qu'on en envoie d'autres.

– Mitzi, doucement. C'est trop, là. Je vous ai vue mourir dans la rivière.

– … Il y a une pyramide là-bas. Elle est constituée de tous les corps morts…

– Mitzi, Mitzi…

– Ils m'ont mise dessus, tout près du sommet, mais je me suis réveillée.

Mano avait besoin que Mitzi ralentisse. Il ne comprenait pas ce qu'elle essayait de dire, et elle avait des yeux trop gros pour qu'il les regarde vraiment.

– J'ai hurlé pendant trois jours et trois nuits « Hé, je ne suis pas morte, je ne suis pas morte, s'il vous plaît, au secours », mais personne n'est venu.

Plusieurs semaines auparavant, quand Mitzi s'était réveillée de son coma, près du sommet de la pyramide des corps morts, à Chapeau-de-Nonne, tout le monde dans cette ville attendait d'autres corps près des filets de La Cause. Le monument était presque achevé mais les corps avaient cessé d'arriver au pire moment. Il ne leur en manquait plus que quelques-uns pour faire un pinacle, sauf que les corps carbonisés et troués à la poitrine avaient cessé d'être charriés par la rivière. Quand les corps venus de l'amont cessèrent de venir se prendre dans leurs filets, ils durent attendre que les leurs meurent. Mais à Chapeau-de-Nonne chacun mourait de mort naturelle à la toute fin de sa longue vie et là-bas tout le monde était jeune. Aussi la pyramide demeurerait-elle inachevée pendant un certain temps.

Personne à Chapeau-de-Nonne ne pouvait entendre l'appel de Mitzi de là où elle était, près du sommet de la pyramide, aussi avait-elle dû ramper jusqu'au bas du monument sans l'aide de quiconque. Elle avait bien trop froid pour attendre l'aide de quiconque. C'était le milieu de la nuit. La lune éclairait les visages morts de tous ceux de Tarteure qu'elle connaissait tandis qu'elle prenait appui sur leurs corps comme sur autant de marches d'un escalier. Elle vit les visages du Postier et du Barbier, et elle vit le visage de son fils Pepe. Elle prit le risque de lui donner un dernier baiser pour lui dire au revoir. Elle lui dit qu'elle aimait ce visage et lui brossa les cheveux. Il n'était pas carbonisé comme les autres. Elle ne vit pas le visage de son mari, Le Boucher, et pourtant elle le chercha parmi tous les corps sur lesquels elle passa.

Mano sortit un tabouret de derrière le comptoir pour que Mitzi s'assoie.

– Mitzi, voulez-vous vous asseoir ? Est-ce que je peux vous proposer un verre d'eau ?

– Il leur faut plus de corps.

Les yeux de Mitzi étaient écarquillés et ne clignaient pas.

– D'accord, d'accord, ils veulent plus de corps. Mais d'abord, buvez un peu d'eau.

– Ils veulent plus de corps pour finir le monument. Ils attendent en aval qu'on leur envoie d'autres corps par la rivière.

– Mitzi, de qui parlez-vous ? Qui veut plus de corps ? Quel monument ?

Mano posa un verre d'eau sur le billot à côté de Mitzi.

Mitzi posa la pendule de Sisi et prit l'eau avec son bras vaillant.

– Tu as dit que tu avais besoin d'autres pendules pour ta boutique, alors je t'en ai apporté une.

– J'ai dit ça ?

– En revanche, il n'y a pas de vache dessus, hein. Il n'empêche, elle est en état de marche. Je l'ai réparée, annonça-t-elle en observant l'intérieur de la boucherie à la recherche d'un endroit où la mettre. Est-ce que tu as changé des choses par ici ? Le billot ne se trouvait pas plus loin vers le fond ?

– Oui, en effet. Je voulais que les clients me voient préparer la viande.

Mano attendait patiemment le bon moment pour interroger à nouveau Mitzi au sujet des corps et du monument. Mais Mitzi semblait soudain moins intéressée par ce sujet et plus intéressée par les changements que Mano avait effectués dans la boucherie depuis la mort de son mari.

– Ça me plaît. Le changement c'est bien.

Mitzi se releva et traîna son corps brisé dans toute la boutique pour voir les autres changements qu'il y avait eu. Elle prit la pendule de Sisi sur le billot et la posa sur une étagère à côté d'un bocal de sels : Qu'est-ce que tu as grossi. Regarde-toi !

Mitzi était à présent complètement focalisée sur le corps de Mano. Elle le regarda de pied en cap : Tu es gigantesque ! Je veux dire, tu es mammouth.

– D'accord, oui.

– Comment es-tu devenu si gros ? Ai-je été absente si longtemps ?

– Vous avez dû vous absenter à peu près un mois. On vous considère comme morte.

Mano s'assit sur le tabouret. Il était soulagé que Mitzi soit vivante. Il avait le sentiment que Pepe serait content de savoir cela. Mano pensa à toutes les questions qu'il pourrait lui poser au sujet de Pepe.

– Mais je ne suis pas morte.

Mitzi se tenait maintenant debout juste derrière Mano. Elle projeta son torse de côté puis en avant, de façon que son bras cassé passe par-dessus les épaules de Mano.

– Tu ne vois donc pas ? lui demanda-t-elle.

– Si. Je sais, maintenant, bien sûr. Voilà votre eau. Buvez, buvez.

Mano prit le verre d'eau et s'apprêtait à se retourner pour le lui tendre.

– Faut-il que je te le prouve ?

Se servant de son bras vaillant, elle attira contre elle Mano, qui lui tournait le dos. Il sentit sa grosse poitrine contre don dos. Elle dégageait une odeur de vieux raton laveur qui aurait macéré dans des poubelles. Le corps de Mano ayant été lavé par Inez, la nuit précédente, la puanteur de Mitzi l'incommodait particulièrement.

– Mitzi, ce n'est pas…

Mitzi le fit taire. Elle fit remonter son bras devant Mano, là où il tenait tant de choses. Elle appuya le doigt à l'endroit où elle estimait que se trouvaient les lèvres de Mano, mais elle lui appuyait en fait sur le nez. Elle referma ses bras et appuya le front contre la nuque de Mano. Elle dut repousser quelques encyclopédies sur le côté.

– C'est bon. Pepe s'est endormi.

– Oh ! Je ne suis pas…

Mano interrompit sa phrase pour réfléchir. Il comprit soudain qu'aux yeux de Mitzi il était son mari, Le Boucher. Il envisagea de lui dire que Pepe était mort, et non pas endormi, et que son mari aussi était mort. Au lieu de cela, il adopta une autre stratégie.

– Je crois que Pepe est en train de se réveiller. Tu veux bien aller voir ?

– Mais tu m'as manqué. Je veux d'abord *ça*.

Ses mains se faufilèrent parmi toutes les choses que Mano retenait autour de sa poitrine, puis elles se faufilèrent parmi toutes les choses qu'il avait devant le ventre, passèrent la bande en papier qui retenait sa bouillotte serrée dans son dos, puis la pompe à vélo. Elle actionna plusieurs fois la pompe à vélo, puis la lâcha. Mano sentit les souffles d'air entre ses jambes. La main de Mitzi ne cessait de repasser devant le parapluie noir qui, accidentellement, s'ouvrit à moitié. Elle le poussa pour le refermer et sa main continua de descendre.

Quand la main de Mitzi poursuivit sa descente, dépassant toutes les choses que Mano retenait là, il l'arrêta net.

– Tu ne peux pas avoir ça tout de suite, Mitzi. Il faut d'abord que tu ailles voir Pepe.

– Ah bon ?

La main de Mitzi retenait le plus possible du corps de Mano. C'était chaud et vigoureux.

Mano attrapa le bras vaillant de Mitzi et le sortit de son pantalon. Quelques-unes de ses choses tombèrent au sol en faisant tout un tintamarre. Il se retourna pour lui faire face.

– Tu n'entends pas Pepe qui pleure ?

– Si.

Son ton était sévère.

– Rendors-le, ensuite tu auras ce que tu veux.

– Tu me le promets ?

– Oui.

Mano la poussa doucement vers la porte à doubles battants au fond de la boucherie qui donnait sur l'enclos des moutons. Il rassembla les choses contre son corps et se releva. Il envisagea de la laisser seule dans la boucherie, un espace qu'elle connaissait bien, jusqu'à ce qu'elle reprenne ses esprits, jusqu'à ce qu'elle sache de nouveau comment se comporter parmi les humains. Il commença à s'approcher de la porte d'entrée.

– Pepe !

Mano était en train de sortir par la porte d'entrée quand il entendit la voix de Mitzi appelant Pepe depuis l'enclos des moutons. Sa voix n'était plus la même. Elle ressemblait plus à celle de quelqu'un ayant repris ses esprits. Mano comprit qu'il devait à présent être Pepe pour elle.

– Oui, mère ?

– Il y a deux personnes mortes, là, derrière.

L'homme en cage et la femme en cage de Chapeau-de-Nonne étaient les premières personnes non originaires de Tarteure à avoir succombé au fléau du Doigt de Dieu.

– Qu'est-ce qu'ils sont beaux ! s'écria Mitzi.

– Tu es sûre qu'ils sont morts ? lui répondit-il, immobile sur le seuil de la boucherie, ayant maintenant encore plus envie de s'enfuir que tout à l'heure.

– Oui, j'en suis tout à fait sûre. Ils ont des trous de mort, comme tu en avais.

– Je ne suis pas Pepe, se chuchota Mano à lui-même.

Une fois dehors, Mano vit que l'homme et la femme étaient encore sur le dos dans la boue. Bouclettes était encore en train de lécher le visage de la femme. Leurs deux visages semblaient encore heureux. Leurs cages étaient encore côte à côte, ouvertes, par terre, à l'extérieur de l'enclos.

– Qu'est-ce que c'est que ça ? demanda Mitzi en montrant les cages.

– Je ne sais pas trop.

– Hmm... *Guerre... à la... Mort*, lut-elle à haute voix. On dirait bien que ces deux-là, ils l'ont perdue, cette guerre contre la mort.

À l'intérieur du trou de mort dans la poitrine de la femme se trouvait un collier rouge pour chien et, dans le trou de mort de l'homme, une série de plaques d'identité pour chiens. Mano ramassa le collier et les médailles. Il remercia l'homme et la femme. Il replia leurs bras par-dessus le trou qu'ils avaient à la poitrine et déplaça leurs mains de manière qu'elles se touchent. Il ne savait pas s'ils s'étaient aimés de leur vivant, mais il pensait qu'au moins ils apprécieraient de tenir la main de la personne à côté de qui ils étaient morts.

– Demain, je vous emmènerai au nouveau Cimetière du Pelleteur, annonça Mano aux corps morts. Ça vous plaira là-bas.

Mano rentra dans sa boutique, laissant Les Humanitaires tels qu'ils étaient. Il laissa Mitzi aussi dehors, tandis qu'elle essayait de voir comment enfiler la plus petite des deux cages. Il se sentait à présent submergé par la mort, par toutes les choses auxquelles il s'accrochait, par l'idée d'être Pepe aux yeux de sa mère, par l'idée – même brièvement – d'être de nouveau un fils.

Mano ne connaissait pas le nom du caniche noir, il ne savait pas non plus s'il avait un nom, pour pouvoir le graver sur les plaques d'identité neuves. À la place, à l'aide de son couteau le plus précis, il grava *Je Suis Désolé* sur la plaque et l'accrocha au collier du caniche. Le caniche avait l'air plus heureux avec un collier. Il ressemblait maintenant plus à un animal domestique qu'à une ombre.

– Je suis désolé, dit Mano au caniche, tenant la plaque devant lui dans ses mains. Tu vois comme c'est facile à dire ?

Mitzi rentra dans la boutique par la porte de derrière. Elle avait enfilé la plus petite des deux Cages de Vie XO. Elle avait pleuré. Le soleil descendait.

– Nous devrions envoyer ces corps par La Cure pour qu'ils puissent finir leur monument.

Mano poussa un soupir d'impuissance.

– Mitzi, je ne sais pas de quoi vous parlez.

– La pyramide pour les morts, expliqua-t-elle. Il ne leur en manque plus que quelques-uns.

– Mitzi, dit Mano en glissant les mains à l'intérieur de la nouvelle cage de Mitzi, lui tenant les épaules pour qu'elle le regarde. Maintenant qu'elle était dans une cage, elle faisait presque la moitié de la taille de Mano : Savez-vous qui je suis ?

– Bien sûr, dit-elle. Une mère reconnaît son propre fils.

Mano regarda Mitzi droit dans les yeux, lui demanda de rentrer à la maison et de l'attendre là-bas.

– Il faut que je travaille à la boucherie de papa ce soir, mais après je rentre à la maison.

– D'accord, dit Mitzi en ouvrant la porte à doubles battants, à présent plus au fait de la façon dont elles fonctionnaient. Attends… qu'est-ce que tu en dis ?

– Qu'est-ce que je dis de quoi ?

– De ma nouvelle cage ?

Elle fit un tour sur elle-même pour montrer à Mano.

– J'en dis qu'elle est très seyante, répondit Mano.

– Devrais-je la porter ?

– Oui. Et ne plus jamais l'enlever.

29.

La Maison XO du Seigneur Perpétuel était le nom officiel de la nouvelle église de Tarteure, mais bientôt on l'appela tout simplement Le Trou. Le Trou n'était que la deuxième église construite à Tarteure, mais ce qui importait davantage c'était que sa capacité d'accueil des fidèles était plus de deux fois supérieure à celle de Dame-Sang. Le Trou était une cathédrale – ce que Dame-Sang ne pourrait jamais prétendre être – et elle avait été construite dans l'attente des générations futures, avec de la pierre et du granit et du fer, ou quelque chose dans le genre. Elle était flanquée d'arcs-boutants, et des sculptures en pierre de tous les apôtres de la Cène étaient au-dessus de l'entrée de la cathédrale. Même les visages de Judas et Jésus avaient été exécutés de telle façon qu'on pouvait les reconnaître, ce qu'on ne pouvait pas dire de la version de la Cène taillée dans le bois au-dessus des portes principales de Dame-Sang. Ses vitres étaient des vitraux, et les bancs, qui étaient deux fois plus nombreux qu'à Dame-Sang, étaient en bois importé d'autres pays, et non pas en bois coupé au nom de l'efficacité dans la forêt à l'ouest de Tarteure.

Le Trou était propre, robuste, austère, spacieux et surtout, il était tout neuf. C'était exactement ce que Tarteure voulait, ou ce dont Tarteure avait besoin, à ce moment précis de son histoire, quand bien même il avait fallu que l'édifice soit bâti pour que Tarteure prenne conscience qu'elle la voulait ou en avait besoin. Par contraste, Dame-Sang ressemblait plus à une vieille grange blanche et ronde, c'était d'ailleurs plus ou moins ce qu'elle était, et très peu de gens étaient prêts à continuer d'aller à l'église dans une vieille grange ronde alors que quelque chose comme Le Trou existait de l'autre côté de la rue.

Une fois la construction du Trou achevée, ce qui ne prit qu'une semaine – un exploit dont beaucoup en ville dirent que c'était un miracle –, les fidèles commencèrent à quitter massivement Dame-Sang. Cette semaine-là, Le Père Mères III prononça son homélie la plus enflammée de tous les temps, cependant six personnes seulement y assistèrent.

– Les amis, nous sommes déjà au purgatoire. Le sentez-vous ? Sentez-vous le feu de l'enfer passer sa langue pointue de rat entre nos orteils ?

Il regardait fixement Beulah Lespiègle, qui était sourde, et il attendit quelques secondes qu'elle réponde à sa question, mais nulle réponse à sa question ne vint jamais.

Et donc, techniquement, seulement cinq personnes sur les six l'entendirent, puisque l'une d'entre elles était Beulah Lespiègle. Et parmi les cinq personnes restantes figuraient Ti Jorge, avec sa coupe de cheveux dessus-de-table, qui parlait à peine, et qui mangeait une barre chocolatée XO derrière la chaire pendant l'homélie. Les quatre personnes restantes étaient présentes avant tout pour avoir une nouvelle occasion d'étudier les photos de nus dans le confessionnal punaisées au mur nord.

Au Trou, le nouveau prêtre arrivé en ville, Le Père Felipe, régalait sa nouvelle audience attentive avec des histoires et des musiques de pays étrangers. Il avait le cheveu brillant et noir et ses sourcils étaient épais et plus noirs encore. Il avait les lèvres minces et rêches à cause des cigarettes et il se faisait raser le samedi chez XO Coiffure. Si bien que le dimanche il avait une impeccable barbe naissante. Lorsqu'il se présenta, il le fit en prenant son temps, et avec un accent tout à fait charmant qui flotta dans l'air, rebondissant sur les voyelles, redescendant en douceur sur toutes les consonnes, toujours avec une guitare espagnole dans les bras, dont il jouait magnifiquement et sans effort tandis que ses phrases virevoltaient et tournoyaient, et toujours avec une Clope XO au bec, qui bougeait comme si elle dirigeait un mini-orchestre juste à l'extérieur de sa bouche tandis qu'il parlait. C'est ainsi que Le Père Felipe évoquait ses voyages. C'était un prêtre voyageur, il allait là où le besoin se faisait le plus sentir. Sans que les résidents de Tarteure en soient informés, la nouvelle du Doigt de Dieu se répandait largement avec l'aide de L'Homme d'Affaires.

Contrairement à l'homélie de Mères, il n'était pas question du Doigt de Dieu dans l'homélie du Père Felipe, et il n'y avait pas la notion d'un sort funeste – il recourait au contraire à une langue qui faisait paraître le monde plus vaste que ce que chacun avait jusqu'alors connu. Au moment de l'eucharistie, il servit du vin de Bourgogne et du pain importé d'une toute petite ville où il avait jadis officié en tant que prêtre dans les montagnes d'Oaxaca.

– *Le cohorps* du Christ, *le sanhang* du Christ, *le cohorps* du Christ, répéta-t-il à l'envi avec son accent charmant, tout en versant du bon vin et en introduisant du bon pain dans la bouche des apeurés et des tristes.

Les gens de Tarteure avaient peur de la mort et avaient été attristés par la mort des êtres qui leur étaient chers. Ils savaient qu'ils devaient s'affranchir du péché et que rester dans le droit chemin était à leur connaissance la seule manière de ne pas mourir. Aller à l'église était à leur connaissance une des seules façons de rester dans le droit chemin. Mais le dimanche, au Trou, ils parvenaient à oublier le Doigt de Dieu en écoutant les histoires et les musiques du monde du Père Felipe. Aller à l'église était autant une échappatoire que l'occasion de régler ses comptes.

– Dieu soit loué, disait-il.

– Dieu soit loué, disaient-ils.

– XO soit loué, disait-il.

– XO soit loué, disaient-ils.

Juste derrière Le Trou se trouvait maintenant le deuxième cimetière de Tarteure, Tombes XO. Contrairement au Cimetière du Pelleteur, qui avait déclenché la nouvelle mode des enterrements à Tarteure, les emplacements à Tombes XO étaient moins chers, et c'était ouvert vingt-quatre heures sur vingt-quatre pour quiconque avait envie de rendre visite à ses morts à n'importe quelle heure. Il n'y avait pas d'heures raisonnables ni d'horaires raisonnables pour le chagrin, aussi Tombes XO ne fermait jamais. À l'entrée de Tombes XO se trouvait un portail où la personne en deuil devait s'acquitter d'un prix d'entrée très raisonnable si elle voulait rendre visite à son mort. Juste derrière le portail se trouvait également Fleurs XO, un fleuriste ayant des fleurs fraîches que les personnes en deuil pouvaient acheter pour mettre directement sur les tombes de leurs morts. C'était à la fois pratique et respectueux. Fleurs XO vendait aussi d'autres articles tels que des rosaires, de minuscules crucifix, de minuscules bibles, des boules à neige avec les scènes les plus célèbres à la fois du Nouveau et de l'Ancien Testament, et le pain et le vin français qu'utilisait Le Père Felipe pour les rites eucharistiques. Si vous aimiez le goût puissant de l'eucharistie, alors vous pouviez l'avoir également à la maison.

L'unique particularité que Le Père Mères ne put jamais accepter n'était pas le prêtre, qui était bien plus sémillant que lui, ni sa musique, ni ses histoires, ni même son cimetière. C'était l'unique chose pour laquelle il était véritablement en mesure de rivaliser avec lui – la taille de la croix du Trou. Mères se disait que s'il parvenait juste à construire une croix plus grosse, bien plus grosse même, que celle qu'il avait récemment construite avec l'argent collecté au nom du Père Mères II, alors Dame-Sang serait en bien meilleure position pour se mesurer au Trou. La nouvelle croix, selon les plans que Mères avait établis, devrait faire la taille d'une douzaine d'hommes, ainsi, tous ceux ayant participé à la Cène, en théorie, auraient pu confortablement mourir dessus en même temps.

C'était un projet que Mères, il le savait, devait accomplir seul. Le Maçon, qui l'avait aidé pour les modifications les plus récentes de Dame-Sang, fréquentait désormais Le Trou, et il ne restait plus personne qui soit vivant ou loyal à qui demander. Il faudrait qu'il construise la croix tout seul, comme son père l'aurait fait, et le père de *son* père avant lui. Porter le nom de Père Mères avait signifié, jusqu'à maintenant, que vous étiez à tout le moins autonome. Et loyal. La nouvelle croix à la cime de Dame-Sang resplendirait de par sa nouveauté et serait suffisamment grosse pour que le Seigneur lui-même descende des cieux pour se jucher dessus, le dimanche de Pâques, pas moins, et y parle en personne de loyauté, via le corps de Mères, pour que tous voient. Oui, la loyauté ferait un bon sujet pour son homélie du dimanche de Pâques, songeait Mères. Où donc était passée la loyauté ? demanderait-il aux visages de ses ouailles revenues.

Sans l'aide de personne, compte tenu de la faible stature de Ti Jorge, de son souffle court et de son inaptitude générale, Mères se mit à la tâche et s'employa à la construction de la croix trois jours et trois nuits durant. Il enfonça lui-même les clous à coups de marteau, noua lui-même les cordes et peignit l'ensemble en doré. Une fois la croix terminée, Mères fut très fier.

– Bénissons-la, Ti Jorge.

Mères et Ti Jorge se tinrent ensemble à l'extérieur de Dame-Sang et levèrent la tête pour contempler ce qui était, en ce temps-là, la plus haute structure faite de la main de l'homme à Tarteure. Mères prit la main de Ti Jorge puis, affectueusement, frotta son dessus-de-table. Il prononça une prière du mercredi des Cendres, et ensuite il prononça une prière spéciale sur le thème de la bénédiction de la croix en raison de sa taille exceptionnelle.

– Qu'en penses-tu ? demanda Mères.

Ti Jorge applaudit de ses mains grassouillettes. Il ne regardait pas la croix.

– Elle te plaît ? Moi aussi elle me plaît, Ti Jorge. On a fait du bon boulot. Je ne veux pas te remercier pour ton aide, parce que tu n'as pas vraiment aidé, mais je veux te remercier pour quelque chose de bien plus important. Ta *loyauté*. Tu as été loyal envers moi, Ti Jorge, et tu as été loyal envers cette église. Ça c'est indubitable et irremplaçable. Alors, merci. Tu as été comme un fils pour moi. Non, tu es bien plus que *comme* un fils – tu *es* mon fils. Tu es mon fils, Ti Jorge, et je t'aime.

Ti Jorge applaudit de plus belle, comme un dauphin l'aurait fait. Il regardait ses propres mains applaudir. Il tapa et tapa dans ses mains, jusqu'à ce que ça fasse mal.

30.

Les morts diminuèrent.

Presque la moitié des gens de Tarteure vivaient désormais leur vie entièrement à l'intérieur de leur propre Cage de Vie XO. Les seules personnes vivant en dehors d'une cage, vulnérables au fléau du Doigt de Dieu, étaient celles qui n'avaient pas les moyens de s'en payer une. Ce que les encagés perdaient en confort général et liberté de mouvement était largement compensé par ce qu'ils gagnaient à la place : l'assurance de ne pas être transpercés du doigt ou bénis trop fort par Dieu au moment où ils s'y attendaient le moins. Le choix de la cage était particulièrement important, il en fallait une suffisamment spacieuse pour leur corps, afin qu'ils puissent accomplir des tâches simples, comme se brosser les dents le soir ou faire des sandwichs, planter des tomates dans le jardin ou se masturber, mais pas trop spacieuse au point que leur corps glisserait accidentellement par le fond lorsqu'ils tenteraient d'accomplir n'importe quelle tâche de ce genre. Les Cages de Vie XO les plus chères étaient peintes en doré, et non pas en noir, et faites sur mesure pour s'adapter parfaitement au torse de la personne et à son mode de vie. Elles n'étaient portées que par L'Homme d'Affaires, Le Banquier, L'Avocat, Le Propriétaire et Le Contremaître. Ceux-ci arboraient avec une grande fierté leurs cages en or sur mesure et mettaient un point d'honneur à les porter chaque jour au XO Café.

La seule personne de Tarteure qui aurait eu les moyens de se payer une cage de vie personnalisée, mais qui ne portait pas de cage du tout, était Vera Good, et ce en dépit du fait qu'elle avait aidé à concevoir l'idée des cages de vie. Vera n'avait pas parlé à son frère, Le Contremaître, depuis la mort de June Good. En fait, elle n'avait parlé à personne, à l'exception du Pelleteur et de ses deux fils, Ernesto et Ernest Corn, qui eux aussi vivaient leur vie hors cage.

– On peut aller au café aujourd'hui, pour boire du café et fumer des cigarettes ? demanda Ernesto.

– Non, notre café et nos cigarettes sont meilleurs ici, à la maison. Buvons et fumons à nouveau ici. C'est mieux ici, dit Vera.

– Fran et ses mères nous ont emmenés au XO Café il y a quelques jours et le café et les cigarettes y sont AMR.

– Ah bon, tiens donc.

– Ils ont des cigarettes à la fraise pour les enfants, ajouta Ernest.

– Qu'est-ce que ça veut dire, AMR ? demanda Vera.

– À MouRir, répondit Ernesto.

– Moi, il n'y a qu'une seule chose pour laquelle je mourrais, et ce n'est pas le café ni les cigarettes.

Vera regarda les visages déçus d'Ernest et Ernesto. Leurs visages étaient rapidement devenus ses deux visages préférés de Tarteure. Elle changea de ton :

– Mais peut-être qu'ils sont vraiment très bons, hein ? fit-elle.

– Oh oui, oui, s'il vous plaît, est-ce qu'on peut ? demanda Ernest, qui allait déjà chercher son blouson près de la porte d'entrée.

– Je savais que j'aurais dû vous laisser passer vos après-midi chez Fran Nerf.

Les lundis et mercredis, pendant que Le Pelleteur s'occupait de son nouveau commerce consistant à creuser des tombes, Ernesto et Ernest étaient baby-sittés par Rona Nerf et Lana Nerf, les mères de Fran Nerf, qui avait le même âge qu'Ernesto. Mais les mardis et les jeudis, et plus récemment aussi les vendredis, Ernesto et Ernest étaient baby-sittés par Vera Good. Ils passaient le plus clair du temps dans la salle de musique ou le salon de la très grande maison de Vera, à boire du café et fumer des cigarettes en parlant de leurs rêves de la veille. Ernesto le plus souvent rêvait de l'espace et des gens étranges qui y vivaient, tandis qu'Ernest se rêvait souvent sur scène. Il disait vouloir porter de belles robes et chanter des chansons country western.

Depuis la mort de June Good, Vera n'était jamais aussi heureuse que les journées passées avec Ernesto et Ernest. Les après-midi, ils s'installaient souvent sur la balancelle de la véranda de Vera. Vera portait toujours le manteau de fourrure et les perles de June Good, tandis qu'Ernest portait une des robes d'enfance de June que Vera avait réussi à conserver, trouvée dans le grenier du Contremaître avant que celui-ci le vide complètement. Ernesto s'habillait comme son père, d'un pantalon et d'une chemise de travail. Ensemble, ainsi installés sur la balancelle de la véranda, ils observaient les gens de Tarteure qui passaient devant eux sur le trottoir, portant de grosses cages noires. Ils aimaient tous trois se moquer des cages et rigoler.

Mais aujourd'hui, Ernesto et Ernest voulaient quelque chose de différent.

– D'accord, mais uniquement *cette fois-ci*. Ça ne peut pas faire de mal, hein ? dit Vera pour faire plaisir aux garçons.

– Chouette ! s'écria Ernesto.

– Et puis au café, il y aura plein de gens en cage dont on pourra se moquer.

Dès qu'ils eurent poussé les portes battantes du XO Café, Vera, Ernesto et Ernest remarquèrent qu'à part eux, les gens portaient tous de gigantesques Cages de Vie XO sur leur corps. Dans une salle comme celle-là, ils paraissaient tous trois incroyablement petits, telles les graines qu'une cosse aurait éparpillées dans la salle, ils étaient tout petits sur le carrelage sans terre pour s'enfouir. Tant de gens portaient maintenant une cage que ceux qui n'en avaient pas paraissaient minuscules et vulnérables, où qu'ils aillent.

– Regardez ! June Good est vivante ! dirent L'Homme d'Affaires, tandis qu'ils buvaient à grand bruit le café chaud qu'il y avait dans leur tasse à café XO.

Tout le monde dans la salle éclata de rire et les cages furent secouées autour de leur torse, faisant un bruit de ferraille contre les tables.

Ernesto prit l'initiative de présenter Vera aux perturbateurs en cage.

– Ce n'est pas June Good. Elle s'appelle Vera.

Vera posa la main sur la tête d'Ernesto pour qu'il sache qu'il n'avait pas à parler pour elle.

– On sait très bien qui c'est, fils, dit Le Banquier, avant de s'adresser directement à Vera. Vous n'avez pas effectué de dépôt depuis bien longtemps. Je me demande quand sera la prochaine fois que vous reviendrez. J'ai ma petite idée sur la question.

– Je ne reviendrai pas de sitôt, dit Vera. Vous pouvez compter là-dessus.

– On ne peut pas compter sur grand-chose, ces temps-ci. Je ne peux même pas compter sur le fait que vous sortiez d'ici vivante, si vous ne portez pas de cage de vie.

Le Banquier tendit le bras et le fit sortir de sa cage, laquelle ressemblait à une de ces cages à poules dorées auxquelles grimpaient les enfants, et, avec précaution, fit passer la tasse de café chaud entre les barreaux pour la porter à ses lèvres.

– Vous voulez une clope ?

– Non, on a apporté les nôtres. Merci.

– C'est là qu'on achète le café, dit Ernest en indiquant le comptoir à Vera.

Une fille que Vera n'avait encore jamais vue était prête à prendre leur commande, coiffée d'un chapeau de scout blanc avec des lettres noires des deux côtés. *XO*.

– Vera, dirent L'Homme d'Affaires pour faire les présentations, sur le ton qu'ils avaient utilisé avec Enid dans la cabine du confessionnal. Si vous choisissez de ne pas porter de cage, c'est vous que ça regarde, c'est votre stupidité obtuse. Mais ce n'est tout simplement pas raisonnable de laisser sortir les mômes sans cage. Autant leur poinçonner vous-même la poitrine, pour en finir.

Vera ignora L'Homme d'Affaires. Elle et les deux garçons s'avancèrent jusqu'au comptoir.

– On va prendre trois cafés noirs, s'il vous plaît, dit Ernesto. Et une cigarette à la fraise.

Il venait de se souvenir qu'il devait commander une cigarette pour Ernest.

La fille derrière le comptoir avisa Vera, comme pour avoir son accord concernant l'addition de la cigarette à la fraise à la commande.

– Oui, une cigarette à la fraise, dit Vera à contrecœur.

– Vous êtes au courant de ce qui est arrivé aux Humanitaires ? demanda Le Maçon à Vera. Le vilain gros monstre Mano Medium les a obligés à enlever leur cage.

– Ce n'est *pas vrai* ! intervint Ernesto. On était là. Et Mano n'est pas un monstre.

Vera fit taire Ernesto et accompagna les garçons à leur table.

– Si, c'est *vrai*, reprirent L'Homme d'Affaires. Ils n'ont pas eu le choix. C'était une de ces Leçons de Mort qu'il aime infliger aux gens.

L'Homme d'Affaires, Le Banquier et Le Maçon se mirent à parler entre eux.

– Dès l'instant où ces pauvres gens ont quitté leur cage, ils se sont pris un coup de doigt.

– Sérieux ? Comme ça ?

– Comme ça. Un monstre comme lui n'a pas le droit…

L'Homme d'Affaires laissa sa phrase en suspens tout en tendant la main pour attraper leur café, mais ils le renversèrent. La fille au comptoir se précipita pour essuyer à leur place. Ils essayèrent de l'aider, mais ne purent se positionner correctement dans leur cage pour éponger par eux-mêmes le liquide qu'ils avaient renversé.

– C'est bon. Je m'en occupe, dit-elle, puis elle retourna leur servir une autre tasse de café.

C'était la deuxième tasse qu'ils renversaient ce matin.

– Ma foi, c'est sûr qu'ils ont appris une leçon entièrement consacrée à la mort.

– Tu parles, je n'aimerais pas apprendre quoi que ce soit sur la mort comme ça.

– Quel dommage.

Le Banquier se leva pour ajuster le haut de son pantalon, mais ne put suffisamment sortir les bras des barreaux dorés pour arriver à serrer sa ceinture. Puis il fit tomber sa cigarette, mais n'arriva pas à se pencher suffisamment pour la reprendre.

– Quel dommage, ça c'est sûr, confirma Le Maçon tout en regardant par la fenêtre pour permettre au Banquier de récupérer comme il pouvait sa cigarette sans être observé.

– On doit tous mourir, intervint Ernest.

– C'est bon, Ernest... dit Vera pour le faire taire.

– Tiens donc, fils. Continue, je t'écoute...

Ernest reprit la parole.

– La question n'est pas de combattre la mort mais de l'aimer, comme n'importe quoi d'autre.

Tous les hommes éclatèrent de rire.

– C'est ce gros monstre de Mano qui t'a appris ça ?

– Oui, c'est Mano qui m'a appris ça, répondit fièrement Ernest.

– Mano t'a appris à porter une robe aussi ?

Les hommes éclatèrent de rire.

– Fume ta cigarette, Ernest.

Ernest tira sur sa cigarette, et Vera et Ernesto tirèrent sur celles qu'ils avaient apportées.

Ernesto se leva de table pour aider Le Banquier à ramasser sa cigarette. Il la tendit au Banquier, mais Le Banquier ne le remercia pas.

– Vous ne pouvez même pas vous pencher en avant, monsieur, dit Ernesto.

– Si, je peux, regarde.

Le Banquier se pencha à moitié, mais sa cage heurta le coin de sa table, qui bascula, renversant les trois tasses de café chaud sur le carrelage.

– Je parie que *ça non plus*, vous ne pouvez pas le faire, dit Ernest en glissant sur la flaque de café renversé, projetant sa jambe droite en hauteur.

Sa robe remonta et retomba sur ses épaules. Ses jambes exposées étaient fléchies dans ses bottes de cow-boy et il se mit à chanter une chanson country dans un micro imaginaire.

La fille sortit de derrière le comptoir avec sa serpillère.

– Bon, peut-être bien que je ne peux pas me pencher dans cette cage, et sûr que je ne peux pas faire ce que cette fillette fait. Il n'empêche, je ne serai pas le prochain à être tué par Dieu d'un coup de doigt.

Le Banquier regardait fixement Ernesto, faisant le geste d'enfoncer son doigt dans son poing et de le retirer à plusieurs reprises.

– Toi et ta petite sœur, vous *serez* les prochains à être tués par Dieu d'un coup de doigt ! Ou alors ce sera peut-être celle qui se prend pour votre mère. Pas vrai, Vera ? Deux mères d'affilée, transpercées à mort pour les gars Corn. Alors là, ce serait vraiment dommage, pas vrai ?

– Partons.

Vera se leva et se dirigea vers la porte sans avoir touché à sa tasse de café XO.

L'Homme d'Affaires se levèrent, en un geste feint de politesse, tandis que Vera sortait.

– Ça fait une semaine que personne n'est mort, Vera. Depuis ces pauvres Humanitaires. Et *personne* n'est *jamais* mort à l'intérieur d'une cage de vie. Nous aimerions que les choses en restent ainsi.

– Ah bon ? C'est vrai, ça ? demanda Vera en connaissant la réponse à la question qu'elle avait posée. Vous plus que quiconque voulez empêcher que les gens meurent ? Vous n'avez pas de meilleure façon de gagner de l'argent ?

– Évidemment, nous n'avons pas envie que qui que ce soit meure, répondirent L'Homme d'Affaires.

– Ce café est infect, dit Vera.

– Et les cigarettes sont trop sucrées, dit Ernest.

31.

Mimi Minutes était sur le dos de sa sœur Mary à l'intérieur de la Cage de Vie XO qu'elles partageaient. Mary était debout près de la table couverte de salades de fruits, d'œufs mayo en salade, de salades de pommes de terre, de gelée en salade, de sandwichs triangle au jambon sans croûte, de tartes aux fruits et de deux purées de haricots rouges très semblables. Derrière les plats se trouvait une bouteille de deux litres de XO Cola. Le fait de partager une cage avec Mary donnait à Mimi l'impression d'être de nouveau jointe à sa sœur siamoise.

Mary fourra un doigt dans la tarte aux pommes que son père, Le Boulanger, avait préparée spécialement pour le repas en commun, mais Mimi, qui grandissait lentement, comme une grosse bosse dans son dos le lui lécha jusqu'à ce qu'il ne reste plus rien avant que Mary ne puisse réagir. Mary fourra un autre doigt dans la tarte aux pommes, mais utilisa un doigt de son autre main afin que Mimi ne puisse l'atteindre avec sa bouche. Mary détourna la tête de Mimi et se lécha le doigt jusqu'à ce qu'il ne reste plus rien.

Le Père Felipe intervint :

– La patience est une vertu, dit-il. Il faut que tu attendes, Mary. Nous mangerons après le concours de sourires.

La tarte ressemblait au corps disloqué de Sisi Medium.

– Est-ce que je peux participer au concours de sourires, Père Felipe ?

– Non, Mary, tu es bien trop âgée. Le concours de sourires est pour les enfants.

Le Père Felipe sortit sa main de la cage pour indiquer qu'un enfant était quelqu'un lui arrivant au genou.

– Mais ta sœur ! Ta sœur peut tout à fait participer, reprit Le Père Felipe en inclinant la tête de côté pour adresser à Mimi un regard très charitable. Elle a un si beau sourire.

– Mais nous avons exactement le même âge, se plaignit Mary avec une trace de tarte sur le doigt. Nous sommes jumelles.

– Patience, Mary.

Pour célébrer l'événement sans précédent, une semaine entière sans mort par le Doigt de Dieu à Tarteure, Le Père Felipe annonça qu'il honorerait le cadeau céleste qu'étaient les Cages de Vie XO, en plus de la résurrection du Christ, en accueillant le premier Festin Concours XO du dimanche de Pâques à Tarteure jamais organisé. Il y aurait quatre concours : un concours du plus joli bébé pour les nouveau-nés, un concours du plus beau sourire pour les jeunes enfants qui n'avaient pas encore foulé de leurs pieds de pécheurs le chemin de la puberté, un concours de beauté pour les hommes habillés en femmes et un concours de décoration de cage de vie. Il y avait aussi une flopée de jeux de fête foraine, dont un lancer d'anneaux, un jeu de fléchettes sur ballons gonflés et une tente où on venait deviner le poids des gens.

C'était un dimanche de Pâques particulièrement froid et venteux, sans soleil de printemps en vue. La célébration semblait terriblement importante pour une ville qui n'avait eu, jusqu'alors, que la mort à célébrer.

– Aujourd'hui nous célébrons la résurrection ! Nous célébrons la vie !

Les coudes collés au corps à l'intérieur de sa cage, Le Père Felipe gratta maladroitement sa guitare sur « résurrection », puis de nouveau sur « vie ».

– Oui, trinquons pour ne plus mourir ! ajouta le nouveau postier, qui fit passer son XO Cola à travers les barreaux noirs de sa cage, puis le brandit en l'air.

– Mais trinquons à plus que cela ! Au combat contre la mort ! Au combat contre l'agonie, exactement comme le fait Tarteure aujourd'hui ! s'exclama Le Père Felipe.

– Et à Jésus aussi ! s'écria Mimi.

– À ça aussi !

Et tous firent passer leur XO Cola à travers les barreaux de leur cage.

Puis Le Père Felipe lança :

– Maintenant, amenez les beaux bébés !

Parmi la douzaine de bébés que l'on fit entrer au concours du plus beau bébé, un seul ne pleurait pas. Un seul n'était pas à l'intérieur de sa Cage de Vie XO Bébé. Les autres étaient tenus debout par leur père ou leur mère, eux-mêmes en cage, dans une chaise spécialement conçue pour que les bébés puissent se tenir assis droit comme des adultes. Le vent était froid sur le visage des bébés et de la morve brillante descendait le long de leur philtrum jusqu'à leur lèvre supérieure. Les mères et les pères laissèrent les visages des bébés sous des couvertures jusqu'au moment où Le Père Felipe passa pour les juger. Pendant qu'il jugeait de la beauté de chaque visage d'enfant, le père ou la mère baissait la couverture et leur bébé se mettait à pleurer dans le vent, le visage rouge, trempé de morve.

Le Bébé Zuzu hors cage était le seul bébé à ne pas avoir le visage maintenu au chaud par une couverture tenue par sa mère ou son père. C'était le seul bébé qui ne pleurait pas. Le seul bébé qui ne soit pas en cage. Elle riait aux dents acérées du vent.

Inez était dans un fauteuil pliant au premier rang, tête inclinée, elle ne regardait pas la beauté de Bébé Zuzu être jugée par Le Père Felipe. Inez était là uniquement parce qu'elle pensait qu'elle avait aussi une chance de voir Mano par ici. Régulièrement Inez relevait la tête et regardait autour d'elle, espérant l'apercevoir. Elle guettait en particulier la tente où les gens devinaient votre poids. Les lunettes de Mano étaient dans le sac à main d'Inez.

Le Père Felipe avait décidé, et il s'apprêtait à annoncer le nom du vainqueur.

– Le plus joli bébé de Tarteure *est*...

Il baissa la tête pour consulter son carnet et s'assurer qu'il prononcerait correctement le nom :

– ... Zuzu Rugi !

Il y eut quelques applaudissements polis, mais la foule des mères et des pères en cage était manifestement déçue.

– Mon bébé est plus joli à l'intérieur, se plaignait l'un d'entre eux.

Le Père Felipe annonça alors le prix remporté par Bébé Zuzu.

– Et que gagne-t-elle ? ! Tout simplement sa propre Cage de Vie pour Bébé XO !

Il y eut d'autres applaudissements à la suite de son annonce. Certes les mères et les pères en cage auraient préféré que leur enfant remporte le concours du plus joli bébé, mais ils pouvaient difficilement ne pas approuver un tel prix accordé au seul bébé hors cage.

Le Père Felipe plaça Bébé Zuzu dans sa nouvelle cage de vie pour bébé et la brandit au-dessus de sa tête pour que la foule l'admire. La foule poussa de grands *oooh*.

Pour la première fois de sa vie, Bébé Zuzu pleura.

Quand Bébé Zuzu en cage fut rendue à Inez, celle-ci ne sut pas trop comment la calmer. Bébé Zuzu était une nouvelle espèce de bébé et Inez avait l'impression de tenir une cage à la place de sa fille.

– Merci, mon Père, dit-elle par-dessus le nouveau son perçant des vagissements de son bébé.

Tenant Bébé Zuzu en cage dans ses bras, Inez fit le tour du périmètre du festival pour la calmer. Elle cherchait aussi Mano. Elle scrutait les gens ne portant pas de cage, mais elle ne trouva personne d'autre qu'elle. Elle avait froid. Elle passa les bras à l'intérieur de la nouvelle cage de Bébé Zuzu pour la réchauffer, et pour réchauffer ses propres bras.

– Ça va aller, ça va aller, Bebé, chanta Inez dans les pleurs de Bébé Zuzu. Ça va aller, ça va aller.

Bébé Zuzu continuait de crier.

– Ça ne te plaît pas ici, Bebé ? Tu es hors de danger ici. Tu es maintenant à l'abri du danger. Tu ne mourras pas.

Inez s'assit sur un gros rocher à la lisière des festivités, secouant Bébé Zuzu, lui parlant de l'extérieur de sa cage pour bébé. Après l'avoir calmée, Inez raconta à Bébé Zuzu toute l'histoire de son père, Le Barbier, et aussi toute l'histoire de Mano, qui était désormais Le Barbier. Chaque fois qu'Inez prononçait le nom de Mano, elle relevait la tête et scrutait la foule des gens en cage et l'intérieur de la tente où on devinait votre poids.

– Ce n'est qu'un *garçon*, Bebé. Juste un garçon *idiot*.

Bébé Zuzu prononça son premier mot.

– Garçon.

– Oui ! *Garçon* ! Bravo. *Garçon*. Garçon.

– Garçon.

– Maman.

– Garçon.

– Maman.

Bébé Zuzu s'appliqua pour essayer de placer ses lèvres comme il fallait.

– Mano.

Le Père Felipe annonçait sur scène le nom des vainqueurs du concours de sourire et du concours de beauté. Le plus beau sourire de la vallée, selon le nouveau prêtre, était celui de Fran Nerf, qui commençait juste à avoir ses dents d'adulte – détail qui assurément avait été déterminant dans sa victoire. Les mères de Fran étaient ravies de cette nouvelle. Cette famille avait trouvé le moyen de faire un triangle de corps des plus intimes tout en restant à l'intérieur de leurs cages, et ainsi disposés en triangle, elles se firent un long câlin.

Le vainqueur du concours de beauté n'était autre que Le Contremaître, qui portait les longues et élégantes robes de June Good, en dépit de l'absence de soleil ce jour-là. Il portait les talons hauts et les collants de June. Il s'était mis le rouge à lèvres de June exactement comme elle jadis, et avait même réussi à imiter sa façon de marcher. Il était devenu elle. C'était tellement troublant, le fait qu'il soit devenu feu sa femme, que la plupart des gens dans l'assemblée hurlèrent le nom de June Good quand Le Contremaître monta sur scène. Il y eut tellement d'applaudissements, en fait, que Le Père Felipe n'eut d'autre choix que d'annoncer Le Contremaître vainqueur.

– Ma sœur n'est pas la seule à pouvoir faire semblant d'être June, dit-il à L'Homme d'Affaires qui se tenaient côte à côte sur la scène.

Le Contremaître prenait la pose, se tournait, soufflait des baisers ridicules.

– Vous imitez mieux June que Vera, dirent L'Homme d'Affaires du coin de leur bouche.

Ils rirent tous, cependant personne d'autre ne savait ce qui les faisait rire.

Comme pour tous les autres grands prix, le lauréat du concours de beauté se voyait offrir une Cage de Vie XO mais, bien entendu, Le Contremaître en portait déjà une, conçue sur mesure selon son mode de vie, et il avait même aussi quelques cages de rechange. Aussi, dans l'esprit de générosité de Pâques, Le Contremaître demanda-t-il au Père Felipe de lui passer le micro, et il fit une annonce :

– J'aimerais décerner cette Cage de Vie XO que j'ai gagnée à quiconque ici présent n'en aurait pas.

D'une main, il indiqua la cage qui était placée sur un petit stand d'exposition et il ramena l'autre sur son front pour suggérer qu'il scrutait la foule.

Les têtes des uns et des autres se contorsionnèrent pour l'aider à chercher.

– Il faut une cage pour Inez Rugi ! lança Le Tailleur.

Il montrait du doigt le rocher derrière la foule, sur lequel Inez était assise, en train de parler à Bébé Zuzu.

– Deux cages en une journée pour les deux Rugi ! Quelle récolte ! Inez Rugi, approche, viens chercher ta nouvelle cage.

La foule poussa des cris d'acclamation.

Inez était assise sur le rocher et vit toute une foule se retourner comme un seul homme pour la regarder. Elle entendit son nom, sans trop savoir ce qu'elle était censée faire.

– Approche, viens chercher ta cage, l'encouragea Lana Nerf.

Inez n'avait pas besoin d'être encouragée par Lana pour quitter le rocher sur lequel elle était assise. Elle avait juste besoin de tous les yeux de la ville braqués sur elle. Elle n'avait d'autre choix, en réalité, que de se lever et de s'approcher de la scène. La scène était maintenant un aimant qui l'attirait irrémédiablement. Et, au cœur de cet aimant, se trouvait un autre aimant plus puissant encore, avec un tel pouvoir d'attraction qu'elle n'avait d'autre choix que de succomber – une cage de vie ouverte. Bébé Zuzu se remit à pleurer et ses pleurs se mêlèrent aux acclamations et aux chants de la foule. La foule chantait *X-O-X-O-X-O*. Une jambe après l'autre, le corps d'Inez s'enfonça dans la cage, puis devint la cage. Elle et son bébé étaient comme une planète et sa lune attirées vers un trou noir.

– Puissiez-vous toutes deux vivre une vie longue et naturelle à l'intérieur, dit Le Père Felipe. Puis, à la foule, il annonça : Et maintenant, mangeons !

Tandis que la cage se refermait sur Inez et Bébé Zuzu et que la foule se tournait vers la longue table couverte de plats faits maison, il y eut un énorme grondement. Chacun s'immobilisa, terrifié à l'idée d'être happé par le sol dans un tremblement de terre. Mais le son n'était pas celui d'un tremblement de terre.

Tandis que la plupart des habitants de Tarteure célébraient la semaine de l'absence de mort au Festin Concours XO du dimanche de Pâques à Tarteure, Mères était juste en face, de l'autre côté de la rue, à l'intérieur de Dame-Sang, sous la plus grande croix artisanale jamais vue. Il prononçait son homélie la plus enflammée, sur le thème de la loyauté, seul face à Ti Jorge, qui était celui ayant le moins besoin de l'entendre.

– Notre loyauté a disparu. Et *où* a-t-elle disparu, notre loyauté ? commença Mères lentement et d'une voix douce dans la salle vide. Puis il hurla son homélie enflammée : Dans *l'enfer*. Votre loyauté brûle en enfer, récidivistes ! Elle vous entraîne en enfer avec elle. Sentez-vous son poids ? Je vous pose la question. Le sentez-vous peser de tout son poids à vos crocs ? Vos visages avec vos crocs brûlent dans la vapeur bouillante au-dessus de l'ébullition. C'est votre *loyauté* qui est là. Ça c'est *votre* loyauté. Vous êtes devenus les ennemis de votre propre loyauté. Regardez-la ! Vous la voyez ? Où est-elle partie ? En *enfer*. Et c'est également là que vous allez vous aussi. À sa suite. Et puissiez-vous la suivre jusqu'au fond, tout en bas, où vous cognerez vos têtes *idiotes* contre vos *satanées* cages !

Et c'est à ce moment-là que se produisit l'explosion que tout le monde avait entendue. Tout d'abord, Mères crut lui aussi à un tremblement de terre, mais un tremblement de terre qui arrivait d'en haut. Puis il songea que c'était peut-être en fait le son du Seigneur qui écartait les nuages et descendait des cieux sur sa croix nouvelle, pour pousser de son doigt vertueux tous les pécheurs déloyaux plus profond et plus fort en enfer. Mais bien sûr, rien de tout cela n'était vrai. La croix d'un obscène gigantisme que Mères avait construite quelques jours à peine avant le mercredi des Cendres était bien trop lourde pour les petites fondations en béton qu'il avait coulées pour elle sur le toit. Elle était bien trop haute et trop large pour résister aux moindres bourrasques.

La croix avait pourfendu le vieux toit de Dame-Sang, brisant dans sa chute chaque élément de la structure en mauvais état. Les poutres furent cassées en deux. Le dernier clou que Mères avait enfoncé, qui dépassait encore à la jointure des deux planches de la croix, fut le premier point de la croix à empaler Ti Jorge en plein front, front sur lequel restaient encore des résidus vieux de quatre jours de ses cendres. Le poids énorme du reste de la croix écrasa complètement le corps de Ti Jorge ainsi que tout le reste.

Au milieu des gravats et de la poussière se trouvait Mères entouré des restes de Dame-Sang, pleurant au ciel soudain ouvert au-dessus de lui.

– Non, Seigneur ! Tu as pris celui qu'il ne fallait pas. Mon fils, mon pauvre pauvre fils, sanglota-t-il en essuyant la poussière qu'il avait sur la figure. Tu as pris le seul qui était loyal.

– Oh, cher Mères, que s'est-il passé ?

Le Père Felipe, tout essoufflé, fut le premier arrivé sur les lieux. Il était bon coureur, même avec le surpoids nouveau de sa cage de vie autour de la partie supérieure de son corps. Les autres étaient derrière lui, ils arrivaient juste.

– Ça va ? demanda Le Père Felipe.

Mères repoussa des gravats de l'un des bancs. Il s'assit dessus et laissa tomber sa tête, en silence.

– Mères, ça va ? redemanda Le Père Felipe, grattant cette fois-ci les cordes de sa guitare dans sa cage sur « va ».

Mères releva la tête pour regarder le nouveau prêtre droit dans les yeux et lui répondit en poussant ses mots à travers ses dents serrées :

– Va pourrir en enfer, Felipe.

Fran Nerf et d'autres enfants fouinaient dans les gravats sous la gigantesque croix qui était tombée. Fran découvrit le corps de Ti Jorge à sa base. Du sang jaillissait encore de son front et se répandait sur sa coupe de cheveux dessus-de-table, faisant une boue violette en se mélangeant à la terre. Fran trouva aussi un trou de mort dans la poitrine de Ti Jorge, de la même taille et de la même forme que tous les autres.

– Le Doigt de Dieu est de retour, fit-elle.

Il y avait quelque chose de petit et de coloré à l'intérieur du trou de Ti Jorge. Tandis que Fran bougeait sa main au-dessus du trou, la petite chose colorée revint à la vie, ressuscita là, dans la paume de sa main. Elle était toute chaude.

– J'ai trouvé un œuf !

Se fendant de son sourire de lauréate, elle le souleva au-dessus de sa tête pour le montrer à tout le monde.

– J'ai trouvé un œuf ! J'ai trouvé un œuf !

– Un œuf peint ! s'écrièrent les quelques autres enfants.

Et c'est ainsi que débuta la tradition de la chasse aux œufs de Pâques à Tarteure.

32.

La croix gigantesque qui écrasa Dame-Sang épargna bien peu de choses dans sa destruction. Une fois la poussière retombée et le retour de chacun dans ses pénates pour le repas de Pâques, seuls Mères et son confessionnal restaient encore debout à l'endroit où se trouvait naguère Dame-Sang.

Mères ne supportait pas du tout l'idée d'enterrer Ti Jorge, surtout à Tombes XO, parmi les tombes des récidivistes, mais il ne supportait pas non plus l'idée de brûler le cadavre de son fils unique et de l'envoyer sur La Cure jusqu'à la mer. Si l'on découvrait qu'il avait eu recours à une technique à ce point désuète pour se débarrasser de son défunt, alors il perdrait toute chance de regagner le moindre de ses déserteurs. Aussi Mères enterra-t-il lui-même Ti Jorge, sous le sol du confessionnal – le seul endroit sur toute la planète dont Mères savait que Ti Jorge l'aimait. Ti Jorge aimait passer du temps dans la cabine derrière l'écran avec lui, pour l'aider à préparer l'appareil afin de prendre en photo les nus, et aussi pour l'aider à développer la pellicule.

Mères aussi n'avait ni le cœur, ni l'énergie, ni même le savoir-faire pour reconstruire l'église que son grand-père avait construite. Aussi fit-il avec l'unique structure qui tenait encore debout sur le site : le confessionnal. La cabine fonctionnait de la même manière qu'auparavant, si ce n'est qu'il décida qu'elle serait désormais ouverte vingt-quatre heures sur vingt-quatre pour concurrencer XO.

Bien entendu, Mères n'autorisait pas qu'on porte des cages à l'intérieur de sa cabine, cependant son raisonnement aveuglément vindicatif était différent des raisons aveuglément idéalistes qu'invoquait Mano pour interdire le port des cages pendant les Leçons de Mort. Avant d'entrer dans le confessionnal de Mères, les gens devaient sortir de leur cage, puis quitter leurs vêtements. Ensuite ils devaient dire leurs péchés à Mères. Cela devint exactement le genre de choses que les habitants de Tarteure désiraient véritablement – un endroit où ils pouvaient se sentir libres quelques instants, exposés et vulnérables, de bouger les bras et les jambes dans l'air dangereux. Sa cabine était une sorte d'abri dans lequel ils étaient allégés.

Comme Mères se sentait trahi par son dieu qui avait emporté la seule personne en ce monde ayant été loyale avec lui, il mit un terme à la tradition de demander aux gens de confesser leurs péchés au nom de Dieu. À la place, Mères leur demanda de confesser leurs péchés sur le corps de Ti Jorge, car, littéralement, ils se confessaient *sur* le corps mort de Ti Jorge. « Sur le corps mort de Ti Jorge, dites-moi vos péchés », disait-il. Et ils s'exécutaient. Ils sautaient, écartaient les jambes et secouaient les bras, racontant à Mères combien ils avaient été mauvais, puis le flash surgissait et immortalisait une image de leur bref moment de liberté factice, qui serait intégrée à l'histoire consignée de Tarteure.

Une nuit, alors qu'il n'arrivait pas à dormir, le visage au sol dans la salle principale du confessionnal, juste au-dessus du corps de Ti Jorge, Mères eut une vision. Dans sa vision, la cabine ressemblait à un sous-marin avec quatre trous ronds sur les flancs les plus longs de la cabine. Au lieu des matelots du sous-marin regardant *à l'extérieur* via les trous, les gens de Tarteure regardaient *à l'intérieur*. C'était un changement de perspective majeur pour Mères. Une fois qu'on est à l'intérieur de la cabine, se dit-il, il n'y a rien à voir quand on regarde à l'extérieur. En revanche, il y a tant à voir lorsqu'on regarde à l'intérieur.

La première chose que fit Mères le lendemain matin fut de découper huit hublots dans les parois de bois de son confessionnal, quatre de chaque côté. Et, comme pour un sous-marin, il installa un périscope en bois avec une lentille convexe à son sommet, et une échelle à l'arrière, si bien que les enfants pouvaient monter sur le toit et, du dessus, regarder grâce au périscope ce qu'il se passait à l'intérieur. Désormais, quiconque avait envie de regarder les gens nus hors cage se confesser le pourraient. Au-dessus de la porte d'entrée, Mère construisit la première enseigne au néon de Tarteure. Il l'installa au-dessus de la porte d'entrée du confessionnal où il y aurait eu une croix. On pouvait lire en grosses lettres néon électriques SOUS-MARIN DAME-SANG.

L'enseigne parvint à attirer quelques nouveaux participants au confessionnal, toutefois son entretien assurément n'était pas bon marché. Il y avait le coût de l'électricité, bien sûr, et aussi la maintenance de tout ce néon. Mères avait beau être brouillé avec le Seigneur, il estimait néanmoins que ce serait une grave erreur de demander de l'argent pour les confessions. Les gens ne paieraient pas pour se confesser, c'était clair.

Après le remaniement du confessionnal en SOUS-MARIN DAME-SANG, Mères se creusa la tête pendant des jours pour savoir comment faire face aux dépenses engagées. Il pria en s'adressant au sol au-dessus du corps de Ti Jorge à propos de ses sentiments mitigés. Après avoir longuement réfléchi, il décida qu'il serait acceptable – voire *responsable* – de se faire de l'argent avec cette entreprise. Il fallait bien payer les factures d'électricité et lui aussi devait être payé pour son temps. C'était bien normal. Et donc, sous chaque hublot et juste à côté de la base du périscope sur le toit, Mères installa une machine à pièces. Ce furent les premières machines à fente installées à Tarteure, quelques jours à peine avant que les distributeurs de XO Cola à pièces soient installés devant XO Viandes. Au SOUS-MARIN DAME-SANG, pour une pièce de dix cents, on pouvait regarder une confession en direct pendant une minute. Pour une pièce de vingt-cinq cents, on pouvait regarder la confession dans sa totalité.

De la sorte, Mères estimait être entré dans une concurrence saine avec Le Trou et avec tout XO. On aurait pu faire valoir qu'il s'était lancé dans les affaires, mais il n'était pas vraiment en concurrence.

33.

Personne ne voulait se faire couper les cheveux. Mano ne voulait couper les cheveux de personne. Il voulait juste sentir son poids bringuebalant croître et s'installer dans son propre siège de Barbier, et il voulait pivoter dedans, dans un sens et dans l'autre, dans un sens et dans l'autre, comme le lent métronome qu'il avait quelque part sur son corps, qui entrait et sortait du petit parallélogramme de soleil posé sur son giron qui reflétait les objets les plus métalliques qui se trouvaient là – la scie, la radio que Pepe lui avait donnée, la pendule de sa mère que Mitzi lui avait rapportée.

À l'extérieur de sa vitrine, une foule s'était assemblée dans la rue, mais ce n'étaient que davantage de formes. Il se fichait de savoir pourquoi ces gens étaient assemblés, et il ne sortit pas de son salon de coiffure pour demander. Sans ses lunettes il ne pouvait absolument pas dire à quelle personne appartenait quelle forme. Il ignorait parfaitement que la forme qui rampait aux pieds de tout le monde était celle de Mitzi. Et il s'en fichait. Des masses indistinctes dans la lumière idiote.

Tout en pivotant dans son siège, Mano aperçut le carré noir au mur dans l'arrière-salle. Pour la première fois, il y vit un corps. Il ne voyait pas de visage mais assurément il voyait un corps, et le corps devenait de plus en plus gros sous ses yeux. Le corps devenait plus gros que le carré noir. Le corps n'était même plus la forme d'une personne. Il continuait de grossir jusqu'à être plus grand que le carré noir. Il emplit la totalité de l'arrière-salle, puis emplit tout le salon de coiffure. Il continua de grossir jusqu'à ne même plus être une forme, mais une sensation. La sensation envahit tout l'espace du salon de coiffure autour du corps de Mano. Puis la sensation devint le corps de Mano.

Mano baissa la tête pour contempler son corps. Il était bien trop gros. Il était tellement gros qu'il y avait à peine assez de place pour que le siège pivote et s'incline. Sa taille était devenue monstrueuse et ne pouvait plus être ignorée même de ses clients les plus loyaux. Sa tête et ses épaules s'étaient affaissées, vers son propre centre. Son corps était devenu sa propre cage. Les choses qu'il tenait s'installaient dans son corps jusqu'à être partie intégrante de son corps. Elles n'étaient plus du tout synonymes d'amour. Il s'accrochait à elles uniquement parce qu'il ne savait pas trop comment s'en détacher.

Mano redressa ce qu'était devenue sa jambe pour se relever de son siège de Barbier. Il se rendit dans l'arrière-salle. Il poussa son nez contre le carré noir.

– Tu es là-dedans, Pepe ? Est-ce que tu vas me montrer ton visage ?

Pepe montra son visage à l'intérieur du carré noir.

Mano voulait rejoindre Pepe à l'intérieur du carré noir, mais le carré noir n'était qu'un carré noir et rien d'autre.

– Je ne peux pas te rejoindre là-dedans, dit Mano.

Il n'entendait pas Pepe répondre quoi que ce soit. Il n'entendait pas de voix. Il ne se souvenait plus à quoi ressemblait la voix de Pepe. Et il ne se rappelait pas non plus l'odeur de Pepe. Comment peut-on perdre un son ou une odeur si facilement, une fois que la personne n'est plus là, alors qu'on n'oublie pas le *visage* – le visage est toujours là, flottant devant le nôtre pour nous hanter, nous tenter de pénétrer dans un royaume qui n'existe même pas vraiment, et où, s'il existait, nous ne serions pas les bienvenus.

Mano enfouit son nez dans le carré noir contre le nez de Pepe et inspira si fort qu'il manqua de perdre l'équilibre. Il voulait inspirer le monde entier mais ne pouvait pas. Il n'y avait dans cet air aucune odeur qu'il reconnaissait autre que celle des vivants.

Et puis Mano posa finalement la question qu'il avait l'intention de poser.

– Tu es là-dedans, Mano ? Tu vas me montrer ton visage ?

Mano fouina dans le bazar de son propre corps et trouva la radio que Pepe lui avait donnée. Il l'alluma. Il voulait y entendre Pepe, de tout au fond du futur, peut-être en train de jouer une polka, mais à la place une voix de prêtre à l'intérieur de la radio demanda :

– Sentez-vous son amour ?

– Non, répondit Mano. Je ne le sens pas.

Mano ne sentait que le poids de la radio posant la question. Ce n'était qu'une radio. Ce n'était qu'une radio. Ce n'était qu'une radio. Il la jeta sur le carré noir.

Le carré noir se fissura parfaitement en deux moitiés. Un nouvel horizon juste devant les yeux de Mano fendit le monde à l'intérieur du carré noir en une moitié supérieure et une moitié inférieure. La moitié supérieure du carré noir tomba sur la tête de Mano. C'était lourd. Mano aperçut une lumière blanche aveuglante et acérée – un éclair derrière ses yeux. Il garda les yeux fermés pour exiger de la mort qu'elle l'emmène plus loin dans l'obscurité au-delà de l'éclair.

Beulah Lespiègle se tint soudain au-dessus de lui. Elle l'aida à soulever la moitié supérieure du carré noir cassé qui pesait sur sa tête. Elle se tenait là, en silence, attendant de voir si Mano pouvait encore parler.

– Qu'est-ce que tu veux ? demanda Mano en plissant les yeux.

– Nous cherchons Le Père Felipe.

Mano comprenait à peine Beulah. Elle parlait avec une espèce de voix qu'elle-même n'avait encore jamais entendue.

– Qui ?

– Le Père Felipe. Est-ce qu'il se faisait couper les cheveux ? tenta à nouveau Beulah.

– Je ne peux rien chercher. Je n'ai pas mes lunettes, dit Mano.

Il ne savait pas si c'était la surdité de Beulah ou sa tête à lui, douloureuse, qui donnait à la voix de Beulah un écho pâteux dans ses oreilles. Il savait juste que Beulah pouvait comprendre la sensation de non seulement ne pas se rappeler une voix mais de n'avoir jamais connu de voix, de n'avoir même jamais connu sa propre voix. Mano pensa qu'elle lui avait posé une question sur son père à lui.

– *Quoi*, qu'est-ce que vous dites sur mon père ? demanda-t-il.

Beulah se tenait là, perplexe, ne répondant pas à la question de Mano.

– Père ? dit-il en parlant très fort, exagérant le mouvement de ses lèvres pour que Beulah puisse lire ce qu'elles disaient. Pè... rrrrr... euuu.

Beulah fixait la bouche de Mano.

Puis elle essaya de nouveau.

– Pèr... rrr... euuu... Far... liiii... pay, répéta-t-elle, mais en faisant plus attention cette fois-ci.

– Qui est le Père Farlipe ? demanda Mano.

Beulah haussa les épaules et se retourna pour rejoindre la foule dehors sur le trottoir. En sortant, elle baissa la tête et avisa le caniche noir qui était né du trou de mort de son défunt mari, Le Postier.

– Toi, je t'ai cherché naguère ! Toi, je t'ai cherché naguère ! s'exclama-t-elle d'une voix qui, aux oreilles de Mano, semblait dire : « J'ai cherché la guerre ! J'ai cherché la guerre ! » Beulah ramassa le caniche, le coinça sous son bras et sortit dans la Dernière Rue.

Mano se sentit si seul. *J'ai cherché la guerre. J'ai cherché la guerre.* Dans ces tranchées, on ne peut même pas faire confiance à nos propres yeux pour savoir ceux qui nous sont loyaux.

34.

Les Vuillemeyer c'étaient le père, la mère, les cinq sœurs et les trois frères des Humanitaires de Chapeau-de-Nonne. Les Humanitaires étaient frères et sœurs au sein de la famille Vuillemeyer. Les douze Vuillemeyer étaient d'âges différents, bien entendu, mais ils avaient tous en commun une chevelure blonde hirsute, et ils étaient tous exactement de la même taille. Lorsque la nouvelle de la mort des Humanitaires parvint enfin à Chapeau-de-Nonne, Les Vuillemeyer furent résolus à retrouver et récupérer les corps des deux membres adorés de leur famille. Les dix Vuillemeyer restants se mirent sur la piste des Humanitaires en remontant le long de la rive de La Cause. Comme ils étaient tous de la même taille, lorsqu'ils marchaient en file indienne, ils ressemblaient à une chenille blonde.

Les Vuillemeyer ne connaissaient de Tarteure que ce que Les Humanitaires avaient écrit dans leurs lettres. Leurs lettres n'avaient jamais fait la moindre allusion au Doigt de Dieu. Il y avait de l'argent à se faire en venant à l'aide de ceux qui restaient et devaient s'occuper de leurs morts récents, et Les Humanitaires allaient s'en faire le plus possible, sans partager. Dans la toute dernière lettre reçue par Les Vuillemeyer, L'Homme d'Affaires étaient décrits comme « les gens les plus généreux » qu'ils aient jamais rencontrés. Les Humanitaires écrivaient aussi qu'ils avaient trouvé un boulot bien payé que leur avaient proposé L'Homme d'Affaires, consistant « juste à se promener en ville, à faire des courses et tenir des discussions, tout en portant de magnifiques cages ». Aucun des Vuillemeyer ne savait à quoi servaient les cages.

Juste avant que Les Vuillemeyer arrivent à Tarteure, Mitzi Let rampaient à genoux au milieu de la Dernière Rue devant le Café XO tel un chat qui se serait pris une bonne dérouillée au cours d'une bagarre atroce, traînant un bras cassé derrière elle au sol. Elle ne portait pas la cage qu'elle avait trouvée dans l'enclos des moutons, derrière la boucherie.

– Il leur faut deux corps de plus. Les mots de Mitzi tombaient des estafilades de son corps dans la terre de la rue : Encore deux... corps... pour leur pyramide.

Le Banquier se leva de sa table préférée à l'intérieur du café et s'approcha de la vitrine.

– Est-ce Mitzi Let ? demanda-t-il dans sa tasse de café. J'ai l'impression d'avoir des visions. Je crois que Mitzi est revenue d'entre les morts.

– Non, non, une fois qu'on est mort, on est mort. Ça c'est une chose dont je suis certain, dit Le Propriétaire.

– Ma foi, regardez par vous-même.

Le Banquier montrait une femme à quatre pattes au milieu de la Dernière Rue.

– Nous avons cessé de mourir, et maintenant nous allons tous revenir, dirent L'Homme d'Affaires. Nous allons pouvoir gagner sur l'aller *et* le retour.

– Du calme, du calme.

L'Homme d'Affaires, Le Propriétaire et Le Banquier sortirent en dodelinant par la porte du café, dans leurs cages en or personnalisées, et se tinrent côte à côte sur le trottoir devant le café.

– Mitzi ? ! Mitzi, c'est vous ? s'écria Le Propriétaire à dix mètres de distance. Ça va ?

– Il leur en faut deux de plus, cria Mitzi en réponse.

– Mon Dieu, c'est bel et bien Mitzi, dit Le Propriétaire à L'Homme d'Affaires. Qu'est-ce que vous dites ? lança-t-il à Mitzi. Deux quoi ?

– Deux corps de plus. Pour la pyramide, répondit Mitzi.

– Pourquoi n'êtes-vous plus morte ? fit Le Banquier.

Mitzi se laissa tomber sur ses coudes et cessa de ramper. La foule qui jusqu'alors était restée à distance s'approcha jusqu'à être sur elle au milieu de la rue. Elle semblait avoir atteint sa dernière minute de vie.

– Que quelqu'un aille chercher Le Père Felipe, dit Le Chef Cuisinier. Mitzi est à l'article de la mort.

Au sein de la foule, Beulah Lespiègle pouvait lire les lèvres du Chef Cuisinier. Le besoin qu'elle éprouvait de se sentir utile l'envoya dans la boutique la plus proche pour demander si on savait où était Le Père Felipe. La boutique la plus proche était le salon de coiffure de Mano. Elle en ressortit quelques minutes plus tard sans nouvelle information et avec un caniche noir sous le bras.

– Ils reviennent à la vie, maintenant ! s'écrièrent L'Homme d'Affaires, comme pour célébrer le retour de Mitzi, tandis qu'elle suffoquait à leurs pieds, n'arrivant plus à respirer.

– Mitzi, racontez-nous cette histoire des deux corps, lui intima Le Propriétaire, qui ne se laissait pas distraire. Qui en a besoin ?

– Chapeau-de-Nonne, s'étouffa Mitzi.

– C'est quoi, le Chapeau-de-Nonne ?

– Chapeau-de-Nonne m'a sauvé de la mort en mer. Ensuite je me suis réveillée en haut de la pyramide.

– Mitzi, il faut que vous parliez clairement maintenant.

Mitzi laissa tomber sa tête, épuisée.

– Il leur en faut deux de plus. Pour la pyramide.

– Elle est devenue folle, dirent L'Homme d'Affaires aux autres personnes dans la foule. Rien ne peut nous sauver de la mort hormis les Cages de Vie XO. Nous savons tous cela. Pauvre Mitzi, pauvre Mitzi.

– De quelle pyramide parle-t-elle ? s'enquit le Chef Cuisinier.

– Deux corps de plus pour quoi ? demanda Le Propriétaire.

– Je crois qu'elle est morte, dit Mary en faisant bouger l'épaule de Mitzi avec son pied.

Mitzi se ranima un instant et dit :

– Pepe ?

– Pepe est mort, dit Mary, essayant d'aider à sa façon. Vous vous souvenez ? Vous étiez là-bas. Au bord de La Cure, fit Mary en indiquant du doigt la direction de La Cure. Vous étiez là-bas, Mitzi.

Mitzi posa ses mains au sol et tâcha de se souvenir. Puis elle se mit à pleurer.

C'est alors que la chenille blonde, Les Vuillemeyer, s'approcha de la foule assemblée sur la Dernière Rue. Ils étaient fatigués et épuisés par leur long voyage au départ de Chapeau-de-Nonne, ils avaient longé les berges de La Cure jusqu'en ville, passant devant la boutique de Mano.

– Qui êtes-vous ? demanda Le Propriétaire.

– Nous sommes Les Vuillemeyer, répondirent Les Vuillemeyer comme un seul homme.

– Pouvons-nous vous aider ? demandèrent L'Homme d'Affaires.

– Nous sommes venus chercher deux personnes, dirent-ils.

– Deux personnes, hein ? D'où venez-vous ? demandèrent L'Homme d'Affaires.

– Oh là là, étaient-ce Les Humanitaires ? demanda Le Propriétaire. Et étaient-ils très beaux ? Un homme et une femme ?

– Oui, exactement ! s'exclamèrent Les Vuillemeyer à l'unisson.

Dans la foule, les uns et les autres échangeaient des regards, chacun espérant que quelqu'un d'autre annoncerait la mauvaise nouvelle, à savoir que Les Humanitaires venaient juste d'être enterrés à Tombes XO.

– Demandez-leur d'où ils sont, dit Mitzi.

– D'où venez-vous ? demanda Le Propriétaire aux Vuillemeyer.

– Chapeau-de-Nonne, répondirent-ils tous.

Après un silence de réflexion, L'Homme d'Affaires annoncèrent la nouvelle aux Vuillemeyer. Le chagrin les frappa fort et promptement. Il se répercuta bruyamment, comme de l'électricité statique entre eux dix.

35.

Le soleil fut la première de trois choses à se relever. Une minute plus tard, les corps des Humanitaires de Chapeau-de-Nonne étaient la deuxième et la troisième.

– Bonjour, dit solennellement Le Père Felipe.

Puis il baissa la tête avant de dire la suite. Le Père Felipe présidait à la première exhumation de Tarteure dans le fond de XO Tombes. Pendant que le prêtre parlait, Le Pelleteur et ses deux fils, Ernesto et Ernest, tendaient ostensiblement à la congrégation des brochures soulignant les différences de prestations entre Tombes XO et leur propre cimetière.

– Nous sommes rassemblés ce matin pour ramener au monde cet homme très beau, et cette femme très belle, que nous n'avons pas suffisamment connus dans la vie, pour les rendre à leur très belle famille et à la ville très spéciale en aval de La Cure, connue sous le nom de Chapeau-de-Nonne, la ville avec laquelle nous sommes nouvellement jumelés, que nous connaîtrons dans la vie très prochainement.

Tout en parlant à la congrégation, Le Père Felipe tenait la main de la mère Vuillemeyer, qui se trouvait tout près de lui.

– Vous savez, Chapeau-de-Nonne était là pendant tout ce temps, ajouta Le Père Felipe.

Il s'éloignait un instant du discours prévu pour réprimander passivement l'aveuglement de Tarteure.

– Ça a l'air formidable, dit Le Propriétaire.

Puis Le Père Felipe revint au discours prévu, passant les bras à l'extérieur des barreaux de sa cage pour les agiter.

– La vie, les amis, est une cage ennuyeuse. Vos corps sont des cages, et vos cages sont des cages. Mais la mort ! La mort *n'est pas* une cage. La mort c'est votre liberté pour échapper à une cage. Cependant vous *devez* porter une cage dans la vie, sinon, de *quoi* vous affranchirez-vous ?

La foule poussa un *ahh* collectif, comme si elle venait de comprendre la solution simple à un problème de maths très compliqué. Ernesto fourra une brochure pour le Cimetière du Pelleteur dans le sac à main d'une femme. Ernest fit une révérence à un homme qui déclina poliment une brochure, puis il en glissa tout de même une entre les barreaux de la cage de cet homme. La plupart des gens assistant à l'exhumation avaient dans leur poing un bouquet de fleurs acheté à XO Fleurs.

– Ils sont morts à l'instant où ils sont sortis de leur cage. Pardonne-leur, Seigneur, leur insouciance, pardonne-leur de s'être momentanément égarés en succombant aux sirènes de la vulnérabilité, et pardonne à Mano Medium, dont les leçons peu judicieuses sur l'amour de la mort les ont amenés devant toi avant que tu ne sois prêt, et avant qu'eux soient prêts.

– Ce n'est pas comme ça que ça s'est passé, intervint Ernesto.

L'Homme d'Affaires firent taire Ernesto. Les dix Vuillemeyer bougèrent sur place, faisant simultanément passer leur poids de leur jambe gauche à leur jambe droite.

Le Père Felipe dans sa cage ignora le rectificatif d'Ernesto, esquissant un geste d'ignorance pour que tout le monde l'imite, puis il prit la guitare qui était posée à l'intérieur de sa cage.

– Ces cages-*là*, ces cages-*là*, ce ne sont pas les cages *finales* de ces gens-là, fit-il en grattant les cordes de sa guitare sur les deux *là* et sur *finales*. Leurs cages finales sont à la maison avec Les Vuillemeyer à Chapeau-de-Nonne.

Sur ce, Le Pelleteur et ses fils s'écartèrent et le reste de l'assemblée hissa Les Humanitaires sur le dessus de leurs têtes. Ils formèrent une file indienne. On aurait dit des fourmis portant deux miettes de pain.

Les dix Vuillemeyer en deuil ouvrirent la marche.

C'était la première fois que les habitants de Tarteure s'aventuraient vers l'aval de La Cure. Le sentier ne s'éloignait jamais de la berge de la rivière, suivant chacun de ses méandres, tel un enfant timide cramponné à la jambe d'un de ses parents. Le fracas du fort courant réconfortait en chemin les voyageurs las. Le trajet était dans l'ensemble en pente douce, ils piétinaient des herbes mortes. L'exode fut, pour l'essentiel, un exode de masse. Le sentier devant les gens était d'herbe, et le sentier derrière eux, piétiné, était de terre. Ils rendaient le sentier visible derrière eux. Certains virent des pommiers pour la première fois, d'autres virent des castors pour la première fois, en train de construire un pont.

Le Père Felipe parlait, en tête de la file indienne. C'était un guide qui convenait bien à leur marche car il savait beaucoup de choses.

– Ça c'est un castor, messieurs dames. Vous voyez comment il construit sa maison, exactement comme vous ? Il veut ce que nous voulons tous. Parlant fort, avec une sorte d'ardeur qui alimentait leur marche, il ajouta : Ouvrez les yeux ! Regardez le monde autour de vous. Il est plein de mystères. Vous ne devez pas être aveugles à ce monde.

Les gens étaient comme un train, et Le Père Felipe était leur locomotive.

Mary Minutes sortit du rang pour cueillir trois pommes d'un arbre malgré les consignes fermes du Boulanger de ne pas s'écarter. Elle donna une pomme à sa sœur, Mimi, et elle en donna une autre à Mitzi Let, qui était à la traîne et avait manifestement besoin de nourriture. Lana Nerf expliquait la différence entre le soleil et la lune à sa fille Fran. Le Propriétaire se trouva à court de cigarettes XO et avait oublié de prendre un autre paquet, mais Le Contremaître lui donna un paquet qu'il avait en réserve dans sa poche de chemise. Beulah Lespiègle avait un caillou dans sa chaussure, et le nouveau postier l'attendit pendant qu'elle prenait le temps de s'asseoir sur le sentier pour le retirer. Puis il l'aida à se relever.

La Cure était censée être pour les morts, et d'une certaine manière, ce sentier qui la longeait n'était pas différent. Si ce n'est qu'au lieu de disposer un cadavre sur un radeau de bouts de bois, de bûches et de buissons, lui dire adieu, y mettre le feu et le laisser partir à la dérive au fil de l'eau du triste petit embarcadère, les gens de Tarteure prirent sur eux la tâche difficile consistant à porter les corps des étrangers, Les Humanitaires exhumés, en longeant la rivière. Pour la première fois, les gens de Tarteure voyaient le monde que leurs morts avaient vu et, ce faisant, traçaient un sentier pour les vivants.

Les corps des Humanitaires étaient transportés dans deux robustes sacs en toile de jute offerts par l'Usine XO. C'étaient des sacs qui avaient jadis servi à transporter du tabac des champs de tabac à Tarteure. Il y avait sur chacun un XO géant noir tracé à la peinture noire. Les hommes du groupe se relayaient pour porter les corps au-dessus d'eux. Quand leurs épaules fatiguèrent, ils laissèrent les corps des Humanitaires reposer sur le dessus de leurs cages de vie. Ainsi arrivèrent-ils facilement à garder les corps en équilibre. Ils fumaient une cigarette XO tout en marchant, le corps en équilibre sur le dessus de leur cage. Le Père Felipe leur fit la leçon quand il aperçut les corps posés sur les cages. Pour lui, c'était un manque de respect vis-à-vis des morts de ne pas se servir de ses bras pour les soutenir. Le respect véritable pour les morts devait être douloureux. La douleur est un cadeau.

– Tenez-les bien haut ! Tenez-les aussi haut que *vous* vous aimeriez qu'on vous porte, hurlait-il en tête de file.

Les dos des hommes se raidirent. Leurs épaules devinrent des falaises rocheuses.

Presque tous les hommes de la ville étaient dans cette file, à l'exception de Mano et de Mères, qui étaient tous deux presque morts, à terre, dans leurs boutiques respectives. Tarteure avait été abandonnée à un tout petit nombre de personnes.

– Pepe ?

– Je ne suis pas Pepe.

Mano avait beau ne pas arriver à se souvenir précisément de la voix de Pepe, il était clair que la voix de la personne qui venait d'entrer dans le salon de coiffure n'était pas celle de Pepe. C'était une voix de femme. Mano avait été réveillé dans la nuit par cette voix. La pièce était plongée dans l'obscurité. Le parallélogramme de lumière du soleil qui avait éclairé les genoux de Mano plus tôt dans la journée, ou peut-être la veille, était à présent un parallélogramme d'un clair de lune bleu. Pendant un moment, Mano se demanda s'il n'y avait pas des lumières électriques dans son salon de coiffure. Cela faisait longtemps qu'il n'y avait pas été de nuit.

Mano voyait les formes floues de chevilles au clair de lune, l'arrière de mollets et des chaussures. Mano essaya de se mettre sur son séant, mais le poids de toutes les choses sur son corps était trop important.

– Inez ? chuchota Mano, en s'adressant à l'arrière de ses mollets. C'est toi ? Je ne vois pas. Je suis désolé, Inez. Je suis désolé. Me pardonneras-tu un jour ?

Mano l'entendit replacer une photo au mur, la mettant bien droit pour qu'elle tienne comme ça.

Il régnait un silence sinistre à l'extérieur de la vitrine du salon de coiffure. Pas de voix, pas un son, pas même le chuintement des nouveaux lampadaires électriques. Tarteure était vide. Mano songea qu'il s'était peut-être réveillé loin dans le futur.

Comme elle s'était avancée dans le clair de lune, il put constater qu'elle avait des escarpins aux pieds. Mano plissa les yeux tandis que la robe en toile de jute s'approchait au-dessus de son visage. Il vit de minuscules fraises rouges. Elle ne portait pas de petite culotte.

– Nous sommes des fourmis !

Il y avait un regard plus farouche dans les yeux du Père Felipe, il avait parlé toute la journée sans reprendre sa respiration. Depuis qu'il était prêtre à Tarteure, son tempérament était devenu au fur et à mesure de plus en plus comparable à celui de Mères.

– Nous sommes des fourmis portant nos miettes, s'écriait Le Père Felipe par-dessus les antennes des uns et des autres. Nous ne sommes que des fourmis. Nous ne savons rien ! Ne voyez-vous pas à quel point nous sommes petits ? Ne voyez-vous pas ? Dieu nous pourfend de son doigt non pas parce que nous sommes mauvais mais parce qu'on ne peut pas nous voir !

Les marcheurs partis de Tarteure arrivèrent le lendemain au pied de la pyramide de Chapeau-de-Nonne. Les Vuillemeyer conduisirent tout le monde un peu au-delà de la ville proprement dite – non pas aux filets tendus en travers de La Cause où les habitants de Chapeau-de-Nonne interceptaient les corps, ni au cinéma où, à l'aide de bâtonnets tracés au tableau, ils procédaient au décompte des corps –, juste à la pyramide.

Elle s'élevait en centre-ville. Elle empestait et luisait. Personne à Tarteure n'aurait pu imaginer un tel éclat. Mais elle brillait comme un diamant – poilu et en décomposition, mais un diamant. Mathématiquement impeccable, des lignes nettes, structurellement saine, manifestement bâtie davantage par des artistes que par des personnes en deuil de leurs morts. La pyramide était superbe et intelligemment conçue – pas simplement un empilement de corps. La lune se reflétait sur chaque cadavre, dans chaque œil et sur chaque dent.

– Sa beauté est aveuglante, dit le nouveau postier.

Tous ceux de la file en provenance de Tarteure étaient subjugués par l'étrange beauté de la pyramide.

– On ne devrait jamais regarder directement quoi que ce soit d'aussi beau. Le simple fait de la regarder est un péché, s'écria Le Père Felipe par-dessus toutes les têtes.

Les hommes laissèrent le poids des corps des Humanitaires reposer sur le dessus de leurs cages et pleurèrent. Tout le monde était en pleurs.

C'était la taille de la pyramide, deux ou trois fois supérieure à ce que quiconque à Tarteure pouvait imaginer de plus fou, qui impressionnait le plus. Chacun regardait en face sa tristesse, ses morts, les êtres chers qu'il avait perdus. Le chagrin de chacun lui apparaissait sous forme de beauté. C'est cela qui les faisait tous pleurer lorsqu'ils contemplaient la pyramide, subjugués. Cela et puis son odeur, qui était au-delà de l'insupportable. La pyramide était un âcre coup de poing de la mort dans leurs yeux irrités.

Enid Pin se pencha pour relever le corps mammouth de Mano en le prenant sous les aisselles, jusqu'à ce qu'ils s'effondrent tous deux.

Mano avait l'impression d'avoir le dos cassé. Il avait l'impression que son front avait été cassé en deux. Il se sentait aveuglé et désorienté dans le silence et l'obscurité. Certaines choses qu'il avait sur lui tombèrent en faisant du bruit au sol, près d'Enid, à présent à genoux à côté de lui. Elle essaya de reprendre son souffle, bouche ouverte, ses incisives du haut posées sur les tibias de Mano. Elle avait perdu toute son énergie en essayant de le soulever. Mano se sentait lourd au point de s'enfoncer dans la terre, mais lorsque les bras d'Enid furent sous lui, il les sentit robustes. À la place, c'est dans ces bras qu'il voulut s'enfoncer. Et il voulait s'enfoncer dans sa voix, aussi.

– J'ai envie de toi, dit Enid à genoux, s'adressant à Mano.

Elle défit les chaussures de Mano et les lui enleva.

Il eut une sensation de liberté dans les pieds, comme de la lumière pourfendant l'obscurité.

– J'ai envie de toi, répéta-t-elle. Mais ça ce n'est pas à toi.

Enid remonta la main le long de la jambe de Mano et souleva le parapluie noir qu'il avait à cet endroit.

– Ça c'est à moi, dit Mano.

– Non, ce n'est pas à toi, dit-elle, jetant le parapluie au sol. Lâche ça.

– S'il te plaît, ne fais pas…

Enid l'interrompit en remontant un peu plus les mains le long des jambes de Mano, les écartant. Elle posa les mains sur l'encyclopédie complète qui se trouvait là.

– J'ai envie de toi, mais ça ce n'est pas toi.

Elle souleva chaque encyclopédie, commençant à A, et jusqu'à XYZ. Elle les jeta toutes à terre, l'une après l'autre.

– Ces choses-là, dit-elle, ce n'est pas ton corps.

Mano protesta en silence.

Enid pesa de son poids dans ce qui lentement devenait les genoux de Mano. Ses tétons creusèrent deux sillons en haut de ses cuisses au fur et à mesure qu'elle remontait.

Mano devenait plus dur et plus vide au fur et à mesure qu'il s'allégeait.

– J'ai envie de toi…, dit Enid, défaisant l'épingle en métal qui retenait la gaze qui retenait la bouillotte qu'il avait sur le dos. Mais ça ce n'est pas à toi.

Elle ouvrit la bonde de la bouillotte en caoutchouc et versa l'eau chaude sur son propre corps, sur tout le devant de sa robe en toile de jute. Elle versa un peu d'eau chaude sur le devant du corps de Mano également, jusqu'à ce qu'elle s'accumule à l'endroit où leurs corps se touchaient. Elle jeta la bouillotte vide à terre.

– Ce n'est pas à toi de retenir tout ce chagrin, Mano.

– Mais ce sont mes...

– Chut... fit Enid en glissant la main sous l'élastique du slip de Mano. J'ai envie de toi mais ça ce n'est pas toi.

Elle passa la main autour de la pompe à vélo qu'il avait à cet endroit. Elle l'appuya contre la raideur de Mano et se mit à pomper, à monter et descendre, très lentement.

– Ce n'est pas toi, dit-elle en jetant la pompe au sol.

– Mais... fit Mano qui sentait de plus en plus son dos au fur et à mesure qu'il s'allongeait au sol.

La bouche d'Enid était ouverte au-dessus de la bouche de Mano, et maintenant, au lieu de lui parler, elle laissait juste son haleine chaude sortir de son corps et pénétrer dans la bouche de Mano, s'enfoncer dans sa gorge. Elle fit glisser son corps vers le bas, laissant son poids tomber contre les choses qui restaient encore là. En glissant elle fit tomber encore plus de choses du corps de Mano. Elles firent un grand bruit de ferraille au sol.

Le bas de la robe mouillée d'Enid s'accrocha au téléphone noir qu'il avait encore contre son corps. Le combiné se releva légèrement tandis qu'elle glissait vers le bas. Elle glissa ses hanches nues sur les choses de Mano, de haut en bas et de bas en haut dans la pénombre.

– Ça, c'est toi, dit-elle. Mets tes mains là.

Les mains de Mano étaient pleines quand Enid les libéra. D'autres choses encore firent un bruit de ferraille au sol. Un objet en verre se cassa.

Le téléphone noir né de la mort de la mère d'Enid se mit à sonner. Mano ne l'avait encore jamais entendu sonner.

– Ne réponds pas, dit Enid.

– Pourquoi ? Il sonne.

– Il va juste te dire qu'il est désolé que tu aies perdu un être cher, mais en fait ce n'est pas vrai.

Enid s'empara du téléphone et le lança fort par la porte de l'arrière-salle contre la vitrine du salon de coiffure de Mano. La vitrine explosa en mille morceaux. Tout le verre au sol brillait au clair de lune.

Le téléphone tomba à la verticale sur une mer de verre, dehors, sur le trottoir. Tout était si calme dans la Dernière Rue qu'Enid et Mano l'entendirent tous deux dire : « Toutes mes condoléances pour la perte de cet être qui vous était si cher. »

Mano prit un bocal de son corps et le jeta de toutes ses forces dans la vitre de la porte d'entrée. Le verre explosa bruyamment en un éclair lumineux. Le bocal se brisa en morceaux dans la rue.

Enid passa sa robe par-dessus sa tête. Elle mit le vrai corps de Mano en elle. Elle se dénuda à nouveau. Il n'y avait rien à confesser.

Il n'y avait rien à dire au pied de la pyramide, aussi les voyageurs de Tarteure se taisaient-ils. Les Vuillemeyer hissèrent des cordes autour des cadavres les plus raides et les plus robustes, ceux qui s'étaient stabilisés au point de renforcer la structure de la pyramide. Les gens se hissèrent aux cordes. Des centaines de gens en deuil marchèrent sur des centaines de leurs propres morts, gravissant comme un escalier organique. Certains des corps parmi les plus proches de la base de la pyramide étaient devenus moitié sol moitié mousse, renoncules rouges et jaunes, pissenlits et œillets blancs poussant sur eux. Le Fleuriste XO, après avoir gravi les premières marches de la pyramide, cueillit quelques œillets dans quelques orbites oculaires.

Les Cages de Vie XO compliquaient grandement l'escalade, mais quand les bras et les jambes étaient épuisés par l'ascension, par le fait de devoir hisser les cages et les retenir, celles-ci pouvaient aussi retenir le poids des personnes. Aussi les cages étaient-elles source de fatigue, mais elles permettaient aussi de se reposer.

Nombre de ceux qui escaladaient la pyramide de la mort reconnaissaient les cadavres sur lesquels ils marchaient. Ils pleuraient en grimpant, pleuraient en grimpant, s'arrêtant de temps en temps pour dire quelques mots et bénir les morts qui leur manquaient depuis si longtemps.

Rona Nerf présenta Fran Nerf au cadavre de son père biologique. Le Bûcheron s'assit sur le cadavre de sa femme défunte et embrassa ce qui restait de son front. Même Le Banquier, qui n'avait pas pleuré une seule fois depuis la mort de sa mère, trouva la robe de sa mère et son porte-monnaie, même s'il ne reconnut pas ce qui restait du corps de sa mère. Il glissa un billet d'un dollar dans le porte-monnaie.

– Celui-là c'est un des miens, dit quelqu'un.

– J'ai trouvé ma mère, dit un autre.

– Tiens, celui-là est un des miens, celui-là aussi, un des miens, et là encore, un des miens.

– Ce n'est pas une pyramide d'indé-miens, dit Le Père Felipe aux escaladeurs. Ils ne sont pas à vous. Ces morts appartiennent désormais à la pyramide. Laissons-les.

Certains protestèrent, mais une file ordonnée se forma de nouveau. L'allure vers le sommet de la pyramide accéléra avec une détermination nouvelle.

– Nous ne sommes pas là pour nous, poursuivit Le Père Felipe. Allons jusqu'au sommet, et complétons une fois pour toutes cette pyramide avec ce qu'il lui manque. Deux corps ! Deux Vuillemeyer ! Et puisse notre propre fléau de même s'achever !

– Bravo ! lança Le Bûcheron. Gloire aux Vuillemeyer !

– Gloire aux Vuillemeyer ! s'écrièrent-ils tous à l'unisson.

Mais lorsqu'ils arrivèrent au pinacle de la pyramide, alors que les hommes déchargeaient les corps exhumés des Humanitaires des sacs en toile de jute et commençaient à les disposer afin qu'ils s'entassent correctement sur la pyramide, il devint évident qu'il ne manquait pas deux corps mais trois pour parachever la pyramide.

– Un, deux, *trois*... comptèrent L'Homme d'Affaires très lentement et méticuleusement.

Ils indiquaient les emplacements libres qui restaient sur la pyramide où l'on pouvait placer des corps. Cette fois-ci, ils tâchèrent de compter en montrant avec leurs doigts. Un, deux et, trois.

– Un, deux... hmm... *trois*, oui, recompta Le Banquier après L'Homme d'Affaires.

Mitzi Let, qui avait affirmé qu'il ne manquait plus que deux corps pour que la pyramide soit achevée, et donc, peut-être, par conséquent que le fléau lui-même soit apaisé, n'avait que partiellement raison. Il manquait effectivement deux autres corps quand le sien y était. Mais lorsqu'elle s'était réveillée d'un coma de trois jours, était descendue de la pyramide, marchant au passage sur son mari et son fils morts, elle était rentrée à Tarteure en rampant pour annoncer à la cantonade qu'il manquait encore deux corps, omettant de compter l'espace laissé par son propre corps.

Tous regardèrent Mitzi du pinacle de la pyramide alors qu'à présent elle approchait. Mitzi leva la tête et sourit au Père Felipe.

– Voyez, je vous l'avais dit. Ça y est maintenant ? Elle est complète ? demanda-t-elle.

Le Père Felipe regarda Les Vuillemeyer et scruta aussi le visage de chaque membre de sa congrégation ayant perdu un être aimé. Il scruta le visage de chacun ayant marché sur ses morts, comme pour lui demander une sorte d'approbation silencieuse. Le Père Felipe savait qu'il leur en faudrait un de plus.

– Oui, c'est fini, Mitzi. Tout est fini, dit-il. Approche, viens voir.

Le visage de Mitzi s'adoucit, soulagé. Il était éclairé par la lune.

– Plus prêt, dit-il, la guidant fermement par le coude. C'est ça, encore plus près.

– Un, deux, trois…

Mano perdit la tête à l'intérieur d'Enid. Lorsqu'il ouvrit les yeux, il vit les formes de trois oiseaux noirs dans ce qui restait du carré noir au mur.

– Quatre, cinq, six, sept, huit…

Enid fit taire Mano en soufflant légèrement sur ses lèvres tout en bougeant sur lui. C'était la première fois qu'elle avait le corps de quelqu'un d'autre en elle.

– Neuf, dix…

– Qu'est-ce que tu comptes ? susurra Enid.

Mano n'entendit pas tout de suite la question. Il comptait les oiseaux noirs dans le carré noir jusqu'à ce que l'intérieur de son corps soit sens dessus dessous à l'intérieur d'Enid. Il lâcha tout ce qu'il avait toujours retenu et durant ces secondes il la laissa tout retenir. L'image du corps flou d'Enid sur lui en cet instant se grava dans sa mémoire.

Mano laissa sa tête retomber par terre.

– Un, deux, trois…

Bougeant si lentement qu'elle seule pouvait dire qu'en effet elle bougeait, Enid prit les mains vides de Mano et les reposa sur ses hanches.

– Qu'est-ce que tu comptes ?

– Je compte les oiseaux noirs.

Enid releva la tête vers ce qu'il restait du carré noir et les vit elle aussi.

– Ah oui, j'ai toujours aimé les oiseaux.

– Tu t'y connais en oiseaux, aussi ?

– Ma mère nous racontait que mon père lui racontait des histoires d'oiseaux. Il n'aimait pas les chasser, mais je n'arrive pas à me rappeler pourquoi.

Enid cessa de bouger son corps sur Mano. Elle tint les mains de Mano sur ses hanches tout en étant assise, immobile, sur ses genoux.

– Ouais, le mien aussi, dit Mano.

– Hé, je suis navrée pour le soir où ta mère a été écartelée, dit Enid.

– C'est bon, dit-il. Tu n'as rien fait de mal.

– J'aimerais pouvoir la remettre en un seul morceau pour toi, dit Enid en posant la tête sur la poitrine de Mano.

– Moi aussi, mais il est trop tard.

– Je te remettrais même dans ses bras, si je pouvais.

– Ce n'était même pas elle, Enid. Elle était déjà morte. Elle était morte depuis longtemps, dit Mano en songeant à toutes ces années où sa mère avait trempé dans la baignoire. Il avait envie de changer de sujet. Ta mère aussi est morte, non ?

– Ouais, répondit Enid. Elle est morte debout.

– Le téléphone noir, c'est ça ? C'est de là que vient le téléphone ?

– Ouais.

Mano et Enid regardaient tous deux par la porte de l'arrière-salle la vitrine cassée. Le téléphone était sur le trottoir. *Je suis navré que vous ayez perdu un être cher*, disait-il. Ils rirent tous deux. Je suis navré que vous ayez perdu un être cher emplissait le silence dehors.

– Maintenant je n'ai plus personne, dit Enid.

– Ton père ? demanda Mano.

– Nan. Je ne l'ai jamais connu, dit Enid. Et toi ?

– Nan. Pareil.

– Tu sais, tu as la même maladie que mon père, n'empêche, dit Enid.

Mano se sentit offensé mais ne savait pas encore pourquoi.

– Ah bon ? Qu'est-ce qu'il avait comme maladie ?

– Ma mère a toujours dit que mon père ne chassait que les choses qui n'existaient pas. Tu fais ça toi aussi. Comme avec Pepe. Ou avec ce qu'il y a là-dedans, dit Enid en montrant du doigt ce qui restait dans le carré noir au mur.

Mano se figea.

– Il était quoi ?

Enid réfléchit une seconde au nom qui qualifiait son père.

– Mamammouth.

Mano éprouva une soudaine envie de vomir.

– S'il te plaît, arrête de parler, implora Mano.

Il releva son corps très rapidement, ce qui fit valdinguer Enid sur une partie du verre brisé au sol de la salle principale. Du sang frais coula dans l'éclatant clair de lune.

– Qu'est-ce qui t'arrive, Mano ? s'enquit Enid, paniquée, par terre. Ça va ? Qu'est-ce que j'ai dit ?

– Rien, rien. Je suis désolé, répondit Mano, essayant de retrouver son calme.

– Je te dis que mon imbécile de père chassait des animaux qui n'existaient même pas et toi...

– Ce n'était pas un imbécile ! s'écria Mano. C'était le plus grand chasseur. Seul le plus grand chasseur chasse ce qui n'existe pas.

– Qu'est-ce que tu sais de mon père ? demanda Enid, assise sur le verre.

... navré... être cher...

La voix à l'intérieur du téléphone était en boucle depuis si longtemps qu'elle devenait un lourd clapotement bruyant. Il clapotait dans la nuit, dans la Dernière Rue, et à travers les vitres cassées du salon de coiffure. Un millier d'oiseaux noirs firent irruption, déchaînés, donnant des coups de bec, poussant des cris, brisant ce qui restait à briser, les glaces, les chaises, le porte-magazines, et enterrant tout ce que Mano avait toujours retenu, tout ce que Mano avait toujours aimé, sous leurs fientes.

FIN DE LA DEUXIÈME PARTIE

TROISIÈME PARTIE

36.

Zuzu Rugi pénétra dans les bois. Elle y pénétra alors même que sa mère, Inez, le lui avait toujours interdit. Dès que Zuzu avait commencé à marcher, on lui avait dit qu'elle pouvait aller n'importe où, sauf dans les bois. Peut-être était-ce son esprit rebelle et son indépendance farouche qui l'avaient initialement fait entrer dans les bois, mais c'était un bruyant gémissement de femme qui l'avait attirée jusqu'à une cabane gigantesque, avec une porte d'entrée gigantesque et des fenêtres gigantesques, tellement au cœur des bois que les bois s'étaient repliés sur elle. C'était le genre de cabane sur lequel ne pouvait tomber que quelqu'un ignorant qu'elle était là. Elle était à moitié ensevelie dans la pénombre, à moitié recouverte de branches abattues, et située derrière une colline.

Zuzu avait beau n'avoir encore jamais mis les pieds dans ces bois, elle avait l'impression de connaître cette cabane. C'était comme si, en regardant la cabane, elle regardait à l'intérieur d'elle-même, au plus profond des parties d'elle-même lui appartenant mais qu'elle n'avait jamais vues de ses propres yeux. Le toit de la cabane semblait entièrement constitué de nids d'oiseaux et la porte ne tenait que sur un de ses gonds.

Zuzu resta à une distance respectueuse. Elle conserva suffisamment de marge entre elle et ce qui provoquait les convulsions de cette femme. Zuzu n'avait pas l'intention de la secourir – elle voulait juste regarder. Et ensuite repartir en courant. Ses pieds étaient tournés de manière à s'éloigner de la cabane, même si ses yeux étaient carrément braqués dessus.

Ce qu'elle vit en premier à travers la vitre de la cabane ce fut le visage. Un visage qui ne ressemblait à aucun de ceux qu'elle avait pu voir jusqu'alors. C'était un gâteau de sang. Les cheveux autour du visage étaient ébouriffés et raidis par davantage de sang. La créature était assise sur un siège au bout de la table de la salle à manger sur laquelle se trouvait un repas très copieux. Le repas très copieux était la femme qui émettait les sons atroces que Zuzu avait entendus depuis l'orée du bois. La femme était nue, elle avait du sang sur une jambe et sur sa hanche mutilée. Un de ses bras avait déjà disparu, et ses côtes étaient incurvées autour de son torse d'une étrange manière. Zuzu regarda l'unique sein de la femme vibrer alors qu'elle émettait ces sons. C'était comme si la femme était étonnée par la nouvelle douleur provoquée par chacune des morsures du monstre. Sa jambe valide était tendue en l'air. Le bras qui lui restait était tendu vers l'extérieur, comme s'il cherchait quelque chose à attraper.

Zuzu n'avait jamais vu qui que ce soit subir une douleur comparable à celle-ci. C'était une douleur qu'elle ne comprenait pas. Ce n'était pas le genre de douleur qu'elle connaissait. Elle était plus douce. Pour la première fois, tout en regardant par la fenêtre la femme nue se contorsionner dans cette nouvelle douleur douce, Zuzu sentit la sienne propre remonter le long de ses cuisses et affluer à l'intérieur vers le centre de son corps comme une chaleur, remonter le long de sa colonne vertébrale, et pénétrer dans ses seins. Le type de curiosité qui avait attiré Zuzu dans les bois, qui faisait qu'elle avait été attirée par les gémissements de la femme, poussait Zuzu à connaître ce type de douleur. Zuzu déboutonna son pantalon en velours côtelé et retint fort la chaleur qu'il y avait là.

Soudain le monstre releva la tête de son repas, regarda par la fenêtre, et croisa le regard de Zuzu.

– Bebé ?

Zuzu n'aurait pas dû être là. Elle savait qu'elle ne pourrait jamais s'échapper si le monstre décidait de la manger, elle aussi. Elle resta paralysée au lieu de prendre ses jambes à son cou. Elle avait encore la main dans son pantalon. Elle ne pouvait détacher son regard des yeux du monstre. A-t-il crié mon nom ? se demanda-t-elle.

La voix du monstre paraissait humaine à travers tout le verre de la gigantesque fenêtre. Il se releva de son siège à la table de la salle à manger et s'approcha pesamment de la fenêtre. Il marchait comme une bête de somme blessée, lentement, penchant d'un côté, comme s'il avait un clou planté dans un sabot depuis des années. Il marcha ainsi sur les taches de sang qui s'étalaient sur les planches du sol de la cabane, sur des tas de cheveux blonds, bruns et noirs. Une robe bleue déchirée avec des fleurs jaunes. Une robe rose déchirée à pois verts. Une robe blanche déchirée à bandes orange. Un pantalon vert foncé. Un pantalon bleu clair. Une chemise de travail blanche. Un petit carré jaune de soleil. La femme sur la table roula pour se rétablir sur ses genoux et en profita pour s'occuper de sa propre douleur, des endroits de son corps où elle avait été mordue à vif. Elle s'affala, poitrine en avant, sur la table. Sa longue chevelure noire pendit jusqu'à presque effleurer le sol.

Frénétiquement, le monstre déchira les rideaux rouges et blancs de la fenêtre. Zuzu voyait à présent le monstre bien plus clairement, son corps énorme emplissait tout l'encadrement de la fenêtre dépouillée de ses rideaux. Il se frotta les yeux et lissa sa crinière de cheveux grossiers emmêlés sur le côté pour faire une raie, comme si cela pouvait d'une façon ou d'une autre rendre son apparence plus acceptable pour Zuzu. Elle crut entendre à nouveau quelque chose ressemblant à son nom à elle qui sortait de la bouche du monstre. Elle n'en était pas tout à fait sûre. Puis il répéta un son qui ressemblait.

– Bebé.

Ce n'était pas une question cette fois-ci. C'était juste le petit nom que seule sa mère utilisait pour s'adresser à elle. Le monstre prononçait ce mot pour lui, dans sa barbe.

Zuzu voulut répondre quelque chose, simplement dire oui, qu'elle était en effet Bebé et qu'elle n'avait pas peur. Mais ses jambes avaient trop peur, et elles voyaient les choses très différemment. Ses jambes ne voulaient rien avoir à faire avec le monstre, ni avec sa cabane, ni être mangées vives au dîner. Donc ses jambes se mirent à courir. Elle n'avait d'autre choix que de les suivre en étant au-dessus, de reprendre le sentier boueux qu'elle n'aurait jamais dû emprunter pour commencer. Elle dépassa la rangée des plus grands arbres dans les bois, les oiseaux gazouillaient follement au-dessus de sa tête.

– Je ne t'ai pas vue au jardin aujourd'hui, Bebé.

Inez était assise à la table de la salle à manger devant une côtelette de porc, à côté de son nouveau mari, Le Barbier.

Une troisième assiette avait été disposée sur la table et refroidissait. Zuzu était devant l'évier de la cuisine, elle se lavait les mains.

– Aujourd'hui, il y avait jardin ?

– Tu sais bien que les mardis c'est jardin.

– On est mardi aujourd'hui ?

– Tu sais bien qu'on est mardi aujourd'hui.

– Je croyais qu'aujourd'hui c'était avec Vera à La Maison Good, dit Zuzu.

– Donc tu étais chez Vera ? demanda Inez.

Zuzu se rendit compte qu'elle venait de se fourrer dans un piège.

– Tu m'as eue. D'accord. J'étais au carré de fraises, à nourrir encore Enid.

– Zuzu, ne me prends pas pour une idiote, fit Inez en regardant Zuzu droit dans les yeux, puis elle se tourna vers Le Barbier et lui présenta ses excuses en haussant et baissant les sourcils.

Zuzu continuait à se laver les mains. Elle ne voulait pas se retourner pour affronter le regard furieux de sa mère. Elle ne pouvait pas dire la vérité à sa mère. Elle se ferait tuer sur-le-champ dans cette salle à manger miteuse. D'autant que, même en y mettant du sien, elle n'était pas sûre de pouvoir avouer la vérité. Elle ne savait pas vraiment quelle était la vérité.

– Et qu'est-ce que je t'ai dit pour ce qui est de t'habiller comme un garçon ? fit Inez en se tortillant.

– Vraiment, des côtelettes de porc, encore ?

Se plaindre des côtelettes de porc fut un échec retentissant de Zuzu dans sa tentative de changer de sujet.

– Ton bas de pantalon est sale, Zuzu, et ta braguette est ouverte.

Zuzu se séchait les mains au-dessus de l'évier de la cuisine. Elle savait qu'il fallait qu'elle livre quelque chose de valeur, qui ne soit pas la vérité, mais qui mérite d'être caché, de quoi détourner sa mère de la bonne piste.

– J'étais à Viandes XO. J'aidais Le Boucher, d'accord ? !

La fausse confession de Zuzu parvint à rompre le silence. Elle attendit de voir comment les mots allaient tomber dans la pièce, ce qu'ils allaient renverser.

– Attends. Tu étais à Viandes XO ? Tu étais avec Le Boucher ? demanda Inez, plus curieuse que contrariée.

Le ton qu'elle avait employé relevait plus de l'étonnement que de la déception. Son front bougeait comme si elle se livrait mentalement à des calculs compliqués.

– Tu aidais à couper la viande ? fit Inez. Tu sais qu'ils ont des machines qui...

– Non, pas comme ça.

– Eh bien, qu'est-ce que tu veux dire, alors ?

– Je veux dire que j'étais juste là-bas, quoi. Entre amis.

Le Barbier qui, au dire de tous était un homme remarquablement ennuyeux, ne parlait que de la météo ou de ses maux de dos, ou de l'influence de la météo sur ses maux de dos, s'adressa à Zuzu via Inez, ce qui était sa façon de procéder habituelle. Il ne s'était jamais adressé directement à Zuzu, avec qui il habitait maintenant depuis de nombreuses années.

– Dis à Zuzu que Le Boucher est trop vieux pour elle.

Le Barbier coupa sa deuxième bouchée de côtelette de porc et l'étala dans la marinade jaune. Il fit la grimace à cause de son mal de dos lorsqu'il souleva la bouchée de l'assiette à l'aide de sa fourchette.

Le chat du Barbier passa sous la table et fit un peu pipi.

Inez envisagea trois réponses à Zuzu, mais ravala les trois avant de les prononcer. Au lieu de cela, elle se rabattit sur :

– Va dans le jardin cueillir des radis.

Depuis qu'Inez et Zuzu s'étaient installées avec Le Barbier, Zuzu n'avait pas de chambre à elle. Elle dormait sur le canapé, dans la salle de séjour. Quand Inez et Le Barbier voulaient un peu d'intimité, ils l'envoyaient faire un tour dans le jardin.

– Mais il fait nuit, se plaignit Zuzu.

– Alors tu n'as qu'à sortir et t'asseoir par terre dans le noir et réfléchir à ce que…

– C'est *toi* qui vas réfléchir à ce que j'ai fait, la coupa Zuzu. Parce que moi je ne sais pas du tout ce que j'ai fait.

Zuzu retourna dans la salle à manger, mais laissa l'eau couler dans l'évier de la cuisine.

– Prends ta côtelette de porc.

Zuzu regarda la côtelette de porc seule dans l'assiette. Elle avait l'air incroyablement triste posée là, et grise.

– Je ne mange pas de viande.

Elle ne songeait qu'à rejeter la seule chose qui lui était proposée, et à la rejeter définitivement. Elle lança sa serviette sur la côtelette et sortit par la porte de derrière dans le jardin.

– Qu'est-ce qu'il en pense, ton ami Le Boucher de Viandes XO, que tu ne manges pas de viande ? demanda Inez dans le dos de sa fille.

Zuzu parvint à échapper aux questions inquisitrices de sa mère, et pour cela elle n'avait qu'à renoncer à la viande pour toute sa vie et feindre un innocent intérêt romantique pour Le Boucher.

Le Barbier coupa un autre morceau de sa côtelette de porc et fit la grimace. Se servant de son propre couteau et de sa propre fourchette, Inez coupa ce qui restait de la côtelette du Barbier en une douzaine de morceaux de la taille d'une bouchée. Elle les coupa pour lui non par amour mais parce que les grimaces qu'il faisait à chaque coup de couteau lui devenaient insupportables.

– Merci, dit-il.

– Est-ce que tu penses…

– Bien sûr.

– Est-ce que…

– C'est une femme, maintenant, Inez. Il est temps qu'elle…

– Je n'arrive pas à lui faire porter une robe. Je n'arrive même pas à faire en sorte qu'elle se laisse pousser les cheveux…

– C'est sa coupe de cheveux, c'est entendu. Chaque fois, c'est ça et rien d'autre. Courts, une raie bien nette, sur le côté, pour que…

– Non, non, ce n'est même pas ça, fit Inez en s'appuyant sur le dossier de sa chaise, laissant ses épaules tomber. Elle a toujours été comme ça. Elle n'aime que les livres pour garçons. Elle aime réparer les choses cassées. C'est un garçon. Toute sa vie elle a été un garçon. Il n'y a pas de femme en elle. Elle refuse de croiser les jambes, dit Inez en poussant un morceau de côtelette de porc dans son assiette avec sa fourchette. Le jour où on a quitté nos cages, elle s'est précipitée chez Vera. Elle était si libre. Elle aurait pu se précipiter n'importe où, dans mes bras, où elle voulait. Mais elle s'est précipitée directement chez Vera.

Les deux mains posées sur le dessus de la table pour s'équilibrer, Le Barbier se releva et regarda par la fenêtre les nuages noirs qui s'accumulaient au-dessus des collines à l'ouest de XO Ville.

– On va avoir de la pluie.

– Parfois je me dis que Vera ferait une meilleure mère pour elle. Tu vois ce que j'essaye de dire ?

– On n'a pas besoin de plus de pluie pour l'instant, dit platement Le Barbier.

Il se frotta la nuque. Il restait six morceaux de sa côtelette de porc dans son assiette, comme autant de cochons endormis.

– Veux-tu bien juste me répondre ?

– Elle n'était pas à Viandes XO pour découper de la viande avec Le Boucher avec sa fermeture Éclair ouverte, Inez. Elle te ressemble plus que tu ne l'imagines.

Inez coupa sa viande et prit une bouchée. La bouchée était froide. Elle eut droit aux effluves de pipi de chat.

Zuzu n'avait jamais envie de faire ce qu'on lui demandait de faire. Elle ne travaillait jamais dans le jardin comme on le lui en donnait l'ordre. Généralement, elle grimpait à l'arbre tout au fond du jardin et travaillait à la cabane rudimentaire qu'elle avait commencé à y construire. Il ne s'agissait que de quelques planches clouées dans la courbure de l'arbre, avec une paroi construite sur le côté. L'étape d'après, dans la construction de sa cabane dans l'arbre, serait de découper une fenêtre dans la paroi, mais soudain, depuis qu'elle était ressortie des bois, elle se sentait bien trop vieille pour construire une cabane dans un arbre.

Sinon, lorsqu'on lui donnait l'ordre d'aller dans le jardin, Zuzu à la place allait courir toute seule dans les rues de XO Ville, complètement libre. Elle marchait rarement, elle courait. Courir lui donnait une plus grande sensation de liberté que marcher. Elle ne se rappelait pas vraiment le temps des cages, comme les gens désignaient désormais cette période. Elle se demandait si le fait d'avoir vécu la toute première partie de sa vie en cage expliquait son envie actuelle de courir. Zuzu aimait courir de maison en maison, regardant par les fenêtres à l'intérieur des maisons. Elle aimait regarder les gens se déplacer chez eux.

Les fenêtres à travers lesquelles Zuzu préférait regarder étaient celle de La Maison Good pour Enfants, Les Vieux et Les Très Malades, qui était la maison de Vera Good, en dépit du fait que Zuzu passait tous les mercredis et les vendredis à l'intérieur de cette maison, à garder les enfants des uns et des autres. Elle changeait les couches, organisait les jeux, s'asseyait avec les plus âgés sur la balancelle de la véranda, ce genre de choses.

Mais les nuits à l'intérieur de cette maison, quand Zuzu ne travaillait pas, étaient différentes des jours. La nuit, il n'y avait ni enfants ni personne d'autre à surveiller. La maison était encore si pleine et si chaude de gens de la famille. Le Pelleteur vivait à l'intérieur de la maison avec sa nouvelle femme, Hera Corn, de même qu'Ernesto, qui vivait à l'intérieur de la maison avec sa femme, Leda Corn, et leurs vrais triplets, Luis, Luis et Lois Corn. La fille d'Ernesto et Leda, Lois, devait son nom à sa grand-mère, Lois Corn, la première femme du Pelleteur, qui était morte du Doigt de Dieu quand Ernesto et Ernest étaient encore tout petits. Ernest vivait aussi à l'intérieur de la maison de Vera avec ses chats. Et puis, bien sûr, il y avait Vera, qui quittait rarement la maison pour aller dans le monde, et qui était, à ce titre, un pur spécimen humain aux yeux de Zuzu. Zuzu restait éveillée certaines nuits, allongée sur le canapé, chez elle, se concentrant sur ce qu'elle se rappelait de la façon de marcher de Vera, de son odeur. Zuzu voulait être une femme exactement comme cette femme.

Le plus remarquable à propos de La Maison Good, pour Zuzu, c'est qu'elle était assez grande pour tout le monde, et que chacun y avait sa propre chambre. Ils s'asseyaient toujours tous ensemble à la table, même les chats d'Ernest mangeaient leur nourriture dans la même pièce et au même moment que les humains, mais ils ne faisaient jamais pipi sur la moquette, contrairement au chat du Barbier.

La Maison Good était dans le même quartier que la maison du Barbier qui, dans l'esprit de Zuzu, devenait plus petite et plus froide, chaque fois qu'elle revenait chez elle de La Maison Good. Courir jusqu'à La Maison Good pour regarder à l'intérieur par les fenêtres était toujours risqué. Zuzu devait faire en sorte d'être revenue s'asseoir dans la terre du jardin à temps avant que sa mère l'appelle pour lui dire de rentrer.

Cette nuit-là, toutefois, quand Zuzu reçut l'ordre d'aller au jardin, elle ne monta pas à l'arbre, ni ne courut jusqu'à La Maison Good pour regarder cette famille resplendir à travers la vitre. Le soleil venait juste de disparaître, et un nuage noir s'amoncelait au-dessus de la partie des bois où elle avait plus tôt découvert le monstre, et la femme qu'il dévorait vive, et la cabane gigantesque. La plupart des gens auraient voulu se protéger d'un tel nuage noir, mais pour Zuzu, un nuage comme celui-ci était un phare. Elle n'aurait jamais pu dormir cette nuit-là sachant que le monstre était encore là où elle l'avait laissé. Zuzu resta debout à contempler le nuage et à penser au monstre. Elle se demanda si, de son côté, lui pensait à elle. Elle avait besoin de savoir ce qu'il lui voulait. Elle avait besoin de savoir comment il connaissait son nom. Mais surtout, elle avait besoin d'en savoir davantage sur cette douleur nouvelle. Elle grossissait dans son propre corps et avait besoin de sortir.

La sensation qui faisait que Zuzu se sentait trop âgée pour continuer à construire sa cabane dans l'arbre était liée à sa prise de conscience qu'elle se fichait que sa mère l'appelle, lui demandant de rentrer à la maison alors qu'elle ne serait pas dans le jardin. Désormais, elle s'en fichait. L'impulsion consistant à obéir aveuglément à sa mère, ou à lui faire plaisir, avait disparu. Elle était remplacée par le besoin de se faire plaisir elle-même uniquement.

Alors que sa mère et Le Barbier étaient à l'intérieur en train de discuter du mensonge idiot de Zuzu qui prétendait avoir rendu visite au Boucher de Viandes XO qui leur avait fourni la viande du dîner, Zuzu retourna dans les bois, désobéissant à la règle la plus importante de sa mère, pour la deuxième fois dans une même journée.

37.

– Je veux te montrer quelque chose, dit Pepe.

Sa tête monte et descend à la surface de l'étang. Ses robustes épaules nues se déplacent d'avant en arrière, comme s'il ramait en bateau pour rester à flot.

– Tu peux me montrer à partir d'ici, depuis la surface de l'eau ?

– Tu ne peux pas le voir d'ici. N'aie pas peur, comme ça, tout le temps.

– Je n'ai pas peur.

Les épaules de Mano sont remontées et lui recouvrent les oreilles. Il lutte pour garder la bouche au-dessus de la surface.

– Si, tu as peur toi aussi. Je le vois sur ta figure, Mano. Tu ne me fais pas confiance ?

– Bien sûr que si.

– D'accord, alors tu n'as qu'une chose à faire c'est retenir ta respiration et me suivre quand je descends. Reste tout près derrière moi, sinon tu vas te perdre. Il fait sombre, en bas.

Les yeux de Pepe s'agrandissent.

– OK, prêt ? Un, deux…

– Attends, attends, dit Mano en se rapprochant de Pepe à la nage. Qu'est-ce que tu vas me montrer ?

– Ça, je ne peux pas te le dire.

– Pourquoi ?

– Parce que si je te le dis comme ça, tu ne me croiras pas. Et tu ne descendras même pas. Tu verras.

– Pepe.

Mano trouve la main de Pepe sous la surface. Il se rapproche encore plus de lui. Leurs visages se touchent presque.

– D'accord, dit Mano. Je suis prêt.

– D'accord, un, deux… commence Pepe d'un air entendu avant de dire : Trois.

Mano suit Pepe sous l'eau, gardant son visage le plus près possible de la hanche de Pepe. L'eau est froide et trouble, mais un peu de soleil tranche l'eau comme une lame jusqu'au-dessus du corps de Pepe. Mano a envie d'ouvrir la bouche et de la boire entièrement. Il fixe du regard les muscles de la jambe de Pepe, ils se bandent et roulent tandis que ses genoux fléchissent en remontant vers sa poitrine. Les jambes de Pepe bougent comme des pattes de grenouille pour le propulser plus en profondeur, vers le fond du lac. Mano a envie de se propulser exactement comme Pepe, mais ses jambes fonctionnent différemment. Mano regarde ses propres jambes, qui ne bougent pas du tout comme celles de Pepe, mais au moins il peut voir qu'elles sont libres.

Quand ils atteignent le fond de l'étang, Pepe regarde Mano par-dessus son épaule et lui montre du doigt un carré noir. Le carré noir est sur le côté de l'étang, encadré de pierres. Pepe passe la tête à l'intérieur du carré, puis les épaules. Puis Pepe fait entrer son corps complètement à l'intérieur du carré et disparaît. Les poumons de Mano sont emplis de feu. Il a envie de remonter à la surface de l'étang pour reprendre sa respiration. Mais il décide à la place que, s'il meurt, il mourra avec seulement la confiance qui reste dans ses poumons en suivant le beau garçon dans ce carré noir. La main de Pepe ressort du carré noir et attrape celle de Mano par le poignet et le fait pénétrer à l'intérieur.

À l'intérieur du carré, Mano sent ses poumons se détendre. Ses poumons inspirent de l'air. Devant lui se trouve un long couloir. Mano se retourne et cherche du regard le carré noir par lequel il est entré. Il n'est plus là. Il n'y a plus rien.

– Ne regarde pas derrière toi, dit Pepe. Allons-y, c'est par ici.

Le couloir est incroyablement long, et un long tapis rouge conduit à une fenêtre immense et lumineuse. Elle est encadrée de rideaux à carreaux rouges et blancs, et les rideaux sont en feu.

D'une certaine manière, Mano peut voir Pepe déjà de l'autre côté de la fenêtre.

– Comment es-tu sorti ? se chuchote Mano à lui-même.

Mano est incapable de courir assez vite pour combler l'espace qui les sépare. La fenêtre reste à la même distance, au loin. Pepe est encadré dans le rideau de flammes. Il a les mains dans son pantalon.

Mano regarde Pepe se toucher. Il veut traverser la fenêtre géante pour être avec lui, mais le feu des rideaux est trop chaud. Mano arrache les rideaux en feu et les piétine, ses pieds nus le brûlent, la flamme lèche les poils de ses jambes jusqu'à s'éteindre et de nouveau il peut respirer.

Le feu dans son rêve finit par réveiller Mano. Il n'était plus dans un long couloir, debout devant une fenêtre, mais dans la cabane qu'il s'était construite avec le bois du Grand Ordonnateur. Bien des années auparavant, Mano avait abattu Le Grand Ordonnateur avec la hache et la scie qu'il avait sur lui et construit une cabane dans laquelle il tenait. Il n'avait pas sa place à XO Ville. Il était trop gros pour tenir dans les maisons nouvellement construites et il avait perdu bien trop de clients qui allaient maintenant à XO Viandes et XO Coiffure. Après de nombreuses années, les longs cheveux de Mano poussaient sur les choses qu'il tenait sans qu'il ait de bonne manière de les couper. Il pesait maintenant environ huit tonnes et était grand comme trois hommes de haute taille.

L'esprit de Mano se déchirait parfois en deux, quelque part entre le rêve et la réalité. Mimi Minutes était encore sur la table de cuisine de Mano – ça, il savait que c'était la réalité. Mais étrangement Pepe semblait encore debout à l'extérieur de sa fenêtre. Pepe avait l'air tout à fait réel et tout à fait vivant. Sa main réelle était dans son pantalon réel.

À travers la fenêtre, Mano voyait que Pepe était peigné avec la raie sur le côté, comme il avait toujours aimé. Mano se souvint soudain de sa propre extraordinaire poussée de cheveux, et il voulut l'apprivoiser. Il se servit de ses longs ongles pour se faire une raie qui ressemblerait en tout point à celle de Pepe.

– Pepe ?

Pepe ne dit rien. De l'autre main, il se touchait la poitrine.

– Pepe, tenta à nouveau Mano.

Cette fois-ci, ce n'était pas une question.

Quand Mano quitta sa fenêtre pour s'avancer jusqu'à sa porte, Pepe était déjà parti en courant.

– Pepe ! Tu vas où ?

Mano avait davantage confiance en sa réalité que son rêve, mais là, c'était le dos de Pepe, il courait sur le sentier battu à travers bois en direction de XO Ville. Mano le voyait si distinctement. Les habits de Pepe, les cheveux de Pepe.

Mais la réalité était encore à l'intérieur de la cabane. Mimi Minutes était maintenant assise sur la gigantesque table de Mano, maculée de taches de sang sur tout le milieu de son corps nu, sa culotte en sang pendait comme un soldat mort au meilleur de ses gros orteils. Mimi était de guingois – elle penchait à un angle de quarante-cinq degrés vers le gigantesque évier de la cuisine fabriqué à partir de trois éviers de cuisine de taille normale.

– Qui était-ce ? demanda Mimi.

– Je ne sais pas. Peut-être Pepe ? Non, non, ce n'est pas possible. C'était juste un garçon. Un garçon qui ressemblait beaucoup à Pepe.

– Ce n'était pas Pepe.

Mimi, d'une pichenette, fit sortir une XO du paquet et l'alluma.

– Donc tu as vu ? Tu l'as vu, toi aussi ? !

– Je n'ai rien vu, mais je t'ai observé en train d'observer.

Mimi se leva et clopina jusqu'au réfrigérateur gigantesque fabriqué à partir de trois réfrigérateurs. Il avait une porte retenue par un long tendeur relié à la grille en métal, derrière. Elle décrocha le tendeur et laissa la porte s'ouvrir en tombant. Elle prit deux canettes de XO.

– C'était probablement un écureuil, dit-elle.

Mano éclata de rire, mais pas parce qu'il y avait quoi que ce soit d'amusant.

– Ce n'était pas un écureuil. C'était un garçon.

Mimi ouvrit une des bières et tira une longue bouffée de sa cigarette.

– Pepe est plus mort que mort. En outre, *s'il était* vivant, il serait plus vieux que toi. Tu te souviens ? Mano, regarde comme tu es vieux. Regarde-toi. Tu n'es pas un garçon.

– Je suis quoi ?

Mano mettait Mimi au défi de le traiter de monstre.

– Je ne sais pas ce que tu es. Mais tu n'es pas un garçon.

Pour la première fois depuis qu'il avait abattu Le Grand Ordonnateur, Mano sentit le besoin pressant de quitter les bois. Il voulait connaître autre chose que la vie suppurante d'ici.

Mimi remonta sa petite culotte jusqu'à la hanche en se servant de son unique main.

– Tu ne m'as léchée qu'à moitié, tu t'es encore endormi avant d'aller jusqu'au bout.

– Ah bon ?

– Mais ce n'est pas grave, dit Mimi. Je me suis terminée toute seule.

– Je suis désolé, Mimi. Je...

Mimi interrompit Mano.

– Je n'ai pas besoin de savoir quoi que ce soit d'autre sur quoi que ce soit.

Elle termina la première canette de bière, puis ouvrit la deuxième et ajouta : J'ai mes règles.

– Je vois, dit Mano. J'ai une serpillère. Ne t'en fais pas pour ça.

Mimi ne s'en faisait pas pour ça.

Mano sortit faire quelques pas à l'extérieur de la cabane. Il avait l'intention de marcher le plus vite possible, afin d'avoir suffisamment d'élan pour ne pas s'arrêter, pour pouvoir continuer à s'enfoncer dans la forêt et se rapprocher de la lisière, en direction de La Cure, en direction de la passerelle où Pepe était mort, où sa mère avait été écartelée par la femme qui, précisément, était dans sa cabane.

Des oiseaux noirs braillaient et descendaient en piqué devant lui, et tournaient autour de sa tête. Deux d'entre eux atterrirent sur sa tête et y restèrent. Ils avaient attendu de nombreuses années de pouvoir escorter Mano le jour où il redescendrait la colline. Mais il s'arrêta.

Le corps de Mano était bien trop gros. Il était taillé comme un tas d'ordures, et il penchait tellement que son visage était à mi-hauteur de son corps. Le visage de Mano était la seule partie de son corps véritablement reconnaissable. Inutile de dire qu'il n'était pas rapide, et que les chances qu'il arrive à rattraper le garçon étaient nulles. Déconfit, il retourna à sa porte gigantesque, qui était plutôt de la taille d'un mur manquant. La porte était encore ouverte.

– Ils t'aiment bien, dit Mimi, qui était capable de s'habiller toute seule.

– *Qui* m'aime bien ?

– Les oiseaux.

Mimi indiqua le sommet du crâne de Mano d'un geste de la main qui tenait sa troisième canette de XO.

– Oh, oui. Les oiseaux. C'est ma faute, dit Mano.

– Qu'est-ce que tu veux dire par là ?

– Rien. C'est juste que j'ai demandé à en avoir, c'est tout. Pour mes quatorze ans.

– Eh bien, merde. Tu obtiens vraiment ce que tu veux, toi, hein, Mano ? Il y en a eu partout en ville pendant des années, de ces satanés volatiles. Après ton départ. Ils essayaient d'atterrir sur les caboches de tout le monde, ils braillaient, chiaient, détruisaient les trucs de tout le monde.

– Que s'est-il passé ? Est-ce qu'ils sont encore...

– L'Homme d'Affaires ont passé une annonce pour des chasseurs d'oiseaux. Personne ne savait à l'époque ce qu'étaient les oiseaux, mais tout le monde a vite appris. Et des chasseurs d'oiseaux venus d'autres villes ont aussi répondu à l'appel. Ils se sont installés, ont tout acheté, ont chassé les oiseaux jusqu'à ce qu'il n'y en ait plus. C'était triste, en vrai. Je les aimais bien. Les oiseaux. Mais ce qui est drôle, c'est que tous ces chasseurs ont cru les avoir tous tués. Sauf qu'on ne peut pas les tuer. C'est ça le truc. Tu peux en tuer un ou deux, d'accord. Mais tu ne peux pas tuer *les oiseaux*. Les oiseaux sont les oiseaux. Mimi ouvrit sa quatrième bière et eut une nouvelle pensée concernant les oiseaux : Tout le monde croit qu'ils sont morts, poursuivit-elle, mais ils vivent juste ici, maintenant, voilà tout. Un peu comme toi, j'imagine.

– C'est peut-être pour ça qu'ils m'aiment bien.

Mimi mit ses chaussures en se servant de son unique main et remercia Mano. Elle reprit en clopinant le sentier de XO Ville, où elle vivait seule dans un appartement au-dessus de XO Donuts.

38.

Le mercredi matin, Inez se tint sur le porche de La Maison Good et frappa. Les rires à l'intérieur de la maison s'interrompirent un moment, puis la porte s'ouvrit. Un petit garçon coiffé d'un chapeau de cow-boy se tenait dans l'encadrement de la porte et braquait son arme sur elle.

– Vous savez qui je suis, madame ? demanda-t-il.

– Est-ce que Zuzu est là ?

– Je suis un cow-boy. Vous ne pouvez pas entrer, madame.

– Écoute, j'ai besoin de voir Zuzu, annonça Inez. Est-ce qu'elle est là ?

Le cow-boy parut déconcerté, comme si elle ne parlait pas la même langue.

Inez n'avait pas envie de jouer à son jeu.

– Zuzu. Elle aide à s'occuper...

– Zuzu est morte, madame. Je l'ai tuée avec mon pistolet.

– Non ! Cela ne peut pas être vrai. Vera ? ! Vera ! s'écria Inez en faisant porter sa voix à l'intérieur par-dessus la tête du cow-boy.

Vera était dans le salon, assise à une table pleine d'autres enfants, et Ernest. Tous buvaient du café et fumaient des cigarettes.

Vera s'avança jusqu'à la porte d'entrée, vêtue de l'ancienne robe en soie de June Good, et s'agenouilla pour être à hauteur du cow-boy.

– Igor, qu'est-ce que je t'ai dit quand on va ouvrir la porte ? Et ne braque pas ton pistolet à la figure des gens. D'accord ? Regarde-moi.

Elle releva le chapeau d'Igor, lui dégageant le front. Elle l'obligea à la regarder dans les yeux avant de dire quoi que ce soit d'autre.

– D'accord ?

Le cow-boy penaud se fourra le canon du pistolet dans la bouche et hocha la tête en guise d'excuses.

– Maintenant, va finir tes clopes avec les autres enfants, fit Vera en dirigeant le cow-boy par les épaules.

– Vera, est-ce que Zuzu est ici ? demanda Inez avant que Vera ne puisse se relever.

– Non. Je suis désolée. Elle n'est pas venue. Je pensais que...

Inez ramena sa main sur sa bouche et ses yeux explosèrent.

– Où est-elle ?

– Je suis vraiment désolée, mais je ne sais pas. Est-ce qu'elle a dit où elle allait ce matin ? demanda Inez.

– Elle n'était pas à la maison ce matin. Et elle n'est pas rentrée non plus à la maison la nuit dernière.

– Cela ne lui ressemble pas. À quand remonte la dernière fois...

– Elle est peut-être à l'intérieur, fit Inez en se forçant un passage dans la maison. Elle est peut-être en train de dormir ? Elle doit être tellement fatiguée. Elle dort peut-être quelque part à l'intérieur et aucun de vous ne l'a remarquée.

– Inez, elle n'est pas venue travailler ce matin, dit Vera, tendant la main pour toucher l'avant-bras d'Inez. Écoute, est-ce que je peux te proposer un café ? Voudrais-tu t'asseoir avec nous ? Nous parlions de...

– Mais Zuzu adore travailler ici. Elle ne parle que de ça. Jamais elle ne...

Inez passa le coin et entra dans le salon. Il y avait une table pleine d'enfants. Elle prit une profonde inspiration et répondit :

– Oui, d'accord, du café, oui, merci.

En arrivant à La Maison Good, Inez pénétra dans un monde nouveau. Elle eut l'impression d'être un petit poisson effrayé dans un océan nouveau. Tout semblait étrange et pourtant plein d'amour. Les meubles dans chaque pièce se faisaient face si bien que les gens pouvaient s'asseoir juste pour parler. Il y avait trois tableaux peints à l'huile, au mur, dans le salon. Celui du milieu était le portrait d'une femme coiffée d'un drôle de chapeau rose. Les deux autres figuraient des hommes, l'un des deux portait des trophées, l'autre était en train de couper une part de gâteau. Le plafond au-dessus des peintures semblait plus haut que la maison elle-même, et à l'intersection du plafond et du mur, on aurait dit du glaçage de cette part de gâteau. La cheminée crépitait, alors même qu'il y avait du soleil partout dans la maison et que l'on était en milieu de matinée.

Vera conduisit Inez dans la pièce où les enfants fumaient et buvaient leur café.

– Un Chapeau-de-Nonne, Sinonne Rien, dirent à Inez Luis, Ernesto et le triplet le plus effronté et sociable des triplets de Leda, brandissant sa tasse de café de Chapeau-de-Nonne en signe de bienvenue au moment où elle entrait.

Puis il but une gorgée. Sur la tasse il y avait un logo représentant une pyramide de cadavres. Leda et Ernesto, qui étaient assis avec Luis et quelques autres enfants, brandirent leur tasse de café et burent eux aussi une gorgée.

– Chapeau-de-Nonne ? demanda Inez.

– Sinonne Rien, répéta Luis.

– On ne boit et on ne fume que du Chapeau-de-Nonne ici, expliqua Vera. Une fois que Tarteure a été racheté, on a juste...

– Je vois... fit Inez en n'écoutant que d'une oreille.

Elle était à présent en train d'observer les tableaux encadrés, réalisés par des enfants, sur l'un des murs du salon. C'étaient des peintures de monstres, de fusées, de familles et de moutons.

Igor, le cow-boy, jouait au guide touristique pour Inez, son pistolet maintenant dans son étui, montrant un dessin qui était de lui. Il représentait une famille dans des cages.

– Ma mère m'a dit qu'avant on vivait tous dans des cages. Tu vois, là c'est ma mère, dit Igor, toujours en train de montrer le tableau du doigt. Là c'est mon frère aîné, qui était un tout petit bébé...

– Qui est ce petit garçon ? demanda Inez à Igor.

Elle montrait le tableau juste à côté de celui de sa famille dans des cages.

– Ça c'est Zuzu.

Inez se souvint soudain de la raison pour laquelle elle était initialement entrée dans cette maison.

– Zuzu ! Tu es là ?

Elle entra dans la cuisine, qui était spacieuse et lumineuse, où régnait une odeur de pancakes, puis passa une autre porte au-delà de la cuisine. Il y avait une cage d'escalier, et elle monta à l'étage.

Vera Good partageait son temps de manière égale entre tous les enfants dont elle avait la charge. Ils venaient s'asseoir avec elle, l'un après l'autre, d'habitude sur le porche, et elle leur parlait de June Good, de l'époque des cages et du temps où leur ville était une petite municipalité appelée Tarteure. Les enfants aimaient lui poser des questions sur June, sur la bonne bière et les bonnes cigarettes et sur l'amour et la mort.

Leda et Ernesto passaient leur temps à surveiller les enfants les plus jeunes. Ils leur parlaient de leurs familles, d'amour et de mort, et ils faisaient des peintures.

Ernest surveillait les autres enfants. Il lisait des livres sur l'amour et la mort avec eux, et ensemble ils travaillaient les mathématiques. Il enseignait aux enfants des choses sur les animaux et les enfants l'aidaient à s'occuper de tous ses chats, qui étaient au nombre de huit.

La belle-mère d'Ernesto et d'Ernest, Hera Corn, passait le plus clair de son temps en haut, à chanter de l'opéra aux vieux et aux très malades. Les vieux et les très malades étaient le plus souvent les mêmes personnes. Hera aimait les nourrir, leur faire prendre leur bain, leur faire la lecture et chanter pour eux. Sa personne vieille et très malade préférée était Irène Boue, qui était peut-être plus vieille que l'on ne l'avait jamais été. Irène tenait ensemble grâce à la poussière.

Chaque matin, la première chose qu'Irène disait à Hera était :

– Je suis prête à mourir maintenant.

Le Pelleteur, bien que n'ayant pas creusé de tombe depuis seize ans, avait encore un visage marqué par la terre et une couche brillante de sueur. Il passait ses journées dehors, pour l'essentiel, à enseigner aux enfants la terre, les fleurs, les arbres, le feu et les insectes. Les enfants apprenaient avec leurs mains. Ils s'asseyaient en cercle, souvent au soleil dans les bois et ils parlaient de ce qu'était l'amour et de ce qu'était la mort. Tous les enfants les plus âgés avaient l'impression de savoir quelque chose de l'amour, mais aucun ne savait quoi que ce soit de la mort. Le Pelleteur, lui, y connaissait quelque chose. De la même manière qu'il aurait décrit ce qui arrivait à un corps quand l'amour lui arrivait, il décrivait ce qui arrivait à un corps une fois que la mort lui arrivait. Il disait que ça raidissait, faisait gonfler et pourrir, et que les insectes s'en nourrissaient.

– La vie vient de là où la mort s'en va, disait-il sur la même cadence que celle de Mano quand il enseignait les Leçons de Mort, des années auparavant.

Le Pelleteur n'avait plus rien à pelleter car personne n'était mort à XO Ville depuis précisément le jour où Mano avait disparu.

Aux premiers jours après la disparition de Mano, les gens eurent maintes raisons de faire la fête. Personne ne mourait, et la crainte du Doigt de Dieu, cette mort inhabituelle, imminente et cruelle qui avait terrorisé les habitants de Tarteure se dissipait dans le néant comme le nuage noir de Sisi. Naturellement, L'Homme d'Affaires devinrent les héros de Tarteure. Ils avaient vaincu le Doigt de Dieu. Tarteure fit construire trois statues dorées grandeur nature de L'Homme d'Affaires dans le fameux matériau similaire au fer qu'ils avaient utilisé pour fabriquer les Cages de Vie XO.

Le succès de XO fut considéré comme une prouesse de la science et de l'humanitarisme donnée en exemple au reste de la vallée. Beaucoup de gens s'installèrent à Tarteure où les boulots abondaient et où le problème de la mort avait été résolu. Bientôt toutes les maisons et les commerces de Tarteure furent la propriété de XO. Les nouveaux colonisateurs, naturellement, appelèrent par erreur la ville XO. Finalement, il devint plus facile pour tout le monde de nommer la ville tout simplement XO, et Tarteure fut officiellement rebaptisée XO Ville.

L'ancienne maison de Mano et Sisi était désormais le musée d'histoire de XO, qui accueillait une exposition permanente sur le Doigt de Dieu. Dans l'ancienne salle de bains de Sisi, l'histoire du Doigt de Dieu était exposée sous la forme de coupures de presse, de photos et d'entretiens, qui avaient été donnés essentiellement par L'Homme d'Affaires. D'après l'exposition sur le Doigt de Dieu au musée d'histoire de XO, deux raisons expliquaient pourquoi le Doigt de Dieu n'était plus un fléau pour XO Ville.

La première était l'introduction de la Pilule de Vie XO. Une fois qu'il devint clair que le marché des cages de vie était saturé, la pilule de vie fut introduite. Son unique ingrédient était du sucre raffiné, mais l'exhibition ne mentionne pas cela. Nombre de gens qui se méfiaient de l'éventualité de la mort mais étaient prêts à prendre le risque de s'affranchir des inconforts de la vie dans une cage en fer firent confiance à la pilule de vie. À l'évidence, cet argument ne comptait pas pour tous les gens qui ne prenaient pas la pilule de vie et qui voulaient la mort à tout prix.

La seconde était Le Père Felipe. C'est à lui qu'on imputait l'éradication du Doigt de Dieu en raison de son légendaire pèlerinage à la pyramide des corps morts à Chapeau-de-Nonne. On lui imputait non seulement la découverte de Chapeau-de-Nonne mais aussi d'avoir achevé la pyramide avec les derniers corps qui manquaient. La pyramide complétée, Dieu n'avait plus besoin d'autres corps à emporter sur la rivière jusqu'au monument. Et ce fut l'église en constante expansion et financièrement florissante du Père Felipe, La Maison XO de l'Amour Éternel, mieux connue sous le nom de Trou, qui poursuivit son héritage et protégea les pécheurs de leur pénitence finale.

Pour quelques autres, l'absence de mort devint le nouveau fléau de XO Ville. La mort n'était plus possible pour personne, y compris pour ceux qui la souhaitaient. Éradiquer le Doigt de Dieu, pour certains, signifiait éradiquer Dieu. Pour ces gens-là, Dieu se désintéressait des habitants de XO Ville. L'un après l'autre, les plus courageux de la ville quittèrent leur cage. Ils savourèrent la liberté. Lorsqu'il devient clair que personne parmi ceux qui avaient quitté sa cage n'était frappé par le Doigt de Dieu, de plus en plus de gens commencèrent à quitter leur cage. Et lorsqu'il devint clair que personne ne mourait plus de quoi que ce soit, ces gens parmi les plus courageux se mirent à risquer leur vie pour la griserie que cela leur apportait. Les amoureux faisaient des saltos arrière du haut du toit de l'Usine XO récemment construite pour atterrir dans les bras de leur bien-aimé ou de leur bien-aimée. Certains nageaient dans les courants forts, froids et tumultueux de La Cure. Même ceux qui étaient très vieux et perclus de douleurs, dont le squelette devenait poussière en eux, ne pouvaient mourir. Certaines personnes, comme Mères, qui avaient mal partout, étaient fatiguées et tristes, essayaient de boire à en mourir. Ils tentaient de noyer leur triste cerveau dans un nectar ennemi de la douleur, mais ils ne parvenaient qu'à boire jusqu'à l'oubli en restant vivants.

– Zuzu ! Tu es où ? Bebé, je suis désolée.

Inez était à l'étage, elle chercha dans les placards de chacune des cinq chambres aménagées avec soin et des cinq salles de bains aux papiers peints de bon goût qui constituaient l'étage de La Maison Good pour Enfants et les Très Malades et Vieux. Elle ouvrait chaque placard et tirait chaque rideau de salle de bains.

– Tu peux rendre visite tant que tu veux au Boucher de XO Viandes. D'accord ? Tu peux faire ce que tu veux. Tu es une femme maintenant. Je vois ça. Tu es une femme, maintenant, Bebé !

Vera gravit l'escalier à la suite d'Inez, pour s'assurer qu'elle allait bien.

– Inez, redescends. Ton café est prêt.

Inez l'ignora et poursuivit ses recherches. Lorsqu'elle arriva à la dernière salle de bains, la porte n'était pas fermée à clé et la douche faisait du bruit et dégageait de la vapeur. Le papier peint avait un motif de fruits et de légumes d'été et les rideaux à carreaux rouges et blancs de la douche étaient tirés. Inez crut que Zuzu prenait une douche et ne l'entendait pas l'appeler par son nom. Alors Inez tira énergiquement le rideau, avec une vigueur que lui conférait la panique. Ce faisant, elle répéta à tue-tête la formule qui lui tournait dans la tête :

– Tu es une femme, maintenant !

Hera, qui faisait trois fois la taille de Zuzu, et était clairement une femme à tous égards, continua à malaxer la mousse dans les plis de ses aisselles poilues et de ses longs seins jaunâtres semblables à des courges tout en regardant Inez droit dans les yeux. Hera inventa sur-le-champ une chanson. C'était ce qu'elle faisait de mieux.

– Je suis maintenant une femme, c'est vrai. Je suis une femme, comme moi et toi.

Inez poussa un cri et sortit de la salle de bains en courant droit devant elle.

– Inez, s'il te plaît…

Inez passa devant Vera comme en feu, courant de la salle de bains à la chambre qui se trouvait en face, de l'autre côté du couloir, puis sauta à pieds joints sur une chaise longue, qui propulsa son corps par la fenêtre ouverte.

Dehors, dans le jardin, juste à côté de la véranda, les plus jeunes enfants installés dans des chaises longues regardaient Le Pelleteur donner aux enfants les plus âgés une leçon sur la mort, racontant que jadis on enterrait les morts à Tarteure.

– C'est comme ça qu'on faisait, disait-il.

Les enfants achevaient de jeter les dernières pelletées de terre sur un tas, à côté du trou qui venait d'être creusé.

– Ensuite, continua Le Pelleteur, on mettait juste le corps mort dedans, et on rebouchait.

– Mais *où* est-ce qu'on trouve un corps mort ? demanda un des enfants.

– Il faut attendre. Cela ne dépend jamais de nous.

À cet instant précis, le corps d'Inez tomba du ciel au-dessus d'eux, atterrit brutalement sur le bord de la tombe fraîchement creusée et rebondit gauchement pour tomber dans le fond.

Les enfants se mirent à recouvrir de terre le visage humide et la bouche hurlante d'Inez. Les enfants poussèrent des hourras.

39.

Enid se trouvait toute seule dans son champ de fraises, tel un épouvantail. Elle ne bougeait pas du tout, mais dans sa tête, elle bougeait très lentement. Dans sa tête, elle cueillait une fraise, la détachait de sa tige. Une fraise a ses graines à l'extérieur, comme un manteau, se disait-elle. Ou comme des yeux. Sa robe était blanche avec des petites fraises dessus. Le soleil descendait, orange et rose, juste au-dessus de quelques nouveaux immeubles, et au-dessus des bois, à l'ouest, de l'autre côté de La Cure. Dans sa tête, elle faisait tomber la fraise dans le panier. Dans sa tête, elle cueillait une autre fraise, qu'elle détachait de sa tige.

Un jeune homme se tenait maintenant devant elle.

– As-tu vu mon amour perdu ? demanda-t-il.

Dans sa tête, Enid demanda :

– Qui es-tu ?

Il avait une barbe fournie et des yeux bleus. Des abeilles volaient en essaim autour de sa tête. Sa bouche bougeait à l'intérieur de sa barbe. À cause de l'essaim, elle ne pouvait pas entendre ce qu'il disait.

Dans sa tête, elle demanda :

– Es-tu mon fils ?

Le jeune homme appuya ses mains contre son cœur. Sa bouche ne cessait de bouger et des larmes d'amour et de peur lui montaient aux yeux.

Dans sa tête, elle dit :

– Je suis juste ici.

La bouche de l'homme s'immobilisa et s'entrouvrit. Des bruits d'abeilles en sortirent. Il regarda le corps d'Enid. Elle sentait qu'il la regardait. Il s'agenouilla et la regarda d'encore plus près.

Dans sa tête, elle dit :

– Touche-moi, fils.

Lorsqu'il fut parti, elle continua à regarder les immeubles, les bois et le peu de soleil qui restait.

40.

– Zuzu !

– Zuzu, sors, sors !

– Zuuu zuuuuuu !

Un essaim bourdonnant de personnes parties à la recherche de Zuzu marcha de XO Viandes vers le centre-ville en déclamant le nom de Zuzu, demandant à tous les gens qu'elles voyaient s'ils savaient où était passée Zuzu. Le Boucher était en tête de l'essaim avec Inez, il appelait Zuzu, quittait de temps en temps l'essaim pour interroger les gens qui travaillaient dans les champs. Le Boucher demanda à Enid, qui était encore debout dans son champ de fraises, si elle savait où était passée Zuzu. Enid, cependant, était catatonique comme toujours et ne lui fut d'aucune aide.

Le Barbier, le nouveau mari d'Inez, était en queue de l'essaim des gens partis à la recherche de Zuzu, il regardait à l'intérieur de toutes les nouvelles maisons par les fenêtres et les portes ouvertes. Dans l'essaim se trouvaient tous les autres, certains des chasseurs d'oiseaux qui restaient en ville après la disparition de tous les oiseaux, et bon nombre d'enfants de La Maison Good pour Enfants et les Très malades et Vieux. Leda, Hera, Le Pelleteur, Ernest, Ernesto, Luis, Luis, Lois, et, bien sûr, Vera, faisaient aussi partie des chercheurs. Tous aimaient beaucoup Zuzu. Mais ils connaissaient aussi suffisamment Zuzu pour savoir que, où qu'elle soit, c'était probablement *là* qu'elle souhaitait être.

Dans l'après-midi, avant que l'essaim ne se soit formé, Inez avait sorti son propre corps à moitié brisé, à moitié mort de la tombe fraîchement creusée dans le jardin derrière La Maison Good, s'était rendue à XO Viandes pour demander au Boucher de l'aider à chercher Zuzu. On aurait dit qu'elle venait de sortir de sa propre tombe, ce qui, bien sûr, était le cas.

– Je ne sais peut-être pas où est Zuzu maintenant, mais je sais qu'elle était ici hier, dit Inez.

– Ah bon ? fit Le Boucher.

– Oui. Et toi aussi.

– Ah bon ?

L'étonnement du Boucher était réel. Il réfléchissait à la veille, où il n'avait fait qu'arracher des cœurs à des poitrines de porcs, des choses comme ça. Il se creusa la tête pour savoir si oui ou non Zuzu en avait fait partie.

– Mais si, tu le sais. Ce n'est pas grave. Ce n'est pas le moment de faire des cachotteries. Zuzu est amoureuse. Je le vois dans son corps. Dans sa façon de me parler. Quand on devient femme, les premiers jours, on apprend que le monde est vaste. Et elle s'y est perdue quelque part. Mais où peut-elle bien être ?

Le Boucher était aussi intrigué que déconcerté par la révélation d'Inez. Il s'enfonça les doigts dans sa barbe. Il laissa Inez continuer de parler.

– Ce n'est pas un garçon. C'est une femme maintenant. Ce n'est pas grave. Je sais que tout cela tu le sais déjà. Je n'ai pas besoin de te le dire.

Le Boucher se contenta d'émettre un son d'un air entendu, alors même qu'il ne savait rien du tout. À présent, il enfonçait dans sa barbe les doigts de ses deux mains. Il ne connaissait Zuzu que parce qu'elle venait à la boutique chercher des côtelettes de porc pour Inez et Le Barbier. Le seul autre souvenir qu'il avait d'elle c'était quand, bébé, elle avait remporté le tout premier concours du plus beau bébé. Le Boucher n'était alors qu'un garçon en cage qui avait perdu le concours du plus beau sourire. Personne, pour autant qu'il sache, n'avait jamais jusqu'alors été amoureux de lui. Mais maintenant qu'il savait que cet amour pour lui existait, que c'était son cœur que Zuzu voulait toutes ces fois où elle était venue à XO Viandes, et non pas juste les cœurs des cochons, il éprouvait de l'amour pour elle en retour. Son amour enfla en quelques secondes et le submergea, le posséda comme un sortilège magique. Pour la première fois, Le Boucher vit aussi en Zuzu une femme, et il désira la retrouver tout autant qu'Inez désirait la retrouver.

Inez lui posa des questions directes :

– Où peut-elle être ? Si elle n'est pas avec toi, alors où ? Dis-moi que tu sais. Dis-moi tout ce que tu sais, fit-elle. De la terre fraîche tombait de ses cheveux tandis qu'elle secouait la tête : Je ne me mettrai pas en colère.

Le Boucher voulait plus que tout au monde avoir les réponses à ces questions.

– Je crois qu'elle se confesse parfois à Dame-Sa.

Spontanément, Dame-Sa était le seul endroit de tout Tarteure qui lui venait à l'esprit.

Dame-Sa était l'ancien confessionnal, conçu pour ressembler un peu à un sous-marin, géré encore par Mères, avec des hublots pour regarder à l'intérieur les personnes nues venues se confesser, et une enseigne au néon au-dessus de la porte qui jadis, à ses débuts, annonçait SOUS-MARIN DAME-SANG. Avec le temps, Mères avait pris du retard dans ses factures d'électricité et son énergie pour entretenir le néon de son enseigne avait décru. Les lettres N et G avaient sauté, puis la totalité du mot SOUS-MARIN avait également sauté, pour ne laisser que Dame-Sa. Dame-Sa était maintenant au cœur d'un terrain vague envahi par les herbes à l'endroit où le grand-père de Mères avait initialement découvert l'ours sans pattes.

– Dame-Sa ? Non. Zuzu a beau être une femme maintenant, je sais qu'elle n'a jamais mis les pieds à Dame-Sa.

Le Boucher ne savait pas du tout si c'était vrai ou pas, mais son amour était si nouveau qu'il avait besoin que tout soit vrai.

– Zuzu aime Dame-Sa. C'est l'une de ceux qui se confessent le plus.

Dame-Sa fut le premier endroit que visitèrent Inez et son essaim de gens partis à la recherche de Zuzu.

Ils psalmodièrent le nom de Zuzu à l'extérieur de la cabine.

Le mari d'Inez, Le Barbier, s'inquiétait autant de la météo que de retrouver Zuzu.

– Apparemment, il va faire froid cette nuit. J'espère qu'on n'en aura pas pour trop longtemps, dit-il aux gens qui étaient près de lui.

– Du calme, du calme.

Le Boucher avait pris la tête des recherches pour le compte d'Inez. Il était jeune, avait l'énergie des prémisses de l'amour, et puis Inez s'était épuisée. Le Boucher leva les bras pour indiquer que les chants devaient cesser.

– Je connais suffisamment bien Zuzu pour savoir que si elle ne veut pas qu'on la retrouve, continua-t-il, ce ne sont pas vos chants qui la feront sortir. Il faut qu'on jette un œil.

Le Boucher mit des petites pièces dans la machine à pièces, comme s'il savait très bien comment elle fonctionnait. Il fit glisser une porte coulissante et regarda à l'intérieur. On n'avait beau être qu'en début de soirée, le soleil n'avait disparu que depuis peu, mais déjà Mères avait perdu connaissance. Il gisait à plat ventre sur le sol de Dame-Sa, dans un lit de canettes Chapeau-de-Nonne vides. Il perdait connaissance chaque nuit, c'était habituel, toutefois il était rare que cela arrive si tôt. Il n'y avait personne dans la cabine et pas de signe évident de la présence de Zuzu.

De son majeur replié, Le Boucher frappa au hublot.

– Que vois-tu ? demanda Inez.

– Il y a juste Mères. Il a encore perdu connaissance.

Inez demanda à son mari s'il voulait bien grimper jusqu'au hublot sur le toit de Dame-Sa pour regarder à l'intérieur.

– Inez, j'ai mal au dos. Je ne peux pas... se plaignit-il.

– Bon, tant pis, dit Inez en écartant poliment Le Boucher de la fenêtre latérale. Elle se jucha sur le tabouret pour regarder à l'intérieur : Mères ! Réveillez-vous !

– Il est peut-être mort, dit Le Boucher dans le dos d'Inez.

– Il est mort ? Est-ce qu'il est mort ?

La question bourdonna avec une pointe d'excitation dans l'essaim de ceux qui recherchaient Zuzu. La mort était leur enfant prodigue. La nouvelle d'un retour possible de la mort était comme une étincelle dans un champ de foin sec.

Le Boucher reprit la place d'Inez et regarda de nouveau par la vitre avant d'étouffer l'excitation de l'essaim.

– Non, il n'est pas mort, bien sûr. Il bouge, n'empêche. Il revient à lui.

Le Boucher ressentit une certaine pression pour qu'il détaille tout ce qu'il voyait pour la douzaine de gens derrière lui.

– Oh, non, attendez…

– Quoi ? C'est Zuzu ?

– Non, Mères est en train de vomir. Il vient juste de vomir dans une canette de bière.

Ahhhhhh, fit la foule.

– Mais est-ce que tu vois Zuzu ? redemanda Inez.

– Là, il est en train de se débarbouiller avec l'eau bénite.

– Zuzu ? ! s'écria Inez.

– Qu'est-ce qui se passe ? lança Mères de l'intérieur de Dame-Sa. Qu'est-ce que vous me voulez, tous ?

Le visage de Mères était gros à travers le hublot. Il avait l'air incroyablement vieux, creusé de rides profondes, tavelé par l'âge. Son nez ressemblait à une des fraises d'Enid, blette. Ses yeux étaient embués par le glaucome.

– Il n'y a personne ici pour la confession. Revenez un autre jour.

– Mères, c'est à *votre tour* de vous confesser, s'écria Inez, qui reprit sa place au hublot. Où est Zuzu ? Elle est là ? Bebé ? ! Bebé ? !

– Pepe ? Non. Ce garçon est mort il y a long… commença Mères.

– Non, non, pas Pepe. Zuzu ! Vous savez, Zuzu. Vous l'avez vue ?

– Je sais que vous savez où elle est, mon vieux, s'écria Le Boucher, qui se tenait derrière Inez.

– Tu veux entrer te confesser, Inez ? demanda Mères avec sarcasme. Ça fait très longtemps, très très longtemps.

De l'intérieur, Mères appuya sur un bouton, l'enseigne au néon se mit à grésiller et s'éclaira. Uniquement le S et le A tout d'abord. Puis DAME-SA.

– Elle n'est pas là, dit Inez.

En son for intérieur, Inez savait exactement où elle devait chercher Zuzu, mais elle n'avait pas envie de la trouver à cet endroit-là.

– Elle finira par rentrer à la maison. Elle finira par rentrer à la maison, dit-elle uniquement au Barbier et au Boucher.

– Merci, tout le monde ! Vous pouvez maintenant rentrer chez vous, annonça Le Boucher.

Le Barbier tâcha de faire de son mieux pour se rendre utile.

– Il va faire froid ce soir. Et il va peut-être pleuvoir.

– Il faudra juste qu'on attende, dit Inez, tenant la jeune main désireuse du Boucher. Est-ce que vous pouvez attendre ? Quand elle reviendra, tout sera parfait.

Le Boucher resta planté là comme une fleur qui ne s'épanouissait que quand on la regardait.

41.

Zuzu était obligée de se tenir sur la pointe des pieds pour voir les traînées de sang et les quatre canettes de Chapeau-de-Nonne sur la gigantesque table. Malgré cela, et bien que chaque chose dans la cabane ait été conservée et refaite en une version plus grande d'elle-même, la cabane était propre et bien entretenue. Ou en tout cas elle semblait propre pour une cabane où un monstre avait élu domicile. Il semblait que la créature qui y habitait, quelle qu'elle soit, ne se fichait pas de tout. Ça sentait la sueur, les corps, le labeur et la lutte, mais ça ne sentait pas la mort. Il y avait des oiseaux noirs partout, posés sur le rebord de la fenêtre, sur le dessus du réfrigérateur et perchés sur le robinet au-dessus du double évier, mais ils étaient calmes. Elle ne voyait pas leurs fientes partout. Le chambranle de la porte de la cabane était plus comme l'ample bouche d'une caverne. La porte, qui auparavant ne tenait que sur un gond, et faisait pratiquement la taille d'une porte de grange, était maintenant bien calée sur ses deux gonds. Toutes les portes de toutes les pièces étaient larges comme des portes de grange. La cabane proprement dite était un grand carré, composé de quatre grandes pièces également carrées, avec des portes permettant de passer d'une pièce à l'autre : la salle de séjour, puis la salle de bains, puis la chambre à coucher et ensuite la cuisine. Zuzu se sentait toute petite à l'intérieur.

– Il y a quelqu'un ?

Zuzu ne savait pas trop pourquoi elle était revenue. Elle tenta de se convaincre qu'elle était revenue pour voir son premier cadavre, mais la vérité gisait quelque part en elle, plus profondément que cela. Elle se tenait au centre de la cuisine et tendit la main pour effleurer le dessus de la table où, quelques heures auparavant, elle avait assisté à une scène qui avait été un indescriptible carnage. Où que soit la femme maintenant, se disait Zuzu, soit elle voulait la mort – une clémence pour échapper à la mutilation, ce qui n'était pas véritablement une possibilité en ces temps où l'on ne mourait pas – soit elle en voulait encore.

Zuzu se dit que cette cabane ou bien appartenait au monstre, qui y avait capturé la femme, ou bien appartenait à la femme mutilée, qui avait été attaquée chez elle par le monstre. Ou alors la maison n'appartenait ni à l'un ni à l'autre. L'éventualité la plus probable, dans l'esprit de Zuzu, était qu'il s'agissait de la cabane abandonnée d'un des chasseurs d'oiseaux professionnels, à l'intérieur de laquelle une rencontre tragiquement malencontreuse avait eu lieu plus tôt entre un monstre et une femme. C'est ce dont Zuzu se convainquit après être grimpée pour s'asseoir au coin du lit gigantesque et avoir envisagé d'y dormir cette nuit-là. Tout était en bois. Les hauts murs, l'interminable plancher, la grande chaise au coin. Elle avait l'impression d'être à l'intérieur d'un arbre géant. Elle avait l'impression d'être un minuscule animal de forêt assis là au coin de ce grand lit. Elle ne supportait pas l'idée de dormir une nuit de plus sur le canapé devant la chambre à coucher que sa mère partageait avec Le Barbier, près du tapis qui sentait le pipi de chat.

Les ressorts rouillés du lit grincèrent quand elle rebondit dessus. Les draps étaient tirés et l'édredon parfaitement ramené sous les deux oreillers. Il était bien trop grand pour une fille, se dit-elle, et aussi, peut-être, trop rebondissant. Et, plus important, il attendait quelqu'un qui n'était pas elle. Elle s'imagina réveillée par ce quelqu'un, peut-être la femme, qui aurait certainement besoin de la promesse réparatrice de la totalité de son lit pour s'occuper de ses terribles blessures, comme une chatte. Ou peut-être le monstre, pour qui elle ne serait certainement qu'un repas de plus, cru, chaud et frais, qui la croquerait vive de l'intérieur. Ou peut-être un chasseur d'oiseaux, tout aussi capable, peut-être, de choses atroces, qui serait étonné de trouver une fille dans son lit alors qu'il ne souhaiterait qu'une chose, dormir. Ou pire. Ou même sa mère, qui l'aurait sûrement retrouvée à l'odeur, au matin, et la traînerait par l'oreille en bas de la colline, à travers les grands arbres, par la passerelle qui enjambait La Cure, et jusqu'en ville. Dans tous les cas, si elle dormait dans le lit géant, elle apprendrait probablement quelque chose de la mort, ou, du moins, de la douleur.

– C'est votre lit ? demanda-t-elle à travers la porte géante devant elle, qui donnait sur la cuisine vide.

Elle tourna la tête sur sa droite et adressa une question à la salle de bains vide :

– Est-ce que je peux dormir ici ? Vous serez en colère ?

Bien entendu, personne ne lui répondit, puisque personne n'était là.

Je ne devrais pas dormir ici, se dit-elle.

Le lit reprit sa position initiale en grinçant lorsqu'elle en sortit pour entrer dans la cuisine. Là, elle se chercha une place où dormir. La table semblait très lourde, comme sculptée dans un seul arbre, avec deux sets de table disposés pour que l'on mange dessus. Entre les deux se trouvait un vase en verre vide. La table semblait être juste de la bonne taille pour le corps de Zuzu. Son corps s'y logerait facilement et elle y aurait bien dormi. Mais c'était aussi l'endroit où la femme avait été mangée, plus tôt. Zuzu s'inquiétait de ressembler à un repas aux yeux de la personne qui entrerait dans la pièce.

Zuzu trouva un paquet de Chapeau-de-Nonne sur le comptoir de la cuisine et se hissa sur la pointe des pieds pour l'attraper. Elle en tira une cigarette et l'alluma. Puis elle sortit pour regarder vers la ville. Du fond des bois où elle était, elle ne voyait que la cime des plus hauts bâtiments neufs. Elle entendait les oiseaux au-dessus de sa tête dans le noir. Ils semblaient occupés. Ils semblaient savoir où aller et savoir où ils dormiraient ce soir. Ils préparaient juste les lits de leurs enfants oiseaux avant de s'installer dans leurs lits à eux. Elle se souvint brièvement des sons survoltés des oiseaux en ville quand elle était petite. Ces sons lui manquaient. Sans eux, la ville paraissait oubliée.

Elle cueillit des pâquerettes blanches au pied d'un des arbres alentour, puis retourna à la cabane. Elle les disposa dans le vase et les arrangea avec soin. Elle remplit d'eau le vase à l'évier géant et fit tomber dans l'eau la cendre qui restait de sa Chapeau-de-Nonne. L'évier était un meilleur endroit pour dormir que la table, se dit-elle. Elle posa le vase sur la table, retira ses chaussures et se recroquevilla entièrement pour tenir dans l'évier. Mais la taille avait beau être la bonne, il faisait juste trop froid. Et puis le robinet la gênait. Elle se cognait la tête chaque fois qu'elle essayait de bouger son corps pour trouver une position plus confortable.

La baignoire dans la salle de bains, c'est finalement ce que Zuzu décida. Elle était très grande pour une baignoire. Elle ressemblait un peu à une petite piscine. Elle emprunta un oreiller au lit, ce qui, estima-t-elle, était une chose raisonnable à faire, puis se glissa dans la baignoire, dos sur l'oreiller. Elle prit avec elle une bière Chapeau-de-Nonne fraîche et s'alluma une autre cigarette Chapeau-de-Nonne. Elle ouvrit la canette, posa la tête contre la porcelaine et souffla de la fumée vers le plafond, qui était si haut au-dessus d'elle. La fumée forma un petit nuage noir. La baignoire était exactement comme il fallait, se dit-elle.

– Remplis cette baignoire, dit-elle au nuage noir. Fais-moi flotter jusqu'à la mer, fit-elle en soufflant encore plus de fumée dans le nuage noir. Allez. Allez.

42.

– Merci pour les fleurs.

– Hein ?

Le soleil du matin entrait par la fenêtre.

– Ça va d'abord être froid.

Mano tourna le robinet d'eau froide de la baignoire d'un demi-tour dans le sens contraire des aiguilles d'une montre, puis le robinet d'eau chaude jusqu'au bout dans le sens des aiguilles d'une montre.

Zuzu hurla. Durant cette première demi-seconde où elle ouvrit les yeux, elle crut qu'elle se faisait manger vivante, la langue froide du monstre sur ses pieds lui avalant entièrement les pieds. Elle ne reconnut pas la pièce où elle était, ni l'heure qu'il était, ni le jour. Elle ne savait rien. Elle était un nouveau-né durant cette demi-seconde et rien de ce monde nouveau ne lui était connu. Il fallait qu'elle réapprenne tout. Elle ramena ses jambes contre sa poitrine. Le monstre était assis sur les WC.

– Attends. Attends. Ça va se réchauffer.

Zuzu se rappela rapidement où elle était, et pourquoi, et comment.

– Ne me mangez pas ! implora-t-elle. Oh mon Dieu ! S'il vous plaît, s'il vous plaît !

Zuzu se mit à pleurer et regretta soudain de ne pas être rentrée à la maison la veille au soir. Elle n'était pas prête à mourir, pas de cette manière.

– Je promets que je ne te mangerai pas.

Mano sourit et ouvrit deux canettes de Chapeau-de-Nonne.

Zuzu se sentit coincée entre deux sentiments, qui se mélangèrent en un seul, comme l'eau chaude et l'eau froide à ses pieds.

– Je ne suis pas prête à être mangée.

– Ça tombe bien. Parce que je ne suis pas prêt à manger qui que ce soit, dit Mano.

Zuzu parlait encore d'une voix qui ressemblait à des pleurs. Elle se frotta les yeux pour laisser entrer un peu de lumière. Elle ne regardait pas Mano mais ses pieds, par-dessus le haut de ses genoux, tandis que l'eau approchait.

– Mais si, vous mangez les gens. Je vous ai vu. Vous étiez en train de manger une femme.

Mano réfléchit une seconde avant de répondre. Il but une première gorgée de sa canette.

– Ah oui, cette femme. Oui, je la mangeais. Tu as raison.

Mano éclata de rire. C'est à ce moment-là qu'il se rendit compte que cette fille qu'il avait trouvée endormie dans sa baignoire était le garçon qu'il avait pris pour Pepe, en train de se toucher, la main dans le pantalon, à l'extérieur de la fenêtre, alors qu'il était en train de lécher Mimi. Mano regarda attentivement la raie dans ses cheveux et son pantalon de velours. Il aspira de l'air entre ses dents et tint la canette entre ses genoux, se penchant en avant, assis sur les WC.

– Mais tu sais quoi ? Elle le méritait, dit-il.

– Ah bon ? Qu'est-ce qu'elle avait fait ? demanda Zuzu.

– Elle a écartelé ma mère.

– C'est horrible. Pourquoi elle a fait ça ?

– Je ne sais pas. Comme ça. Elle était comme un loup. Elle ne savait pas ce qu'elle faisait. Mais j'ai vu. C'était peut-être la pleine lune cette nuit-là. Je l'ai vue s'enfuir comme un loup, aussi, avec le bras de ma mère dans sa gueule.

– Elle est morte ?

– Qui ?

– La femme que vous avez mangée.

– Non. Je ne l'ai pas mangée complètement. Juste un petit peu. Pour la punir, tu vois ? La mort n'est pas un châtiment.

Mano commençait à apprécier les expressions inquiètes sur le visage de Zuzu.

– Et votre mère alors ? demanda Zuzu.

– Eh bien quoi ?

– Elle s'appelle comment ?

– Sisi.

– C'est un nom très beau, dit Zuzu. Elle est morte ?

– Ouais.

– C'est comment ?

– Qu'est-ce qui est comment ?

– D'avoir une mère morte ?

– Tu ne connais personne qui est mort, toi ? demanda Mano.

– Non.

Cette nouvelle étonna Mano, mais il répondit à la question de Zuzu.

– Ça ressemble beaucoup à avoir une mère vivante. Des fois, c'est plus facile pour parler, n'empêche, quand ils sont vivants.

Mano poussa la Chapeau-de-Nonne sur le rebord de la baignoire jusqu'à ce qu'elle soit près de la main de Zuzu.

– Tiens, prends une autre bière. Je vois que tu as déjà trouvé le réfrigérateur.

– Merci.

Zuzu tapota le dessus de la canette avec son ongle.

Mano lui montra comment elle pouvait régler la température de l'eau. Zuzu laissa l'eau, qui était maintenant chaude, soulever ses talons et effleurer la base de ses cuisses. Elle prit une gorgée de bière et aspira l'air entre ses dents, exactement comme Mano avait fait. L'eau chaude lui procurait une sensation agréable à travers le pantalon en velours côtelé.

– Mes habits commencent à être mouillés, dit-elle en avalant sa gorgée de bière.

– Tes habits sont tellement sales. On pourra les accrocher au fil à linge en plein soleil.

– Mais alors je mettrai quoi ?

– Tu pourras mettre mes habits. De toute façon, je ne rentre plus dedans.

Il se donna une tape sur le corps, ce qui fit un bruit métallique. Ils sourirent tous deux.

– Je n'en ai plus besoin du tout, dit-il. Tu sais quoi ? Je te les donne.

Zuzu se rendit compte alors que le monstre ne portait pas de vêtements. Mais il n'était pas non plus tout nu. Son corps était bien plus celui d'un animal que d'une personne.

Elle prit une autre gorgée de bière et réfléchit à la question qu'elle avait vraiment envie de lui poser.

– Tu m'as appelée par mon petit nom.

– Je t'ai appelée par ton petit nom ? s'étonna Mano. Mais je ne connais même pas ton *vrai* nom.

Zuzu était suffisamment petite pour se tourner entièrement sur le côté à l'intérieur de la baignoire, de manière à faire face à Mano. Il songea que sa mère regardait toujours droit devant elle quand elle était dans la baignoire. Ils ne s'étaient jamais retrouvés face à face comme ça.

– Ouais, tu as dit mon petit nom, quand tu as eu fini de manger la femme qui a écartelé ta mère.

Pendant un moment magique, Mano songea que d'une certaine façon la fille dans la baignoire *était* peut-être Pepe, revenu d'entre les morts pour lui faire une blague, ou pour prendre de ses nouvelles. La fille ressemblait un peu à Pepe, et ses habits étaient le genre d'habits que Pepe portait toujours et elle avait la même coupe de cheveux que lui. Mano se pencha en avant jusqu'à être tout près du visage de Zuzu et plissa les yeux. Le monde était flou depuis si longtemps.

– Pepe ? murmura-t-il, comme s'il essayait de parler, à travers la fille, au fantôme de Pepe, qui était peut-être prisonnier à l'intérieur de ce corps. Pepe, tu es là-dedans ?

– Je ne connais pas Pepe. Vous m'avez appelé Bebé, ou du moins c'est ce que j'ai cru. Des fois, ma mère m'appelle comme ça. Mais mon *vrai* nom c'est Zuzu.

Zuzu prononça séparément les deux syllabes de son prénom.

Le fait d'entendre le nom Zuzu fit remonter quelque chose dans la gorge de Mano, quelque chose qu'il repoussait au fond de lui depuis très longtemps. Il avala quelque chose de lourd et étudia Zuzu. Elle avait des yeux semblables à ceux d'Inez. C'était net à présent, dans la façon dont ils clignaient et le regardaient.

Zuzu répondit à la façon qu'avait Mano de la scruter en le scrutant à son tour. Pour la première fois elle le regarda bien. Il était tellement mammouth par rapport à elle, même dans cette pièce mammouth, assis sur les WC. Elle ne voyait presque rien d'autre dans la pièce. Il avait des cheveux longs, qui poussaient par-dessus son corps informe comme une chute d'eau sur des pierres. Ses yeux étaient gentils et lui disaient quelque chose.

– Je suis désolé, Zuzu. J'espère ne pas t'avoir effrayée. J'appelais Pepe. J'ai cru que tu étais Pepe. Peut-être que tu as mal entendu.

– Tu as cru que j'étais un garçon ?

– Ouais. Ce n'est pas grave ?

– Nan. Ce n'est pas grave.

Zuzu sourit. Elle eut l'envie soudaine de se relever et de regarder dans la glace de la salle de bains. Elle voulait voir si elle ressemblait encore à un garçon, même ce matin. Mais il n'y avait pas de glace ici.

– Et vous, vous vous appelez comment ?

– Mano.

Les yeux de Zuzu s'écarquillèrent sous l'effet de la surprise, puis se plissèrent pendant qu'elle le regardait de plus près. Sa mère lui avait dit de partir en courant si jamais un jour elle rencontrait un certain Mano. Inez n'avait jamais expliqué pourquoi. Zuzu savait seulement que d'une façon ou d'une autre Mano avait blessé sa mère. Zuzu se souvenait qu'Inez avait dit une fois que Mano avait été le deuxième des trois barbiers qu'elle avait jamais aimés, mais Zuzu avait l'impression que sa mère n'avait vraiment aimé que les deux premiers.

Zuzu regarda au-delà de la porte de la salle de bains, à l'extérieur de la porte d'entrée de la cabane, et elle vit un chemin net de la baignoire à XO Ville. Une option consistait à s'enfuir. Mais son incorrigible curiosité l'emporta largement sur le dédain par procuration qu'elle était censée éprouver pour Mano. Ce qui avait blessé sa mère ne l'avait pas blessée, *elle*. En cet instant, elle ne voulait être nulle part ailleurs au monde que dans cette grande cabane avec ce gros monstre.

Mano vit que Zuzu regardait autour d'elle dans l'idée de s'échapper.

– La porte est ouverte si tu veux partir en courant.

Zuzu se réinstalla lentement dans l'eau, sans quitter Mano du regard, abaissant les épaules. Elle pensa à toutes les questions qu'elle pourrait poser, à propos de sa mère, à propos de ce qui avait pu se passer, ou ne s'était pas passé, entre eux deux.

– Vous ne ressemblez pas à l'idée que je me faisais de vous.

– Tu croyais que je ressemblerais à quoi ?

– Plus à un barbier, peut-être. Mon père était barbier lui aussi, vous savez. Je m'imaginais peut-être que vous ressembleriez plus aux photos de mon père.

– Ouais, je sais.

– Ou peut-être je pensais que vous ressembleriez plus au Barbier de maintenant.

– Il y a encore un barbier là-bas ? demanda Mano.

Il n'avait jusqu'à maintenant pas vraiment éprouvé la moindre étincelle de curiosité pour ce que Tarteure était devenue.

– Ouais, c'est le nouveau mari de ma mère. Il coupe les cheveux pour XO Coiffure. Tout ça est assez ennuyeux.

Zuzu fit tomber sa cendre de cigarette dans l'eau, comme la mère de Mano avait coutume de le faire, puis tira une autre bouffée.

– Il fait la même coupe courte à tout le monde, dit-elle.

– La dessus-de-table ?

Zuzu éclata de rire.

– Ouais, un truc dans ce genre.

– Il faut avoir les cheveux courts si tu veux devenir barbier.

Zuzu hocha la tête.

– Ouais, vous avez raison, dit-elle en faisant suivre son hochement de tête d'une gorgée de bière.

– J'avais des cheveux très courts, moi aussi. Avec la raie sur le côté. Exactement comme toi.

– Je ne peux même pas l'imaginer, fit Zuzu en riant. Regardez vos cheveux maintenant !

– C'est vrai. Mais avant que je devienne barbier, quand j'étais vraiment jeune, tout le monde me prenait pour une fille. J'avais des cheveux longs de fille et j'aimais porter des robes.

– Berk.

Le rire de Zuzu ressemblait à un hennissement de cheval. Son rire fit rire Mano.

– Une chose que je peux dire à propos du Barbier c'est qu'il me coupe les cheveux comme je veux. Court, avec la raie sur le côté. Et je porte un pantalon et des chemises de garçon, dit-elle. La plupart des gens me prennent pour un garçon.

– Ça me plaît, ça, chez toi.

– Est-ce que quelqu'un savait que tu étais un garçon, Mano ? Je veux dire, quand tu étais petit.

– Uniquement Pepe. Enfin, et ma mère, bien sûr. Et puis cette fille qui s'appelait Enid. Ce n'est vraiment pas...

Zuzu l'interrompit.

– C'est qui, Pepe ?

– C'est juste quelqu'un qui me manque.

– Il est mort, lui aussi ?

– Ouais.

– Tu l'aimais ?

– Oui. Je l'aime.

Mano se demanda si c'était la première fois qu'il disait cela à haute voix. Il sentit la chose dans sa gorge sortir complètement. Il répéta ce qu'il venait de dire :

– Oui, j'aime Pepe énormément. Et il me manque.

Le fait de confesser son amour deux fois le lui fit paraître plus réel. Mano avait besoin qu'il soit réel.

– J'aime ma mère aussi, ajouta-t-il. Elle aussi me manque.

Zuzu sourit. Elle sortit le paquet de Chapeau-de-Nonne de sa poche de poitrine, qui était encore au sec au-dessus de la surface de l'eau.

Mano voulut dire aussi à haute voix qu'il aimait Enid, mais il laissa passer la pensée.

Zuzu les posa sur le rebord de la baignoire.

– Vas-y.

Elle se rallongea dans la baignoire qui était maintenant pleine d'eau chaude, jusqu'à ce que sa poche de poitrine vide soit submergée. Son pantalon en velours côtelé et sa chemise faisaient flotter Zuzu à la surface. Ils allumèrent tous deux une cigarette.

Mano coupa le robinet. Ils avaient tous deux oublié à quoi ressemblait le silence.

– Pepe m'a laissé un accordéon.

Zuzu parut impressionnée.

– Tu veux bien en jouer pour moi ?

– J'aimerais pouvoir. Il est là, derrière, quelque part. Je n'en ai pas joué depuis tant d'années, dit Mano en faisant un geste du doigt par-dessus sa tête pour indiquer son dos. Je ne peux pas l'atteindre. C'est juste une partie de mon corps, maintenant.

– Mais non. Je parie que je peux le trouver.

Zuzu se releva et sortit de la baignoire. Ses vêtements étaient trempés et elle fit une flaque d'eau à leurs pieds devant les WC.

– Non, s'il te plaît. Il est bien où il est. En plus, je ne sais même pas si…

Zuzu fit taire Mano. Elle lui demanda de se pencher complètement en avant et escalada ses tibias et ses genoux jusqu'à pouvoir monter à califourchon sur sa nuque. De là, elle farfouilla dans le bazar de ses cheveux. Elle y trouva des coins et des dessus, des bouts de bric-à-brac de plein de choses.

– Le voilà ! Je l'ai trouvé.

– Ça va aller. Laisse-le où il est. Il doit sûrement être cassé, depuis le temps…

– Non, non, il est magnifique. Regarde !

Elle tira par petites saccades sur le dessus de ce qui ressemblait à un accordéon dans le dos de Mano. Mano eut l'impression qu'on lui retirait une vertèbre tordue. Il sentit son dos se redresser. L'accordéon émit un soupir, puis un autre son, comme s'il se raclait la gorge. Mano le reconnut à peine lorsqu'elle le lui mit dans les mains.

– Bon, maintenant, joue, dit-elle.

– En jouer ? Je ne sais pas si je…

– Joues-en, c'est tout. Joue pour Pepe.

– Je ne connais que des chants funèbres.

– C'est quoi, des chants funèbres ?

– Ce sont des chants pour les morts.

– Parfait ! s'exclama Zuzu.

Le son de l'accordéon de Mano était la plus belle chose que leurs oreilles à tous deux avaient entendue depuis bien longtemps. Depuis de nombreuses années, XO Ville ignorait la musique pour funérailles. Le son de cette tristesse et de ce désespoir profond fit battre leurs cœurs deux fois plus vite. Il leur donna envie d'entamer une marche funèbre. Et c'est ce qu'ils firent. Ils traversèrent la salle de bains et la cuisine, sortirent par les grandes portes de grange, se retrouvèrent dehors devant la cabane et pénétrèrent directement dans la forêt. Zuzu avait ses vêtements mouillés et Mano était bien sûr sous toutes ses choses, ses cheveux, et derrière son accordéon qui, après toutes ces années sur son corps, semblait exactement quoi faire en cet instant.

Mano et Zuzu défilèrent en ronds autour de la cabane, puis ils décidèrent qu'ils faisaient partie d'une procession funèbre. Ils défilèrent l'un derrière l'autre vers un cimetière pour de faux. Le Faux Cimetière était le jeu auquel Zuzu avait le plus envie de jouer.

– Pour qu'on fasse des funérailles, il faut que quelqu'un soit mort, dit Zuzu.

– Nos funérailles, il faudrait qu'elles soient pour qui ? demanda Mano.

– Pour ta mère, qu'est-ce que tu en dis ? Elle a été écartelée, c'est ça ? Alors elle n'a pas eu de funérailles, si ?

Mano n'était toujours pas si sûr que Pepe n'était pas en train de le hanter amoureusement depuis l'intérieur du corps de Zuzu. Il lui adressa un sourire reconnaissant.

– C'est une très bonne idée, dit-il.

Et c'est ce qu'ils firent. Ensemble ils creusèrent un trou avec la pelle de Mano. Ils jetèrent quelques pierres dans le trou et Mano dit toutes les choses gentilles qui lui vinrent à l'esprit à propos de sa mère.

– Sisi Medium, amoureuse de polka et de cigarettes fumées à la chaîne. Elle aimait l'eau chaude et la bière fraîche. Elle aimait la radio et sa fenêtre, par laquelle elle regardait le ciel. Mais surtout, elle m'aimait. Elle m'aimait tellement. Et je l'aimais tellement.

Mano laissa le sentiment dans sa gorge prendre le dessus et se mit à pleurer.

– Je t'aime, mère, fit Mano, mais il ne voulait pas que son oraison s'arrête là. Oh, et merci pour les oiseaux. Merci d'avoir joué à te déguiser avec moi. Merci pour toutes les histoires de quand j'étais enfant et de quand toi tu étais enfant, également.

– C'est tout ?

Zuzu commençait à pleurer elle aussi. Elle voulait en entendre encore un peu plus.

Mano réfléchit à ce qu'il pouvait ajouter.

– Maman, je suis désolé que le monde soit devenu si grand pour toi.

Sur ce, tous deux recouvrirent de terre les pierres et Mano joua un chant funèbre à l'accordéon. C'était exactement le genre de funérailles qu'il avait initialement voulu pour sa mère.

Zuzu fit taire Mano avant que son dernier chant funèbre ne s'achève.

– Je crois entendre quelque chose.

– Qu'est-ce que c'est ?

– Je l'entends parler. Elle essaye de dire quelque chose.

– Qui ?

– Ta mère ! Attends.

Zuzu posa son index sur ses lèvres puis s'approcha d'un arbre mort pour en casser une branche. Mano avait peur. Peu importe à qui appartenait la voix, il n'était pas certain de vouloir entendre ce qu'elle avait à dire. Zuzu enfonça en profondeur le bâton dans la terre et le fit bouger. Elle plaça son oreille contre le trou.

– Chut. Sisi essaye de parler.

– Ce n'est pas malin d'écouter ce que les morts ont à dire. Il n'y a pas moyen de leur faire confiance, dit Mano, paniqué. Je pense qu'on devrait juste s'en aller. Ces funérailles sont terminées.

– Attends, Mano ! N'aie pas peur comme ça. Tu as tellement peur. Pourquoi tu as peur comme ça ?

L'oreille contre le trou dans la terre, Zuzu répéta lentement ce qu'elle entendit la voix dire :

– *Je... veux...*

– Qu'est-ce qu'elle veut, demanda Mano, prêt à détaler.

– ... *une autre*..., oui, oui, une autre quoi ? C'est quoi, Sisi ?... *une autre... bière...*

Zuzu roula sur le dos, sur le dessus de la tombe et rit sans pouvoir s'arrêter.

Mano fit mine de lui jeter une pierre, mais la jeta loin derrière elle.

– Très drôle, dit-il. Dis-lui que les morts ne peuvent plus boire.

– Allons en boire une pour elle, dit Zuzu.

– Bonne idée.

Ensemble, Zuzu et Mano passèrent le reste de la journée à couper du bois pour le feu et à ramasser des champignons dans les bois. Zuzu en était à son deuxième jour complet de végétarisme depuis qu'elle avait quitté Tarteure, aussi fit-il avec ces champignons quelque chose qui ressemblait à un steak. Après dîner, ils s'assirent par terre dans la salle de séjour, burent d'autres bières et écoutèrent de la polka à la radio.

– Comment sait-on quand on aime quelqu'un ? demanda Zuzu.

Mano réfléchit à la question de Zuzu.

– Je ne sais pas. Ça fait comme une douleur sourde interminable. Comme quelque chose qui fait mal, même quand tu es avec la personne. Comme si elle te manquait alors que tu es avec elle. As-tu déjà ressenti ça ?

– Non, je ne crois pas. Je ne crois pas avoir déjà aimé quelqu'un.

– Tu es jeune.

– Mais je pense que je pourrais.

– Bien sûr que tu pourrais. Sais-tu *qui* tu pourrais aimer, enfin je veux dire, à l'avenir ?

– Oui, répondit Zuzu. Mais c'est une femme. Et elle est bien plus âgée que moi.

– Qu'est-ce qui t'inquiète ?

– Ma mère.

– Oh non, c'est ta mère ?

Ils rirent fort l'un et l'autre.

– Non ! s'écria Zuzu.

Une fois qu'ils eurent repris leur souffle, Mano dit :

– Peu importe qui c'est, ou l'âge de la personne. Mais fais en sorte, une fois que tu l'aimes, qu'elle le sache.

– D'accord.

Mano et Zuzu burent chacun deux autres Chapeau-de-Nonne fraîches, ce qui épuisa définitivement le stock de Mano. Lorsque vint l'heure de se coucher, Zuzu fit une bise sur la joue de Mano et lui promit de lui apporter d'autres Chapeau-de-Nonne lorsqu'elle reviendrait. Puis elle prit place pour la deuxième nuit dans la baignoire géante tandis que Mano s'endormait dans son lit géant, dans la chambre à côté.

Le lendemain matin, Mano s'éveilla aux sons de l'eau de la baignoire qui s'écoulait, la porte se refermait en silence et il y avait d'autres pâquerettes fraîchement coupées dans le vase.

43.

Vendredi matin, Zuzu arriva quelques minutes en avance à son travail à La Maison Good pour Enfants et les Très Malades et Vieux. Elle se prépara à un inévitable foyer accueillant, ou un interrogatoire. Peut-être que sa mère et Le Barbier l'attendraient sur le porche ou peut-être que tout le quartier serait penché sur une carte de XO Ville étalée sur la table de banquet de Vera, dans la salle à manger.

Mais lorsque Zuzu franchit le seuil, rien de tout cela ne se produisit. Personne n'agissait de manière inhabituelle en attendant son retour. Vera était debout dans la cuisine quand Zuzu entra. Elle portait la nuisette en soie de June Good, comme chaque matin, et ses cheveux gris étaient nattés.

– Il y a du café. Tu en veux une tasse ?

Zuzu fit oui de la tête. Elle se demanda si on l'avait recherchée, ou si elle avait manqué à qui que ce soit. Vera lui servit une tasse.

– J'aime bien ton nouveau pantalon, dit Luis.

Il serra dans ses bras la jambe de Zuzu et caressa son pantalon. Il joua avec la couture en bas, sur le côté de son pantalon comme s'il s'agissait de la corde d'une harpe.

Zuzu lui passa les doigts dans les cheveux comme un peigne.

– Ouais, il est chouette, dit Igor, qui avait échangé son chapeau de cow-boy contre un casque de Viking et venait juste de commencer à dessiner Zuzu. Il te va bien, dit-il.

– Merci à vous deux. Vous êtes tellement gentils. Ce pantalon est…

Zuzu s'interrompit. Elle décida de ne pas parler de Mano aux garçons ni de leur dire d'où venait le pantalon.

– Est quoi ? demanda Luis.

– Est tout neuf, répondit Zuzu en leur souriant, leur demandant d'accepter sa demi-réponse. Vous m'avez manqué, les garçons.

– Tu étais où ? demanda Igor.

Vera se racla la gorge. Les enfants à leur tour la regardèrent, puis cessèrent d'attendre une éventuelle réponse à leur question. Vera tendit à Zuzu une tasse ornée du logo de la pyramide avec les corps morts, ouvrit la partie inférieure de sa robe de chambre et s'assit à la table à côté d'Igor. Vera montra une ligne marron incurvée en haut de la page d'Igor. Elle croisa ses jambes nues et but une gorgée de sa tasse.

– C'est la tête à Zuzu, dit Igor.

– Ah, d'accord, oui, je vois maintenant, dit Vera. C'est une tête magnifique.

Igor gloussa, gêné, et regarda Zuzu à travers ses doigts.

Zuzu s'assit à côté de Lois, qui écrivait une lettre d'amour à Ernesto, son père.

– Tu veux la lire ? demanda Lois.

Zuzu commença, à voix basse, pour qu'ils ne soient que tous les deux à entendre.

– Je t'aime tellement. J'aime que tu sois fort et que tu puisses me soulever au-dessus de ta tête. J'aime quand tu m'apprends les insectes. Je suis contente que tu ne sois pas mort. Lois, tu as fait exprès de faire une rime, avec fort et mort, là ?

Lois haussa les épaules pour dire qu'elle n'était pas sûre.

– D'accord, maintenant c'est *toi* qui *me* lis le reste, dit Zuzu.

Lois se lança, lisant un mot après l'autre.

– J'aime quand tu nous laisses creuser des trous dans le sol. Et comme ça on peut enterrer nos peurs dans les trous et les recouvrir.

Lois mit ses doigts dans sa bouche, gênée d'entendre ses propres sentiments dits à voix haute dans le monde, allant dans les oreilles des gens. Zuzu sortit les doigts de Lois de sa bouche et Lois poursuivit sa lecture :

– *Et aussi, je suis désolée d'avoir touché ton mollet quand tu m'as dit non parce que ça te donne des crampes.*

– C'est absolument magnifique, Lois. Je suis sûre qu'il va aimer. Qu'est-ce que tu veux dire, *mollet* ?

Lois montra du doigt sa jambe.

– Ah, *mollet*, oui, d'accord.

Lois finit de lire le reste de sa lettre à Zuzu tandis que les autres enfants arrivaient et s'asseyaient. Ernesto, Hera, Ernest et Leda étaient maintenant tous dans la cuisine, ils se servaient du café, se disaient bonjour. Bizarrement, personne ne demanda à Zuzu où elle avait été, juste comment elle allait. La maison était tellement pleine et bruyante, cela rendit Zuzu plus heureuse que n'importe quoi d'autre. Elle se dit que peut-être elle pourrait juste continuer la vie telle qu'elle avait été jusqu'alors, sans avoir à subir les répercussions liées au fait de s'être absentée. Zuzu s'installa dans le fauteuil et regarda les jambes nues de Vera se décroiser et se croiser par l'ouverture de sa robe. Vera observa Zuzu l'observer.

– J'ai une mission pour toi ce matin, dit Vera.

– De quoi s'agit-il ?

Zuzu voulait une mission. Elle voulait plus que tout que Vera lui donne des instructions.

– Nous allons passer la matinée dehors, toi et moi. Il faut qu'on fasse une partie du travail du Pelleteur dehors aujourd'hui. Nous allons laisser les enfants aux autres.

– Où est Le Pelleteur ?

– Il passe la journée au train. On avait besoin de lui pour aider à pelleter un nouveau sentier.

– Le train, vraiment ? demanda Zuzu.

– Oui, j'imagine que XO veut un nouveau chemin plus large pour un train plus gros et plus rapide vers les autres XO Villes, dit Vera. Il transportera plus de choses et rapportera plus de choses. Bon sang, qui sait ? Je lui ai dit qu'il n'avait pas besoin de se faire davantage d'argent. Je peux me charger de...

– Celui-là, en plus, il transportera des gens, ajouta Ernest.

– Alors on ne sera pas obligés de marcher ? demanda Zuzu.

– Bientôt, on ne sera plus jamais obligés de marcher, dit Vera.

Une fois dehors, à l'ombre d'une grande ombrelle, Vera s'assit délicatement sur une chaise longue pour que son corps ne se répande pas complètement hors de la robe de chambre de June. Avant d'aller dehors, elle remplaça sa tasse de café par une canette de Chapeau-de-Nonne. Elle avait une cigarette non allumée entre les doigts de la main qui tenait sa bière.

– Nous allons reboucher ce trou. Enfin, je devrais dire, *tu* vas reboucher ce trou.

Elle alluma sa cigarette et en tendit une à Zuzu. Zuzu alluma la sienne et s'assit au bord d'un trou rectangulaire pour la fumer. La terre entassée à côté du trou était fraîche. Zuzu laissa ses jambes se balancer dans le vide.

– C'est une tombe, ça ?

– Oui. Tu en avais déjà vu une avant ?

Vera dégagea sa robe de chambre de ses jambes pour qu'elles prennent le soleil.

– Non. En tout cas jamais l'intérieur d'une tombe.

Zuzu releva la tête pour en quelque sorte obtenir de Vera la permission, que celle-ci lui accorda en un regard. Zuzu se glissa au fond de la tombe où elle s'allongea sur le dos. Une tombe n'était qu'un lit, songea-t-elle. Elle regarda au-dessus d'elle le rectangle de ciel.

– Qu'est-ce qu'elle fait ici ? demanda Zuzu en s'adressant au ciel.

– C'est celle de ta mère.

Zuzu toussa au point d'expulser sa cigarette. Elle se remit sur son séant, perplexe quant au fonctionnement des tombes – ou au fonctionnement de la mort, tout court. Elle se demanda si sa mère était devenue invisible à sa mort, ou avait été enterrée encore plus profond, son cadavre étant sous elle. Zuzu se releva dans la tombe, sa tête sortant du sol comme un soldat dans un bunker.

– Ma mère est morte ? Comment, je veux dire, qu'est-ce que… ?

La nouvelle dont Zuzu avait toujours pensé qu'elle la fascinerait était en fait dévastatrice.

– Où est-elle ? demanda-t-elle.

Irène Boue, qui était maintenant tellement vieille que tout le monde autour d'elle avait cessé de compter ses anniversaires, et tellement malade que ses globes oculaires semblaient faits de rouille, rampa par la porte de derrière de La Maison Good, se traînant sur les mains et les genoux comme une bête de somme avec un dos cassé vers Zuzu et la tombe. Irène avait passé le plus gros de la matinée à faire glisser en silence son corps dans les escaliers depuis sa chambre, qui se trouvait à l'étage, à l'infirmerie.

Zuzu voulait une réponse à sa question, mais Vera l'ignora.

– Vous ressemblez à un mouton égaré qui se serait accidentellement échappé de son enclos, Irène, dit Vera, gentiment, comme un bonjour du matin.

– Je suis prête à mourir, dit Irène en poussant son visage à travers les herbes.

– D'accord, Irène, allez à votre tombe, dit Vera telle une propriétaire de chien.

– Entendu.

Zuzu se hissa hors de la tombe et s'assit sur le bord pour faire de la place à Irène.

– Ta mère n'est pas morte, dit finalement Vera. Elle n'y a passé que quelques minutes, KO. Les enfants ont cru qu'elle était morte, donc ce fut une bonne leçon. Ils lui ont jeté un peu de terre sur les jambes, et puis encore un peu quand elle s'est réveillée. Quand elle s'est réveillée, c'était une femme nouvelle. Sa folie est morte, mais pas elle. Mais elle s'est réveillée dans cette tombe avec une peur nouvelle. Elle s'est réveillée en sachant que toi, Zuzu, tu n'es *pas pareille* qu'elle. Elle a jadis eu peur que tu t'en ailles. Mais maintenant elle a juste peur, si tu t'en vas, que tu ne reviennes pas. Ou que, si tu reviens, tu reviennes différente.

Vera tira une bouffée de sa cigarette.

– Elle a peur, Zuzu, ajouta Vera, c'est tout. Elle a peur que tu te transformes en quelque chose qu'elle ne comprendra pas.

Irène Boue était maintenant proche de la tombe au point de pouvoir en atteindre le bord en tendant le bras.

Vera poursuivit :

– Ta mère t'attend à la maison. Je lui ai promis que si tu venais aujourd'hui au travail, je t'enverrais directement chez toi. Elle t'attend à la maison.

– Vous pensez que je deviens quoi ? demanda Zuzu.

– Une femme. Tout cela est très normal, tu sais, pour une fille, dit Vera.

Irène glouglouta un étrange et profond glouglou.

– Je ne me sens pas femme. Je me sens différente, dit Zuzu. J'ai l'impression d'être comme personne n'a jamais été. C'est possible ? J'ai l'impression d'être quelque chose qui a perdu quelque chose. Mais je n'ai rien perdu du tout. Je ne suis même pas sûre d'avoir aimé quoi que ce soit.

Zuzu voulait dire à Vera tout ce qu'elle ressentait pour elle, mais, avec la tombe de sa mère entre elles, ne savait comment s'y prendre. Zuzu voyait juste entre les jambes de Vera à l'intérieur de sa nuisette. Elle détourna le regard, tourna la tête vers Irène, qui penchait maintenant son corps au-dessus du bord de la tombe, comme sur le point de le faire basculer à l'intérieur en plongeant tête la première.

– Ça fait comment, d'aimer June ? finit par demander Zuzu. Ça fait comment d'aimer les morts ?

Vera réfléchit quelques secondes à la question de Zuzu.

– Il y a quelque chose dans le fait de savoir exactement où elle est, dans ce sol, au cimetière. Ça fait du bien. Parfois ça fait comme de l'amour, de savoir exactement où est quelqu'un. Mais ça n'en est pas.

– Je suis prête ! s'écria Irène.

Sur ce, elle se mit en boule et roula dans la tombe. Elle atterrit sur le dos, dans le fond, une jambe appuyée sur le côté. Elle émit un son horrible, comme si tout son souffle s'était échappé d'elle.

À coups de pelle, Zuzu recouvrit de terre la jambe d'Irène qui était encore à plat au sol.

– Bonne nuit, Zuzu, fit Irène dans un râle.

Irène appréciait de sentir le poids de la terre froide sur sa jambe.

À coups de pelle, Zuzu lui mit de la terre sur la figure. Juste un peu. Juste assez pour qu'Irène la sente. Elle en eut un peu dans la bouche. Irène ferma les yeux très fort, mais ne put mourir.

44.

L'ancienne Usine Tarteure abandonnée se trouvait toujours aux lointains confins ouest de la ville comme une lune morte. Contrairement à l'Usine XO, de construction récente, qui était propre et lumineuse, et trois fois plus grande, l'ancienne Usine Tarteure était toujours sombre, même en pleine journée quand le soleil était à son zénith. On aurait dit une usine qui ne fabriquait rien d'autre que de l'obscurité et de la tristesse. Les lampadaires de XO Ville avaient beau s'allumer à l'intérieur d'un des bâtiments de l'ancienne usine quand le soleil disparaissait, l'obscurité qui s'écoulait des fenêtres de l'usine engloutissait leur lumière.

En dehors des bois, le toit de l'usine était le seul endroit à XO Ville ou dans les environs où les oiseaux noirs vivaient encore. Quel que soit le nombre d'oiseaux que les chasseurs d'oiseaux avaient tués en tirant sur le toit de l'usine dans les années qui avaient suivi la fermeture, il y en avait toujours davantage. En fait, plus ils en tuaient, plus il y avait d'oiseaux sur le toit le lendemain. Les oiseaux semblaient naître de l'obscurité fabriquée sur place.

Il ne restait pas grand-chose à l'intérieur de l'Usine Tarteure – pour l'essentiel des chaises cassées, un éparpillement de fournitures de gardiens, quelques uniformes de travail démodés avec le logo Tarteure encore cousu dessus, une famille de lapins se cachant pour échapper aux oiseaux, des glaces et des lavabos. L'odeur d'orge et de tabac était encore incrustée dans les murs, mais cette odeur était à peu près la seule chose qui restait désormais. Pendant quelques années, diverses familles de squatteurs avaient vécu là. En partant, ils avaient emporté les WC.

La porte par laquelle Mano avait coutume d'entrer pour aller au travail était toujours fermée à clé, mais Mano n'aurait de toute façon pas pu faire passer son corps par cette porte. Les vendredis après-midi, il pénétrait par la grande ouverture sur le côté du bâtiment, qui avait été percée des années plus tôt pour enlever une partie du plus gros matériel de l'usine afin de le transférer dans la nouvelle Usine XO. En se retrouvant à l'intérieur de l'Usine, Mano avait toujours l'impression d'être à nouveau une petite fille, assise aux côtés d'autres filles, travaillant de ses mains pour faire quelque chose de bon à fumer pour sa mère et quelque chose de bon à boire pour elle.

Ce vendredi après-midi pluvieux n'était pas différent des autres. Mano se sentait plus léger sur ses pieds dans cette obscurité humide, et il essaya même de sautiller – sans succès. C'était tout ce qu'il pouvait faire pour tenter d'introduire un peu de joie dans cet endroit au demeurant totalement dépourvu de joie. Et pourtant, même pour une tentative aussi simple, il trébucha. Il portait une cravate qu'il avait cousue à partir d'une dizaine de cravates qui ressemblaient beaucoup à la cravate que Le Contremaître portait jadis au travail. Il traîna son corps gigantesque jusqu'aux escaliers qui se trouvaient juste à l'extérieur de la salle principale, et il descendit péniblement l'escalier, s'appuyant aux murs pour garder l'équilibre. Le hall au bas de l'escalier était, étonnamment, encore plus sombre, plus humide et plus silencieux qu'au niveau principal de l'usine, comme s'il était l'épicentre de toute cette tristesse.

– Mano ? C'est toi ?

– Oui. C'est moi.

– J'ai fait de vilaines choses.

– Je sais. Tu vas devoir payer pour ça.

De l'eau de pluie gouttait des tuyaux rouillés du sous-sol.

– Allume la bougie, ordonna Mano.

La bougie éclaira le sous-sol. Le Contremaître se tenait au milieu, les mains sur le dessus de la tête, portant une vieille jupe ayant jadis été l'uniforme Tarteure. À ses pieds se trouvait l'ancienne cuillère en bois qui servait à sortir le tabac des machines à vaporiser, un pack de six de Chapeau-de-Nonne fraîches, un paquet de cigarettes Chapeau-de-Nonne, et un sac de courses rempli. Mano ouvrit la première de ses six bières et s'alluma une cigarette à la bougie. Puis il dit :

– Enlève ta jupe. Ça va faire mal.

Pendant que Le Contremaître faisait tomber sa jupe aux chevilles, Mano regarda ce qu'il y avait dans le sac des courses. Il vit qu'il y avait d'autres bières et des cigarettes Chapeau-de-Nonne, ce qui lui fit plaisir. Le Contremaître avait coutume de n'apporter que de la bière et des cigarettes XO jusqu'à ce que Mano menace de cesser de venir le voir les vendredis. Il fut aussi content de voir du dentifrice, du papier toilette, un nettoyant pour les vitres et d'autres produits indispensables.

– Et je ne veux pas de pleurnicheries tant que je ne serai pas arrivé à cinquante.

– Oui, monsieur, promit Le Contremaître.

– Descends aussi ta petite culotte. Jusqu'aux genoux.

Le Contremaître fit descendre une vieille petite culotte ayant appartenu à June Good jusqu'aux genoux.

– Maintenant, remets tes mains sur le dessus de ta tête.

Le Contremaître enlaça ses doigts sur sa tête. Mano n'hésita pas. Il ramassa la cuiller en bois et frappa farouchement le premier coup, plus fort que la semaine précédente, en plein sur les anciennes ecchymoses du Contremaître. Le poids de la cuiller surprenait Mano chaque fois qu'il la ramassait. Elle était lestée à son extrémité et flanquait une beigne terrible au cul nu du Contremaître chaque fois que Mano frappait. Mano n'avait même pas besoin de frapper très fort.

– Il va falloir que ce soit toi qui comptes, dit Mano après la première fessée.

En une gorgée de sa Chapeau-de-Nonne, il termina presque sa première canette.

– 1, dit Le Contremaître.

– C'est ça. 1. C'est le mieux pour commencer.

Le Contremaître se chargea du décompte au fur et à mesure que Mano se mettait à l'ouvrage.

– 2, 3, 4, 5, 6, 7, 8, 9, 10.

La voix du Contremaître devenait un peu plus aiguë à chaque nombre. Puis il expira comme quelqu'un tout juste remonté à la surface pour avaler de l'air.

– Venez voir, les filles. J'ai besoin que vous veniez toutes voir le pénis de cette petite fille, lança Mano en s'adressant à l'obscurité.

Il fessa Le Contremaître si fort que le pénis du Contremaître clapota jusqu'à ne plus du tout clapoter. Ça devint trop fort. Puis un oiseau noir atterrit sur le bout et y resta perché.

Le Contremaître bougea la main pour éloigner l'oiseau.

– Mains sur la tête ! ordonna Mano avec colère. Je vais m'en occuper.

Mano fit le tour du Contremaître pour se placer devant lui et arma la cuiller comme s'il s'apprêtait à frapper fort l'oiseau perché.

– Non, de grâce, grand Dieu, implora Le Contremaître.

– Tu as raison. Voyons ce qu'il fait.

Mano ouvrit une autre bière et ils regardèrent tous deux l'oiseau qui donnait des coups de bec sur la pointe du pénis du Contremaître. Mano se mit à rire. Il rit fort au point de ne pas pouvoir prendre une autre gorgée. Il rit en pensant à toutes les années écoulées entre sa peur du Contremaître et maintenant. Le Contremaître n'était qu'un vieil homme apeuré avec une jupe sur les chevilles et un oiseau sur le pénis. Quelque part sous ce rire il y avait tout un soubassement de chagrin.

– Est-ce que tout le monde se moque de moi, Mano ?

– Oui, tout le monde se moque de toi.

Fesser Le Contremaître le vendredi après-midi n'était pas une tâche aisée pour Mano. Ce n'était pas drôle pour lui, ni source de rédemption. Ce n'était pas une affaire de vengeance ou de réparation. Ce n'était que du travail, un travail parmi les plus difficiles que Mano ait eu à faire. Ce qui rendait ce travail si difficile pour Mano, ce n'était pas ses souvenirs d'avoir été fessé enfant à l'usine. Comme les blessures que ces fessées laissaient, la cruauté et l'humiliation de ces souvenirs avaient guéri vite au cours des brefs jours et semaines qui suivaient le moment où elles avaient été infligées. Mais fesser Le Contremaître en retour dans l'obscurité de la coquille de ce qu'il restait de l'usine lui rappelait quelque chose de bien plus douloureux. Du coup, Mano repensa à la *lumière* de son enfance, au temps passé avec Pepe, au fait qu'ensemble, formant une équipe, ils avaient eu quelque chose à fustiger tous deux, à détester ensemble. Et aussi à sa mère, auprès de qui il accourait après ces brefs moments insignifiants de cruauté et d'humiliation.

Mano finit par ne plus avoir l'énergie de continuer à frapper et plus de bières à boire. Il avait terminé les six plutôt rapidement, même si, pour quelqu'un d'aussi volumineux, ce n'était pas un exploit. Après avoir compté jusqu'à deux cents, Le Contremaître s'écroula au sol, et Mano ne s'y opposa pas. Le Contremaître rampa jusqu'à un coin, avec la petite culotte de June toujours aux genoux. Son cul nu était comme une pomme. Il se mit en boule et pleura à chaudes larmes.

Mano ramassa le paquet de cigarettes et son sac de courses.

– Merci, dit Le Contremaître une fois qu'il eut repris son souffle. Je te vois la semaine prochaine.

– Je t'en prie, dit Mano.

Il souffla la bougie et sortit par le côté de l'ancienne usine, marcha vers La Cure, franchit la passerelle et retourna chez lui, dans les bois.

45.

– C'est le pantalon de Zuzu, ça ?

– Inez ?

Mano arrivait à sa cabane, son sac de courses dans les mains.

Mano s'était tout à fait habitué aux visites qu'on lui rendait à sa cabane. Deux sentiers distincts avaient été créés pour arriver à sa porte d'entrée, comme deux longs chemins de randonnée en boucles, même si aucune personne ne pouvait savoir avec certitude à qui, hormis les siens, étaient les pieds qui, en partie, battaient le sentier.

Les gens qui rendaient régulièrement visite à Mano étaient devenus d'une certaine manière sa famille, il pouvait compter sur eux. Le Fleuriste lui rendait visite les dimanches. Il voulait pour l'essentiel raconter à Mano des histoires sur son amour perdu, Roberto, après quoi ils s'embrassaient, ils faisaient l'amour et dormaient toute la nuit dans le lit de Mano en se tenant la main. Le matin ils faisaient ensemble du pain perdu. Le pain perdu était le plat préféré de Roberto.

Les lundis, Beulah Lespiègle cherchait juste quelqu'un à qui parler, à haute voix, sans avoir à recourir au langage des signes. Mano ne faisait pas la grimace quand elle parlait. C'est ce que Beulah préférait dans le visage de Mano. Lorsqu'elle racontait à Mano des histoires de son enfance, et parlait de son amour pour son premier mari, Le Postier, Mano ne faisait pas la grimace, son visage ne se tortillait pas et il ne riait pas en écoutant le son de sa voix. Les lundis, Beulah avait le sentiment que ses mots n'étaient pas moins importants que ceux de n'importe qui d'autre, juste parce que le son de sa voix les brouillait.

Les mardis matin, Mano recevait la visite du Père Felipe, qui voulait savoir ce que cela faisait d'être touché, et de toucher quelqu'un d'autre à un endroit du corps qui ne soit pas seulement le front pour la bénédiction. Les jours avec Mano, le genre de toucher que Le Père Felipe pratiquait n'avait strictement rien à voir avec la bénédiction.

Les mardis après-midi étaient consacrés à Mary qui, maintenant adulte, se languissait du poids de sa sœur Mimi sur son dos. Mary et Mimi vivaient désormais séparées l'une de l'autre, dans deux appartements différents, à deux extrémités de XO Ville. Mary pensait que vivre séparément serait mieux pour elles, mais à présent elle ne savait plus trop pourquoi elle avait pu penser cela à un moment donné. Mary s'allongeait dans le lit de Mano les mardis après-midi, parce que l'autre battement de cœur, dans son dos, lui manquait, un souffle chaud à l'arrière de son oreille, l'odeur du corps de sa sœur différente de son odeur à elle, alors même qu'elles avaient jadis été le même corps.

Les mercredis, même si aucune des deux n'était au courant que l'autre avait déjà mis les pieds ici, Mimi s'allongeait dans le lit de Mano parce que cela lui manquait de ne plus être ce poids pour sa sœur. Cela lui manquait de ne plus être ce souffle, ce battement de cœur, cette odeur. Elle aimait aussi s'asseoir sur le dessus de la table de la cuisine de Mano et boire pendant qu'il mangeait.

Les jeudis, Mano recevait à la fois la visite de L'Avocat et celle du Propriétaire, qui avaient besoin de jouer l'un avec l'autre à toutes sortes de jeux ayant *quelque chose* à voir avec la propriété et le pouvoir, le labeur, la ruse, mais *rien* à voir avec l'échange d'argent.

Les vendredis après-midi, Mano récupérait les courses auprès du Contremaître à l'intérieur de la coquille de l'ancienne Usine Tarteure abandonnée.

À aucun moment Enid ne rendait visite à Mano, pas plus que lui ne rendait visite à Enid. Cela faisait seize ans qu'il n'avait pas vu Enid. Enid était restée debout dans son carré de fraises pendant pratiquement tout ce temps.

Mano avait cessé de collectionner les choses qui sortaient des trous de mort des uns et des autres, mais cela ne signifiait pas qu'il avait cessé d'être un réceptacle du chagrin des uns et des autres.

Mano n'avait jamais non plus jusqu'alors reçu la visite d'Inez. Mais elle l'avait toujours plus ou moins envoûté, et cet envoûtement ne s'était jamais dissipé. Quand Mano la vit dans l'encadrement gigantesque de sa porte, il ressentit immédiatement le besoin de se jeter dans ses bras robustes, mais il devint aussi extrêmement conscient de sa taille, de sa dégaine pas possible. Lui non plus n'avait pas vu Inez depuis seize ans, et c'est seulement à cet instant, quand il la revit, qu'il se rendit compte qu'elle lui avait manqué.

Inez, en revanche, ne trahissait aucun signe évident indiquant que Mano lui avait manqué.

– Alors, c'est le sien ? Il était pendu au fil à linge derrière ta cabane. C'est drôle. Ma fille a un pantalon en velours côtelé brun exactement comme celui-là.

– Inez, tu veux entrer ?

Mano passa devant Inez et commença à ouvrir la porte d'entrée fermée à clé.

– Il est encore mouillé, Mano.

– Il commence à pleuvoir, Inez.

– Je sais qu'avant tu portais un pantalon comme celui-là. Mais je doute qu'il t'aille encore.

Inez se tordit la nuque en reculant la tête pour mieux voir Mano dans son ensemble en disant cela.

– C'est peut-être de toi qu'elle tient ses goûts vestimentaires, de t'avoir vu quand elle était bébé.

– Inez.

– C'est sa petite culotte, ça ? ! fit Inez en pliant le pantalon sur son avant-bras, tenant la culotte de Zuzu devant son visage. Elle a un slip exactement comme celui-là.

– Si tu cherches ta fille, elle n'est pas là.

Mano ouvrit la porte d'entrée de sa cabane en la poussant du pied. Elle émit un long craquement en s'ouvrant. Il posa les courses sur la grande table. Il mit d'abord plusieurs choses dans le réfrigérateur, replaça le tendeur qui retenait la porte. Puis il rangea certaines des choses sur les étagères du placard.

– Elle est là ?

– Non. Veux-tu bien entrer ?

– Non.

– D'accord.

Mano laissa la porte ouverte, alors même que la pluie mouillait le sol. Il avait peur de dire quelque chose qui déclencherait une punition pour Zuzu. Inez resta dehors. Mano décida qu'il attendrait sa prochaine question. Il répondrait honnêtement à la question qu'elle lui poserait, quelle qu'elle soit. En attendant, il ouvrit une canette tiède de Chapeau-de-Nonne. Il commença à couper les carottes pour sa soupe. La question ne vint jamais. Il entendit Inez pleurer à l'extérieur, devant la porte, puis il ne l'entendit plus du tout.

En commençant à faire chauffer la soupe, il demanda à Inez si elle avait envie d'une bière tiède. Elle ne réagit pas.

Mano sentit un tel poids dans le silence à l'extérieur. Il se dit que peut-être toute information qu'il pourrait mettre dans ce silence l'allégerait.

– Elle était là hier. Et le jour d'avant.

Inez continua à ne rien dire.

Mano continua de l'intérieur de la cabane :

– Elle se promenait juste dans les bois. Elle voulait voir autre chose, Inez, c'est tout. Elle a le sentiment qu'il lui manque quelque chose, et elle voulait juste trouver quelque chose, n'importe quoi, du moment que ce ne soit pas la chose qu'elle a regardée toute sa vie. Elle m'a vu, et je l'ai vue. Elle était fatiguée. Elle a dormi ici. On a parlé de choses et d'autres. Elle grandit. Tu ne te souviens pas comment c'est ? Elle a peur, comme tout le monde, dit Mano en regardant Inez, dehors, qui ne bougeait pas. Il poursuivit : Enfin bref, elle est retournée en ville ce matin. Elle est retournée là-bas quelque part. Cela ira pour elle. Elle sera à la maison quand tu y arriveras. J'en suis sûr, dit Mano en remuant les carottes dans l'eau. Inez, tu te souviens quand elle était juste un bébé, elle...

Inez franchit le seuil mais ne fit pas mine de refermer la porte derrière elle. Ses cheveux et ses vêtements étaient mouillés, elle tenait encore dans sa main les vêtements mouillés de Zuzu. Elle regardait Mano différemment maintenant. Elle le regardait comme elle l'avait regardé quand il n'était qu'un garçon.

– Elle quoi… ?

Mano avait oublié ce qu'il s'apprêtait à dire.

– De quoi crois-tu te souvenir ? Tu ne sais pas grand-chose. Tu ne sais pas ce que tu crois savoir.

– Non, j'imagine…

– Qu'est-ce que tu crois savoir à propos de Zuzu ? Qu'est-ce que tu crois savoir à propos de *moi* ?

– Je ne sais rien. Je ne… bégaya Mano.

– Je suis mariée maintenant. Tu le savais, ça ?

– Non. Je ne savais pas, répondit Mano, ne voyant pas l'intérêt d'expliquer les choses qu'il avait récemment apprises à son sujet. Félicitations.

– Arrête, Mano. Je suis mariée au Barbier, annonça Inez en guettant la réaction de Mano. Tu trouves ça drôle ?

Mano secoua la tête pour dire que non, ce n'était pas si drôle que ça.

– Eh bien moi je trouve ça drôle, dit-elle, mais elle ne riait pas. Zuzu, elle, trouve ça drôle, ça c'est sûr.

– Eh bien, pas moi, confirma Mano.

Inez mit son visage dans ses mains et parla dedans.

– Qu'est-ce que tu lui veux à ma fille ? Quoi que tu lui veuilles, tu ne l'auras pas.

– Je ne veux rien.

– Est-ce qu'elle t'aime ?

Mano émit un petit rire qui signifiait non, puis secoua la tête.

– C'était drôle, ça ?

– Non.

– Eh bien, elle ne t'aime pas, Mano. Elle aime Le Boucher. Est-ce qu'elle te l'a dit, ça ?

Mano demeura silencieux. Il commençait rapidement à se rendre compte qu'Inez savait très peu de choses sur sa propre fille.

Inez inspira courageusement et poursuivit :
– Tu ne m'aimes plus ?
– Inez, écoute, voudrais-tu un peu de soupe ? Elle sera bientôt prête. Assieds-toi. On peut manger ensemble.
– Je ne veux pas de soupe.
Inez grimpa sur une des chaises de Mano autour de la table de la cuisine. Ses pieds ne touchaient pas tout à fait le sol. Les yeux dans le vide, elle plongea la main dans la petite poche de sa jupe. Inez en sortit les anciennes lunettes de son premier mari et les posa sur la table.
– Je me suis dit que je pourrais te les rapporter.
– Ça fait si longtemps, Inez.
– Je me disais que tu en aurais besoin.
– Non. Ça va comme ça. Merci, mais ça va comme ça.
Au fil des ans, Mano avait appris à plisser les yeux de manière optimale. Il avait appris à voir le monde tel qu'il le voyait.
– Elles sont trop petites pour moi, maintenant, ajouta-t-il.
Inez eut l'air déçu. Ils restèrent un moment silencieux.
– Je ne l'aime pas, dit Inez. Le Barbier, j'entends.
– Peut-être que tu ne devrais pas être avec lui.
– C'est ce que tu veux ?
Mano ne lui répondit pas. La réponse aurait été, bien sûr, non.
Inez répéta sa question.
– La soupe est en train de bouillir, dit Mano.
– Laisse-la bouillir.
– Je ne peux pas, dit Mano. Je vais te servir un bol, d'accord ?
Inez se releva près de la table de la cuisine, épaules avachies. Son corps ne savait pas exactement où ni comment se tenir dans la cabane de Mano. Elle ne voulait pas véritablement partir, elle voulait juste ne pas être vue.
Mano se servit de la louche pour remplir deux bols de soupe, et il les posa tous deux sur la table.
Inez commença à disparaître. Seulement un peu, tout d'abord.
Mano la dévisageait en plissant les yeux. Il la voyait encore, mais à peine. Puis il put voir à travers elle. Il tira sa chaise, de l'autre côté de la table de la cuisine, se glissa dessus et commença à manger sa soupe.

– Inez, tu es en train de disparaître, dit Mano.

Ils restèrent assis à la table, en silence. Il pleuvait dru à présent. Les oiseaux noirs braillaient à la cime des arbres. Bientôt, Inez eut complètement disparu et Mano n'eut pas moyen de savoir s'il était seul ou pas dans la pièce. Ce soir-là, en se glissant au lit, une fois que tout fut très calme et très noir, il entendit les bruits imperceptibles qu'elle faisait en avalant sa soupe.

46.

Zuzu se rendit directement de La Maison Good à chez elle, comme elle l'avait promis à Vera. Elle était prête à être une femme, et être une femme, décida-t-elle, c'était assumer ses propres décisions. Et une petite voix en elle – peut-être était-ce la voix de la femme nouvelle, ou peut-être était-ce la voix de la petite fille – lui soufflait que sa mère lui manquait. Aucune voix ne lui soufflait que Le Barbier lui manquait, lui qui créait un vide de joie dans chaque pièce qu'il honorait de sa présence, quand bien même il prononçait rarement un mot. Zuzu n'était même pas certaine qu'il soit capable de dire plus d'une phrase à la fois. Elle ne pouvait pas respirer dans sa maison. Elle se dit qu'en laissant les fenêtres ouvertes, cela suffirait. En arrivant à la maison, elle ouvrirait immédiatement les fenêtres, se dit-elle. Elle recevrait son châtiment stoïquement, telle une femme nouvelle, si un châtiment était effectivement à l'ordre du jour.

Mais de fait, nul châtiment n'était à l'ordre du jour. Il n'y avait pas d'ordre du jour. Il n'y avait même personne à la maison quand Zuzu arriva. Personne ne l'attendait. Il n'y avait nulle preuve, lui sembla-t-il, que quiconque l'ait cherchée. Une fois à l'intérieur, elle ouvrit quand même les fenêtres, au cas où. Le Barbier allait se répandre hors de la chambre à coucher et engloutir toute joie en l'espace de quelques instants infinis au cours desquels il se ferait craquer le dos devant elle, de la poussière de cheveux d'autres personnes se dégagerait de ses manches à chaque craquement. Cela cependant ne se produisit pas. La porte de la chambre à coucher était ouverte. Leur lit était fait. Il n'y avait personne dedans.

Zuzu avait aimé attendre dans la cabane vide de Mano, dans les bois, mais là, elle n'avait nulle envie d'attendre pour voir ce qui allait se passer, ou pour voir qui rentrerait à la maison, ou si quiconque rentrerait un jour à la maison. Zuzu eut l'impression d'être prise au piège, comme si quelqu'un lui avait tendu un guet-apens. Elle se dit que plus elle attendrait, plus grande serait la probabilité qu'elle soit prise en embuscade. Il n'empêche, une embuscade, ce serait au moins *quelque chose*. Comment était-il possible qu'il n'y ait personne à la maison alors que cela faisait trois jours qu'elle avait disparu, se demanda-t-elle.

Pour Zuzu, nul avenir dans la maison du Barbier ne pouvait exister sans le sempiternel besoin pressant de prendre la fuite. Si elle devait revenir quelque part, en arrivant de n'importe où, elle voulait que ce soit dans les bras de quelqu'un, et non pas dans une maison morte sans lit où s'allonger, juste un canapé imbibé de l'odeur du Barbier, une odeur de talc et de pipi de chat. Zuzu se creusa la tête pour savoir où elle avait envie de revenir, hormis La Maison Good.

Elle songea à la cabane de Mano, bien entendu. Il y avait largement assez de place pour elle, là-bas. Elle ne risquait pas de déranger, là-bas. Elle y habiterait, si c'était possible. Peut-être y retournerait-elle, elle se construirait sa propre chambre, derrière la cabane, ferait pousser des légumes dans le jardin, irait cueillir des champignons, boirait de la bière, fumerait des cigarettes, ferait de la musique avec lui. Peut-être pourraient-ils monter un groupe qui jouerait aux funérailles des gens, si l'on organisait un jour de nouveau des funérailles. Il faudrait qu'elle apprenne à jouer d'un instrument. Mais tout d'abord, décida Zuzu, il allait falloir qu'elle attrape quelques cacahuètes dans le placard de la cuisine, et son sac à dos avec son nécessaire de voyage.

Zuzu se mit en route vers la cabane de Mano, mais, en chemin, elle avait trois arrêts à effectuer. Sa première halte fut au carré de fraises. Deux fois par semaine environ, Zuzu aimait passer à peu près une demi-heure avec Enid Pin dans le carré de fraises. Enid se tenait là comme un épouvantail, elle ne bougeait pas ni ne parlait à Zuzu, mais cela faisait du bien de partager cet espace avec elle. Zuzu ne savait rien d'Enid, hormis son nom. Et elle ne connaissait son nom que parce que sa mère le lui avait dit, et non parce qu'Enid avait un jour été capable de se présenter. Il n'empêche, chaque fois, Zuzu se présentait à Enid. Elle disait son nom, et expliquait qu'elle aimerait l'aider à cueillir quelques fraises. Le plus clair de l'année, il n'y avait pas du tout de fraises à cueillir, alors Zuzu faisait semblant d'en cueillir pendant quelques minutes dans les buissons dépouillés, puis elle versait quelques poignées de fraises invisibles dans le panier d'Enid. Enid se tenait immobile dans son carré de fraises, toujours habillée pareil – une robe blanche en toile de jute à motif de petites fraises rouges – depuis maintenant seize ans. À la saison froide, lorsque les lopins de terre étaient nus, Zuzu emmitouflait Enid dans un de ses plus épais manteaux, et dans la chaleur de l'été, Zuzu appliquait de la crème solaire sur le visage d'Enid et lui versait de l'eau directement dans la bouche.

C'était à présent la saison des fraises, le carré était rouge vif et mûr. Zuzu avait du vrai travail à faire. Elle décida de ramasser assez de fraises pour en apporter à Mano. Ils pourraient faire une tarte dans sa cabane. Ensuite, elle apporterait la tarte à Vera, et les fraises qui resteraient, elle les donnerait à tous ceux qui habitaient dans La Maison Good. Et s'il en restait encore après cela, de la tarte ou des fraises, elle en rapporterait chez elle, pour sa mère, et même pour Le Barbier. Bien sûr, elle ramasserait aussi des fraises pour le panier d'Enid, elle ne se contenterait pas de faire semblant. Elle n'était pas certaine qu'Enid s'en rende compte, ou même le sache, et pourtant, Zuzu avait le sentiment que c'était important de remplir le panier d'Enid de ses propres fraises.

– Comment ça va, Enid, depuis la dernière fois ?

Enid, comme toujours, regardait droit devant elle vers le bois, à l'ouest, tandis que le soleil se couchait sur les arbres. Elle avait la bouche entrouverte. Zuzu cueillit une fraise et se servit de ses deux mains pour la mettre dans la bouche d'Enid. D'une main, elle abaissa le menton d'Enid, de l'autre elle enfourna la fraise, juste au-dessus de sa rangée de dents du bas.

– Je suis ici pour vous ramasser des fraises. Vous avez besoin d'aide ?

Zuzu avait beau ne pas attendre de réponse, elle regardait tout de même Enid droit dans les yeux. Elle ramassa l'équivalent d'un demi-panier de fraises, dans le rang où Enid se tenait toujours et elle commença à remplir le panier d'Enid.

– Des cacahuètes, ça vous dirait ?

Zuzu dévissa le couvercle de la boîte de cacahuètes et en mit quelques-unes, l'une après l'autre, dans la bouche d'Enid. Elle crut, juste un bref instant, voir le visage d'Enid bouger lorsque sa langue entra au contact du sel, ou peut-être était-ce sa mâchoire qui se refermait, très lentement, mais Zuzu ne pouvait en être certaine.

– Je vais mettre le reste dans votre panier. Ça vous va, Enid ?

Enid ne dit rien.

Zuzu posa la boîte de cacahuètes dans le panier d'Enid. Elle vit son poids faire descendre le panier de plusieurs centimètres. Elle se demanda si Enid pouvait ressentir ce poids, si avec le temps ce ne serait pas trop lourd à porter, ou si elle les mangerait.

– Voulez-vous savoir où je vais, maintenant, Enid ?

Zuzu attendit une réponse, par politesse, puis elle enchaîna :

– Il faut que j'aille à XO Viandes chercher quelques ingrédients pour faire une pâte pour la tarte que je veux préparer avec vos fraises. Je la ferai cuire au four dans la grande cuisine de l'énorme cabane de Mano. Vous savez qui est Mano ?

Zuzu marqua un temps d'arrêt pour laisser à Enid le temps de répondre, puis reprit :

– Ouais, moi non plus je ne le connaissais pas vraiment, jusqu'à il y a quelques jours. Enfin si, je l'ai connu, on m'a dit. Quand j'étais bébé. Ma mère était amoureuse de lui, je crois, mais à l'époque il n'était qu'un garçon. C'était il y a si longtemps. Il n'a pas arrêté de devenir de plus en plus gros. Maintenant c'est une espèce de monstre géant. Ou du moins j'ai cru que c'était un monstre la première fois que je l'ai vu. Mais ce n'est pas un monstre. Il est juste géant. Il a juste l'air assez seul, voilà tout.

Zuzu crut voir les yeux d'Enid la regarder mais elle ne pouvait en être certaine.

– Vous le connaissez ?

Zuzu crut voir la lèvre inférieure d'Enid remonter, mais là encore, impossible d'en être sûre. Zuzu s'approcha, approcha son visage de celui d'Enid pour en étudier les plus infimes mouvements, aussi lents soient-ils.

– Je peux lui dire bonjour de votre part, Enid. Vous voudriez que je fasse ça, Enid ?

Zuzu étudia le visage d'Enid, mais rien ne bougeait.

– Bon, d'accord, il va falloir que j'y aille. Si ma mère passe, vous lui direz où je suis ? s'enquit Zuzu en riant. Au revoir, Enid. Mangez vos cacahuètes.

Enid serra les dents. Une cacahuète craqua entre ses molaires.

47.

Enid avait cueilli des fraises toute la journée. C'était la saison. Elles étaient mûres. Il y avait tant à faire. Il était difficile de cueillir autant de fraises toute seule. Elle en ramassa tant et plus toute la journée, et lorsqu'elle regarda autour d'elle, alors que le soleil descendait sur les bois à l'ouest, elle eut l'impression qu'il n'y avait pas du tout eu de cueillette dans son carré. Elle voulait en cueillir davantage avant qu'il fasse trop noir pour voir les tiges dans les buissons.

Heureusement, son assistant, le jeune garçon aux cheveux peignés comme Pepe Let, qui venait plusieurs fois par semaine, était arrivé juste à temps. Il avait un sac sur le dos et une boîte de cacahuètes à la main.

– Comment ça va, Enid, depuis la dernière fois ?

Il glissa les doigts dans la bouche d'Enid, ce qu'elle trouva agréable. Elle les lécha. Il y avait une fraise entre les doigts.

– Ça va bien, répondit Enid.

– Je suis venu vous ramasser quelques fraises. Vous avez besoin d'aide ?

Le garçon n'attendit pas qu'Enid réponde. Il se mit à remplir de fraises le panier d'Enid. Il fit la cueillette sans enlever son sac à dos.

– Oui, je ne peux plus ramasser toutes ces fraises toute seule, dit Enid, sentant son panier s'alourdir dans ses mains.

– Vous voudriez quelques cacahuètes ? demanda-t-il.

– Oui. J'aime les cacahuètes, répondit-elle.

Le jeune homme dévissa le couvercle de la boîte de cacahuètes et en fit entrer quelques-unes, l'une après l'autre, dans sa bouche. Enid suça le sel qu'il y avait sur les doigts du garçon. Elle avait envie qu'il accroche ses dents du bas avec le bout de son doigt et l'attire à lui.

– Je vais mettre le reste dans votre panier. Vous êtes d'accord, Enid ?

– Oui, d'accord.

Le garçon posa la boîte de cacahuètes dans le panier d'Enid. Le poids du panier lui tirant sur le bras fit du bien à Enid. Elle avait envie de tenir quelque chose possédant un vrai poids.

Le garçon scruta l'horizon, comme s'il se demandait si quelqu'un venait à sa recherche.

– Vous voulez savoir où je vais, maintenant, Enid ?

– Oui.

– Il faut que j'aille à XO Viandes chercher quelques ingrédients pour faire une pâte pour la tarte que je veux préparer avec vos fraises, dit le garçon.

Enid savait que XO Viandes s'était développé au point de devenir tout un supermarché, mais elle ignorait que maintenant on y vendait même des ingrédients pour préparer une pâte à tarte.

– Je la ferai cuire au four dans la grande cuisine de l'énorme cabane de Mano. Vous savez qui est Mano ?

Quelque chose s'ouvrit, comme une vanne, dans le cœur d'Enid. Il devint si gros dans sa poitrine qu'il lui fit mal. Il battait trop vite. Cela faisait tant d'années qu'elle n'avait pas entendu le nom de Mano. Elle avait réussi à se convaincre qu'après avoir rassemblé toutes ces choses sur son corps et quitté le salon de coiffure ce fameux matin, il y avait si longtemps, il avait dû marcher lentement et amplement jusqu'à La Cure. Elle n'avait plus du tout entendu parler de Mano après ce matin-là, alors elle imaginait qu'il s'était laissé emporter par le courant. Parfois elle imaginait qu'il se cognait la tête contre un rocher géant à l'endroit où La Cure se jetait dans la mer et que son corps s'effondrait, comme des ordures par les marées, et s'enfonçait dans l'obscurité jusqu'à se poser au fond. Certaines nuits, elle rêvait qu'il était assis près d'un étang, il grandissait sans cesse, grandissait jusqu'à être trop gros pour son tout petit cœur. Mais jusqu'à maintenant, Enid n'avait même pas envisagé que Mano soit encore en vie, et dans les parages.

Le garçon continua à parler de Mano, qui le connaissait depuis qu'il était tout bébé, Mano était maintenant un géant mais pas un monstre.

– Vous le connaissez ? demanda le garçon à Enid.

Il était vraiment tout près d'elle, comme s'il voulait l'embrasser.

– Oui, Mano est la seule famille qu'il me reste, dit Enid.

– Je peux lui dire bonjour de votre part. Vous voudriez que je fasse ça, Enid ?

– Non, répondit immédiatement Enid. S'il te plaît, non.

Le garçon mit une dernière cacahuète salée dans la bouche d'Enid pendant qu'elle parlait.

– Si ma mère passe, vous lui direz où je suis ?

– Non, je ne veux pas parler à ta mère.

– Au revoir, Enid. Mangez vos cacahuètes.

Enid n'avait plus envie de manger ses cacahuètes. Elle n'avait pas envie de dire à la mère du garçon où il allait. Elle regarda autour d'elle toutes les fraises mûres, et elle n'avait plus non plus envie de cueillir des fraises. Aucune n'avait été cueillie et elle voyait bien qu'il n'y avait aucune chance qu'elle les cueille toutes. Elle put les voir pour la première fois telles qu'elles étaient – peut-être telles que ce garçon qui ressemblait à Pepe les avait toujours vues – à savoir qu'aucune jamais n'avait été cueillie.

Enid n'avait plus envie de se tenir debout comme ça, elle-même en train de mûrir. Elle avait envie de marcher vers les bois. Et c'est ce qu'elle fit. Elle suivit les pas du garçon jusqu'à la cabane de Mano, mais très, très, lentement.

48.

Il y avait déjà suffisamment de farine, de sucre et d'œufs pour faire une demi-douzaine de pâtes à tartes dans le caddie de Zuzu, à côté des bananes et du pain, lorsqu'elle se retrouva par hasard au rayon très éclairé de la boucherie de XO Viandes.

Le Boucher était en train de découper une tête de cochon, tournant le dos à Zuzu, lorsqu'elle lui demanda s'il savait où se trouvaient les bougies d'anniversaire. Elle ne savait pas quand était l'anniversaire de Mano mais elle se disait que ce serait drôle de mettre des bougies sur la tarte.

– Excusez-moi, commença Zuzu.

– Zuzu ?

Le Boucher prononça son nom avant même de se retourner. La façon dont il dit son nom parut bien particulière aux oreilles de Zuzu. Il était tout à fait possible qu'il ait eu vent de son absence trois jours durant, mais elle trouva très étrange que lui, plus que quiconque, s'en soit soucié. Hormis la conversation qu'elle avait eue avec Vera plus tôt dans la journée, la façon dont Le Boucher avait prononcé son nom était la première indication réelle que quelqu'un ait été au courant qu'elle avait disparu.

– Oh, Dieu merci, tu vas bien !

Le Boucher lâcha son couteau de boucher et manqua de déraper en faisant le tour de son étal pour venir serrer Zuzu fort dans ses bras. Il avait encore son tablier, qui était maculé de sang frais et de morceaux de chair crue provenant de la tête du cochon mort.

Dans ses bras, Zuzu sentit combien il était infiniment soulagé. Elle le sentit à la façon dont Le Boucher attira contre sa poitrine les épaules de Zuzu, la nuque de Zuzu et à la façon dont la poitrine du Boucher s'enfonça dans le dessus de la tête de Zuzu. Elle sentit le souffle chaud du Boucher s'accélérer dans ses cheveux.

– Oui, ça va. Il ne m'est rien arrivé. Est-ce que vous pouvez me dire où sont les bougies d'anniversaire ?

Le Boucher relâcha son étreinte, mais pas pour retourner derrière son étal. Il voulait la regarder. Il voulait voir s'il lui manquait des parties. Zuzu baissa la tête et se regarda aussi, pour valider l'inspection du Boucher, mais elle ne vit rien d'autre que les traînées de sang que son tablier avait laissées sur elle et un cil de cochon sur la chemise boutonnée de Mano qu'elle portait.

– Tu sais, ta mère et moi avons été si inquiets quand tu as disparu. J'ai eu peur que tu sois blessée, ou que tu ne reviennes jamais.

– Ma mère et *vous* ?

– Oui, tu n'as dit à personne où tu allais. Et Inez est venue et m'a tout raconté. Ensuite, ensemble, on t'a cherchée partout dans la ville.

Zuzu comprit alors que sa mère avait enrôlé Le Boucher pour la retrouver. Zuzu regrettait à présent ses petits mensonges, elle avait juste envie de s'enfuir, de s'en aller de XO Viandes sans prendre de bougies pour Mano.

– Ah bon. En tout cas, je ne vous ai certainement pas dit, à *vous*, où j'allais. Écoutez, laissez tomber les bougies. Je vais juste partir...

– Où étais-tu ?

– J'étais morte, et ensuite je suis revenue à la vie, répondit Zuzu avec sarcasme.

Le Boucher éclata de rire.

– Tu as toujours été tellement drôle, Zuzu.

– Ah bon ?

– Écoute, fit Le Boucher, dont le visage devint soudain grave. Ta mère m'a parlé des sentiments que tu as pour moi. Je veux te dire quelque chose de très important. Moi aussi je ressens ça pour toi. Chaque fois que tu es venue ici, même quand tu étais petite fille, quand tu demandais une tranche de viande, ou ceci ou cela, j'ai toujours su que tu voulais quelque chose d'autre, quelque chose de plus. Moi aussi je veux quelque chose de plus. Et maintenant, tu es une femme, Zuzu.

Zuzu était perturbée par les sentiments soudains du Boucher à son égard, mais aussi intriguée par la perception qu'il avait d'elle.

– Vous croyez ça ? Vous croyez que je suis une femme ?

– Oui, dit-il en la regardant de nouveau, contemplant tout son corps, puis il plissa les yeux. Les lumières, les lumières de ce magasin. Elles me donnent la migraine. Je coupe et je hache, je pèse les choses sur ma balance, je nettoie les choses mais les lumières me tapent sur les nerfs. Elles sont fortes et blanches, et elles bourdonnent comme un insecte. Quand tu arrives, Zuzu, les lumières c'est comme si elles pâlissaient, vois-tu ? Elles pâlissent et j'arrive à voir, et mes maux de tête s'évanouissent.

Personne n'avait encore rien dit d'aussi affectueux à Zuzu. Elle était certaine de ne pas être amoureuse du Boucher. Elle ne savait rien de lui. Et puis c'était un homme, et les hommes, en général, étaient le genre de gens pour qui elle n'avait aucune chance d'éprouver ce genre d'amour. Elle savait au moins cela, sur elle-même. Il n'empêche, elle ne s'écarta pas non plus immédiatement de lui. Elle avait besoin d'entendre quelques-uns de ses mots en plus. Peut-être l'aimait-il, lui ? Peut-être était-ce cela, la sensation de l'amour, lorsque c'était réciproque. Peut-être ressentait-il cette douleur sourde de l'amour que Mano lui avait décrite. Cela avait beau ne pas être son amour à elle, il y avait quelque chose à l'intérieur de Zuzu qui voulait en être proche, même juste une minute.

Le Boucher remonta son pantalon.

– Ah ouais ?

Zuzu l'encourageait à dire juste une chose de plus avant de s'en aller.

– Oui. J'y ai beaucoup réfléchi, ces derniers jours. Ta mère et moi, on pense que ce serait vraiment une bonne idée que toi et moi, comment dire, on tente le coup.

Le Boucher était planté là, attendant que Zuzu dise quelque chose. Mais elle ne dit rien. Elle essayait de réprimer le rire qui montait en elle.

Une autre cliente intervint, cependant. La jeune sœur d'Irène Boue, qui était coiffée d'un foulard de soie blanche.

– Vous avez du foie de canard ?

Zuzu reconnut la femme qui rendait visite à Irène à La Maison Good.

– Non, nous n'avons pas de foie de canard aujourd'hui, répondit Le Boucher sans même détacher son regard de celui de Zuzu.

– Je vais y aller, dit Zuzu.

– Non, je te raccompagne à pied jusque chez toi.

– Je ne rentre pas chez moi. Je vais juste y aller.

– Attends, alors. Ne t'en va pas.

– Pourquoi ?

– Je vais aller chez Inez. Il faut qu'elle sache que tu es saine et sauve.

Le Boucher commença à partir de XO Viandes.

Zuzu songea à lui dire que sa mère n'était pas à la maison, mais elle s'abstint.

En partant, il lui lança :

– Tu m'as manqué, Zuzu !

– Tu ne me connais pas, imbécile, se dit-elle à elle-même.

Maintenant seule à XO Viandes, avec la jeune sœur d'Irène Boue, Zuzu passa de l'autre côté de l'étal du boucher.

– Il n'a pas de foie de canard, mais il a du foie de vache. Vous en voulez un ?

La sœur d'Irène Boue fit oui de la tête et Zuzu lui emballa le foie d'une vache dans du papier et le lui tendit.

– Merci.

– Je vous en prie, fit Zuzu en souriant, avant de mettre un peu plus de viande dans son sac à dos. Vous savez, j'ai vu votre sœur aujourd'hui.

Zuzu décida de ne pas dire à la sœur d'Irène qu'elle avait fait semblant d'enterrer Irène dans une tombe.

– Ah bon ? s'exclama la sœur d'Irène dont le visage s'illumina de fierté.

– Oui oui.

– Elle est adorable, n'est-ce pas ? Elle va bien, non ?

– Ouais, super bien, dit Zuzu. Vous savez, je peux vous encaisser ici, directement au rayon boucherie.

Il n'y avait pas de caisse enregistreuse derrière l'étal du boucher mais Zuzu n'avait pas l'intention de faire payer la sœur d'Irène.

– Oh, merci.

– Je vous en prie. Avez-vous trouvé tout ce que vous cherchiez ?

– Non. Je n'ai pas trouvé de foie de canard.

– Oh, j'en suis navrée, dit Zuzu. Vous savez quoi, ces foies de vache vous sont offerts par la maison.

– C'est très gentil de votre part.

– Voudriez-vous aussi quelques fraises ?

– Oui, bien volontiers.

La sœur d'Irène commença à poser ses courses sur l'étal du boucher pour payer.

– Je vous dois combien ?

– Rien du tout, c'est gratuit, dit Zuzu. D'ailleurs, tout est gratuit aujourd'hui.

– Je vous demande pardon ?

– Oui, aujourd'hui c'est la fête des clients. Merci, chère cliente, de votre fidélité.

– Mais, c'est la première fois que je viens ici. Je viens de rendre visite à ma sœur à La Maison Good. Elle s'appelle Irène. Vous la connaissez ?

Zuzu savait que ce n'était pas la première visite au supermarché de la sœur d'Irène, mais il n'y avait aucune raison de la contredire.

– Raison de plus pour vous remercier. Comment vous appelez-vous ?

– Mira. Mira Boue.

– Mira Boue, accepteriez-vous d'aller sur une tombe avec moi et de manger des fraises ?

– Vous n'êtes pas obligée de travailler ?

– Non. Pas vraiment.

Zuzu fourra le contenu de son caddie dans son sac à dos et s'engagea avec Mira dans l'allée où il y avait les bougies d'anniversaire. Elle fourra quelques bougies d'anniversaire dans son sac à dos, puis, ensemble, elles sortirent de XO Viandes sans payer.

– Aujourd'hui c'est la fête des clients, dit Mira au caissier de XO Viandes en passant.

Le caissier sembla perplexe, mais continua à se limer les ongles.

Zuzu aida Mira à porter son sac sur plusieurs pâtés de maisons derrière XO Viandes jusqu'au Cimetière du Pelleteur.

À l'extérieur de XO Viandes, le ciel était devenu sombre. Les lampadaires s'étaient allumés. Il n'y avait pas de trace du Boucher dans les rues, revenant de la maison du Barbier. Il n'y avait pas de trace du Boucher cherchant Inez. Les rues étaient sombres et silencieuses.

Ensemble, Zuzu et Mira passèrent le portail du cimetière. Durant les années qui avaient suivi les débuts du cimetière, avec la tombe de June Good, Le Pelleteur avait installé des voies pavées et éclairées, de manière que les gens puissent rendre visite à leurs morts à toute heure. C'était tout ce qu'il pouvait faire pour rivaliser avec le *mégaplex* qu'était devenu XO Tombes. Le Pelleteur avait laissé les arbres repousser, si bien que le cimetière ressemblait davantage aux bois sur les bords de La Cure. Partout où subsistait une souche d'arbre, il y avait une tombe.

Comme elles approchaient de la tombe de June Good, Zuzu remarqua qu'il y avait une autre souche d'arbre juste à côté, et un trou, recouvert d'un épais tapis vert, en attente de remplissage. On pouvait lire sur la souche l'inscription : « Vera Good est morte / Ici. » Mais Vera n'est *pas* morte, se dit Zuzu. Elle n'est *pas* là-dedans. Zuzu se dit que Vera allait étrangement vite en besogne. Et Zuzu eut mal en voyant cette souche. Soudain Vera lui manqua, alors même qu'elle l'avait vue quelques heures auparavant. Zuzu éprouva le genre de souffrance dont lui avait parlé Mano, et cela voulait tout dire.

Zuzu releva le tapis vert et le posa sur l'herbe verte à côté de la tombe. Le tapis était censé être de la même couleur que l'herbe tout autour, mais il avait une teinte complètement différente. Zuzu et

Mira s'assirent sur le bord de la tombe vide de Vera. C'était la deuxième fois que Zuzu s'asseyait dans une tombe avec une sœur Boue ce jour-là. Elles se partagèrent des fraises et parlèrent de la mort.

– Est-ce que votre sœur a déjà été amoureuse ? demanda Zuzu.

Du jus de fraise coulait le long du menton collant de Mira.

– Avant, j'avais beaucoup de sœurs. Vous parlez de laquelle ?

– Ah bon ?

– Oui. Nous étions plein de sœurs, dit Mira. Mais elles sont toutes mortes par le Doigt de Dieu. Vous ne pouvez pas vous souvenir du Doigt de Dieu, vous. Vous êtes trop jeune.

– Si, je m'en souviens. Mon père est mort du Doigt de Dieu quand j'étais encore bébé. À l'époque, il était Le Barbier.

Mira posa la main sur la jambe de Zuzu.

– Toutes mes condoléances.

– Est-ce que vous avez des sœurs enterrées ici ?

– Qui ? demanda Mira.

– Vos sœurs.

– Ah, mes sœurs sont toutes mortes, maintenant.

Zuzu regarda Mira qui essayait de manger une autre fraise. Elle ne pouvait pas être certaine qu'elle les avalait effectivement parce qu'elle en recrachait beaucoup, qui dégoulinaient le long de son menton. Zuzu dénoua le foulard blanc sur la tête de Mira et le noua autour de son cou pour récupérer tous les jus rouges collants qui s'y déversaient.

– Et *vous*, avez-vous déjà été amoureuse ? demanda Mira.

La clarté de la question étonna Zuzu.

– Je ne sais pas. J'aimerais bien, un jour. Je crois que j'aime peut-être Vera.

– Si vous pensez *peut-être* l'aimer, alors moi aussi je pense que peut-être vous l'aimez, dit Mira.

Elle bavait sur une autre fraise.

Zuzu se concentrait pour disposer le foulard exactement comme il fallait.

– Votre père arrive, dit Mira, la bouche pleine de fraises.

– Je vous demande pardon ?

Zuzu crut avoir entendu des voix.

– Mon père est mort, vous vous souvenez ? Je viens de vous le dire.

– Eh bien qui est cette personne, alors ? demanda Mira en montrant du doigt la lisière du cimetière où Le Barbier et Le Boucher ouvraient le portail. Vous avez dit que votre père était Le Barbier. Ce n'est pas Le Barbier ?

Zuzu regarda autour d'elle, à la recherche d'un endroit où se cacher.

– Oui, c'est Le Barbier, dit Zuzu. Mais…

Zuzu n'était pas d'humeur à expliquer. Tous les arbres étaient trop jeunes et trop étroits pour que Zuzu se cache derrière. En regardant, elle vit que sa mère venait à la rencontre du Barbier et du Boucher, débouchant des bois. Zuzu ne savait pas du tout pourquoi sa mère arrivait par l'ouest.

– Oh, putain, Mira, je vais mourir maintenant.

Mira hocha la tête.

– Entendu, ce fut un plaisir de faire votre connaissance.

Zuzu se laissa glisser dans la future tombe de Vera.

– Ça ne vous ennuie pas d'enlever vos jambes pour me laisser la place ?

– Pas du tout. C'est le moins que je puisse faire pour les morts, dit Mira. Cela fait très longtemps que je ne suis pas allée à des funérailles. Est-ce que je pourrai dire quelques mots ?

Mira retira ses jambes et tâcha, avec difficulté, de se relever.

– J'apprécierais. Merci, dit Zuzu en tirant le tapis au-dessus de sa tête.

– Je commencerai en disant votre nom. Mais quel est votre nom, ma chère ?

– Je m'appelle June Good.

– D'accord, June, dit Mira, qui se racla la gorge et se mit à prononcer quelques mots. June Good m'a donné des fraises gratuitement, dit-elle.

Zuzu écouta de l'intérieur de la future tombe de Vera. Elle était accroupie sous le tapis en herbe synthétique, dans le noir comme de la suie froide de la tombe. Elle s'y sentait bien, dans le silence et à l'abri. Elle imagina sa mère tirant le tapis, la trouvant là, et réfléchit à ce qu'elle dirait. Zuzu lui dirait qu'elle s'était cachée là ces trois derniers jours. Ça semblait être un bon plan.

– Son père est mort du Doigt de Dieu, continua Mira.

Zuzu releva le tapis de deux petits centimètres et vit que sa mère approchait. Inez arrivait encore des bois à l'ouest à la rencontre du Boucher et du Barbier. Elle distingua tout juste ce qu'ils disaient : Le Barbier demanda à Inez où elle était passée et Inez demanda au Barbier où il était passé. Puis Le Boucher dit à Inez que Zuzu était revenue le voir, et qu'elle s'était enfuie de nouveau parce qu'elle ne supportait pas de rentrer à la maison, qu'elle voulait juste être avec lui, qu'elle voulait tellement être avec lui qu'elle pouvait à peine parler. Puis Le Boucher demanda à Inez où elle était passée et Inez demanda au Boucher où était Zuzu maintenant. Ce fut un long cortège idiot de questions.

Zuzu entendit la magnifique oraison funèbre de Mira interrompue par Le Boucher.

– Excusez-moi, nous cherchons une fille. Elle était au magasin avec vous tout à l'heure.

En écoutant depuis la tombe, Zuzu fut très contrariée que Le Boucher la désigne comme une fille alors qu'une heure plus tôt il lui avait dit qu'elle était une femme. Le fait que Zuzu lui ait échappé avait pour effet de lui avoir fait perdre des années aux yeux de cet homme.

– Ah oui, la jeune femme, vous voulez dire ? Elle a été très gentille. Elle m'a donné des fraises gratuitement ! Mais elle est morte, maintenant.

– Non, elle n'est pas morte ! s'écria Inez. C'est ma fille. Elle était à l'instant au magasin. Vous devez confondre avec quelqu'un d'autre.

– Non. Je pense à la jeune femme. Elle s'appelle June Good. Elle me manque déjà.

Le Boucher, Le Barbier et Inez baissèrent tous la tête pour regarder la tombe de June Good. « June Good est morte, ici », lut Le Barbier, déchiffrant les mots taillés dans le bois de la souche d'arbre comme s'il apprenait à lire.

– Vous savez, elle aimait vraiment beaucoup Vera Good. Elle me l'a dit, dit Mira.

– Oui, nous sommes tous au courant pour June et Vera. Elles s'aimaient beaucoup. Ce n'est plus vraiment un secret, dit Inez.

Dans la noirceur de la tombe, Zuzu étendit les jambes. Elle plaça ses mains derrière la tête. Elle sortit en silence une banane de son sac et l'éplucha. En quelques minutes seulement, son petit cortège funèbre composé de sa mère, de son beau-père, de son soupirant idiot et de Mira Boue était reparti, chacun retourné à la noirceur de sa propre vie.

Environ une heure plus tard, quand tout fut silencieux et qu'il n'y avait plus de risque, Zuzu rampa hors de la tombe et marcha vers l'ouest.

49.

Le périple d'Enid sur le sentier de Zuzu jusqu'à la cabane de Mano lui prit trois mois. Elle marchait si lentement que lorsque les gens voyaient Enid en route, ils la croyaient immobile. Au cours du premier mois et demi de son périple, alors qu'elle était encore en ville, on aurait dit une statue, un monument municipal. Pour certains, c'était la statue d'une femme avec une robe et un panier, commémorant la riche industrie historique de la cueillette des fraises de Tarteure. Pour d'autres, Enid était une statue honorant les survivants du Doigt de Dieu. Tandis qu'elle marchait, certaines personnes disposaient des fleurs à ses pieds, ou mangeaient des sandwichs et fumaient des cigarettes XO tout en la contemplant, assis dans l'herbe ou debout sur le trottoir à côté d'elle. D'autres amenaient leurs enfants pour qu'ils la voient.

– Jadis, nous étions renommés pour nos fraises. Voici à quoi ressemblait une cueilleuse de fraises typique, disaient-ils à leurs enfants.

Ou ils disaient quelque chose comme :

– C'est l'une des survivantes du Doigt de Dieu. Elle est robuste, hein ?

Les enfants demandaient ce qui lui était arrivé et les parents inventaient quelque chose, ou formulaient juste une généralité sur le courage.

– Les survivants, cela n'existe pas, disait toujours Enid, mais jamais personne ne l'entendait, car elle le disait seulement dans sa tête.

Parfois les enfants grimpaient sur Enid, se juchaient sur ses genoux qui lentement ployaient. Ils se hissaient sur ses épaules. Les parents les reprenaient dans leurs bras ou leur hurlaient juste de descendre de là.

Enid ne connaissait pas de chemin direct pour aller chez Mano autre que celui que Zuzu avait emprunté la nuit après être partie pour la première fois du carré de fraises d'Enid, et ce sentier était sinueux, il revenait sur lui-même et traversait tout d'abord XO Viandes, le Cimetière du Pelleteur et les tombes de June et Vera Good.

En termes de distance, c'était un périple relativement peu impressionnant. C'était cependant le périple le plus remarquable et le plus ambitieux jamais entrepris par quiconque dans l'histoire de XO Ville. Pour Enid, c'était comme faire les premiers pas d'une chasse épique sur un océan gelé.

Au cours des semaines durant lesquelles Enid approcha lentement de XO Viandes, Zuzu rendit régulièrement visite à Mano sans que sa mère le sache, et Inez rendit régulièrement visite à Mano sans que sa fille le sache. Lors de la toute première des visites régulières de Zuzu, Mano lui coupa les cheveux de la seule manière qu'il connaissait. Il lui fit la coupe qu'il avait toujours faite à Pepe et à tous les autres en ville, à l'époque où il était le barbier de la ville. C'était la première fois que Mano coupait des cheveux en seize ans. Zuzu lui avait apporté les instruments de rechange du Barbier, et Le Barbier ne remarqua jamais, sembla-t-il, qu'ils n'étaient plus là. C'était la première fois que quelqu'un d'autre que Le Barbier lui coupait les cheveux, et cela avait beau, dans le fond, être la même coupe, elle préféra nettement la tête que cela lui faisait quand c'était Mano qui s'en chargeait.

La première nuit où Zuzu rendit visite à Mano, ils veillèrent tard en buvant des bières, en fumant des cigarettes et en mangeant des bananes. Ils firent cuire une tarte au four.

– J'étais dans la tombe de Vera Good, ce soir, dit Zuzu.

– Comment t'es-tu retrouvée là-dedans ?

– J'ai juste tiré le tapis vert. Ce n'était pas une vraie tombe. Enfin, c'était une vraie tombe. Mais…

– Je croyais que tu avais dit que Vera était encore en vie. Tu avais dit que tout le monde était encore en vie.

– Oui, elle est vivante. Mais elle a demandé au Pelleteur de lui creuser sa tombe en avance. Étrange, non ? Elle n'est même pas morte.

– Je ne crois pas que ce soit si étrange, dit Mano, tendant une autre Tarteure fraîche à Zuzu. En fait, c'est peut-être une bonne idée. Je devrais commencer à creuser ma propre tombe.

Mano se dit que ce serait chouette de ne pas laisser tout ce travail à quelqu'un d'autre.

– Il faudra qu'elle soit drôlement grande, ajouta-t-il. Je vais avoir besoin d'aide.

Il essayait de solliciter de l'aide auprès de Zuzu, mais elle ne saisissait pas la perche qu'il lui tendait.

– Qu'en dis-tu ? fit-il. Tu veux m'aider à faire ça demain ?

Zuzu fut bien obligée d'admettre qu'elle avait cessé d'écouter.

– Aider à faire quoi ?

– Ma tombe. Oh, laisse tomber, fit Mano en se levant pour aller surveiller la tarte dans le four.

– Mano ?

– Oui ?

– J'ai ressenti cette douleur sourde dont tu parlais. Je l'ai ressentie quand j'étais dans la tombe de Vera, allongée là, avec tout ce temps devant moi, toute seule. La douleur était si forte et lancinante, d'un coup, que je n'ai plus eu besoin d'être dans le monde. J'avais juste besoin d'être dans cette tombe, sa tombe *à elle*, avec elle.

– Tu as de la chance.

– Pourquoi ?

– Parfois, tu ne ressens cette douleur que lorsque la personne est morte, expliqua Mano.

– Peut-être était-ce le fait de voir sa tombe qui a déclenché ça, alors.

– Ouais, peut-être. Tu devrais lui dire.

Mano ouvrit la porte du four délicatement, pour ne pas que ses cheveux prennent feu.

– Cela n'apporterait rien, dit Zuzu.

– Pas grave. Rien n'apporte rien.

Zuzu se leva sur sa chaise. Elle se sentait tellement grande.

– Mano, est-ce que je peux habiter ici ?

Mano referma le four moins délicatement qu'il ne l'avait ouvert. Il s'approcha de Zuzu et abaissa son corps devant elle, comme une espèce de miroir, et dit :

– Je suis désolé.

Le jour où Enid entra finalement dans XO Viandes, c'était un dimanche. L'endroit grouillait de gens qui achetaient ceci ou cela pour leur dîner du dimanche et pour leurs plats de la semaine. Il y avait tellement de monde que, pendant plusieurs heures, personne ne la remarqua. Une femme crut qu'elle faisait partie du présentoir à bananes, et mit ses bananes dans le panier d'Enid.

C'était très lumineux à l'intérieur de XO Viandes pendant la journée, et très sombre, la nuit, quand Le Boucher, ou l'un des deux autres employés, fermait à clé pour la nuit. Ils enfermaient Enid à l'intérieur, et elle continuait à marcher lentement, suivant le chemin de Zuzu. C'étaient ces nuits qu'Enid préférait, être en silence dans le noir de XO Viandes, regarder les ananas juste à la lueur rouge de l'enseigne *Sortie*. Tout le monde s'était habitué à la présence d'Enid cette semaine-là. Elle se tenait apparemment debout, immobile, et ils savaient qu'ils pouvaient lui faire confiance, elle n'irait nulle part, ne volerait rien, ne ferait pas de dégâts. En outre, ils ne savaient pas quoi faire d'autre *d'elle*, ou *pour* elle, sinon la laisser tranquille. Elle ne faisait rien de mal. En fait, c'était un délice de voir Enid dans les parages cette semaine-là, une présence constante. C'était comme contempler la lune qui décline.

En suivant le chemin que Zuzu avait emprunté, Enid fut de retour au rayon boucherie en milieu de semaine. Le Boucher la regarda s'approcher pendant des heures. Il lui prépara un sandwich au jambon. Il se souvenait de l'avoir vue dans son carré de fraises, le jour où lui et d'autres avaient passé au peigne fin la ville et les champs alentour à la recherche de Zuzu. Enid reconnut Le Boucher, elle se souvenait elle aussi de l'avoir vu ce jour-là. Elle se souvenait qu'il était très bel homme, qu'elle avait eu envie d'être touchée.

Dans sa tête seulement, Enid demanda :

– Avez-vous finalement retrouvé votre amour perdu ?

Le Boucher dit :

– Voulez-vous un sandwich au jambon ?

Il mit le sandwich dans le panier d'Enid par-dessus de vieilles fraises et des bananes marron, mais il ne la toucha pas. Il avait peur de toucher quelque chose qui ne pourrait pas le toucher en retour. Le sandwich était emballé dans du papier blanc avec des lettres noires, XO. Sur l'étiquette qui faisait tenir le papier, il écrivit « Gratuit », avec ses initiales, « LB ». Enid remercia Le Boucher.

Durant les quelques jours qui suivirent, Enid commença à avoir très faim. Elle avait encore plus faim quand il y avait une possibilité de nourriture, quand il y avait dans son panier quelque chose qui attendait d'être mangé par elle. Elle trouvait cela important, c'était une question de bonnes manières, elle se sentait obligée de quitter XO Viandes avant de commencer à manger. C'est un autre dimanche, peut-être plus animé que le dimanche précédent, qu'elle arriva à la caisse enregistreuse. Tout le monde était trop occupé, alors personne ne se donna la peine de lui demander quoi que ce soit à propos de son sandwich, à savoir si oui ou non il faudrait qu'elle le paye, alors pourtant qu'elle voyait bien que Le Boucher avait eu la délicate attention de lui en faire cadeau. Le Boucher, lui, semblait comprendre qu'Enid s'était embarquée dans un périple particulièrement épique, et qu'elle aurait besoin de provisions. L'œil électrique de la porte à doubles battants s'ouvrit et se ferma sur elle pendant à peu près une heure. On aurait dit une bête sans dents rongeant sa proie.

Mano tenait le corps nu d'Inez contre le mur gigantesque de sa chambre à coucher, les longues jambes d'Inez enveloppant de leur mieux l'énorme taille de Mano, si bien que les plantes de pieds nues d'Inez reposaient sur le dessus des hanches de Mano qui étaient recouvertes de cheveux. Il fit cogner le dos en sueur d'Inez contre le papier peint jusqu'à ce que des morceaux s'écaillent et leur retombent dessus.

– Il faudra que je remette ça en place plus tard, dit Mano.

Après encore quelques coups de boutoir, une photo de sa mère – prise quand elle était jeune, avant qu'elle s'installe dans la baignoire – tomba du mur.

– Et ça aussi, ajouta-t-il.

À part ses nuits avec Zuzu, ce qu'il attendait avec le plus d'impatience c'était ses nuits avec Inez. Ses semaines étaient plus lumineuses maintenant que les deux, Inez et Zuzu, y étaient. Il se sentait jeune et de nouveau désencombré, mais c'était différent avec chacune d'entre elles. Il apprenait tant de choses sur le corps d'Inez, sur sa façon de bouger, sur ce qu'il voulait. Il n'avait pas été prêt à apprendre ces choses à l'époque où il n'était qu'un garçon. Quand il était un garçon, Inez était une jeune veuve avec un nouveau-né dans la pièce. Mais maintenant, pour Mano, ils semblaient tous deux prêts à apprendre quelque chose. Il s'inquiétait d'avoir si peu à lui offrir sur la façon dont un corps d'homme bougeait et ce qu'il voulait. Il n'avait presque pas un corps d'homme. Il pesait huit tonnes et était recouvert de cheveux. Mais il avait tout de même le corps de *quelque chose*, à défaut d'être celui d'un homme, et il y avait beaucoup à en apprendre. Cela ne faisait aucun doute.

Mais Mano ne pouvait offrir à Inez son amour. Il ne pouvait lui offrir un refuge où venir habiter. Il ne pouvait pas être le lieu où elle viendrait se retirer. Et donc, tandis qu'ils s'effondraient au sol, le papier peint poisseux constituant une sorte de fort par-dessus leurs corps, quand elle lui annonça qu'elle voulait quitter son mari, Le Barbier, et s'installer avec lui, Mano resta silencieux. Il se leva. Il sortit très lourdement de la cuisine, et prit une Chapeau-de-Nonne uniquement pour lui. Il l'ouvrit, alla dehors contempler la cime des arbres à l'est, et le sommet de certains des nouveaux bâtiments. Il y avait des centaines d'oiseaux noirs faisant des nids au-dessus de lui.

Mano se revit debout dans ces mêmes bois quand il était tout jeune, au pied du Grand Ordonnateur, dans l'attente de la mort. Il n'y avait pas d'oiseaux dans les arbres en ce temps-là.

– Mano ?

Inez était à présent derrière lui, dans l'encadrement de la porte.

– Tu ne peux pas habiter ici, dit Mano.

Inez ne voulait pas aller dehors, et ne voulait pas non plus rester à l'intérieur. Elle posa une question dont elle ne voulait pas entendre la réponse.

– Pourquoi ?

– Parce que je suis seul. Quelqu'un qui est seul ne peut pas vivre avec qui que ce soit.

– Tu ne m'aimes pas, fit Inez, disant à voix haute ce qu'elle savait être la vérité.

– Je suis désolé. C'était peut-être une mauvaise idée. J'ai toujours pensé…

Inez l'interrompit. Elle ne supportait pas de l'entendre parler de ce qu'il y avait entre eux, de ce qu'il aurait pu y avoir, de ce qu'ils avaient loupé.

– Tu sais que ma fille a trouvé l'amour. Tu y crois ?

– Tu es au courant ? Elle te l'a dit ? fit Mano en se retournant.

– Ouais. Elle est amoureuse. Elle va avoir la vie que je n'ai jamais eue. Et moi j'ai droit à quoi ? Je tombe amoureuse de deux personnes : un homme charmant et généreux qui meurt, et un petit garçon qui devient un monstre et ne sait rien retenir hormis la merde des autres. Et je finis par épouser un raseur qui a tout le temps mal au dos.

Mano éclata de rire. Il était très heureux, à défaut d'être surpris, que Zuzu ait été capable de parler à Inez de son amour pour Vera Good. C'était une discussion qu'il avait encouragée depuis des semaines, tout en pensant que Zuzu n'était pas encore prête à la mener à bien.

Inez interrompit le rire de Mano.

– Elle va avoir ce que je n'ai jamais eu.

– J'espère. Ça ne te rend pas heureuse ?

– Ça devrait. Mais je ne sais pas pourquoi, eh bien en fait non.

– Ma foi, je peux t'assurer qu'il y a peu de chances que ça marche entre elle et Vera. Vera aime June. Mais je suis content que Zuzu ait trouvé un moyen de…

– Vera ? Qu'est-ce que tu racontes ?

Mano eut le sentiment d'avoir commis une grosse bourde, sans trop savoir exactement ce qu'il avait fait de mal. Il fit en sorte qu'Inez continue de parler, pour ne pas, lui, avoir à le faire.

– Oh, j'ai dû mal entendre ce que tu disais. De qui parlais-tu ? De qui est-elle tombée amoureuse ?

– Du Boucher, répondit Inez en regardant fixement Mano, tâchant de lire dans ses pensées. Vera ?

Mano but la dernière gorgée de sa bière.

– Ouais, dit-il en rentrant dans la cabane pour aller s'en chercher une autre. Veux-tu une bière, Inez ?

Inez était silencieuse. Elle fit un pas de côté pour que Mano ait la place de passer dans l'encadrement de la porte.

– Zuzu n'est pas amoureuse du Boucher, Inez. Réveille-toi. Elle aime Vera. C'est une chose que tu devrais savoir, voilà tout. Et après Vera, elle aimera une autre femme. Elle est pleine d'amour. Et elle a bien de la chance.

– Mais lui est amoureux d'elle. Et si elle voulait seulement mettre des robes... et, oh non, tu savais qu'elle s'était de nouveau coupé les cheveux ? Je pense que tout va être...

– Inez, laisse-la tranquille.

– Mais comment es-tu au courant, d'ailleurs ?

Mano ouvrit le réfrigérateur et en sortit une autre Chapeau-de-Nonne. Il prit le paquet de cigarettes que Zuzu avait récupéré sur son étagère.

– C'est moi qui lui ai coupé les cheveux, reconnut Mano. Une clope ?

– Va te faire foutre, Mano.

Mano alluma une cigarette, puis retourna dans la chambre à coucher. Il ramassa la photo de sa mère et la raccrocha au mur.

– Je pensais qu'elle n'était venue ici qu'*une seule* fois, s'écria Inez. Elle était curieuse, tu m'as dit. Tu as dit qu'elle se promenait juste dans les bois. Tu as dit qu'elle avait cru que tu étais une espèce de bestiole foireuse.

– Je le suis.

Ce furent les derniers mots qu'Inez et Mano échangèrent.

Toujours dans son périple, Enid s'allongea dans la future tombe de Vera Good pendant une semaine environ. Cela faisait du bien d'être morte, songea Enid. Un asticot remontait lentement à l'intérieur de sa jambe. Un jour, durant la semaine, Enid entendit Vera au-dessus d'elle, qui parlait au cadavre de June Good. Elle entendit par hasard Vera dire à June qu'elle était heureuse d'avoir une maison dans la vie et dans la mort, qu'elle espérait que les gens seraient en mesure de mourir bientôt, et qu'elle était sûre que ce n'était qu'une question de temps. Vera parla de Zuzu, aussi, elle regrettait que June ne l'ait pas rencontrée. Vera pensait que June l'aurait appréciée. Vera apportait des fleurs. Enid le savait parce qu'elle avait entendu par hasard Vera décrire les fleurs à June. Vera dit qu'elles étaient rouges, la couleur préférée de June, et en pleine floraison.

À l'intérieur de la tombe, Enid mangea finalement le sandwich au jambon. Elle n'avait pas souvenir de s'être sentie si rassasiée. Le fait d'être rassasiée lui fit ressentir une grande fatigue, si bien qu'elle passa une bonne partie du temps dans la tombe à dormir. Elle fit moult rêves. Dans un des rêves, elle était sur un vaste océan gelé, avec du blanc à perte de vue – pas d'horizon, pas de son, juste un vent implacable –, à la chasse aux mammouths. Il avait beau n'y avoir personne d'autre alentour dans ce paysage, elle avait l'impression de ne pas être seule. Puis un minuscule point rouge apparaissait à l'horizon. C'était un point rouge qui voulait tout dire. Il protégeait Enid du vent, et grâce à lui elle continuait à bouger. Le point rouge devenait de plus en plus gros.

Quelques semaines après qu'Inez avait quitté la cabane de Mano pour ne plus jamais y revenir, Mano et Zuzu préparaient un feu au milieu d'une clairière dans les bois, derrière la cabane. Préparer des feux était leur activité préférée lorsqu'ils étaient ensemble. Ils aimaient s'asseoir autour, boire des bières et fumer des cigarettes. Ensemble, ils faisaient griller des légumes sur un bâton. Ils aimaient raconter des histoires sur les gens de la ville, ce qui était amusant pour Mano. C'est ainsi que Mano apprit que Mères s'alcoolisait les entrailles, le visage dans un tas en verre de bouteilles d'alcools et de canettes de Chapeau-de-Nonne, chaque soir sur le sol de Dame-Sang. C'est ainsi que Mano eut des nouvelles du Pelleteur, du nouveau train et de toutes les autres XO Villes qui poussaient comme des champignons dans la vallée. C'est ainsi que Mano apprit que Fran Nerf avait découvert une planète habitable grâce à son télescope et faisait des projets pour s'y rendre. En écoutant Zuzu raconter ces histoires, Mano repensa à l'époque où il était Le Barbier. Il aimait écouter des histoires plus qu'il n'aimait en raconter. Mais il y avait quelque chose de différent avec ce feu, quand ils s'asseyaient autour. Zuzu semblait en avoir gros sur le cœur.

– Personne ne peut mourir, dit-elle. Irène Boue se transforme intérieurement en poussière. Elle se glisse dans les tombes. Elle ne peut que s'endormir.

– Qui est Irène Boue ? demanda Mano, espérant une histoire.

– Ce n'est pas important. C'est juste tellement atroce, dit Zuzu qui n'était pas d'humeur à raconter une nouvelle histoire. Personne n'est mort depuis que tu es parti.

Mano proposa une théorie :

– Ils ont peut-être juste trop peur de mourir. Ta mère dit qu'avant, je faisais un truc avec mes moutons ? Je m'arrangeais pour que les enfants les chevauchent…

– Tous les gens plus âgés que moi en parlent encore, dit Zuzu. Les Leçons de Mort, c'est ça ? Ça avait l'air drôlement rigolo. C'est peut-être pour ça que les gens ne meurent pas. Ils ne savent pas comment s'y prendre. Ils ont besoin d'une leçon.

– Ce n'était pas vraiment l'idée, mais…

Mano transperça une courge avec son bâton et la maintint au-dessus du feu. Mano se rendit compte que cela faisait longtemps qu'il n'avait pas essayé de mourir.

– Tout le monde mérite de mourir, ajouta Mano.

– Il faudrait que tu les voies. Les yeux d'Irène sont rouillés.

Mano n'avait plus faim. Il avait envie de courir. Il avait envie de courir jusqu'à XO Ville et de tuer tout le monde.

– Si on pouvait mourir là-bas, je serais probablement déjà morte, dit Zuzu.

– Pourquoi dis-tu ça ?

Zuzu prit une profonde inspiration et approcha sa brochette de légumes du centre de la flamme.

– Je me sens gênée.

Mano attendit qu'elle continue de parler.

– Ils veulent que j'épouse Le Boucher. Ils disent qu'ensuite tout ira bien, que je serai plus heureuse.

– Qui dit ça ? Ta mère ?

– Ouais, ma mère. Et Le Barbier. Et, j'imagine, Le Boucher, aussi.

Mano éclata de rire.

– Que leur as-tu dit ?

– Écoute, j'ai commencé à travailler à XO Viandes plusieurs fois par semaine, je mets les articles dans des sacs. C'est un type sympathique. Il a l'air de drôlement m'aimer.

– C'est ce que tu veux ?

– Tu sais ce que je veux.

– Je suis quasiment certain que ta mère sait ce que tu veux, elle aussi.

– Non, elle ne sait rien. Elle m'a tricoté une robe. Elle m'a acheté une paire d'escarpins. Mais tu veux savoir le pire dans tout ça ? Elle ne veut plus que je travaille à La Maison Good.

Mano grogna en fermant les yeux. Il but une énorme gorgée sans ouvrir les yeux.

– Elle a dit que le fait de s'occuper des gens, comme ça, m'a embrouillée. Elle dit que je suis embrouillée, c'est tout.

– Tu as dix-huit ans.

– Elle ne sait toujours pas que je viens ici. Elle a cessé il y a quelques semaines de me demander où j'allais.

– Tu devrais tout leur dire.

– Ça n'a pas d'importance, tu te souviens ? Tu m'as dit que ça n'avait pas d'importance et tu as probablement raison.

Zuzu posa sa brochette de légumes sur le cercle de pierres, autour du feu, et entra dans la cabane.

– Où vas-tu ? demanda Mano.

– Chercher du ketchup pour les oignons. Tu veux quelque chose ?

– Juste une bière.

– D'accord.

Mano regarda Zuzu disparaître derrière les portes ouvertes de la cabane. Elle y entra comme si c'était chez elle. Elle se déplaçait à l'intérieur de l'ample vie de Mano comme si c'était la sienne. C'était ce genre de démarche à travers sa vie à lui qu'il avait imaginée pour Pepe quand il était plus jeune. Avec Pepe, avec n'importe qui. Mais le fait de connaître Zuzu lui fit comprendre qu'il en avait su si peu sur Pepe, si peu sur quiconque. Lorsqu'elle ressortirait de la cabane avec le ketchup et une bière, Mano se dit qu'il lui demanderait si elle voulait partager la cabane avec lui. Ensemble, ils lui construiraient une chambre à l'arrière de la cabane. Chacun pourrait avoir des invités. Ils pourraient manger ensemble. Il cesserait d'avoir ses visites quotidiennes. Zuzu pourrait aller travailler à la ville, à XO Viandes, et rapporter les courses. Peut-être pourraient-ils monter un groupe de polka tous les deux.

Zuzu sortit de la cabane sans ketchup pour les oignons et sans bière. Au lieu de cela, dans sa main droite, au-dessus de sa tête, elle tenait ce qu'ils savaient l'un et l'autre être le soutien-gorge noir d'Inez.

– Va te faire foutre, Mano !

– Qu'est-ce que c'est ?

Voilà la première chose qui vint à l'esprit de Mano. Il en restait bouche bée. Il ignorait totalement où le soutien-gorge d'Inez avait pu se cacher ces deux dernières semaines, mais il était là, dans la main de Zuzu.

– Ça vient d'où, ça ?

Mano en eut mal à la tête. Il fallait que ce qui était en train de se passer ne se passe pas.

– Tes légumes sont cuits, je pense, Zuzu.

– Mano ! s'écria Zuzu, dont le cri se répercuta dans le ciel. Moi qui te faisais confiance.

Elle pleurait.

– Je suis désolé. Je...

– Et tu es censé m'apprendre à dire ce que j'ai sur le cœur ? ! M'apprendre l'honnêteté ? ! C'est toi qui me dis que je devrais dire à ma mère qui j'aime ? ! fit-elle, tenant toujours le soutien-gorge de sa mère au-dessus de sa tête. Tu es amoureux de ma mère ? Ou c'est juste que tu la baises comme tu baises n'importe qui d'autre ?

Mano mit sa grosse tête dans ses grosses mains.

– Est-ce que tu baises ma mère dans la baignoire, là où je dors ? demanda-t-elle, attendant une vraie réponse. Hein ?

– C'est arrivé, oui, reconnut Mano. Et aussi plein d'autres gens, ajouta-t-il.

– Tu es vraiment un putain de monstre.

Mano leva les yeux au ciel et hurla. Il voulait entendre jusqu'à quel volume il pouvait pousser sa propre voix. Elle devint plus forte au fur et à mesure qu'il parla, ressemblant de plus en plus à celle d'un monstre :

– Tu ne connais pas ma vie ! Tu ne sais rien de moi.

Il voulut lui dire immédiatement qu'il lui construirait une chambre. La douleur dans sa poitrine était si profonde qu'il avait l'impression d'avoir un trou. Il se dit que la promesse d'une chambre emplirait peut-être ce vide.

– Tu n'es qu'une fille ! Tu n'es qu'une fillette apeurée !

Il était plus facile de hurler ces mots.

Zuzu lança le soutien-gorge de sa mère sur le toit, et il rebondit et atterrit par terre. Elle alla le chercher et le ramassa. Elle le renvoya comme un lance-pierre sur le toit, et cette fois-ci, il y resta, accroché à la gouttière.

– C'est toi qui as peur. Tu sais que dalle de l'amour. Tu crois savoir, mais tu ne sais pas. Tu sais que dalle. Regarde-toi ! Tu es encore cramponné à l'accordéon de ton petit copain mort.

Mano essaya d'ouvrir les mains, essaya de faire tomber tout ce qu'il avait toujours retenu, l'accordéon, tout. Mais ce n'était plus ainsi que les choses fonctionnaient. Plus rien ne pouvait tomber comme cela.

Et Zuzu s'en alla, elle disparut, un point à l'horizon, de plus en plus petit. Mano n'était maintenant plus qu'un monstre assis seul près d'un feu. Il ramassa le bâton qu'elle avait utilisé pour ses légumes. Il voulut dévaler la colline, dévaler le sentier à travers les arbres pour lui apporter les légumes qu'elle avait fait griller. Ils étaient bien cuits, maintenant, parfaitement croustillants. Il ne voulait pas qu'elle s'en aille sans eux. Ils étaient à elle, pas à lui. Au lieu de cela, il les retira à la main et les jeta dans le feu. Les pétales d'oignons grésillèrent et se racornirent sur les bords. Il sentit les huiles des poivrons. Avec le bâton, il inscrivit son propre nom dans la terre. Il ne voulait pas réfléchir, il avait besoin de déplacer quelque chose avec ses mains. Il avait besoin de faire quelque chose à quelque chose d'autre afin de ne pas se faire quelque chose à lui-même. Avec le bâton, il inscrivit son nom à lui dans la terre :

Mano Medium.

Puis il entoura son nom d'un cœur. C'était la première forme à laquelle il avait pensé pour encercler son nom. Il regarda son nom à la lueur du feu, il semblait mal à l'aise, et très seul. Il se demanda ce que Zuzu penserait de ça et penserait de lui écrivant son propre nom à un moment comme celui-ci, si elle revenait un jour et voyait le nom de Mano entouré d'un cœur. Il effaça le cœur et, à la place, traça un rectangle autour de son nom. Il préférait ainsi. On aurait dit que son nom était enterré dans un cercueil. Puis il marcha sur son nom pour l'effacer.

La première façon de mourir que Mano tenta, ce fut en tombant dans le feu. Il tomba en plein dessus et, après l'éclair initial, s'installa dans la douleur. Il sentit l'odeur de certains de ses poils de poitrine qui brûlaient. Mais cette douleur-là ne dura que quelques secondes. Son énorme corps ne laissait pas de place à l'oxygène pour le feu, aussi fut-il étouffé.

À présent Mano était seul dans la nuit noire, sans feu, avec une atroce brûlure lancinante de la chair quelque part en profondeur dans le fouillis de sa poitrine. Tous les oiseaux, de la cime de tous les arbres, vinrent se poser d'un coup sur le toit de sa maison. Ce fut un fracas dans le ciel, comme le son d'un océan se congelant en quelques secondes. Avec tous ces oiseaux, son toit paraissait vivant. Toute sa maison paraissait vivante. Il eut l'impression qu'elle s'avançait sur lui alors que lui demeurait immobile. La lumière dans la salle de bains s'alluma.

Il s'était fait sa maison avec le bois du Grand Ordonnateur. Il n'en savait pas plus. Il en était certain à présent, car sa maison rampait vers lui. Son heure avait sonné.

Quand Enid arriva enfin à la cabane de Mano, trois mois après le début de son périple, elle était émaciée, ayant mangé la totalité de son stock de cacahuètes quelques semaines plus tôt, en s'engageant sur le sentier dans les bois. Elle avait passé la dernière semaine à ramper en direction de la cabane qu'elle apercevait. Il y avait des oiseaux noirs partout, dans les arbres autour de la cabane, au sol sur le sentier menant à la cabane, sur son toit, sur ses rebords de fenêtres, dans les cheveux d'Enid et sur son dos, ils braillaient et chiaient sur tout. Telle une vraie statue, elle avait de la fiente blanche sur la tête, sur le dos de ses mains et sur les paupières. Il faudrait un chasseur pour les oiseaux, se dit Enid. Mais elle laisserait cela aux chasseurs d'oiseaux. Elle n'était pas chasseuse d'oiseaux. Il n'y avait pas de raison de chasser ce qui visiblement existait déjà.

Quand Enid eut rampé jusqu'à être suffisamment près de la porte de Mano pour pouvoir l'ouvrir, elle vit une rivière de sang qui coulait dessous. Toutefois, elle n'avait peur de rien. Quoi qu'elle trouverait, ou ne trouverait pas, dans cette cabane, elle savait qu'elle ne rebrousserait pas chemin, qu'elle ne retournerait pas dans les champs de fraises. En tout cas, elle ne repartirait pas comme elle était venue. Elle arrivait, pour le meilleur ou pour le pire, à la fin de quelque chose.

Une fois à l'intérieur, Enid vit que Mano n'était pas dans la salle de séjour, mais que la rivière de sang menait à la salle de bains. C'était maintenant une tache sur le sol, absorbée dans le grain du bois. Remonter cette rivière rouge fut un périple d'une journée à quatre pattes pour Enid.

À l'intérieur de la salle de bains, la rivière conduisait à la baignoire, qui débordait de sang. C'était l'étang de ses rêves. Aussi grand, et tout aussi paisible. Une douzaine de canettes de Chapeau-de-Nonne flottaient à la surface du lac de sang. Enid chercha Mano au fond du lac, mais le sang était tellement foncé qu'elle ne pouvait être certaine qu'il était dedans. Aussi plongea-t-elle les bras sous la surface pour l'atteindre. Le sang était froid et lui macula la poitrine et le devant de sa robe. On aurait dit que les fraises sur sa robe donnaient leur jus. Elle ne trouva pas le corps de Mano. Il n'était pas dans cet étang.

Enid se sentait épuisée. À l'exception de sa semaine dans la tombe, elle n'avait pas vraiment dormi depuis trois mois. Elle posa le front sur le rebord de la baignoire, les bras toujours plongés dans le sang, et appela Mano tout en commençant à s'assoupir.

– Mano, Mano, Mano, Mano, Mano, Mano. Qu'est-ce que tu es lâche.

50.

Mano crut entendre sa mère qui l'appelait depuis la baignoire, derrière la porte de sa salle de bains. Il était mort, pensait-il, mais il ne savait pas depuis combien de temps. Il était resté au sol peut-être quelques semaines. Le soleil continuait de monter en passant devant le trou laissé au milieu de son toit, éclairant ce qui restait du plafond, puis il continuait de descendre en assombrissant ce qu'il restait du plafond. Les gens ne cessaient de venir et les gens ne cessaient de partir. Il avait toujours la corde autour du cou. Le tabouret était couché sur le côté dans les gravats.

Parmi ses visiteurs post-mortem il se rappelait L'Avocat, qui lui avait juste donné un coup de pied dans le genou pour voir s'il était encore vivant, puis était reparti. Mimi avait hurlé en le voyant, et avait immédiatement fui en se dandinant, alors que Mary avait dit quelques mots gentils, et avait délicatement peigné ses cheveux de mort. Il se souvenait du Fleuriste, qui s'était allongé quelques heures avec lui, l'avait embrassé, essayant de le réveiller. C'est Beulah qui était restée le plus longtemps. Elle avait préparé un dîner et lui avait raconté quelques histoires en faisant de son mieux, d'une voix qu'elle-même ne pouvait pas entendre. Elle avait pleuré au-dessus de lui, de cela il se souvenait, puis elle avait dit au revoir. Inez ne revint jamais lui rendre visite. Zuzu non plus. C'est ce qui rendait sa mort le plus insupportable. Hormis cela, la mort était ce à quoi il s'était attendu.

– Mère ? Tu prends un bain ?

Mano entendit sa mère sortir de la baignoire, un son qu'il n'avait encore jamais entendu.

– Mano ?

– Mère ?

La porte s'ouvrit. Ce n'est pas la mère de Mano qui franchit le seuil. C'était Enid. Elle était encore à quatre pattes quand elle ouvrit la porte de la salle de bains. En le voyant, elle eut le souffle coupé. Elle se couvrit le visage de ses mains maculées de sang. Ses avant-bras étaient couverts de sang. Elle ne dit rien. Elle se contenta de le regarder fixement.

Enid paraissait bien plus vieille, mais elle portait toujours la même robe, sauf que la robe était maintenant pleine de sang. À la manière horrifiée dont elle le regardait, Mano comprit qu'il était sûrement vivant.

– Salut, Enid, dit Mano.

L'air horrifié d'Enid s'adoucit.

– Salut, Mano.

– Je crois que je suis peut-être mort. Suis-je mort ?

– Non, tu n'es pas mort, Mano.

Elle se mit à ramper vers lui. Maintenant qu'elle avait retrouvé Mano au terme de son épique périple, elle pouvait se déplacer au même rythme que le monde autour d'elle.

– Et moi, je suis morte ?

– Non, toi non plus tu n'es pas morte.

Ils sourirent l'un et l'autre en apprenant la nouvelle.

– Tu peux m'entendre ? demanda Enid.

– Bien sûr.

Enid se releva à côté de Mano allongé au sol, de manière à pouvoir atteindre le nœud coulant géant qu'il avait autour de son cou géant. Elle le fit passer devant le visage de Mano qui baissa la tête pour lui faciliter la tâche.

– Tu es trop lourd pour te pendre. Tu vois ce qui s'est passé ? fit-elle en montrant ce qui restait du toit de la chambre à coucher.

– Ouais, soupira Mano, honteux. J'ai d'abord essayé plein d'autres manières.

– Je vois ça.

Il se souvenait d'avoir rempli la baignoire de sang.

– Ce doit être vrai, dit-il.

– Quoi ?

– Que les gens ne meurent plus.

– Non, ce n'est pas vrai, dit Enid.

– Mais personne n'est mort depuis que je suis parti. Ce n'est pas vrai, ça ?

– Ce n'est pas vrai, Mano.

Enid poussa quelques planches qui étaient tombées du toit et se dressa au pied du lit.

Mano releva la tête et la dévisagea, perplexe.

Enid voulait que leurs yeux soient au même niveau pour lui dire ce qu'elle était venue lui dire.

– Notre bébé est mort.

Mano ne comprit pas. Il avait encore mal à la tête. Il n'avait jamais eu de bébé.

– Notre *bébé* ?

– Oui, après ton départ. Il est mort en moi.

Il ne voulut pas poser d'autres questions. Il voulait réfléchir. Il prit une canette de bière, mais elle était vide. Il avait mal au cou.

– Quand ?

– Après ton départ. Je suis venue ici te dire ces deux choses. On a fait un bébé, et il est mort. Je crois qu'il est devenu trop gros en moi.

– Il est devenu trop gros ? Pourquoi n'est-il pas sorti ?

– Il est resté à l'intérieur pendant plus d'un an.

– C'est trop. Il est resté là-dedans trop longtemps. Enid, il aurait dû sortir plus tôt.

– C'est juste qu'il ne voulait pas sortir. Et personne n'a su que j'étais enceinte, dit-elle en mettant la tête dans ses mains ensanglantées. Pendant tout le temps après ton départ, j'ai eu un trou à l'intérieur. Il est toujours là-dedans. Ce trou est encore à l'intérieur.

– Tu aurais dû en parler à quelqu'un. Tu aurais dû me le dire. Enid, nous aurions dû… nous aurions pu…

– J'ai lu dans un des livres de chasse de notre père que les bébés mammouths restent à l'intérieur de leur mère pendant presque deux ans. Il n'en était qu'à la moitié, il devait encore grandir, dit Enid.

– Les mammouths n'existent pas, fit Mano tout en essayant d'envisager la possibilité de ce qu'Enid expliquait. Il n'est pas sorti parce qu'il n'était pas pour ce monde. Il n'était pas censé exister.

– Mano, regarde-toi. Toi tu es un mammouth.

Mano baissa la tête et se contempla.

– Non, je ne suis rien, dit-il.

Durant un bref instant après avoir entendu qu'il avait été père, Mano se transforma en rien. Et en tant que rien, il se volatilisa par le trou dans son toit et à travers la cime des arbres. Les oiseaux construisaient des nids. Ils le regardèrent mais sans émettre de son. Il se dit que c'était ce que les oiseaux devaient éprouver, dans leurs nids à côté d'autres oiseaux, à regarder le monde de là-haut. Il voyait tout XO Ville de là-haut, au-dessus des arbres. De cette hauteur, il pouvait la voir et l'entendre grossir. Mano se laissa dériver encore plus haut au-dessus des arbres et put voir quelques autres villes qui grossissaient dans la vallée à l'est et au nord. Il était papa désormais, se dit-il. Mais à quoi cela l'avançait-il de le savoir ?

De tout là-haut au-dessus des arbres, Mano entendit Enid pleurer à l'intérieur de sa cabane. Ce n'étaient pas des pleurs de chagrin mais des pleurs de douleur. Enid était sur le dos, sur le lit de Mano, le visage écarlate, en sueur. Mano avait cessé d'être rien. Il était un papa. Et ça c'était quelque chose. En tant que quelque chose, Mano redescendit de là-haut, au-dessus des arbres, sur ce qui restait de son toit au-dessus d'Enid. Il repoussa hors du lit ce qui restait du toit pour qu'elle ait suffisamment de place. Elle remonta sa robe maculée de sang jusqu'à sa taille. Il disposa un oreiller sous sa tête tandis qu'elle repliait les genoux.

– Que se passe-t-il ? demanda Mano.

– Je ne sais pas. Quelque chose est en train de sortir.

– C'est notre bébé ?

– Bien sûr que non, dit-elle en serrant les dents. Notre bébé est sorti il y a des années. Essayant de respirer profondément par le nez, elle ajouta : Je l'ai enterrée à mes pieds dans le carré de fraises.

Mano posa sa grosse main sur le front d'Enid.

– C'était une fille ?

– Ouais.

– Elle ressemblait à quoi ?

– À nous, dit Enid.

Mano tint la main d'Enid et lui caressa les cheveux pendant des heures tandis qu'elle poussait et pleurait. Il était le père d'une petite fille. Voilà une chose dont il pouvait être fier, d'une certaine manière. Il avait tellement de questions, mais le moment était mal choisi pour les poser.

– Et alors qu'est-ce qui est en train de sortir, là ?

– Je ne sais pas, répondit Enid en pleurant.

Ce qui sortait d'Enid ce n'était pas leur fille, bien entendu, mais ce que leur fille avait laissé derrière elle. Leur fille avait été la toute dernière personne à mourir durant le fléau du Doigt de Dieu, et comme les autres elle avait péri.

L'extrémité pointue de la défense sortit juste assez du vagin d'Enid pour que Mano l'attrape du bout des doigts. Elle était jaunie en surface, et douce, mais il dut tirer fort, et en même temps tout doucement, pour faire sortir la défense entièrement. À chaque pression sur la défense, Mano provoquait chez Enid une douleur indescriptible. Et pourtant, la défense ne pouvait aller nulle part ailleurs, il fallait qu'elle sorte, par le vagin d'Enid. Elle adressait à Mano un hochement de tête quand elle était prête pour qu'il tire sur la défense, alors il tirait. Quelques centimètres supplémentaires sortaient dans le monde, striés du sang d'Enid.

Les genoux d'Enid étaient éloignés l'un de l'autre au maximum, et elle avait généré une flaque de sueur au milieu du très grand lit. Mano tirait pendant quelques minutes d'affilée, puis faisait le tour pour essuyer la sueur qu'elle avait sur le front. Après des heures de souffrance, des heures à tirer et se reposer, la défense finit par sortir. Ils regardèrent tous deux la défense avec étonnement, tels des badauds dans un musée d'histoire naturelle, comme si ce qui venait de sortir d'elle ne lui appartenait pas, ni à elle ni à son monde. C'était un spectacle sans pareil. La défense mesurait plus de cinq mètres de long et était incurvée. Quand Mano la posa sur sa base la plus large, elle était plus haute que son toit. L'extrémité la plus épaisse, qui était sortie d'Enid en dernier, était la plus jaunie, et elle était striée de sang.

Mano se retira quelques minutes à la cuisine et en revint avec deux seaux d'eau chaude. Avec l'un, il nettoya le front d'Enid, et sa poitrine, et sa nuque. Enid trouva cela très agréable. Avec l'autre, il nettoya la défense. Tous deux s'accordèrent à dire qu'elle était magnifique, lustrée.

Une fois que tout fut nettoyé, il y eut le problème de la deuxième défense. Il fallait qu'elle sorte, elle aussi. Enid essaya tout d'abord d'ignorer la douleur, mais la douleur devint l'indicateur le plus clair que leur fille avait laissé derrière elle plus qu'une seule défense. Comme la première fois, Mano tira dessus, pendant qu'Enid hochait la tête et soufflait. Il y eut quelques heures supplémentaires de hurlements et d'une douleur indescriptible. Ensuite, comme la première défense, la deuxième vint au monde, ensanglantée, lustrée et jaunie. Le corps d'Enid, lui, paraissait vidé et brisé.

Pendant qu'Enid se reposait des heures durant, après la sortie de son corps de la deuxième défense, Mano fit couler le sang de sa baignoire et nettoya sa maison. Lorsqu'elle se réveilla, il l'aida à s'installer dans la baignoire où elle put tremper et commencer à récupérer. Elle dormit dans la baignoire, également. Mano la laissa dormir. Il posa un paquet de Chapeau-de-Nonne sur les WC, pour qu'elle puisse en fumer une quand elle se réveillerait. Il nettoya la deuxième défense avec du savon et de l'eau.

Une fois réveillée, Enid l'appela, faiblement, de la salle de bains.

– Est-ce que je peux les voir ?

– Oui, tu peux les voir.

Mano alla dans la chambre et prit une défense après l'autre. Il prit la première pointe en avant, la tenant comme une lance, pour qu'elle passe par la porte de la salle de bains. Elle était bien plus lourde qu'il ne l'avait imaginé. Les deux défenses étaient trop grandes pour tenir dans la salle de bains, mais il les fit tout de même tenir verticalement. Chacune perça le toit de la salle de bains lorsqu'il les plaça à la verticale, mais il ne se souciait plus de la forme de sa cabane.

Tandis que Mano et Enid contemplaient ensemble les défenses, Mano éprouva un formidable sentiment de fierté. Ce n'était pas le genre de fierté qu'un père aurait éprouvée, même si ces défenses avaient été laissées par sa fille. Elles étaient *d'elle*, de sa fille, si bien que lorsqu'il les toucha, ce fut comme s'il pouvait la toucher, elle. Mais sa fierté était d'un genre plus général. Il avait désormais quelque chose dont il pouvait s'enorgueillir. Et les défenses étaient toutes deux si grosses, et lourdes, exactement comme lui.

– Est-ce que tu trouves qu'elles sont magnifiques ? demanda Enid.

Mano alluma la cigarette d'Enid. C'était la première qu'elle fumait depuis le début de son adolescence.

– Oui, répondit-il. Pas toi ?

– Si. Magnifiques, fit Enid en toussant à la première bouffée. Comment vas-tu les porter ?

– Qu'est-ce que tu entends par là ?

Il alluma sa propre cigarette sans détacher ses yeux des défenses.

– Tu ne tiens plus les choses que les morts laissent derrière eux ? Où vas-tu mettre ces défenses ?

Cela faisait bien longtemps que Mano n'avait plus songé à tenir les choses laissées par les morts.

– Hmm… Je ne sais pas. Cela fait si longtemps que plus personne n'est mort.

Il baissa la tête, regarda son corps et vit les restes de certaines choses qu'il avait tenues pendant de nombreuses années.

– As-tu seulement la place ? demanda-t-elle.

Mano ne pensait pas qu'il lui restât la moindre place, ni la moindre force de tenir quoi que ce soit d'autre, surtout deux défenses incroyablement lourdes. Mais ces défenses étaient celles de sa fille. Ces défenses étaient à lui. Elles étaient aussi à Enid. Il avait désormais une famille, se dit-il.

– Bien sûr que j'ai la place, dit-il.

Avec sa cigarette entre ses doigts mouillés, Enid, de la baignoire, indiqua le visage de Mano.

– Là, dit-elle.

– Où ça ? demanda-t-il.

– Juste là.

Elle ferma un œil et laissa son regard suivre le canon de son bras, comme si elle s'apprêtait à tirer en plein dans la gueule de la bête sauvage.

51.

Enid Pin entra en ville à dos de mammouth. Personne ne savait combien de temps elle était restée dans les bois, mais suffisamment longtemps pour qu'ils aient oublié qu'elle était partie de XO Ville. Les habitants de XO Ville avaient vite fait d'oublier son périple épique dans les bois, et l'avaient remplacé par leurs souvenirs de son retour, à plus de quatre mètres de hauteur, à cheval sur l'encolure du mammouth, chevauchant périlleusement la bête sauvage tout en ayant pleinement confiance en elle. Le mammouth allait bon train, au galop, et elle le retenait, parfois, uniquement de ses genoux. Elle salua en passant devant les gens, comme à un défilé. Les gens se souvenaient que la saison des fraises était terminée car ils se souvenaient que, lorsqu'Enid avait emmené le mammouth le long de toutes les rangées de son carré de fraises, comme pour lui faire faire une visite privée, les buissons étaient marron et que les fraises pourrissaient dans la terre. Elle le fit aussi passer devant ce qui restait du vieux salon de coiffure abandonné. Tout le mur de devant s'était effondré, si bien qu'Enid et son mammouth purent facilement tenir à l'intérieur. Ils restèrent à l'intérieur un long moment, son mammouth assis par-dessus ce qui restait du vieux siège. Le temps qu'Enid fasse sortir son mammouth par la devanture de ce qui restait du salon de coiffure, quelques habitants de XO Ville commencèrent à s'assembler autour d'eux. Quelques-uns suivirent Enid et son mammouth comme un minuscule défilé, au début.

– Qu'est-ce que c'est que ça ?

– C'est un oiseau géant.
– Non, toutes les bêtes bizarres ne sont pas des oiseaux.
– C'est un mammouth ?
– C'est quelque chose qui n'existe pas.
– Qui est dessus ?
– Enid Pin !
– La statue de la fille dans le carré ?

Il ne restait rien à visiter de la boucherie pour Enid et son mammouth. À l'ancien emplacement de la boucherie se trouvait maintenant une boutique d'animaux baptisée Animaux XO. Derrière Animaux XO se trouvait un jardin où les animaux pouvaient jouer. Le jardin se trouvait à l'ancien emplacement de l'enclos des moutons. Et tandis qu'Enid et son mammouth visitaient le jardin derrière la boutique, les habitants de XO Ville regardèrent Enid arroser le jardin afin de le rendre boueux pour son mammouth. Ils observèrent le mammouth batifoler dans la boue, et ils observèrent Enid caresser les poils boueux sur le flanc du mammouth. Le mammouth creusait la boue à l'aide de ses défenses. Il se tint immobile. Puis écrasa la barrière à l'aide de ses défenses.

Ce qui se passa après qu'Enid et son mammouth eurent quitté le jardin derrière Animaux XO ferait l'objet de discussions par nombre d'habitants ayant été sur le trajet du défilé. Certains se souvinrent d'avoir vu un épais brouillard bas sur toute la ville, comme si Enid et son mammouth marchaient à l'intérieur d'un nuage. Mais d'autres se souvinrent que le soleil brillait ce jour-là. Ceux-là se rappelaient que le jour où Enid était revenue des bois sur son mammouth était si limpide qu'ils voyaient presque le pinacle de la pyramide des morts à Chapeau-de-Nonne. Ils se souvenaient que l'on pouvait même apercevoir le pommier au sommet de la pyramide, qui avait poussé grâce aux pépins laissés dans le ventre de Mitzi Let.

Le Propriétaire revoyait Enid et son mammouth planter quelques fleurs dans le jardin de la maison où avait grandi Mano, qui était maintenant le musée d'histoire XO. Et Le Contremaître revoyait Enid se servant de son mammouth pour détruire ce qui restait du mur en briques de l'ancienne Usine Tarteure à l'abandon.

L'Avocat revoyait Enid faire passer son mammouth par la porte électrique à deux battants de XO Viandes, pour effrayer quelques clients qui s'y trouvaient. Il se souvenait qu'après avoir nourri son mammouth au rayon fruits et légumes, ces clients avaient également rejoint la foule de plus en plus nombreuse et l'avait suivie jusqu'à Dame-Sang pour faire une photo.

Ceux qui avaient des petites pièces à introduire dans les fentes de Dame-Sang prévues à cet effet pour pouvoir regarder par les fenêtres ne se souvenaient que de la tête et des défenses du mammouth. Certains dirent que c'est Enid qui se déshabilla, se confessa au prêtre et se fit prendre en photo par lui avec la partie de son mammouth qui pouvait entrer dans la cabine. D'autres personnes qui regardaient par les fenêtres se souvenaient qu'Enid, toujours vêtue de sa robe ensanglantée, avait aidé Mères à se déshabiller et l'avait relevé en le hissant par les aisselles sur les deux défenses du mammouth. Ces gens-là disaient qu'elle avait demandé au prêtre s'il avait peur, et comme il ne répondait pas, elle l'avait pris en photo.

Mères ne se souvenait cependant de rien de tout cela. Il se souvenait d'avoir parlé à Ti Jorge, demandant à Ti Jorge s'il avait entendu le défilé de gens à l'extérieur de leur cabine. Il parla à travers les lattes en bois au sol.

– Personne ne peut entrer sans déverrouiller la porte.

Il dit à Ti Jorge de ne pas avoir peur, qu'il n'y avait rien à craindre. Mères ne sut rien de la façon dont il mourut, si ce n'est qu'il sentit une soudaine poussée au milieu de sa poitrine.

Des acclamations « La mort est de retour ! » et « Bon vent, Mères ! » éclatèrent parmi les gens qui regardaient par le hublot. Quand Le Père Felipe, qui regardait le défilé depuis les marches du Trou, apprit la nouvelle de la mort de Mères, il déclara :

– La miséricorde est venue sous forme de mammouth.

Selon de nombreux témoignages, le défilé s'arrêta à La Maison Good pour Enfants et les Très Malades et Vieux. On s'était passé le mot et La Maison Good fut informée du défilé avant l'arrivée d'Enid et de son mammouth. Ernesto et Leda virent les enfants se mettre en rang sur le porche de Vera en attendant l'arrivée du défilé. Parmi eux, le bruit courait que le mammouth était une espèce de bête, avec des yeux gentils, et de longues défenses lisses assez solides pour que des enfants puissent jouer dessus. Hera aida Luis à monter le premier sur une des défenses du mammouth et puis, une fois là-haut, Luis aida Lois à monter au sommet de la défense. Les gens de La Maison Good se souvenaient tous qu'Enid avait ordonné au mammouth de s'abaisser complètement sur ses coudes et ses genoux, afin qu'Igor, qui était sur le dos, à ricaner de manière incontrôlable sur la pelouse, pris d'une joie violente, puisse passer ses genoux autour de l'autre défense et faire le cochon pendu pendant que le mammouth le soulèverait. Le mammouth d'Enid souleva les trois enfants et les balança lentement d'avant en arrière, de haut en bas, en cercles géants, comme un manège.

Mary et Mimi, qui rejoignirent le défilé lorsqu'il fut arrêté sur le gazon devant La Maison Good, se rappelèrent toutes deux une scène très différente, terrifiante. Elles se rappelaient avoir vu le petit Igor pleurant de manière incontrôlable tandis que le mammouth le secouait violemment dans les airs, sans faire attention. Lois et Luis faisaient de leur mieux pour venir à la rescousse d'Igor, tâchant de peser de tout leurs corps pour ramener les défenses au sol, de manière que son corps impuissant, presque inanimé, puisse glisser le long de la défense et revenir au sol. Enid et son mammouth, toutefois, étaient implacables dans leur amusement malicieux, secouant l'orphelin de-ci de-là, pour le délice des autres étranges résidents de La Maison Good, qui applaudissaient et poussaient des hourras. Les habitants de La Maison Good avaient toujours été un mystère pour Mary et Mimi.

Le tronçon du défilé que Vera préféra fut le trajet de La Maison Good au Cimetière du Pelleteur. Avec l'aide d'Ernest, Vera aida trois des plus malades parmi les très malades à monter sur le mammouth d'Enid. Les trois très malades étaient aussi très légers. Enid était derrière eux, sur la croupe du mammouth, s'assurant qu'ils se tenaient bien. Pour Vera, l'arrivée d'Enid fut une visite très rare et spéciale, l'occasion de réinviter la mort dans la vie des très malades, qui avaient dû garder leur chambre au cours des dernières années, pour ne pas que la douce brise les casse en deux ou que quelques minutes au soleil ne les brûlent vif. Irène Boue, qui était la plus âgée des trois très malades et vieux que Vera avait choisis pour faire un tour de mammouth, fut la première à franchir en rampant la porte d'entrée de La Maison Good. Elle aussi était heureuse de voir le mammouth d'Enid. Quand Irène arriva aux pieds du mammouth, elle tendit la main pour caresser ses longues défenses comme si c'était une bouteille en verre avec un génie à l'intérieur, venu exaucer son vœu ultime.

– Je suis prête, dit Irène.

– Je sais que tu l'es, ma chérie, dit Vera. Je sais à quel point tu l'es.

Vera envoya les enfants au-devant du défilé, ainsi que Le Pelleteur, jusqu'au Cimetière du Pelleteur. Le Pelleteur, qui avait maintenant terminé sa partie du déblayage pour le nouveau train, allait proposer aux enfants une activité qui serait une vraie opportunité – creuser de *véritables* tombes.

– Ce n'est pas un entraînement, ne cessa-t-il de leur rappeler, alors que chacun appuyait du pied sur sa pelle, perçant la terre dure du cimetière quasiment à l'abandon. Certains des enfants sifflèrent des chants funèbres, en anticipation de ce qui allait suivre. Certains versèrent des larmes silencieuses de joie et de soulagement.

Enid conduisit son mammouth avec les trois très malades et vieux sur son dos, ils traversèrent ainsi la ville sur les quelques pâtés de maisons jusqu'au Cimetière du Pelleteur. Ils glissaient d'un côté et de l'autre, n'arrivant pas à bien se tenir. Auparavant, Vera avait donné à chacun un portrait que l'un des enfants de La Maison Good avait dessiné pour eux – le portrait d'un être aimé qu'ils avaient perdu. Ils brandirent leur portrait au-dessus de leur tête, en l'air, et les agitèrent comme des drapeaux. Deux d'entre eux n'avaient pas senti le contact de l'air extérieur depuis un an. Tous savaient plus ou moins que c'était leur ultime sortie jusqu'à la tombe, et chacun avait beau éprouver une douleur extrême, leurs vertèbres craquant en divers endroits, à chaque pas du mammouth, ils souriaient néanmoins. Ils étaient trop malades et vieux ne fût-ce que pour tout simplement sourire, mais s'il y avait une cellule vivante à l'intérieur de leurs corps qui était capable de sourire, alors elle souriait.

Lorsque le défilé arriva au Cimetière du Pelleteur, les tombes que les enfants avaient creusées étaient déjà prêtes et presque tout le monde à XO Ville se trouvait autour. Les noms des très malades et vieux avaient déjà été sculptés dans les souches par les enfants. Irène Boue, cramponnée à son portrait, fut tout juste capable de ramper dans sa tombe. Les deux autres furent portés et descendus.

Presque tout le monde dans le défilé alluma une cigarette, une XO ou une Chapeau-de-Nonne, tout en se tenant là pour regarder ce qui était rapidement devenu une cérémonie sombre et grave. Chacun des très malades et vieux eut l'occasion de prononcer quelques mots à ses propres funérailles.

L'un d'eux resta très simple. Il dit :

– Merci. On s'est bien amusés.

Le plus jeune, mais le plus malade, des trois, se contenta de gargouiller, mais ce fut un gargouillis très doux.

Lorsque vint le tour d'Irène de prononcer quelques mots, elle demanda que sa sœur Mira parle à sa place. Mira, en entendant cette requête, s'avança au centre de l'assemblée. Tandis qu'Irène reposait sur le dos, enfin dans sa tombe à elle, Mira, avec tout l'amour qui restait dans son cœur, ouvrit la bible, leva la tête au ciel et dit :

– Dieu, va te faire voir, de l'emporter si tôt.

Mais d'autres personnes se souvinrent que Mira, avec tout l'amour qui restait dans son cœur, avait ouvert sa bible, levé la tête au ciel, et dit :

– Nom de Dieu, elle aurait dû mourir bien plus tôt.

Et c'est ainsi que, une tombe après l'autre, Enid conduisit son mammouth aux trois trous. Le mammouth, avec Enid toujours sur son encolure, se dressait au-dessus de chacune. Au nom de son mammouth, Enid demanda pardon à chacun des très malades et vieux. Puis, après que chacun d'entre eux eut pris une profonde inspiration et accordé son pardon d'un mouvement des yeux ou d'un léger hochement de tête, Enid appuya sur l'arrière de la tête du mammouth, pour qu'il cale une de ses défenses contre leurs poitrines. Il poussa fort de toutes les huit tonnes de son corps géant de mammouth, transperçant leur poitrine de sa longue défense s'enfonçant dans le sol meuble sous eux.

– C'est le Doigt de Dieu ! s'exclama Inez. C'est tellement beau.

Inez se tenait à côté de son mari, Le Barbier. Lorsqu'il passa le bras autour de ses épaules, elle sentit le bras de son premier mari, Le Barbier, et pleura. Ce qu'elle était en train de regarder c'était la mort du Barbier, jadis invisible, rendue visible sous la forme d'Enid et son mammouth. Inez était en train de regarder le début de la perte d'un être cher à la pointe des défenses du mammouth. Elle eut l'impression, pendant un bref instant, d'être une jeune femme sous son bras. Mais ensuite, Le Barbier parla, et elle se souvint que ce n'était pas le bon barbier.

– Qu'est-ce qu'il y a comme brouillard, dit-il. On aurait dû apporter nos imperméables. Il va peut-être pleuvoir.

Il retira son bras de l'épaule de sa femme et se massa la nuque.

Bon nombre d'enfants, qui étaient particulièrement curieux de la mort, se penchèrent au-dessus des tombes pour voir ce qu'il venait de se passer. Certaines personnes se rappelèrent que, des trous que les morts récents avaient laissés derrière eux, les enfants sortirent une cage à oiseaux, une boule à neige et une paire de chaussons de danse. Ils les brandirent au-dessus de leurs têtes et la foule applaudit, comme satisfaite par un tour de passe-passe impeccablement exécuté. Les enfants passèrent les choses aux gens assemblés, qui les firent ensuite circuler parmi eux.

Le Fleuriste, ainsi que d'autres personnes de l'assemblée, n'avait pas souvenir des enfants sortant ces choses du corps des morts. Il se souvenait au contraire d'avoir vu les enfants déposer des fleurs sur leurs poitrines, comme un ultime cadeau de la part des vivants, avant de reboucher leurs tombes à la pelle avec de la terre fraîche.

Zuzu, qui n'avait pas parlé à sa mère depuis sa dernière escapade dans les bois, arriva juste à temps pour voir la fin de la cérémonie. Elle était en train de construire un petit bateau avec des bâtons, sur les berges de La Cure quand elle avait entendu parler du défilé, de son itinéraire et de son point d'arrivée. La foule assemblée était trop nombreuse, si bien qu'elle n'arrivait pas à voir par-dessus leurs épaules ou à travers les arches de leurs coudes. Mais elle en vit assez pour savoir qu'elle assistait aux funérailles d'Irène Boue. Ce qui la rendit très heureuse. Zuzu joua des coudes pour se frayer un chemin afin de dire au revoir à Irène à sa manière, en silence, mais en réalité elle se fit des adieux à elle-même. Zuzu put enfin voir sa vie, la forme de sa vie, d'une certaine manière, maintenant qu'elle savait que la mort était tout au bout. Avec la mort au bout de la vie, elle put voir que sa vie serait longue. Comme Le Fleuriste, Zuzu ne se souvint pas de choses sortant des corps, et ne se souvint pas de choses circulant parmi les gens assemblés. Aussi, contrairement à tous ceux qui avaient fait partie du défilé ce jour-là, Zuzu ne se souvenait pas d'avoir vu un mammouth.

Une personne qui ne se souvenait pas du tout du défilé, c'était Beulah Lespiègle, qui n'avait pas entendu le tapage en ville quand Enid Pin avait chevauché son mammouth dans les rues. Beulah était seule dans l'appartement qu'elle avait partagé avec son mari dans un des grands immeubles de XO Ville. Leur unique fenêtre s'ouvrait à l'est. Beulah regarda de sa fenêtre Enid et son mammouth qui marchaient sur le sentier que Le Pelleteur avait dégagé pour le nouveau train. Ils traversèrent la vallée en direction des montagnes, au loin. Elle les regarda pendant des heures, jusqu'à ce qu'ils soient trop petits pour être vus. Lorsqu'il ne resta plus rien à regarder d'Enid et de son mammouth, Beulah s'allongea sur le dos dans son lit. Elle prit le caniche empaillé que son premier mari, Le Postier, avait laissé pour elle, et le laissa sur sa poitrine. Elle ferma les yeux pour imaginer ce qui attendait maintenant ces deux-là.

Enid et son mammouth quittèrent XO Ville ce jour-là sans savoir où ils allaient. Ils étaient deux chasseurs mais ne savaient pas ce qu'ils chassaient. Ils marchèrent deux jours durant jusqu'à arriver aux montagnes, de l'autre côté de la vallée. Au moment précis où ils étaient trop fatigués pour aller plus loin, ils arrivèrent à une clairière vivement éclairée au milieu des arbres. Là, ils trouvèrent un étang. Enid descendit de son perchoir, sur l'encolure du mammouth, et s'avança lentement dans l'eau. Ensuite, le mammouth, s'enfonça lui aussi lentement dans l'étang, une patte après l'autre.

Lorsqu'ils furent l'un et l'autre complètement dedans, Enid aida son mammouth à se débarrasser de tout ce qu'il avait sur lui. Un four à micro-ondes rouillé fut la première chose à se détacher de son corps et à flotter dans l'eau, avant de couler immédiatement. Puis une série de clubs de golf, une bouillotte, un métronome et quelques encyclopédies. Puis un gâteau d'anniversaire aplati et une scie. Un vélo, une pompe à vélo et bien d'autres choses, dont certaines étaient méconnaissables, se détachèrent de lui également. Certaines choses flottèrent et d'autres commencèrent à s'entasser au fond de l'étang. Enid et son mammouth riaient en continuant de se débarrasser de plus en plus de choses. Un escabeau, une fourche et un thermos. Un cadre vide. Une chaise. Une boîte à outils. Un ensemble de fourchettes. Toutes coulaient et s'entassaient. Ou venaient se heurter dans des bruits métalliques à la surface. Puis un vieil accordéon se détacha du dos du mammouth et joua quelques notes en heurtant d'autres choses qui flottaient.

Les toutes dernières choses dont le mammouth se défit furent ses deux défenses. Il donna à chacune un petit coup. Enid et son mammouth prirent chacun une des défenses au creux de leurs bras pendant quelques instants, puis les lâchèrent dans l'eau. Les défenses descendirent jusqu'au fond de l'étang, où elles se stabilisèrent ensemble dans la vase froide. Une fois que le mammouth eut lâché ses défenses, il ne resta plus du tout de mammouth. Juste deux personnes nageant au milieu de l'étang, faisant des éclaboussures et riant parmi les choses qui restaient.

Au loin, sur la crête de la montagne au-dessus de l'étang, à travers les arbres, ils aperçurent un point rouge. Le point rouge grossit au fur et à mesure qu'il approchait. Lorsqu'il fut suffisamment près du bord de l'étang, ils virent que le point rouge était un chasseur. Des oiseaux noirs volaient en cercles minuscules autour de sa casquette de chasseur en tissu rouge.

REMERCIEMENTS

Mamammouth fut écrit au printemps 2015 en France. Merci, Jacques Rebotier, de m'avoir prêté ton moulin dans la région de Fécamp, en Normandie. Merci à tous au Château de Monthelon, non loin de Montréal, en Bourgogne, où j'étais en résidence d'artiste. Merci, Allison Cardon. L'idée initiale pour *Mamammouth* a commencé avec le mot « Mamammouth » (*« mammother »* en anglais, *N.d.T.*), qui fut inventé de manière collaborative à partir d'un poème que nous avons écrit, une lettre après l'autre, en attendant le début d'un concert de Red Fang au Wonder Ballroom de Portland en 2011. Merci, Gregor Holtz. Avant que *Mamammouth* ne devienne un roman, nous avons travaillé ensemble pour en faire un roman graphique. Si finalement nous n'avons pas réussi à terminer le livre, bon nombre d'idées du roman sont nées de notre collaboration. Merci aux tout premiers lecteurs de *Mamammouth*, pour vos encouragements, vous m'avez aidé à le rendre plus lisible. Merci, Alexis Smith. Merci, Edie Rylander. Merci, Emily Chenoweth. Merci, Jessie Lichtenstein. Merci, Joseph Mains. Merci, Joshua Marie Wilkinson. Merci, Mathia Svalina. Merci à ma mère, Nancy Schomburg. Merci, Patrick deWitt. Merci, Sara Guest. Merci, Kyle Morton. Merci, Tony Tost. Merci, Wong May. Merci, Zachary Hardy. Aussi, merci, Craig Florence. Ta librairie, Mother Foucault's, est l'endroit où le premier paragraphe de *Mamammouth* a été écrit, sur une de tes machines à écrire. Merci, Zach Dodson, d'avoir fait que ce livre est si beau. Merci, Tim Wojcik de me représenter et de représenter ce roman. Merci, Tim Kinsella, pour ton œil éditorial, ton énergie et d'avoir pris le temps d'apprendre à connaître *Mamammouth* aussi bien que moi. Merci à Featherproof d'avoir pris ce roman au sérieux.

Et, le plus important, merci à toi, Brandi Katherine Herrera, ma compagne. Parce que tu y as cru quand je n'y croyais pas. Parce que tu as bien voulu que je te le lise chaque soir au Château de Monthelon quand je l'écrivais. Tu en es la coautrice, et c'est grâce à toi que cette chose n'a pas fini en cendres dans une cheminée normande. Ce livre te doit la vie.

Le traducteur tient à remercier Daniel Levin-Becker pour son aide amicale.

Ouvrage réalisé
par l'atelier graphique Actes Sud.
Achevé d'imprimer
sur Roto-Page
en janvier 2021
par l'Imprimerie Floch
à Mayenne
pour le compte des Éditions Actes Sud
Le Méjan, place Nina-Berberova
13200 Arles

Dépôt légal : 1re édition : février 2021

N° impr. : 97523
(Imprimé en France)